GW01607937

Gabriel García Márquez

O Amor nos Tempos de Cólera

Romance

Tradução de
Margarida Santiago

Leya, S.A.
Uma editora do grupo Leya
Rua Cidade de Córdova, n.º 2
2610-038 Alfragide • Portugal
www.leya.com

Título: *O Amor nos Tempos de Cólera*
Título original: *El amor en los tiempos del cólera*

Edição: Cecília Andrade
Tradução: Margarida Santiago
Revisão: Sónia Oliveira

Capa: Rui Belo/Silva!designers
Paginação: Fotocompográfica
Impressão e acabamento: CPI Black Print

1.ª edição BIS: maio de 2012
7.ª edição BIS: setembro de 2019 (reimpressão)
ISBN: 978-989-660-212-3
Depósito legal n.º 409 718/16

Este livro segue o Novo Acordo Ortográfico de 1990.

Para Mercedes, é claro.

Vão antecipados estes trechos:
já têm a sua deusa coroada.
Leandro Díaz

Era inevitável: o cheiro das amêndoas amargas recordava-lhe sempre o destino dos amores contrariados. O doutor Juvenal Urbino sentiu-o assim que entrou na casa, ainda mergulhada em penumbra, onde fora de urgência para tratar um caso que, para ele, já deixara de ser urgente há muitos anos. O refugiado antilhano Jeremiah de Saint-Amour, inválido de guerra, fotógrafo de crianças e o seu mais tolerante adversário de xadrez, pusera-se a salvo das inquietações da memória com um defumador de cianeto de ouro.

Encontrou o cadáver, tapado com uma manta, no catre de campanha onde sempre dormira, ao lado de um tamborete onde se encontrava a pequena tina que lhe tinha servido para vaporizar o veneno. No chão, preso aos pés do catre, o corpo estendido de um *grand-danois* negro de peito alvo e, junto dele, as muletas. O quarto, sufocante e caótico que servia ao mesmo tempo de quarto de dormir e de laboratório, mal começara a iluminar-se com o resplendor do amanhecer na janela aberta, mas bastava essa luz para reconhecer de imediato a autoridade da morte. As outras janelas, bem como qualquer fresta da divisão, estavam amordaçadas com trapos ou seladas com cartões negros, fazendo aumentar a sua densidade opressiva. Havia um escaparate atulhado de frascos e boiões sem rótulos e duas tinas de peltre meio escacarado sob uma lâmpada vulgar coberta de papel vermelho. A terceira tina, a do líquido fixador, era a que estava ao lado do cadáver. Havia revistas e jornais velhos por toda a parte, pilhas de negativos em placas de vidro, móveis partidos, mas encontrava-se tudo preservado do pó por mãos diligentes. Ainda que o ar da janela tivesse purificado o recinto, ficava, porém, para quem o soubesse identificar, o cheiro morno a amores infelizes das amêndoas amargas. O doutor Juvenal Urbino tinha pensado mais de uma vez, sem intenção premonitória, que aquele não era um lugar propício para morrer na graça de Deus. Mas, com o tempo, acabou por admitir que a sua desordem obedecia talvez a uma determinação cifrada da Divina Providência.

Tinham-se-lhe adiantado um comissário da polícia e um estudante de Medicina muito jovem que fazia a sua prática forense no dispensário municipal, e foram eles que arejaram a sala e taparam o cadáver enquanto o doutor Urbino não chegava. Ambos o cumprimentaram com uma solenidade que, desta feita, tinha mais de condolência do que de veneração, pois ninguém ignorava o grau da sua amizade com Jeremiah de Saint-Amour. O eminente professor apertou a mão aos dois, como desde sempre o fazia a cada um dos seus alunos antes de iniciar a aula diária de Clínica Geral, e logo segurou na orla da manta com a ponta do indicador e do polegar, como se fosse uma flor, destapando o cadáver, palmo a palmo, com uma parcimónia sacramental. Estava completamente nu, hirto e retorcido, com os olhos abertos, o corpo azul, e como se tivesse mais cinquenta anos do que na noite anterior. Tinha as pupilas diáfanas, a barba e o cabelo amarelecidos e o ventre atravessado por uma cicatriz antiga, cosida como nós de embrulho. O tronco e os braços tinham a envergadura dos de um remador, devido ao esforço com as muletas, mas as pernas inermes pareciam as de um desvalido. O doutor Juvenal Urbino contemplou-o durante um instante com o coração apertado, como raras vezes naqueles seus longos anos de luta estéril contra a morte.

– Idiota – disse-lhe. – O pior já tinha passado.

Voltou a tapá-lo com a manta e recuperou a sua compostura académica. No ano anterior tinha celebrado os seus oitenta anos com um jubileu oficial de três dias, e, no discurso de agradecimento, resistiu mais uma vez à tentação de se reformar. Dissera: «Terei tempo de sobra para descansar quando morrer, mas essa eventualidade não se encontra ainda nos meus projetos.» Ainda que ouvisse cada vez menos do ouvido direito e se apoiasse numa bengala com castão de prata para disfarçar a incerteza dos seus passos, continuava a usar com o garbo da mocidade o fato completo de linho com o colete atravessado pela corrente de ouro. A barba à Pasteur, nacarada, e o cabelo da mesma cor, muito bem penteado e de impecável risco ao meio, eram expressões fiéis do seu carácter. A erosão da memória, cada vez mais inquietante, compensava-a até onde lhe era possível com apontamentos rápidos em papelinhos soltos que acabavam por misturar-se em todos os bolsos, da mesma maneira que os instrumentos, os frascos de medicamentos, e tantas outras coisas desarrumadas, na maleta atulhada. Não só era o médico mais antigo e esclarecido da cidade, como também o mais sensato dos homens. No entanto, a sua sapiência demasiado ostensiva e o modo nada ingénuo como manobrava o poder do seu nome tinham-lhe valido menos afetos do que os merecidos.

As instruções ao comissário e ao estudante foram rápidas e concisas. Não era preciso fazer autópsia. O cheiro da casa bastava para determinar que a causa da morte tinham sido as emanações do cianeto ativado na tina por meio de qualquer ácido dos utilizados em fotografia, e Jeremiah de Saint-Amour sabia o suficiente do assunto para poder fazê-lo por acidente. Perante as reticências do comissário, deteve-o com uma estocada típica da sua maneira de ser: «Não se esqueça que sou eu que assina a certidão de óbito.» O jovem médico ficou desiludido: nunca tivera a sorte de estudar os efeitos do cianeto de ouro num cadáver. O doutor Juvenal Urbino tinha-se surpreendido por não o ter visto na Escola de Medicina, mas compreendeu-o logo pelo seu rubor fácil e pelo sotaque andino: era talvez um recém-chegado à cidade. Disse: «Não lhe faltará por aqui algum louco de amor que lhe ofereça essa oportunidade um dia destes.» E só quando o disse se deu conta de que entre os incontáveis suicídios que recordava, aquele era o primeiro com cianeto que não fora causado por um infortúnio de amor. Algo se alterou então nos hábitos da sua voz.

– Quando o encontrar, repare bem – disse ao estagiário –, costumam ter areia no coração.

Depois falou com o comissário como se o fizesse com um subalterno. Ordenou-lhe que procedesse a todas as diligências para que o enterro se realizasse nessa mesma tarde e dentro do maior sigilo. Disse: «Falarei depois com o alcaide.» Sabia que Jeremiah de Saint-Amour era de uma austeridade primitiva e que ganhava com a sua arte muito mais do que precisava para viver, de modo que em alguma das gavetas da casa devia haver dinheiro de sobra para as despesas do enterro.

– Mas se não o encontrarem, não faz mal – disse. – Eu encarrego-me de tudo.

Mandou dizer aos jornais que o fotógrafo tinha morrido de morte natural, ainda que pensasse que a notícia não lhes interessava de modo algum. Disse: «Se for necessário, falarei com o governador.» O comissário, um empregado sério e humilde, sabia que o rigor cívico do professor exasperava até os seus amigos mais íntimos, estava surpreendido com a facilidade com que saltava por cima dos trâmites legais para apressar o enterro. A única coisa a que não acedeu foi a falar com o arcebispo para que Jeremiah de Saint-Amour fosse sepultado em terra sagrada. O comissário, mortificado com a sua própria impertinência, tentou desculpar-se:

– Estava convencido de que este homem era um santo – disse.

– Era algo ainda mais raro – respondeu-lhe o doutor Urbino. – Um santo ateu. Mas isso são assuntos de Deus.

Remotamente, do outro lado da cidade colonial, fizeram-se ouvir os sinos da catedral chamando para a missa.

O doutor Urbino pôs os óculos de meia-lua com aros de ouro, consultou o relogiozinho de corrente, que era quadrado e fino, e cuja tampa se abria por uma mola: estava quase a perder a missa de Pentecostes.

Na sala havia uma enorme máquina fotográfica, como as dos jardins públicos, e o quadro de um crepúsculo marítimo pintado com tintas artesanais. As paredes estavam atapetadas por retratos de crianças nas suas datas memoráveis: a primeira comunhão, a fantasia de coelho, a festa de aniversário. O doutor Urbino tinha visto a paulatina cobertura das paredes, ano após ano, durante o concentrado matutar das tardes de xadrez, e muitas vezes pensara com um estremecimento de desolação que nessa galeria de retratos casuais se encontrava o germe da cidade futura, governada e pervertida por aquelas crianças duvidosas, e na qual já não restariam nem as cinzas da sua glória.

Na secretária, junto a um recipiente com vários cachimbos de lobo-do-mar, estava o tabuleiro de xadrez com uma partida por concluir. Apesar da sua pressa e do ânimo sombrio, o doutor Urbino não resistiu à tentação de estudá-la. Sabia que era a partida da noite anterior, pois Jeremiah de Saint-Amour jogava todas as tardes da semana e, pelo menos, com três adversários diferentes, mas chegava sempre ao fim e depois guardava o tabuleiro e as peças na sua caixa, e guardava a caixa numa das gavetas da secretária. Sabia que jogava com as brancas, mas era evidente que daquela vez ia ser derrotado sem apelo nem agravo em quatro jogadas. «Se tivesse sido um crime, aqui estaria uma boa pista», disse para consigo. «Só conheço um homem capaz de preparar esta armadilha de mestre.» Não teria podido viver sem averiguar mais tarde por que aquele soldado indómito, acostumado a bater-se até à última gota de sangue, deixara por acabar o combate final da sua vida.

Às seis da manhã, quando fazia a sua última ronda, o guarda-noturno reparara no letreiro cravado na porta da rua: «Entre sem tocar e avise a Polícia.» Pouco depois chegou o comissário com o estagiário, e ambos fizeram uma busca à casa, à procura de algum indício que indicasse o odor inconfundível das amêndoas amargas. Mas nos breves minutos que demorou a análise da partida interrompida, o comissário descobriu, entre os papéis da secretária, um sobrescrito dirigido ao doutor Juvenal Urbino, protegido com tantos selos de lacre, que foi preciso fazê-lo em pedaços para tirar a carta. O médico afastou a cortina preta da janela para ter mais luz, deu primeiro uma vista de olhos rápida às onze folhas escritas dos dois lados com uma caligrafia esmerada e mal leu o primeiro parágrafo compreendeu que tinha perdido a comunhão de Pentecostes. Leu com a respiração agitada, voltando atrás em várias páginas para retomar o fio à meada, e quando acabou parecia regressar de muito longe e de há muito tempo. O seu abatimento era visível apesar do esforço para o impedir: nos lábios tinha a mesma coloração azul do cadáver, e não pôde controlar a tremura dos dedos quando voltou a dobrar a carta e a guardá-la no bolso do colete. Então lembrou-se do comissário e do jovem médico, e dirigiu-lhes um sorriso que lhe assomava da bruma da sua consternação.

– Nada de especial – disse. – São as suas últimas instruções.

Era uma meia verdade, mas eles julgaram-na completa porque os mandou levantar um ladrilho solto do chão e aí encontraram um caderno de contas muito usado onde se encontravam as chaves para abrir a caixa-forte. Não havia tanto dinheiro quanto pensavam, mas era mais do que o necessário para cobrir as despesas do enterro e outros compromissos menores. O doutor Urbino estava então consciente de que não conseguiria chegar à catedral antes do Evangelho.

– É a terceira vez que perco a missa de domingo desde que tenho o uso da razão – comentou. – Mas Deus compreende.

E, assim, preferiu demorar-se mais uns minutos para deixar esclarecidos todos os pormenores, ainda que mal pudesse suportar a ansiedade de partilhar com a sua mulher as confidências da carta. Comprometeu-se a avisar os numerosos refugiados das Caraíbas que viviam na cidade, para o caso de quererem prestar as últimas homenagens a quem se tinha comportado como o mais respeitável de todos eles, o mais ativo e radical, mesmo depois de se ter tornado por de mais evidente que tinha sucumbido aos espinhos do desencanto. Também avisaria os seus comparsas de xadrez, entre os quais se contavam desde insignes profissionais a operários anónimos e outros amigos menos assíduos, mas que talvez quisessem assistir ao enterro. Antes de conhecer a carta póstuma, tinha resolvido ser o primeiro, mas depois de a ler já não tinha a certeza de nada. De qualquer maneira mandaria uma coroa de gardénias, para o facto de Jeremiah de Saint-Amour se ter arrependido no último minuto. O funeral seria às cinco, que era a hora adequada nos meses de mais calor. Se precisassem dele, estaria, a partir do meio-dia, na casa de campo do doutor Lácides Olivella, o seu discípulo amado, que celebrava, nesse dia, com um almoço de gala, as suas bodas de prata profissionais.

O doutor Juvenal Urbino tinha uma rotina fácil de seguir, desde que ficaram para trás os anos atribulados dos primeiros embates e que conseguiu uma respeitabilidade e um prestígio que, na província, não tinham igual. Levantava-se com o cantar do galo, e a essa hora começava a tomar os seus medicamentos secretos: brometo de potássio para lhe levantar o moral, salicilatos para as dores nos ossos em tempo de chuva, gotas de bagas de centeio para as tonturas, beladona para dormir bem. Estava sempre a tomar qualquer coisa, às escondidas, porque na sua longa vida de médico sempre foi contra receitar paliativos para a velhice: era-lhe mais fácil suportar as dores alheias do que as suas próprias. No bolso trazia sempre uma almofadinha de cânfora, que aspirava profundamente quando ninguém o estava a ver, para se livrar do medo de tantos remédios misturados.

Estudava durante uma hora, preparando a aula de Clínica Geral, que dava na Escola de Medicina todos os dias, de segunda-feira a sábado, às oito em ponto, até à véspera da sua morte. Era também um leitor atento das novidades literárias, que o seu livreiro de Paris lhe enviava por correio, ou das que o livreiro local lhe mandava vir de Barcelona, ainda que não se mantivesse tanto ao corrente da literatura de língua castelhana como da francesa. Em qualquer dos casos, nunca as lia de manhã, mas sim depois da sesta, durante uma hora e, à noite, antes de adormecer. Terminado o estudo, fazia quinze minutos de exercícios respiratórios na casa de banho, em frente da janela aberta, respirando sempre para o lado de onde cantavam os galos, que era de onde vinha o ar fresco. A seguir, tomava banho, arranjava a barba e engomava o bigode com um soluto saturado de água-de-colónia, da legítima, de Farina Gegenüber, e vestia-se de linho branco, com colete e chapéu mole e com polainas de pelica. Aos oitenta e um anos conservava os modos afáveis e o espírito prazenteiro de quando regressou de Paris, pouco depois da grande epidemia de cólera-morbo, e o cabelo bem penteado com o risco ao meio continuava a ser igual ao da juventude, exceto pela cor metálica. Tomava o pequeno-almoço em família, mas com uma dieta pessoal: uma infusão de flores de absíntio, para o bem-estar do estômago, e uma cabeça de alho, cujos dentes descascava e comia, um a um, mastigando-os conscienciosamente com pão caseiro, para evitar os apertos de coração. Raras eram as vezes em que, depois da aula, não tinha um compromisso relacionado com as suas iniciativas cívicas ou com as suas militâncias católicas, ou com as suas promoções artísticas e sociais.

Almoçava quase sempre em casa, dormia uma sesta de dez minutos, sentado na varanda do quintal, ouvindo, em sonhos, as cantigas das criadas sob a folhagem das mangueiras, escutando os pregões da rua, o fragor dos motores e o fedor dos óleos da baía, cujas emanações adejavam em volta da casa como um anjo condenado ao apodrecimento. Depois lia durante uma hora os livros recentes, especialmente novelas e ensaios históricos, e dava lições de francês e de canto ao papagaio doméstico que desde há muito era uma atração local. Às quatro ia visitar os seus doentes, depois de beber um grande jarro de limonada com gelo. Apesar da idade, resistia a receber os pacientes no consultório e continuava a atendê-los nas suas casas, como sempre fizera, desde que a cidade se tornara tão familiar que se podia ir a pé a qualquer lado.

Quando chegou da Europa, pela primeira vez, andava no landó familiar com dois alazões dourados, mas inutilizando-se este, trocou-o por uma vitória de um só cavalo, e continuou sempre a usá-la com um certo desdém pela moda, quando já os coches começavam a desaparecer do mundo e os únicos que restavam na cidade só serviam para passear os turistas e transportar as coroas nos funerais. Ainda que se negasse a reformar-se, estava consciente de que só o chamavam para tratar de casos perdidos, mas ele considerava que também essa era uma forma de especialização. Era capaz de saber o que tinha um doente só pelo aspeto, e cada vez desconfiava mais dos medicamentos comerciais, assistindo alarmado à vulgarização da cirurgia. Dizia: «O bisturi é a maior prova do fracasso da Medicina.» Pensava que, de um ponto de vista rigoroso, todo o medicamento era veneno e que setenta por cento dos alimentos vulgares apressavam a morte. «De qualquer modo», costumava comentar nas aulas, «a pouca medicina que se conhece só é do conhecimento de alguns médicos.» Dos seus entusiasmos juvenis tinha passado para uma posição que ele próprio definia como humanismo fatalista: «Cada um é dono da sua própria morte, e a única coisa que podemos fazer, chegada a hora, é ajudar a morrer sem medo e sem dor.» Mas, apesar destas ideias extremistas que já faziam parte do folclore clínico local, os seus antigos alunos continuavam a consultá-lo, mesmo depois de já serem profissionais estabelecidos, pois reconheciam-lhe as qualidades a que então se chamava «olho clínico». De qualquer modo, foi sempre um médico caro e elitista: a sua clientela esteve sempre concentrada nas casas solarengas do Bairro dos Vice-Reis.

O seu quotidiano era tão metódico que a mulher sabia sempre onde lhe enviar um recado, se surgisse alguma urgência durante a tarde. Quando jovem, demorava-se no Café da Paróquia antes de voltar para casa e assim aperfeiçoou o seu xadrez com os cúmplices do sogro e com alguns refugiados das Caraíbas. Mas desde os alvores do novo século que não voltara ao Café da Paróquia e começara a organizar torneios nacionais patrocinados pelo Clube Social. Foi essa a altura em que apareceu Jeremiah de Saint-Amour, já com os joelhos mortos mas ainda sem o ofício de fotógrafo de crianças. Em menos de três meses já era conhecido de todos quantos soubessem mover um bispo num tabuleiro, porque ninguém conseguira ganhar-lhe uma partida. Para o doutor Juvenal Urbino foi um encontro milagroso, numa época em que, para ele, o xadrez se tinha tornado uma paixão incontrolável e em que já não restavam muitos adversários para saciá-la.

Graças a ele, Jeremiah de Saint-Amour pôde ser quem foi entre nós. O doutor Urbino converteu-se em seu protetor incondicional, no seu fiador para tudo, sem se dar sequer ao trabalho de averiguar quem ele era ou o que fazia, ou de que guerras sem glória vinha ele naquele estado de invalidez e desconcerto. Por fim, emprestou-lhe dinheiro para instalar o seu estúdio de fotógrafo, que Jeremiah de Saint-Amour lhe pagou com rigores de pobre soberbo até ao último tostão, a partir do momento em que fotografou a primeira criança assustada pelo relâmpago do magnésio.

Tudo por causa do xadrez. A princípio jogavam às sete da noite, depois do jantar, com alguma vantagem para o médico devido à notável superioridade do adversário, mas cada vez com menos vantagem até que ficaram ela por ela. Mais tarde, quando Dom Galileo Daconte abriu o primeiro salão de cinema, Jeremiah de Saint-Amour foi um dos seus clientes mais assíduos, e as partidas de xadrez ficaram reduzidas às noites em que não se estreava nenhuma fita. Já nesse tempo se tinha tornado tão amigo do médico, que este o acompanhava ao cinema, mas sempre sem a mulher, por um lado porque ela não tinha paciência para seguir o desenrolar dos argumentos difíceis; e por outro porque sempre lhe pareceu, por mera intuição, que Jeremiah de Saint-Amour não era uma boa companhia para ninguém.

O seu dia diferente era o domingo. Assistia à missa solene na catedral e voltava logo para casa, onde ficava a descansar e a ler na varanda do quintal. Poucas vezes saía para visitar um doente num dia santo, a não ser que fosse da maior urgência, e há muito que não assumia nenhum compromisso social que não fosse obrigatório. Naquele Dia de Pentecostes, por uma coincidência excecional, tinham ocorrido dois acontecimentos invulgares: a morte de um amigo; e as bodas de prata de um discípulo eminente. Não obstante, em vez de regressar a casa sem mais delongas, como se propusera depois de confirmar a morte de Jeremiah de Saint-Amour, deixou-se arrastar pela curiosidade.

Assim que subiu na carruagem reviu rapidamente a carta póstuma e ordenou ao cocheiro que o levasse a uma morada difícil no antigo bairro dos escravos. Aquela decisão era tão estranha aos seus hábitos, que o cocheiro quis certificar-se de que não havia nenhum engano. Não havia: a morada era clara, e quem a escrevera tinha motivos de sobra para a conhecer muito bem. O doutor Urbino voltou então à primeira folha e mergulhou novamente naquele manancial de revelações indesejáveis que teriam podido modificar-lhe a vida, mesmo na sua idade, se tivesse conseguido convencer-se a si mesmo de que não eram os delírios de um desesperado.

O humor do céu tinha começado a descompor-se desde muito cedo e estava enevoado e fresco, mas não havia risco de chuva antes do meio-dia. Na tentativa de encontrar um caminho mais curto, o cocheiro meteu-se pelas vielas empedradas da cidade colonial, tendo que parar várias vezes para que o cavalo não se espantasse com a desordem dos colégios e das congregações religiosas que regressavam da liturgia de Pentecostes. Havia grinaldas de papel nas ruas, música e flores, raparigas com sombrinhas coloridas e folhos de musselina, que assistiam das varandas ao passar da festa. Na Praça da Catedral, onde só se distinguia a estátua do Libertador entre as palmeiras africanas e os novos candeeiros de globos, havia um engarrafamento de automóveis provocado pela saída da missa e não havia nenhum lugar disponível no venerável e ruidoso Café da Paróquia. O único carro puxado a cavalos era o do doutor Urbino, que se distinguia dos poucos que ainda havia na cidade porque sempre manteve o brilho da capota de charão e por ter ferragens de bronze para que o salitre não as carcomesse, além das rodas e os varais pintados de vermelho com frisos dourados, como nas noites de gala da Ópera de Viena. Além de que, enquanto as famílias mais afetadas se satisfaziam com cocheiros que usassem uma camisa limpa, ele continuara a exigir ao seu a libré de veludo soturno e a cartola de domador de circo, que além de serem anacrónicas eram tidas como uma falta de misericórdia na canícula das Caraíbas.

Apesar do seu amor quase maníaco pela cidade, e de a conhecer melhor que ninguém, o doutor Juvenal Urbino tivera muito poucas vezes um motivo como o de aquele domingo para se aventurar sem reticências na mixórdia do antigo bairro dos escravos. O cocheiro teve de dar muitas voltas e perguntar várias vezes para encontrar a morada. O doutor Urbino reconheceu depressa o ambiente pesado dos pântanos, o seu silêncio fatídico, aqueles ares estrangulados que em tantas madrugadas de insónia subiam até ao seu quarto, misturados com a fragrância dos jasmins do quintal, e que ele sentia passar como um vento de ontem que não tinha nada que ver com a sua vida. Mas aquela pestilência, tantas vezes idealizada pela nostalgia, transformou-se numa realidade insuportável quando a carruagem começou a dar saltos pelo lodaçal das ruas, onde os galináceos disputavam os restos do matadouro que iam sendo arrastados pelo mar em retirada. Ao contrário da cidade vice-real, cujas casas eram de alvenaria, ali eram feitas de madeiras descoradas e telhados de zinco, assentando a sua maioria sobre estacas para que não entrassem os dejetos dos esgotos a céu aberto herdados dos espanhóis. Tudo tinha um aspeto miserável e abandonado, mas das tabernas sórdidas saía o trovão da música de pândega sem Deus nem lei do Pentecostes dos pobres. Quando por fim encontraram a morada, o carro ia seguido por enxames de garotos nus que troçavam dos apetrechos teatrais do cocheiro, e este tinha de os enxotar com o chicote. O doutor Urbino, preparado para uma visita confidencial, compreendeu demasiado tarde que não havia candura mais perigosa que a da sua idade.

O exterior da casa, sem número, não tinha nada que a distinguisse das menos felizes, a não ser a janela com cortinas de renda e um portão retirado de alguma antiga igreja. O cocheiro fez soar a aldraba, e só quando se certificou de que era a morada correta ajudou o médico a descer da carruagem. O portão tinha-se aberto sem ruído e na penumbra interior estava uma mulher madura, completamente vestida de preto e com uma rosa vermelha na orelha. Apesar dos anos, que não eram menos de quarenta, continuava a ser uma mulata altiva, de olhos dourados e cruéis, e o cabelo ajustado à forma do crânio como um capacete de palha-d'aço. O doutor Urbino não a reconheceu, ainda que a tivesse visto diversas vezes através da neblina das partidas de xadrez no estúdio do fotógrafo e numa ou noutra ocasião em que lhe receitara uns pacotinhos de quinino para as febres terçãs. Estendeu-lhe a mão e ela tomou-lha entre as suas, menos para o cumprimentar do que para o ajudar a entrar. A sala tinha o clima e o murmúrio invisível de uma floresta. Estava atulhada de móveis e de objetos delicados, cada um no seu sítio próprio. O doutor Urbino recordou sem amargura a loja de um antiquário de Paris, certa segunda-feira de outono do século passado, no número 26 da Rua de Montmartre. A mulher sentou-se à frente dele e falou-lhe num castelhano difícil.

– Estou às suas ordens, doutor – disse. – Não o esperava tão cedo.

O doutor Urbino sentiu-se traído. Observou-a com o coração, notou o seu luto intenso, a dignidade da sua angústia, e compreendeu então que aquela era uma visita inútil porque ela sabia melhor do que ele tudo quanto dizia e justificava a carta póstuma de Jeremiah de Saint-Amour. Assim era. Ela acompanhara-o até muito poucas horas antes da morte, como o acompanhara durante quase vinte anos, com uma devoção e uma ternura submissas que se pareciam por de mais com o amor, e sem que ninguém o soubesse nesta sonolenta capital de província, onde até os segredos de Estado eram do domínio público. Tinham-se conhecido numa hospedaria de viajantes em Port-au-Prince, onde ela nascera e onde ele tinha passado os seus primeiros tempos de fugitivo, seguindo-o até aqui passado um ano para uma breve visita, ainda que ambos soubessem, sem o terem combinado, que vinha para ficar para sempre. Uma vez por semana era ela quem mantinha a limpeza e a ordem no laboratório, mas nem os vizinhos mais mal intencionados confundiram as aparências com a verdade, porque supunham, como toda a gente, que a invalidez de Jeremiah de Saint-Amour não era só para andar. O próprio doutor Urbino o supunha por razões médicas fundamentadas, e nunca teria acreditado que tivesse uma mulher se ele próprio não lho tivesse revelado na carta. De todas as maneiras, era-lhe difícil compreender que dois adultos livres e sem passado, à margem dos preconceitos de uma sociedade fechada em si mesma, tivessem elegido o risco dos amores proibidos. Ela explicou-lho: «Era assim que ele queria.» Além do mais, a clandestinidade partilhada com um homem que nunca foi totalmente seu e na qual conheceram, por mais de uma vez, a explosão instantânea da felicidade, não lhe pareceu uma condição indesejável. Pelo contrário: a vida tinha-lhe demonstrado que talvez fosse exemplar.

Na noite anterior tinham ido ao cinema, cada um por sua conta e em lugares separados, como costumavam fazer pelo menos duas vezes por mês desde que o imigrante italiano Dom Galileo Daconte instalou um salão a céu aberto nas ruínas de um convento do século XVII. Viram um filme baseado num livro que estivera em moda no ano anterior, e que o doutor Urbino tinha lido com o coração desolado pela barbárie da guerra: *A Oeste Nada de Novo*[1]. Logo a seguir encontraram-se no laboratório e ela achou-o distraído, nostálgico, e pensou que era por causa das cenas brutais dos feridos moribundos na lama. Tentando distraí-lo, convidara-o a jogar xadrez, ao que ele acedera para lhe agradar, mas jogava desconcentrado, com as brancas, claro, até descobrir antes dela que ia ser derrotado em quatro jogadas, rendendo-se sem honra. O médico compreendeu então que o adversário da última partida tinha sido ela e não o general Jerónimo Argote como supusera. Murmurou assombrado:

– Era uma partida de mestre!

Ela insistiu que o mérito não lhe pertencia, pois Jeremiah de Saint-Amour, já perdido entre as brumas da morte, movia as peças sem amor. Quando interrompeu a partida, por volta das onze e um quarto, pois já tinha acabado a música dos bailes públicos, pediu-lhe que o deixasse sozinho. Queria escrever uma carta ao doutor Juvenal Urbino, a quem considerava o homem mais respeitável que jamais conhecera, além de um amigo do peito, como gostava de dizer, apesar de terem por única afinidade o vício do xadrez, compreendido como um diálogo da razão e não como uma ciência. Foi então que ela soubera que Jeremiah de Saint-Amour chegara ao termo da agonia e que não lhe restava mais tempo de vida do que o necessário para escrever a carta. O médico não podia acreditar naquilo.

– Então, você sabia! – exclamou.

– Não só sabia – confirmou ela –, como o ajudei a suportar a agonia com o mesmo amor com que o tinha ajudado a descobrir a felicidade. Porque assim haviam sido os seus últimos onze meses: uma cruel agonia.

---

[1] Filme americano realizado em 1930 por Lewis Milestone e baseado na obra homónima do romancista alemão Erich Maria Remarque (1898-1970). *(N. do E.)*

– O seu dever era revelá-lo – disse o médico.

– Não podia fazer-lhe isso – respondeu ela, escandalizada. – Amava-o de mais.

O doutor Urbino, que julgara já ter ouvido de tudo, nunca ouvira nada igual, e dito de uma maneira tão simples. Olhou-a de frente, com os cinco sentidos, para a fixar na sua memória como era naquele momento: parecia um ídolo dos rios, impávida no seu vestido negro, com os olhos de serpente e a rosa na orelha. Muito tempo antes, numa praia solitária do Haiti onde jaziam os dois, nus depois do amor, Jeremiah de Saint-Amour dissera, num suspiro repentino: «Nunca hei de ser velho.» Ela interpretou-o como um propósito heroico de luta contra os estragos do tempo, mas ele foi mais explícito: tinha a determinação irrevogável de acabar com a vida aos sessenta anos.

Cumprira-os, com efeito, no dia 23 de janeiro desse ano, e tinha então fixado como último prazo a véspera de Pentecostes, que era a festa principal da cidade consagrada ao culto do Espírito Santo. Não houvera nenhum pormenor da noite anterior que ela não tivesse conhecido antecipadamente e falavam sobre isso com frequência, sofrendo juntos a torrente imparável dos dias que já nem ele nem ela podiam deter. Jeremiah de Saint-Amour amava a vida com uma paixão sem sentido, amava o mar e o amor, amava o seu cão e ela, e, à medida que a data se aproximava, ia sucumbindo ao desespero, como se a sua morte não fosse uma decisão sua mas um destino inexorável.

– Ontem à noite, quando o deixei sozinho, já não era deste mundo – disse ela.

Tinha querido trazer o cão consigo, mas viu-o a dormitar junto às muletas e acariciou-o com a ponta dos dedos. Disse: «Sinto muito, mas *Mister Woodrow Wilson* vai-se embora comigo.» Pedira-lhe que o prendesse aos pés do catre enquanto escrevia, e ela atara-o com um nó falso para que pudesse soltar-se. Fora esse o seu único ato de deslealdade, e estava justificado pelo desejo de continuar a recordar o dono nos olhos invernais do seu cão. Mas o doutor

Urbino interrompeu-a para lhe contar que o cão não se tinha soltado. Respondeu-lhe: «Então foi porque não quis.» Mas ficou satisfeita porque preferia continuar a evocar o amante morto como ele lho pedira na noite anterior, quando interrompera a carta que já tinha começado e a olhou pela última vez.

– Recorda-me como uma rosa – disse-lhe.

Tinha chegado a casa pouco depois da meia-noite. Estendeu-se na cama, a fumar, vestida, acendendo o cigarro com a beata do outro para dar tempo a que ele terminasse a carta que ela sabia ser longa e difícil, e pouco antes das três, quando começaram a uivar os cães, pôs ao lume a água para o café, vestiu-se de luto carregado e cortou no pátio a primeira rosa da madrugada. O doutor Urbino dera-se conta, já há algum tempo, quanto ia repudiar a recordação daquela mulher irredimível, e pensava conhecer a razão: só uma pessoa sem princípios podia ser tão complacente com a dor.

Ela deu-lhe mais argumentos até ao final da visita. Não iria ao funeral, pois assim o prometera ao amante, ainda que o doutor Urbino pensasse perceber o contrário num parágrafo da carta. Não choraria uma lágrima, não desperdiçaria o resto dos seus anos a cozer-se em lume brando no caldo das larvas da memória, não se sepultaria em vida a costurar uma mortalha dentro destas quatro paredes, como era tão bem-visto que o fizessem as viúvas nativas. Pensava vender a casa de Jeremiah de Saint-Amour, que passava agora a ser sua com tudo o que tinha dentro, segundo estava disposto na carta, e continuaria a viver como sempre, sem se queixar de nada neste morredouro de pobres onde tinha sido feliz.

Aquela frase perseguiu o doutor Juvenal Urbino durante todo o caminho de regresso a casa: «Este morredouro de pobres.» Não era uma qualificação gratuita. Pois a cidade, a sua, continuava a ser igual à margem do tempo: a mesma cidade ardente e árida dos seus terrores noturnos e dos prazeres solitários da puberdade, onde se enferrujavam as flores e se corrompia o sal, e à qual nada sucedera em quatro séculos, a não ser envelhecer devagar entre loureiros murchos e pântanos pobres. No inverno, umas chuvadas repentinas e arrasadoras faziam transbordar as latrinas e transformavam as ruas em lamaçais nauseabundos. No verão, um pó invisível, áspero como greda de giz ao rubro, metia-se até pelos recantos mais protegidos da imaginação, revolto por uns ventos alucinados que destelhavam as casas e levavam as crianças pelos ares. Aos sábados, toda aquela miséria mulata abandonava tumultuosamente os bairros de lata e cartão das margens dos pântanos, com os seus animais domésticos e os seus tarecos de comer e beber, e iam tomar, num assalto de júbilo, as praias pedregosas do setor colonial. Alguns, entre os mais velhos, até ainda há poucos anos levavam a marca real dos escravos gravada a ferro incandescente no peito. Durante o fim de semana dançavam sem tréguas, apanhavam bebedeiras de morte com álcoois de alambiques caseiros, davam livre curso aos seus amores nos matagais de icaqueiros e, à meia-noite de domingo, desbaratavam as suas próprias festas com rixas sangrentas de todos contra todos. Era a mesma turba impetuosa que no resto da semana se infiltrava nas praças e nas ruelas dos bairros antigos, com bancas de tudo que fosse possível comprar e vender, infundindo à cidade morta um frenesim de feira humana a cheirar a peixe frito: uma vida nova.

A independência do domínio espanhol e depois a abolição da escravatura precipitaram o estado de decadência honrosa em que nasceu e cresceu o doutor Juvenal Urbino. As grandes famílias de antanho afundavam-se no silêncio dos seus alcáceres desguarnecidos. Nos socalcos das ruas empedradas, que tão eficazes tinham sido em guerras e desembarques de bucaneiros, as ervas caíam pelas varandas e abriam gretas nos muros de cal e pedra mesmo nas mansões mais bem conservadas, cujo único sinal vivo, às duas da tarde, eram os lânguidos exercícios de piano na penumbra da sesta. Lá dentro, nos quartos frescos saturados de incenso, as mulheres protegiam-se do sol como de um contágio indigno e até nas missas de madrugada cobriam a cara com a mantilha. Os seus amores eram lentos e difíceis, perturbados amiúde por presságios sinistros, e a vida parecia-lhes interminável. Ao anoitecer, no momento opressivo da passagem para as sombras, erguia-se dos pântanos uma tempestade de pernilongos carniceiros e uma terna baforada de merda humana, quente e triste, remexia no fundo da alma a certeza da morte.

Pois a vida própria da cidade colonial, que o jovem Juvenal Urbino costumava idealizar nas suas melancolias de Paris, era, então, uma ilusão da memória. O seu comércio tinha sido o mais próspero das Caraíbas no século XVIII, sobretudo pelo ingrato privilégio de ser o maior mercado de escravos africanos nas Américas. Foi, além do mais, a residência habitual dos vice-reis do Novo Reino de Granada, que preferiam governar daqui, diante do oceano do mundo, do que na capital distante e gelada, onde os salpicos dos séculos lhes transtornava o sentido da realidade. Várias vezes por ano concentravam-se na baía as frotas dos galeões carregados com os mananciais de Potosi, de Quito, de Vera Cruz, e a cidade vivia então aqueles que foram os seus anos de glória. Na sexta-feira, 8 de junho de 1708, às quatro da tarde, o galeão *San José*, que acabara de zarpar rumo a Cádis com um carregamento de pedras e metais preciosos no valor de meio milhão de pesos da época, fora afundado por uma esquadra inglesa diante da entrada do porto, e dois longos séculos mais tarde ainda não tinha sido resgatado. Aquela fortuna a jazer entre fundos de corais, com o cadáver do comandante a flutuar de lado no posto de comando, costumava ser evocada pelos historiadores como emblema da cidade afogada em recordações.

Do outro lado da baía, no bairro residencial de La Manga, a casa do doutor Juvenal Urbino estava noutro tempo. Era grande e fresca, de um só piso, e com um pórtico de colunas dóricas na varanda da frente, de onde se dominava o reservatório de miasmas e escombros de naufrágios da baía. O chão estava revestido de ladrilhos axadrezados, brancos e pretos, da porta de entrada até à cozinha, e a isto se tinha atribuído mais de uma vez a paixão dominante do doutor Urbino, sem ninguém recordar que esta era uma debilidade comum aos mestres-de-obras catalães que, nos princípios deste século, construíram aquele bairro para novos-ricos. A sala era ampla, de tetos muito altos como toda a casa, com seis janelas de sacada sobre a rua, e estava separada da sala de jantar por uma porta envidraçada, enorme e pintada com ramagens de parras e cachos de uvas, e donzelas seduzidas por flautas de faunos numa floresta de bronze. Os móveis da entrada, até o relógio da sala que mais parecia uma sentinela viva, eram todos originais ingleses do fim do século XIX, e os candeeiros pendurados eram de pingentes de cristal de rocha, havendo por todo o lado jarrões e floreiras de Sèvres, e estatuetas de ídolos pagãos em alabastro. Mas aquela coerência europeia acabava-se no resto da casa, onde os cadeirões de vime se misturavam com cadeiras de baloiço vienenses e tamboretes de couro do artesanato local. Nos quartos, além das camas, havia magníficas redes de San Jacinto, com o nome do dono bordado em letras góticas a fios de seda e franjas coloridas nas orlas. O espaço, originalmente concebido para os jantares de gala, ao lado da casa de jantar, foi aproveitado para uma pequena sala de música onde se davam concertos privados quando vinham intérpretes célebres. Os ladrilhos tinham sido atapetados com tapeçarias turcas compradas na Exposição Universal de Paris para melhorar o silêncio da divisão, havia uma grafonola de modelo recente ao lado de uma estante com discos bem arrumados, e, a um canto, coberto com um pano de Manila, estava o piano que o doutor Urbino não tocava já há muito. Em toda a casa se notava o bom senso e o zelo de uma mulher com os pés bem assentes na terra.

No entanto, nenhum outro lugar revelava a solenidade meticulosa da biblioteca, que foi o santuário do doutor Urbino, até a velhice o levar. Ali, em volta da secretária de nogueira que fora de seu pai e das poltronas de couro acolchoado, mandou revestir as paredes e até as janelas com prateleiras de vidro, e colocou numa ordem quase demente três mil livros idênticos, encadernados com pele de cordeiro e com as suas iniciais a ouro na lombada. Ao contrário das outras divisões, que estavam à mercê dos malefícios e dos maus cheiros do porto, a biblioteca teve sempre o recolhimento e o odor de uma abadia. Nascidos e criados sob a superstição das Caraíbas de abrir portas e janelas para chamar uma aragem que, na realidade, não existia, o doutor Urbino e a esposa sentiram-se, a princípio, com o coração oprimido por estar tudo fechado. Mas acabaram por convencer-se das qualidades do método romano contra o calor, que consistia em manter as casas fechadas durante o torpor de agosto para que o ar ardente da rua não entrasse, e abri-las de par em par para receberem os ventos da noite. A sua foi, a partir daí, a mais fresca sob o sol bravo de La Manga, e era uma benesse dormir a sesta na sombra dos quartos e sentar-se, à tarde, no pórtico a ver passar os cargueiros de Nova Orleães, pesados e cinzentos, e os navios fluviais de roda de madeira, com as luzes acesas ao entardecer, que iam purificando com um rasto de música aquela esterqueira encalhada da baía. Era também a mais bem protegida de dezembro a março, quando os alísios do norte destruíam os telhados e passavam as noites rondando a casa como lobos esfaimados à procura de uma fresta por onde entrar. Ninguém pensou nunca que o casal que se fixara sobre tais alicerces pudesse ter algum motivo para não ser feliz.

Em todo o caso, o doutor Urbino não o estava naquela manhã, ao regressar a casa, antes das dez, transtornado pelas duas visitas, que não só lhe tinham feito perder a missa de Pentecostes, como ameaçavam modificá-lo numa idade em que já tudo parecia consumado. Queria dormir um bocado, como um cão, enquanto não chegava a hora do almoço festivo do doutor Lácides Olivella, mas deu com a criadagem num desassossego a tentar apanhar o papagaio, que voara para o ramo mais alto do tronco da mangueira quando o tiraram da gaiola para lhe cortarem as asas. Era um papagaio depenado e maníaco, que não falava quando lhe pediam mas sim nas ocasiões mais impensáveis, fazendo-o, então, com uma clareza e um raciocínio que não eram muito comuns nos seres humanos. Tinha sido amestrado pelo doutor Urbino pessoalmente, e isso trouxera-lhe privilégios que ninguém da família teve, nem sequer os filhos quando eram pequenos.

Estava naquela casa fazia mais de vinte anos e ninguém soube quantos vivera antes. Todas as tardes depois da sesta, o doutor Urbino sentava-se com ele na varanda do quintal, que era o lugar mais fresco da casa. Tinha apelado para os recursos mais árduos da sua paixão pedagógica até que o papagaio aprendeu a falar francês como um académico. Depois, por mero vício da virtude, ensinou-lhe a acompanhar a missa em latim e alguns excertos escolhidos do Evangelho segundo São Mateus, tentando, sem sorte, inculcar-lhe uma noção mecânica das quatro operações aritméticas. Numa das suas últimas viagens à Europa trouxe o primeiro gramofone de manivela, com muitos discos da moda e os seus clássicos favoritos. Dia após dia, uma e outra vez durante vários meses, arranjava maneira de o papagaio ouvir as canções de Yvette Gilbert e de Aristide Bruan, que fizeram as delícias de França no século passado, até ao aprender de cor. Cantava-as com voz de mulher, se eram as dela, e com voz de tenor, se eram as dele, terminando com umas gargalhadas libertinas que eram o espelho magistral das que as criadas soltavam quando o ouviam cantar em francês. A fama das suas graças tinha chegado tão longe, que, por vezes, pediam autorização para o ver alguns distintos visitantes que chegavam do interior nos navios fluviais, e, numa ocasião, tentaram comprá-lo por qualquer preço uns turistas ingleses dos muitos que passavam naquela época nos barcos bananeiros de Nova Orleães. Porém, o dia da sua maior glória foi quando o presidente da República, Dom Marco Fidel Suárez, com todos os ministros do seu gabinete, vieram àquela casa para comprovar a verdade da sua fama. Chegaram por volta das três da tarde, sufocados pelas cartolas e sobrecasacas de algodão que não tinham tirado durante os três dias da visita oficial, sob o céu incandescente de agosto, mas tiveram de ir-se embora tão intrigados quanto haviam chegado, porque o papagaio negou-se a soltar um ai que fosse durante duas horas de desespero, apesar das súplicas, das ameaças e da vergonha pública do doutor Urbino, que tanto insistira naquele convite temerário, apesar das sábias advertências da esposa.

O facto de o papagaio ter mantido os seus privilégios depois daquele descaramento histórico fora a prova real do seu foro sagrado. Nenhum outro animal era autorizado em casa, exceto a tartaruga, que voltara a aparecer na cozinha passados três ou quatro anos, quando já se julgava perdida para sempre. Mas a esta não a tinham na conta de um ser vivo. Era mais como um amuleto mineral para dar sorte, sem nunca se saber exatamente por onde andava. O doutor Urbino recusava-se a admitir que detestava animais, e disfarçava sob uma capa feita de todo o tipo de fábulas científicas e pretextos filosóficos, que convencia muita gente mas não a sua mulher. Dizia que quem gostasse excessivamente deles era capaz das piores crueldades com os seres humanos. Dizia que os cães não eram fiéis, mas sim servis, que os gatos eram oportunistas e traidores, que os pavões eram arautos da morte, que as araras não eram mais do que estorvos ornamentais, que os coelhos fomentavam a cobiça, que os macacos contagiavam a febre da luxúria e que os galos eram malditos porque se tinham prestado a que negassem Cristo por três vezes.

Pelo seu lado, Fermina Daza, sua mulher, que tinha então setenta e dois anos e já perdera o porte de gazela doutros tempos, era uma idólatra irracional das flores equatoriais e dos animais domésticos, e nos primeiros tempos de casada tinha-se aproveitado da novidade do amor para ter em casa muitos mais do que aconselhava o bom senso. Os primeiros foram três dálmatas com nomes de imperadores romanos, que se mataram entre si pelos favores de uma cadela que fez honra ao seu nome de *Messalina*, pois demorava mais a parir nove cachorros do que a conceber outros dez. Depois foram os gatos abissínios com perfil de águia e ares faraónicos, os siameses vesgos, os persas palacianos de olhos alaranjados, que se passeavam pelos quartos como sombras fantasmagóricas e que alvoraçavam as noites com o alarido das suas queixas de amor. Durante alguns anos, atado pela cintura à mangueira do pátio, houve um macaquinho amazónico que provocava uma certa compaixão porque tinha o semblante preocupado do arcebispo Obdulio y Rey, a mesma candura dos seus olhos e a eloquência das suas mãos, embora não tenha sido por isso que Fermina Daza se desfez dele, mas pelo mau hábito que tinha de se comprazer em honra das senhoras.

Havia todos os tipos de pássaros da Guatemala nas gaiolas dos corredores, alcaravões premonitórios, garças dos pântanos de longas patas amarelas e um jovem corvo que espreitava pelas janelas para comer os antúrios das jarras. Pouco antes da última guerra civil, quando se falou pela primeira vez de uma possível visita do papa, tinham trazido da Guatemala uma ave-do-paraíso, que demorou mais a chegar do que a regressar à sua terra, quando se soube que a notícia da viagem pontifícia tinha sido uma patranha do Governo para assustar os conspiradores liberais. Noutra ocasião compraram, nos veleiros dos contrabandistas de Curaçau, uma gaiola de arame com seis corvos perfumados, iguais aos que Fermina Daza tivera em criança na casa paterna, e que queria continuar a ter depois de casada. Mas ninguém conseguiu suportar os contínuos adejos que infestavam a casa com as suas emanações de coroas funerárias. Também tiveram uma anaconda de quatro metros, cujos suspiros de caçadora inveterada perturbavam a escuridão dos quartos, ainda que tivessem obtido dela o que queriam, que era espantar com o seu hálito mortal os morcegos, as salamandras e as numerosas espécies de insetos indesejáveis que invadiam a casa nos meses de chuva. Para o doutor Juvenal Urbino, tão solicitado nessa altura pelas suas obrigações profissionais e tão absorvido com as suas iniciativas cívicas e culturais, era suficiente imaginar que, no meio de tantas criaturas abomináveis, a sua mulher não só era a mais bonita das Caraíbas, como também a mais feliz. Mas em certa tarde de chuva, ao fim de um dia esgotante, encontrou em casa um desastre que o fez cair na realidade. Da sala de visitas até onde a vista podia alcançar, havia um rio de animais mortos a boiar numa poça de sangue. As criadas, em cima das cadeiras sem saberem o que fazer, mal conseguiam refazer-se do susto da matança.

O caso foi que um dos mastins alemães, enlouquecido por um ataque repentino de raiva, tinha atacado quantos animais se lhe atravessaram no caminho, fosse qual fosse a sua espécie, até que o jardineiro da casa vizinha teve a coragem de lhe fazer frente e matou-o à catanada. Não se sabia quantos tinham sido mordidos ou contaminados pela sua espumarada verde, de modo que o doutor Urbino mandou matar os sobreviventes e incinerar os corpos num campo afastado, e pediu aos serviços do Hospital da Misericórdia uma desinfeção a fundo da casa. O único que se salvou, porque ninguém se lembrou dele, foi a tartaruga que dava sorte.

Fermina Daza concordou com o marido, pela primeira vez, num assunto doméstico e durante muito tempo evitou falar mais de bichos. Consolava-se com as ilustrações a cores da *História Natural* de Lineu, que mandou emoldurar e pendurar na sala, e talvez tivesse acabado por perder a esperança de ver outra vez algum animal em casa se, certa madrugada, os ladrões não tivessem forçado uma das janelas da casa de banho e levado um serviço de prata herdado por cinco gerações. O doutor Urbino pôs cadeados duplos nas argolas das janelas, reforçou as portas por dentro com trancas de ferro, guardou as coisas de mais valor no cofre, e adquiriu o extemporâneo hábito de guerra de dormir com o revólver debaixo da almofada. Mas opôs-se à compra de um cão de guarda, vacinado ou não, preso ou à solta, mesmo que os ladrões os deixassem em pelo.

– Nesta casa não entrará nada que não fale – disse.

Disse-o para pôr termo aos argumentos da mulher, novamente empenhada em comprar um cão, e sem imaginar que aquela generalização apressada havia de custar-lhe a vida. Fermina Daza, cujo carácter impetuoso se tinha atenuado com os anos, levou à letra as palavras do marido: meses após o roubo voltou aos veleiros de Curaçau e comprou um papagaio-real de Paramaribo que só sabia dizer blasfémias de marinheiro, mas que as dizia com uma voz tão humana que bem valia o preço exorbitante de doze centavos.

Era dos bons, mais leve do que aparentava, com a cabeça amarela e a língua preta, única maneira de o distinguir dos papagaios das plantações que não aprendiam a falar nem com supositórios de terebintina. O doutor Urbino, que sabia perder, vergou-se ante o engenho da mulher e ele próprio se surpreendeu com a graça que achava aos progressos do papagaio desafiado pelas criadas. Nas tardes de chuva, quando se lhe desatava a língua de alegria pelas penas encharcadas, dizia frases de outros tempos que não tinha podido aprender lá em casa e que também faziam pensar que era mais velho do que parecia. As últimas reticências do médico desapareceram uma noite em que os ladrões tentaram entrar outra vez por uma claraboia do terraço e o papagaio os espantou com uns latidos de mastim, que não teriam sido mais verosímeis se tivessem sido reais, e gritando «Gatunos, gatunos, gatunos», duas graçolas salvadoras que não tinha aprendido naquela casa. Foi então que o doutor Urbino o tomou a seu cargo e mandou construir, debaixo da mangueira, um poleiro com um recipiente para a água e outro para as sementes, além de um trapézio para as acrobacias. De dezembro a março, quando as noites arrefeciam e a ventania era insuportável devido à aragem de norte, levavam-no para passar a noite nos quartos, dentro de uma gaiola coberta com uma manta, apesar de o doutor Urbino suspeitar que o seu mormo crónico podia ser perigoso para a boa respiração dos humanos. Durante muitos anos cortavam-lhe as penas das asas e deixavam-no à solta, andando à sua vontade com aquele seu andar abaulado de cavalo velho. Mas um dia pôs-se a fazer as suas acrobacias nas traves da cozinha e caiu na panela do cozido, no meio da sua própria gritaria náutica de salve-se quem puder, e com tanta sorte que a cozinheira conseguiu tirá-lo com uma concha, escaldado e sem penas, mas ainda vivo. Desde esse dia deixaram-no na gaiola mesmo durante o dia, contra a crença popular de que os papagaios esquecem o que aprendem quando estão engaiolados, e só o tiravam pela fresca das quatro para as lições do doutor Urbino na varanda do quintal. Ninguém se apercebera a tempo de que tinha as asas muito compridas e quando, naquela manhã, se dispunham a cortar-lhas, fugiu para o cimo da mangueira.

Passadas três horas ainda não tinham conseguido apanhá-lo. As criadas, ajudadas por outras da vizinhança, haviam recorrido a todo o tipo de artifícios para o fazer descer, mas ele continuava teimosamente no seu lugar, gritando, morto de riso, «Viva o Partido Liberal, viva o Partido Liberal, carago», um grito atemorizante que tinha custado a vida a mais de quatro bêbedos felizes. O doutor Urbino mal conseguia distingui-lo entre os ramos e tentou convencê-lo em espanhol e em francês, tentou mesmo em latim, respondendo-lhe o papagaio nas mesmas línguas e com a mesma ênfase e timbre de voz, mas sem arredar pé do ramo. Convencido de que ninguém o conseguiria a bem, o doutor Urbino mandou que se fosse pedir ajuda aos bombeiros, que eram o seu mais recente brinquedo cívico.

Com efeito, até há pouco tempo, os incêndios eram apagados por voluntários com escadas de pedreiro e baldes de água trazidos de onde se pudesse, e era tal a desordem do sistema que frequentemente este causava mais estragos do que os incêndios. Desde o ano anterior, porém, graças a um peditório promovido pela Sociedade de Melhoramentos Públicos, da qual Juvenal Urbino era o presidente honorário, havia um corpo de bombeiros profissionais e um camião-cisterna com sirene e sino, e duas mangueiras de alta pressão. Estavam tão na moda que até as escolas interrompiam as aulas quando se ouviam os sinos das igrejas tocar a rebate, para que as crianças os fossem ver a combater o fogo. No princípio era tudo quanto faziam. Mas o doutor Urbino contou às autoridades que tinha visto, em Hamburgo, os bombeiros ressuscitarem uma criança que encontraram enregelada num sótão, depois de um nevão que durara três dias. Também os vira, numa viela de Nápoles, a descer um morto dentro do caixão, da varanda de um décimo andar, pois as escadas do edifício eram tão sinuosas que a família não tinha conseguido tirá-lo para a rua. Foi assim que os bombeiros locais aprenderam a prestar outros serviços de emergência, como arrombar fechaduras e matar serpentes venenosas, tendo-lhes facultado a Escola de Medicina um curso especial de primeiros socorros para acidentes menores. De modo que não era despropositado pedir-lhes o favor de tirarem da árvore um papagaio distinguido com tantas honrarias como um cavalheiro. O doutor Urbino disse: «Digam-lhes que vão da minha parte.» E foi para o quarto vestir-se para o almoço de cerimónia. A verdade é que, nesse momento, entristecido pela carta de Jeremiah de Saint-Amour, a sorte do papagaio não o preocupava.

Fermina Daza vestira um camiseiro de seda, amplo e solto, cortado pela anca, pusera um colar de pérolas legítimas de seis voltas grandes e desiguais, e uns sapatos de cetim, de saltos altos, que só usava em circunstâncias muito solenes, pois os anos já não lhe permitiam tantos abusos. Aquele fato moderno não parecia adequado a uma venerável avó, mas ficava-lhe muito bem ao corpo de ossos largos, ainda delgado e direito, às suas mãos flexíveis sem um só sinal de velhice, ao seu cabelo azul-prateado, cortado em diagonal à altura das faces. Do seu retrato de casamento apenas lhe ficaram os olhos de amêndoa diáfanos e a altivez de nascença, mas o que lhe faltava por causa da idade era-lhe compensado pelo carácter e sobrava-lhe pela presteza. Sentia-se bem: para longe iam ficando os tempos dos espartilhos de ferro, as cintas apertadas, as ancas levantadas com artifícios de pano. Os corpos libertos, respirando a seu bel-

-prazer, mostravam-se como eram. Mesmo aos setenta e dois anos.

O doutor Urbino foi encontrá-la sentada diante do toucador, sob as pás lentas da ventoinha elétrica, a pôr o chapéu com um enfeite de violetas de feltro. O quarto era amplo e luminoso, com uma cama inglesa protegida por um mosquiteiro de fio rosado, com duas janelas abertas que davam para as árvores do quintal, onde se refugiava o alarido das cigarras aturdidas pelos presságios de chuva. Desde o regresso da viagem de núpcias que Fermina Daza escolhia a roupa do marido segundo o tempo e a ocasião e arrumava-a de véspera, em cima da cadeira, para que ele a encontrasse preparada ao sair da casa de banho. Não se lembrava desde quando começara também a ajudá-lo a vestir-se e, por fim, a vesti-lo, e tinha consciência de que, a princípio, o fizera por amor, mas há uns cinco anos que o tinha de fazer de qualquer maneira, porque ele não conseguia vestir-se sozinho. Acabavam de festejar as bodas de ouro e não sabiam viver, nem um momento, um sem o outro, nem sem pensarem um no outro, e cada vez o sabiam menos à medida que se agravava a velhice. Nem ele nem ela podiam dizer se essa dependência recíproca se fundia no amor ou na comodidade, mas nunca se tinham interrogado com a mão sobre o coração, porque, desde sempre, ambos preferiam ignorar a resposta. Ela tinha descoberto, a pouco e pouco, a incerteza nos passos do marido, as suas mudanças de humor, os seus lapsos de memória, o hábito recente de soluçar a dormir, mas não os interpretou como sinais inequívocos do entorpecimento final, mas sim como um regresso feliz à infância. Por isso não o tratava como a um velho difícil mas como a um menino senil, e esse engano foi providencial para os dois, porque os salvou da compaixão.

Outra coisa bem diferente teria sido a vida para eles, se tivessem sabido a tempo que era mais fácil ultrapassar as grandes catástrofes matrimoniais do que as pequenas misérias do dia a dia. Mas se alguma coisa tinham aprendido juntos era que a sabedoria só nos chega quando já não nos serve para nada. Fermina Daza suportara dificilmente, durante anos, o despertar radiante do marido. Agarrava-se aos últimos fios de sono para não enfrentar o fatalismo de uma nova manhã de presságios sinistros, enquanto ele acordava com a inocência de um recém-nascido: cada novo dia era mais um dia que se ganhava. Ouvia-o despertar com os galos, e o seu primeiro sinal de vida era uma tosse sem motivo nem razão, que parecia propositada para a fazer acordar também. Ouvia-o rezingar, só para a incomodar, enquanto tateava à procura das pantufas que deviam estar ao pé da cama. Ouvia-o encaminhar-se para a casa de banho, às apalpadelas no escuro. Ao fim de uma hora no escritório, quando ela tinha voltado a adormecer, ouvia-o regressar para se vestir, ainda sem acender a luz. Houve uma vez em que, num jogo de salão, lhe perguntaram como se definia a si próprio, ao que respondera: «Sou um homem que se veste às escuras.» Ela ouvia-o, sabendo de antemão que nenhum daqueles ruídos era indispensável e que ele os fazia de propósito ainda que fingisse que não, do mesmo modo que ela estava acordada e fingia não estar. Os motivos dele eram válidos: nunca precisara tanto dela, viva e lúcida, como nesses minutos de confusão.

Não havia ninguém mais elegante do que ela ao dormir, com um trejeito de dança e uma mão sobre a testa, mas também não havia ninguém mais feroz quando lhe perturbavam o prazer de julgar-se adormecida quando já não o estava. O doutor Urbino sabia que ela ficava à escuta de cada ruído que ele fizesse, que até lho teria agradecido para ter alguém a quem deitar a culpa de a acordar às cinco da manhã. E era tanto assim que, nas poucas ocasiões em que tinha de tatear às escuras por não encontrar as pantufas no lugar do costume, ela dizia com voz ensonada: «Ontem à noite deixaste-as na casa de banho.» A seguir, com a voz entrecortada pela raiva, maldizia: «A pior desgraça desta casa é que não se pode dormir.»

Então, voltava-se na cama, acendia a luz sem a menor clemência para consigo, feliz com a sua primeira vitória do dia. No fundo, era um jogo entre eles, mítico e perverso, mas, ao mesmo tempo, reconfortante: um dos muitos prazeres perigosos do amor doméstico. Mas foi por um desses jogos triviais que os primeiros trinta anos de vida em comum estiveram a ponto de se acabar, porque um belo dia não havia sabonete na casa de banho.

Começou com uma simples rotina. Nos tempos em que ainda tomava banho sem ajuda, o doutor Urbino tinha voltado ao quarto e começou a vestir-se sem acender a luz. Ela estava, como sempre a essa hora, no seu tépido estado fetal, de olhos fechados, a respiração ténue, e esse braço de dança sagrada sobre a cabeça. Mas estava, como sempre, meio a dormir e ele sabia-o. Ao fim de um demorado rumor de roçar de linhos engomados na penumbra, o doutor Urbino disse para consigo:

– Já há uma semana que tomo banho sem sabonete.

Então ela acordou de vez, lembrou-se, ficou furiosa contra o mundo, porque, de facto, se tinha esquecido de repor o sabonete na banheira. Tinha notado a falta três dias antes, quando já estava debaixo do chuveiro, e pensou repô-lo logo a seguir, mas depois esqueceu-se até ao dia seguinte. No terceiro dia sucedera-lhe o mesmo. Na verdade, não tinha passado uma semana, como ele dizia, para lhe agravar a culpa, mas sim três dias imperdoáveis, e a fúria de se ver apanhada em falta acabou por fazê-la sair dos eixos. Como sempre, defendeu-se atacando:

– Pois eu tenho tomado banho todos estes dias – gritou fora de si – e houve sempre sabonete.

Ainda que ele conhecesse de sobra os seus métodos de guerra, dessa vez não os pôde suportar. Foi viver, sob um pretexto profissional, para os quartos dos internos do Hospital da Misericórdia, e só ia a casa para mudar de roupa ao fim da tarde, antes das consultas ao domicílio.

Quando o ouvia chegar, ela ia para a cozinha, fingindo fazer qualquer coisa e aí ficava até ouvir na rua o trote dos cavalos da carruagem. Cada vez que, nos três meses que se seguiram, tentaram resolver a discórdia só conseguiram atiçá-la. Ele não estava disposto a voltar enquanto ela não admitisse que não havia sabonete na casa de banho, e ela não estava disposta a recebê-lo enquanto ele não reconhecesse que tinha mentido propositadamente para a atormentar.

Como é óbvio, o incidente deu-lhes oportunidade para evocarem outras, muitas outras, discussões insignificantes de outros tantos despertares turvos. Uns ressentimentos remexiam com outros, reabriam cicatrizes antigas, tornavam-nas feridas novas, e ambos se assustaram com a desoladora conclusão de que em tantos anos de lidas conjugais não tinham feito muito mais do que apascentar rancores. Ele chegou a propor que se submetessem juntos a uma confissão aberta, com o senhor arcebispo se fosse necessário, para que fosse Deus quem decidisse, como árbitro final, se havia ou não sabonete na saboneteira da casa de banho. Então ela, que tão boas estribeiras tinha, perdeu-as por completo com um grito histórico:

– Merda para o senhor arcebispo!

O impropério fez estremecer os alicerces da cidade, deu origem a historietas que não foi fácil desmentir, e foi adotado pela linguagem popular com ares de zarzuela: «Merda para o senhor arcebispo!» Consciente de que tinha passado das marcas, ela antecipou-se à reação que esperava da parte do marido e ameaçou-o de que se mudaria sozinha para a antiga casa do pai, que ainda lhe pertencia, encontrando-se, porém, alugada a repartições públicas. E não eram bravatas: queria mesmo ir-se embora, sem se importar com o escândalo social. Porém, o marido deu-se conta a tempo. Não teve coragem para desafiar os seus preconceitos: cedeu. Não no sentido de admitir que havia sabonete na casa de banho, pois isso seria faltar à verdade, mas no de continuarem a viver na mesma casa, ainda que em quartos separados e sem se dirigirem a palavra. Assim comiam, contornando a situação com tanta destreza que mandavam recados pelos filhos, de um lado para o outro da mesa, sem que estes percebessem que não se falavam.

Como no escritório não havia casa de banho, descobriram a fórmula de resolver o conflito dos ruídos matinais, porque ele ia tomar banho depois de ter preparado a aula e tomava precauções reais para não acordar a mulher. Muitas vezes coincidiam e então faziam turnos para escovarem os dentes antes de dormir. Ao fim de quatro meses, ele deitou-se a ler na cama conjugal enquanto ela não saía da casa de banho como acontecia frequentemente, e adormeceu. Ela deitou-se ao lado dele, com descuido suficiente para que ele acordasse e saísse dali. Com efeito, quase acordou, mas em vez de se levantar, apagou a luz e acomodou-se na almofada. Ela sacudiu-o pelo ombro para lhe lembrar que devia ir para o escritório, mas ele sentia-se tão bem por estar outra vez na cama de penas dos bisavós, que preferiu capitular:

– Deixa-me ficar aqui – disse-lhe. – Sim, havia sabonete.

Quando recordavam este episódio, já no remanso da velhice, nem ele nem ela podiam crer na verdade assombrosa de que aquela discussão fora a mais grave de meio século de vida em comum, e a única que lhes deu aos dois vontade de desistir e começar uma vida diferente. Mesmo quando já eram velhos e tranquilos evitavam falar dela, porque as feridas acabadas de cicatrizar voltavam a sangrar como se fossem de ontem.

Ele foi o primeiro homem a quem Fermina Daza ouviu urinar. Ouviu-o na noite de núpcias no camarote do barco que os levava a França, quando se deitara por causa do enjoo, e o som daquela torrente de cavalo pareceu-lhe tão potente e investido de tanta autoridade que aumentou o seu temor pelos estragos que receava. Aquela recordação vinha-lhe frequentemente à lembrança, à medida que os anos iam debilitando a torrente, porque nunca conseguiu resignar-se a que ele deixasse molhada a borda da sanita cada vez que a usava. O doutor Urbino tentava convencê-la, com argumentos fáceis de compreender para quem os quisesse compreender, que aquele acidente não se repetia todos os dias por descuido seu, como ela insistia, mas sim por uma razão orgânica: a sua torrente de jovem era tão certeira e direta, que no colégio tinha ganho torneios de pontaria a encher garrafas, mas, com o correr dos anos, foi descaindo, até se tomar quase oblíqua, ramificava-se, tornando-se, por fim, numa fonte de fantasia impossível de controlar, apesar dos muitos esforços feitos para a dirigir. Dizia: «A sanita deve ter sido inventada por alguém que não sabia nada de homens.» Contribuía para a paz conjugal com um ato diário que era mais humilhante do que humilde: secava com papel higiénico as bordas da sanita cada vez que a usava. Fermina sabia-o, mas nunca dizia nada enquanto os vapores amoniacais não se tornassem demasiado evidentes na casa de banho, e então proclamava-os como se tivesse descoberto um crime: «Está tudo empestado como uma toca de coelhos!» Nas vésperas da velhice, o próprio revés do corpo lhe inspirou a solução final: urinava sentado, como ela, o que deixava a sanita limpa para além de o deixar a ele em estado de graça.

Já nessa altura tinha grandes dificuldades em bastar-se a si mesmo, e uma escorregadela na banheira, que poderia ter sido fatal, alertou-o contra o chuveiro. A casa, por ser das modernas, não tinha a banheira de peltre com patas de leão que era vulgar nas mansões da cidade antiga. Tinha mandado tirá-la com um argumento higiénico: a banheira era uma dessas muitas porcarias dos europeus, que só tomavam banho na última sexta-feira de cada mês, e ainda por cima tomavam-no na água suja pela mesma sujidade que pretendiam tirar do corpo. De modo que mandaram fazer uma bacia grande, por medida, em pau-santo maciço, onde Fermina Daza dava banho ao marido com o mesmo ritual com que o dera aos filhos recém-nascidos. O banho prolongava-se por mais de uma hora, com águas tratadas, onde tinham fervido folhas de malva e cascas de laranja, o que tinha para ele um efeito tão calmante que, às vezes, até adormecia dentro da perfumada infusão. Depois de lhe dar banho, Fermina Daza ajudava-o a vestir-se, deitava-lhe pó de talco entre as pernas, untava-o com manteiga de cacau nas assaduras, punha-lhe as cuecas com tanto amor como se fosse uma fralda, e continuava a vesti-lo, peça a peça, das meias até ao nó da gravata com o alfinete de topázio. As manhãs conjugais apaziguaram-se, porque ele voltou a assumir a infância que os filhos lhe tinham tirado. Ela, pelo seu lado, acabou por se harmonizar com o horário familiar, porque também para ela passavam os anos: dormia cada vez menos e antes de completar os setenta acordava primeiro que o marido.

No Domingo de Pentecostes, quando levantou a manta para ver o cadáver de Jeremiah de Saint-Amour, o doutor Urbino teve a revelação de algo que lhe tinha sido negado até então nas suas divagações mais lúcidas de médico e de crente. Foi como se depois de tantos anos de familiaridade com a morte, depois de tanto a combater e manusear pelo direito e pelo avesso, aquela tivesse sido a primeira vez em que se atrevera a olhá-la de frente, e também ela olhava para ele. Não era o medo da morte. Não: o medo estava dentro dele há já muitos anos, convivia com ele, era outra sombra da sua sombra, desde aquela noite em que acordou perturbado por um pesadelo e que se consciencializou de que a morte não era apenas uma probabilidade permanente, como sempre tinha achado, mas uma realidade imediata. Pelo contrário, o que tinha visto naquele dia era a presença física de algo que até então não tinha sido mais do que uma certeza da imaginação. Agradou-lhe que o instrumento da Divina Providência para aquela revelação surpreendente tivesse sido Jeremiah de Saint-Amour, a quem sempre teve como santo que ignorava o seu próprio estado de graça. Mas quando a carta lhe revelou a sua verdadeira identidade, o seu passado sinistro, o seu inconcebível poder de simulação, sentiu que algo de definitivo e de irreparável sucedera na sua vida.

No entanto, Fermina Daza não se deixou contagiar pelo seu humor sombrio. Não que não o tivesse tentado, imediatamente, enquanto ela o ajudava a meter as pernas nas calças e lhe apertava a longa fila de botões da camisa. Mas não o conseguiu porque Fermina Daza não era facilmente impressionável e ainda menos com a morte de um homem de quem não gostava. Sabia apenas que Jeremiah de Saint--Amour era um inválido de muletas a quem nunca tinha visto, que fugira de um pelotão de fuzilamento numa das muitas insurreições de alguma das muitas ilhas das Antilhas, que se fizera fotógrafo de crianças por necessidade, chegando a ser o mais solicitado da província, e que tinha ganho uma partida de xadrez a alguém que ela recordava como Torremolinos mas que na verdade se chamava Capablanca.

– Pois não era mais do que um evadido de Caiena, condenado a prisão perpétua por um crime atroz – disse o doutor Urbino. – Imagina que até comeu carne humana.

Deu-lhe a carta cujos segredos queria levar consigo para o túmulo, mas ela guardou as folhas dobradas no toucador, sem as ler, e fechou a gaveta à chave. Estava acostumada à insondável capacidade do marido para se surpreender, aos seus preconceitos excessivos que, com os anos, se tornavam mais arrevesados, a uma estreiteza de critérios que não se compadecia com a sua imagem pública. Mas daquela vez tinha ultrapassado os seus próprios limites. Supunha que o marido não apreciava Jeremiah de Saint-Amour não pelo que este tinha sido antes, mas sim pelo que começou a ser a partir do momento em que chegou sem quaisquer haveres além da sua mochila de exilado, e não conseguia perceber porque o consternava daquela maneira a revelação tardia da sua identidade. Não percebia porque lhe parecia tão abominável o facto de ele ter tido uma mulher escondida se esse era um atavismo dos homens da sua classe, até dele num momento ingrato, além de que lhe parecia uma extraordinária prova de amor o facto de ela o ter ajudado a consumar a sua decisão de morrer. Disse: «Se tu te decidisses também a fazê-lo por razões tão sérias como as que ele tinha, o meu dever seria fazer o que ela fez.» O doutor Urbino deu uma vez mais consigo na encruzilhada da pura incompreensão que o exasperara durante meio século.

– Não percebes nada – disse. – O que me indigna não é o que foi nem o que fez, mas o engano em que nos manteve a todos durante tantos anos.

Os olhos começaram a marejar-se-lhe de lágrimas compreensíveis, mas ela fingiu ignorá-las.

– Fez bem – replicou. – Se tivesse dito a verdade, nem tu nem essa pobre mulher, nem ninguém daqui o teria estimado tanto como o estimaram.

Prendeu-lhe o relógio de corrente na botoeira do colete. Rematou-lhe o nó da gravata e pôs-lhe o alfinete de topázio. Depois, enxugou-lhe as lágrimas e secou-lhe a barba molhada com o lenço humedecido de água floral, e pôs-lho no bolso do peito com as pontas abertas como uma magnólia. As onze badaladas do relógio de pêndulo ressoaram por toda a casa.

– Despacha-te – disse ela, puxando-lhe pelo braço. – Vamos chegar atrasados.

Aminta Dechamps, mulher do doutor Lácides Olivella, e as suas sete filhas, qual delas a mais diligente, tinham providenciado tudo para que o almoço das bodas de prata fosse o acontecimento social do ano. A residência familiar, em pleno centro histórico da cidade, era a antiga Casa da Moeda, desfigurada por um arquiteto florentino que passou por aqui como um vento nefasto de renovação e transformou em basílicas de Veneza mais de quatro relíquias do século XVII. Tinha seis quartos e duas salas, de jantar e de visitas, amplas e bem ventiladas, mas insuficientes para os convidados da cidade, além das notáveis individualidades que viriam de fora. O pátio era igual ao claustro de uma abadia, com um repuxo de pedra que cantava no meio e canteiros de girassóis que perfumavam a casa ao entardecer, mas o espaço das arcadas não chegava para tantos e tão grandes apelidos. De modo que decidiram oferecer o almoço na casa de campo da família, a dez minutos de automóvel pela estrada real, que tinha um alqueive além dos enormes loureiros-da-índia e dos nenúfares no rio de águas mansas. Os homens da Estalagem de Dom Sancho, orientados pela senhora de Olivella, montaram toldos de lona colorida nos espaços sem sombra e armaram, sob os loureiros, um retângulo com mesinhas para cento e vinte e dois talheres, com toalhas de linho e ramos de rosas desse dia na mesa de honra. Construíram também um estrado para uma banda de instrumentos de sopro, com um programa limitado de contradanças e valsas nacionais, e para um quarteto de cordas da Escola de Belas-Artes, que era uma surpresa da senhora Olivella para o venerável professor do seu marido, que presidiria ao almoço. Ainda que a data não correspondesse rigorosamente ao aniversário da formatura, escolheram o Domingo de Pentecostes para enaltecer o sentido da festa.

Os preparativos tinham começado três meses antes, por receio de que algum detalhe indispensável ficasse por fazer, por falta de tempo. Mandaram vir galinhas vivas do Pântano de Ouro, famosas em todo o litoral, não só pelo seu tamanho e sabor, mas porque nos tempos coloniais andavam à solta a debicar pelas terras de aluvião e encontravam-lhes pedacinhos de ouro puro na moela. A senhora de Olivella, em pessoa, acompanhada por algumas das filhas e pelas criadas, subia a bordo dos transatlânticos de luxo para escolher o que de melhor viesse de todo o mundo a fim de honrar os méritos do marido. Tinha previsto tudo, exceto que a festa se realizava num domingo de junho num ano de chuvas tardias. Deu-se conta de tal risco na manhã do próprio dia, ao sair para a missa e ao assustar-se com a humidade do ar, e ao ver que o céu estava denso e baixo sem se conseguir ver o horizonte do mar. Apesar desses sinais aziagos, o diretor do observatório astronómico, com quem se encontrou na missa, lembrou-lhe que na tão azarada história da cidade, mesmo nos invernos mais rigorosos, nunca chovera no Dia de Pentecostes. Não obstante, ao soar o meio-dia, quando já muitos dos convidados tomavam o aperitivo ao ar livre, o ribombar de um trovão isolado fez tremer a terra, um vento de borrasca descompôs as mesas, levou os toldos pelo ar e do céu desabou uma tremenda chuvada.

O doutor Juvenal Urbino conseguiu chegar a grande custo no meio da desordem causada pela tempestade, com os últimos convidados que encontrou pelo caminho, e pretendia ir com eles dos carros à casa, saltitando de pedra em pedra pelo pátio lajeado, mas acabou por aceitar a humilhação de ser levado em braços pelos homens de Dom Sancho sob um pálio de lona amarela. As mesas separadas foram novamente dispostas o melhor que se pôde, dentro de casa, até nos quartos, e os convidados não faziam o menor esforço para disfarçarem o seu humor de naufrágio. Fazia um calor de caldeira de navio, pois tiveram que fechar as janelas para evitar que a chuva entrasse, açoitada pelo vento. No pátio, cada lugar da mesa tinha um cartão com o nome do convidado, estando previsto um lado para os homens e outro para as mulheres, como era costume. Mas, dentro de casa, os cartões com os nomes misturaram-se, e cada um sentou-se conforme pôde, numa promiscuidade de força maior que, por uma vez, contrariou as nossas superstições sociais. No meio do cataclismo, Aminta de Olivella parecia estar em todo o lado ao mesmo tempo, com o cabelo ensopado e o magnífico vestido salpicado de lama, mas suportava a desgraça com o sorriso invencível que aprendera com o marido, para não dar esse prazer à adversidade. Com a ajuda das filhas, forjadas na mesma fibra, conseguiu, até onde lhe foi possível, manter os lugares da mesa de honra, com o doutor Juvenal Urbino no centro e o arcebispo Obdulio y Rey à sua direita. Fermina Daza sentou-se ao lado do marido, como era costume, por receio de que este adormecesse durante o almoço ou entornasse a sopa na lapela. O lugar em frente foi ocupado pelo doutor Lácides Olivella, um cinquentão com ares femininos, muito bem conservado, cujo espírito alegre não tinha qualquer relação com os seus diagnósticos acertados. O resto da mesa ficou completo com as autoridades provinciais e municipais e a rainha de beleza do ano anterior, que o governador levou pelo braço sentando-a a seu lado. Ainda que não fosse habitual que nos convites se exigisse um traje especial e menos ainda para um almoço campestre, as mulheres usavam vestidos de noite com adereços de pedras preciosas e a maioria dos homens vestia de escuro com gravata preta, alguns levando até sobrecasaca. Só os muito acostumados aos acontecimentos sociais é que vestiam os seus fatos de todos os dias. Em cada lugar havia uma cópia da ementa, impressa em francês e com vinhetas douradas.

A senhora de Olivella, assustada com os efeitos do calor, deu uma volta pela casa insistindo para que tirassem os casacos para almoçar, mas ninguém se atreveu a dar o exemplo. O arcebispo chamou a atenção do doutor Urbino para o facto de aquele ser, em certa medida, um almoço histórico: aí estavam pela primeira vez juntos à mesma mesa, cicatrizadas as feridas e dissipados os rancores, os dois partidos das guerras civis que tinham ensanguentado o país desde a independência. Este pensamento coincidia com o entusiasmo dos liberais, principalmente dos jovens, que tinham conseguido eleger um presidente para o seu partido após quarenta e cinco anos de hegemonia conservadora. O doutor Urbino não estava de acordo: um presidente liberal não lhe parecia uma figura especialmente diferente de um presidente conservador, apenas mais mal vestido. No entanto, não quis contrariar o arcebispo. Ainda que tivesse gostado de o informar que naquele almoço não estava ninguém pelos motivos que pensava mas sim pelos méritos da sua estirpe, que sempre se manteve acima dos jogos da política e dos horrores da guerra. Visto desta maneira, com efeito, não faltava ninguém.

A chuvada parou tão depressa quanto começara e o sol incendiou-se de novo no céu sem nuvens, mas a tempestade tinha sido tão violenta que arrancou algumas árvores pela raiz e o ribeiro transbordou, enlameando totalmente o pátio. O pior desastre acontecera na cozinha. Tinham montado com tijolos vários fogões de lenha, nas traseiras da casa, ao ar livre, e os cozinheiros mal tinham tido tempo de salvar os panelões da chuva. Perderam algum tempo com a emergência, pondo ordem na cozinha inundada e improvisando novos fogões no corredor das traseiras. Porém, à uma da tarde, estava tudo resolvido e só faltava a sobremesa, encomendada às freiras de Santa Clara, que se tinham comprometido a entregá-la até às onze. Receava-se que o ribeiro da estrada real tivesse galgado o leito, como acontecia num ou outro inverno, e, nesse caso, podia-se contar que a sobremesa teria um atraso de duas horas. Assim que a chuva cessou, abriram as janelas e a casa refrescou purificando o ar do enxofre da tempestade. Deram logo ordens para que a banda executasse o programa de valsas no terraço do pórtico, o que só serviu para aumentar a ansiedade, porque a ressonância dos metais dentro de casa obrigava a que se conversasse aos gritos. Cansada de esperar, com um sorriso à beira das lágrimas, Aminta de Olivella mandou servir o almoço.

O grupo da Escola de Belas-Artes iniciou o concerto, no meio de um silêncio formal conseguido pelos compassos iniciais de *La Chasse* de Mozart. Apesar das vozes cada vez mais altas e confusas, e do estorvo dos criados negros de Dom Sancho que passavam à justa por entre as mesas com as travessas fumegantes, o doutor Urbino conseguiu manter um canal aberto para a música até ao fim do programa. O seu poder de concentração diminuía ano após ano, ao ponto de ter de anotar num papel cada jogada de xadrez para saber onde ia. Não obstante, ainda conseguia manter uma conversa sem perder uma nota de um concerto, claro que sem chegar ao extremo de um seu grande amigo e maestro alemão que nos seus tempos de Áustria lia a partitura de *Don Giovanni* enquanto ouvia *Tannhäuser*.

A segunda peça do programa, *A Morte e a Donzela* de Schubert, pareceu-lhe executada com um dramatismo fácil. Enquanto se esforçava por ouvi-la através do novo ruído dos talheres nos pratos, fixava o olhar num rapaz de rosto rosado que o cumprimentou com uma inclinação de cabeça. Já o vira em qualquer parte, sem dúvida, mas não conseguia lembrar-se de onde. Sucedia-lhe com frequência, principalmente com o nome das pessoas, mesmo as mais conhecidas, ou com uma melodia de outros tempos, o que lhe provocava uma angústia tão grande que certa noite preferira morrer a ter de a suportar até de manhã. Estava prestes a atingir esse estado quando uma luzinha caridosa lhe iluminou a memória: o rapaz fora seu aluno no ano anterior. Ficou surpreendido por o ver ali, no reino dos eleitos, mas o doutor Olivella recordou-lhe que era filho do ministro da Higiene e que viera preparar uma tese de medicina legal. O doutor Juvenal Urbino acenou-lhe alegremente com a mão e o jovem médico pôs-se de pé, respondendo com uma reverência. Mas nem nesse momento nem depois percebeu que se tratava do estagiário que tinha estado com ele, nessa manhã, em casa de Jeremiah de Saint-Amour.

Descontraído por mais essa vitória sobre a velhice, abandonou-se ao lirismo diáfano e fluido da última peça do programa, que não conseguiu identificar. Mais tarde, o jovem violoncelista do conjunto, que acabava de chegar de França, disse-lhe que era o quarteto de cordas de Gabriel Fauré, de quem o doutor Urbino nunca ouvira falar apesar de estar sempre muito atento às novidades que vinham da Europa. Preocupada com ele, como sempre, mas principalmente quando o via absorto em público, Fermina Daza parou de comer e pôs a sua mão terrestre sobre a dele. Disse-lhe: «Não penses mais nisso.» O doutor Urbino sorriu-lhe do outro lado do êxtase e foi então que voltou a pensar no que ela receava. Lembrou-se de Jeremiah de Saint-Amour, a essa hora dentro do caixão com o falso uniforme de combatente e as condecorações de lata, sob o olhar acusador das crianças dos retratos. Voltou-se para o arcebispo para lhe dar a notícia do suicídio, mas ele já a ouvira. As pessoas tinham comentado muito o caso no fim da missa, e até recebera um pedido do coronel Jerónimo Argote, em nome dos refugiados das Caraíbas, para que fosse sepultado em terra santa. Disse: «O próprio pedido me pareceu uma falta de respeito.» Depois, num tom mais humano, perguntou se se sabia a causa do suicídio. O doutor Urbino respondeu-lhe com uma palavra correta, convencido de que a tinha inventado nesse momento: *gerontofobia.* O doutor Olivella, ocupado com os seus convidados mais próximos, abandonou-

-os por uns instantes para participar na conversa do seu mestre. Disse: «É uma pena que ainda se nos deparem suicídios que não sejam por amor.» O doutor Urbino não se surpreendeu por reconhecer os seus pensamentos nos do discípulo predileto.

– E pior ainda – disse. – Foi com cianeto de ouro.

Ao dizê-lo sentiu que a compaixão voltara a prevalecer sobre a amargura da carta, mas não agradeceu à mulher mas antes ao milagre da música. Então falou com o arcebispo desse santo leigo que conhecera durante os lentos fins de tarde de xadrez, contou-lhe como consagrara a sua arte à felicidade das crianças, a sua invulgar erudição sobre todas as coisas do mundo, os seus hábitos espartanos, e ele próprio se surpreendeu com a pureza de alma com que o afastara, tão rápida e completamente, do seu passado. Falou então com o alcaide sobre a conveniência de comprar o arquivo de chapas fotográficas, para conservar as imagens de uma geração que porventura não voltaria a ser feliz fora daqueles retratos, e em cujas mãos estava o futuro da cidade. O arcebispo escandalizara-se por um católico praticante e culto se ter atrevido a pensar na santidade de um suicida, mas concordou com a iniciativa de arquivar os negativos. O alcaide quis saber a quem tinha de os comprar. O doutor Urbino sentiu a língua a arder com o fogo do segredo, mas conseguiu suportá-lo sem trair a clandestina herdeira dos arquivos. Disse: «Encarrego-me eu disso.» E sentiu-se redimido pela sua lealdade para com a mulher que repudiara cinco horas antes. Fermina Daza notou-o e obrigou-o a prometer em voz baixa que iria ao funeral. Claro que iria, disse aliviado, não faltava mais nada.

Os discursos foram breves e fáceis. A banda dos instrumentos de sopro iniciou uma modinha popular que não estava prevista no programa, e os convidados passeavam pelos terraços à espera que os homens da Estalagem de Dom Sancho acabassem de tirar a água do pátio, para o caso de alguém se animar a dançar. Os únicos que continuavam na sala eram os convidados da mesa de honra, comemorando o facto de o doutor Urbino ter bebido de um só trago, no brinde final, meio copinho de brande. Ninguém se lembrava de que o tivesse feito antes, exceto com um copo de vinho de grande qualidade para acompanhar um prato muito especial, mas o coração pedira-lho naquela tarde, estando a sua debilidade bem recompensada: mais uma vez, ao fim de tantos, tantos anos, tinha vontade de cantar. E com certeza que o teria feito, a pedido do jovem violoncelista que se ofereceu para o acompanhar, se não fosse um automóvel dos novos ter atravessado o lamaçal do quintal velozmente, salpicando os músicos e alvoroçando os patos nas capoeiras com o soar da sua buzina, e parando diante da porta da casa. O doutor Marco Aurélio Urbino Daza e a esposa desceram, mortos de riso, levando em cada mão uma bandeja coberta com um guardanapo bordado. Bandejas iguais estavam sobre os outros assentos e até em baixo, aos pés do motorista. Era a sobremesa atrasada. Quando cessaram os aplausos e os assobios de cordial zombaria, o doutor Urbino Daza explicou, agora a sério, que as clarissas lhe tinham pedido o favor de levar a sobremesa ainda antes da tempestade, mas que se tinha desviado da estrada real porque alguém lhe disse que havia fogo em casa dos pais. O doutor Juvenal Urbino chegou a assustar-se sem esperar que o filho acabasse o relato. Mas a mulher recordou-lhe a tempo que fora ele mesmo quem chamara os bombeiros para apanharem o papagaio. Aminta de Olivella, radiante, decidiu servir a sobremesa nos terraços, mesmo depois do café. Mas o doutor Juvenal Urbino e a mulher saíram sem a provar porque havia pouco tempo para ele dormir a sua sesta sagrada antes do funeral.

Dormiu, mas pouco e mal, porque de regresso a casa verificou que os bombeiros tinham provocado estragos quase tão graves como os do fogo. Ao tentarem assustar o papagaio, tinham desfolhado completamente uma árvore com as mangueiras de pressão, e um jato mal orientado entrou pelas janelas do quarto principal, provocando danos irreparáveis nas mobílias e nos retratos de avós desconhecidos, pendurados nas paredes. Os vizinhos acudiram ao ouvir o sino do carro dos bombeiros, julgando que era um incêndio, e se piores estragos não houve, ficou-se a dever ao facto de ser domingo e os colégios estarem fechados. Quando se deram conta de que não apanhariam o papagaio nem com as escadas extensíveis, os bombeiros começaram a cortar os ramos à machadada e só a oportuna chegada do doutor Urbino Daza impediu que a mutilassem até ao tronco. Deixaram recado que voltariam depois das cinco, caso os autorizassem a podá-la, e, ao passarem, enlamearam o jardim interior e a sala, e rasgaram um tapete turco, que era o preferido de Fermina Daza. Desastres inúteis, aliás, porque a impressão generalizada era que o papagaio tinha aproveitado a desordem para fugir para os jardins vizinhos. Com efeito, o doutor Urbino andou à procura dele nas copas das árvores, mas não obteve resposta em nenhuma língua, nem com assobios nem com canções, de modo que o deu por perdido e eram quase três horas quando se foi deitar. Antes usufruiu o prazer da fragrância de jardim secreto da sua urina purificada pelos suaves espargos.

A tristeza acordou-o. Não a que sentira de manhã diante do cadáver do amigo, mas essa névoa invisível que lhe saturava a alma depois da sesta, e que ele interpretava como uma notificação divina de que estava a viver os seus últimos fins de tarde. Até aos cinquenta anos não se apercebera do tamanho nem do peso nem do estado das suas vísceras. Pouco a pouco, enquanto jazia de olhos fechados, depois da sesta diária, tinha começado a senti-las, uma a uma, sentindo até a forma do seu coração insone, do seu fígado misterioso, do seu pâncreas hermético, e descobrira que até as pessoas mais velhas eram mais novas do que ele e que tinha acabado de ser o único sobrevivente dos lendários retratos de grupo da sua geração. Quando se deu conta dos seus primeiros esquecimentos, apelou para um recurso que ouvira a um dos seus professores na Escola de Medicina: «Aquele que não tem memória faz uma de papel.» No entanto, foi uma ilusão efémera, pois tinha chegado ao extremo de esquecer o que queriam dizer as mnemónicas que metia nos bolsos, dava a volta à casa à procura dos óculos que tinha no nariz, voltava a dar a volta à chave depois de ter fechado as portas e perdia o fio da leitura porque se esquecia das premissas dos argumentos ou da filiação das personagens. Mas o que mais o inquietava era a desconfiança que tinha do seu próprio raciocínio: pouco a pouco, num naufrágio inevitável, sentia que estava a perder o sentido da justiça.

Por mera experiência, ainda que sem fundamentos científicos, o doutor Juvenal Urbino sabia que a maioria das doenças mortais tinha um cheiro próprio, mas nenhum era tão específico como o da velhice. Sentia-o nos cadáveres abertos na mesa de dissecação, reconhecia-o até nos pacientes que melhor dissimulavam a idade e no suor da sua própria pele, na respiração tranquila da mulher adormecida. Se não fosse ser o que no fundo era, um cristão à moda antiga, talvez tivesse estado de acordo com Jeremiah de Saint-Amour quanto à velhice ser um estado indecente que devia ser evitado a tempo. A única consolação, mesmo para alguém como ele que tinha sido um bom homem de cama, era a extinção lenta e piedosa do apetite venéreo: a paz sexual. Aos oitenta e um anos era suficientemente lúcido para perceber de que estava preso ao mundo por laços tão ténues que se poderiam quebrar sem dor com uma simples mudança de posição durante o sono, e se fazia o possível por mantê-los era pelo terror de não encontrar Deus na escuridão da morte.

Fermina Daza estivera ocupada a arranjar o quarto devastado pelos bombeiros e, um pouco antes das quatro, mandou levar ao marido o copo diário de limonada com gelo picado, lembrando-lhe que devia vestir-se para o funeral. Nessa tarde, o doutor Urbino tinha dois livros à mão: *O Homem, Esse Desconhecido*, de Alexis Carrell, e *O Livro de San Michele*, de Axel Munthe. Este último ainda não estava aberto e pediu a Digna Pardo, a cozinheira, que lhe levasse a faca de papel de marfim que esquecera no quarto.

Mas quando lha levaram já estava a ler *O Homem, Esse Desconhecido* na página marcada com o sobrescrito de uma carta: faltavam-lhe muito poucas para o acabar. Leu devagar, avançando por entre os meandros de um princípio de dor de cabeça que atribuiu ao copinho de brande do brinde final. Nas pausas da leitura, bebia um gole de limonada ou ficava-se a trincar um pedacinho de gelo. Tinha as meias calçadas, a camisa sem o colarinho postiço e os suspensórios elásticos de riscas verdes caídos de cada lado da cintura, e aborrecia-o só a ideia de ter de mudar de roupa para o funeral. Passado pouco tempo deixou de ler, pôs o livro sobre o outro e começou a balançar-se muito devagar na cadeira de vime, contemplando as árvores no pátio, a mangueira despida, as formigas de asa de depois da chuva, o esplendor efémero de outra tarde a menos, que se ia para sempre. Esquecera que uma vez tivera um papagaio de Paramaribo a quem quis como a um ser humano, quando o ouviu subitamente: «Papagaio louro!» Ouviu-o muito perto, quase ao seu lado e depois viu-o no ramo mais baixo da mangueira.

– Desavergonhado – gritou.

O papagaio respondeu-lhe com voz idêntica:

– Mais desavergonhado serás tu, doutor.

Continuou a conversar com ele sem o perder de vista, enquanto calçava as pantufas com muito cuidado para não o espantar e, enfiando os braços nos suspensórios, desceu ao quintal ainda enlameado, tateando o chão com a bengala para não tropeçar nos três degraus do terraço. O papagaio não se mexeu. Estava tão baixo que lhe ofereceu a bengala para que se empoleirasse no castão de prata, como costumava, mas o papagaio esquivou-se. Saltou para outro ramo, um pouco mais alto mas de acesso mais fácil, onde estava encostada a escada lá de casa antes de chegarem os bombeiros. O doutor Urbino calculou a altura e pensou que subindo dois degraus podia apanhá-lo. Subiu o primeiro, cantarolando uma canção de cúmplice para distrair a atenção do arisco animal que repetia as palavras sem a música, mas afastando-se no ramo com passinhos laterais. Subiu o segundo degrau sem dificuldade, agarrado à escada com as duas mãos, e o papagaio começou a repetir a canção completa sem mudar de lugar. Subiu o terceiro degrau e logo o quarto, pois tinha calculado mal a altura do ramo, e segurando-se bem à escada com a mão esquerda, tentou apanhar o papagaio com a direita. Digna Pardo, a velha criada que o vinha avisar de que se estava a fazer tarde para o funeral, viu o homem de costas montado na escada e não podia acreditar que era quem era, não fossem as riscas verdes dos suspensórios elásticos.

– Santíssimo Sacramento! – gritou. – Ai que se mata!

O doutor Urbino agarrou o papagaio pelo pescoço com um suspiro de triunfo: «Ça y est.» Mas soltou-o logo porque a escada escorregou-lhe debaixo dos pés e ele ficou por um momento suspenso no ar, dando-se então conta de que morria sem comunhão, sem tempo para se arrepender de nada nem se despedir de ninguém, às quatro horas e sete minutos da tarde de Domingo de Pentecostes.

Fermina Daza estava na cozinha a provar a sopa do jantar quando ouviu o grito horrorizado de Digna Pardo e o alvoroço da criadagem e logo o da vizinhança. Atirou a colher para o lado e tentou correr como podia com o invencível peso da sua idade, aos gritos como uma louca sem saber ainda o que é que se passava sob os ramos da mangueira, e o coração partiu-se-lhe ao ver o seu homem estendido ao comprido na lama, já morto em vida, mas resistindo ainda um último minuto ao golpe final da morte para lhe dar tempo a chegar. Chegou a reconhecê-la no meio da confusão, através das lágrimas da dor única de morrer sem ela, olhou-a pela última vez para todo o sempre, com os olhos mais luminosos, mais tristes e mais agradecidos que ela jamais lhe vira em meio século de vida em comum, conseguindo dizer-lhe com o último suspiro:

– Só Deus sabe o quanto te amei.

Foi uma morte memorável, e não sem razões. Assim que acabou os seus estudos de especialização em França, o doutor Juvenal Urbino ficou conhecido em todo o país por ter esconjurado a tempo, com métodos novos e drásticos, a última epidemia de cólera-morbo que assolou a província. A anterior, estava ele ainda na Europa, tinha causado a morte a um quarto da população urbana em menos de três meses, incluindo o seu pai, que também fora um médico muito apreciado. Com o prestígio imediato e uma boa contribuição do património familiar, fundou a Sociedade Médica, a primeira e a única nas províncias das Caraíbas durante muitos anos, e foi o seu presidente vitalício. Conseguiu a construção do primeiro aqueduto, do primeiro sistema de esgotos e do mercado público coberto, que permitiu sanear a podridão que era a baía das Ánimas. Foi ainda presidente da Academia da Língua e da Academia de História. O patriarca latino de Jerusalém fê-lo cavaleiro da Ordem do Santo Sepulcro pelos serviços prestados à Igreja e o Governo de França concedeu-lhe a Legião de Honra no grau de comendador. Foi um animador ativo de quantas congregações religiosas e cívicas existiram na cidade, e em especial da junta Patriótica, constituída por cidadãos influentes sem interesses políticos, que pressionavam os governos e o comércio local com iniciativas progressistas demasiado audazes para a época. Entre estas, a mais notável foi o ensaio de um balão aerostático que levou, no voo inaugural, uma carta até San Juan de la Ciénaga, muito antes de alguém pensar em correio aéreo como uma possibilidade racional. Também foi sua a ideia do Centro Artístico, que fundou a Escola de Belas-Artes na mesma casa onde ainda hoje funciona, e patrocinou durante muitos anos os Jogos Florais de abril.

Só ele conseguiu o que durante um século parecera impossível: a restauração do Teatro da Comédia, convertido em recinto de luta de galos desde os tempos da colónia. Foi o culminar de uma campanha cívica espetacular que envolveu todos os setores da cidade, sem exceção, numa mobilização de multidões que muitos consideraram digna de melhor causa. Mesmo assim, o novo Teatro da Comédia inaugurou-se sem ter ainda nem cadeiras nem candeeiros, levando os espetadores de casa onde se sentar e com que se alumiar nos intervalos. Impôs-se a mesma etiqueta das grandes estreias da Europa, em que as senhoras aproveitavam para exibir os seus vestidos compridos e os casacos de peles na canícula das Caraíbas, mas tiveram de autorizar também a entrada aos criados que levavam as cadeiras e os candeeiros e quantas coisas de comer acharam necessárias para resistir aos programas intermináveis, um dos quais se prolongou até à hora da primeira missa. A temporada abriu com uma companhia francesa de ópera, cuja novidade era ter uma harpa na orquestra e cuja inesquecível glória era a voz imaculada e o talento dramático de uma soprano turca que cantava descalça e com anéis de pedras preciosas nos dedos dos pés. A partir do primeiro ato, mal se conseguia ver o cenário e os cantores perderam a voz por causa do fumo de tantas lamparinas de óleo de palma, mas os cronistas da cidade souberam muito bem apagar estes pormenores mínimos e exaltar os memoráveis. Foi, sem dúvida, a iniciativa mais contagiosa do doutor Urbino, pois a febre da ópera contaminou até os setores menos informados da cidade, dando origem a toda uma geração de Isoldas e Otelos, Aidas e Sigefredos. Não se chegou nunca, no entanto, aos extremos que o doutor Urbino desejara, e que seria ver italianizantes e wagnerianos confrontando-se à bengalada, pura e simples, durante os intervalos.

O doutor Juvenal Urbino nunca aceitou os cargos oficiais que frequente e incondicionalmente lhe ofereciam, e foi um crítico encarniçado dos médicos que se valiam do seu prestígio profissional para obter posições políticas. Ainda que tenha sempre sido tomado por liberal e costumasse votar nas eleições pelos candidatos desse partido, era-o mais por tradição do que por convicção, e foi talvez o último membro das grandes famílias a ajoelhar-se na rua quando passava a carruagem do arcebispo. Definia-se a si mesmo como um pacifista natural, partidário da reconciliação definitiva entre liberais e conservadores para bem da pátria.

A sua conduta pública, porém, era tão autónoma que ninguém o tinha como seu: os liberais consideravam-no um bárbaro das cavernas, os conservadores diziam que só lhe faltava ser mação, e os mações repudiavam-no como a um clérigo disfarçado ao serviço da Santa Sé. Os seus críticos menos ferozes pensavam que não passava de um aristocrata extasiado com as delícias dos Jogos Florais, enquanto a nação se esvaía em sangue numa guerra civil interminável.

Só dois gestos seus pareciam dissonantes desta imagem. O primeiro foi a mudança para uma casa nova num bairro de novos-ricos, saindo do antigo palácio do marquês de Casalduero, que, durante mais de um século, fora a mansão familiar. O outro foi o seu casamento com uma beleza lá do sítio, sem nome nem fortuna, de quem troçavam as senhoras de apelidos longos até se convencerem, à força, de que as metia a todas num chinelo, pela sua distinção e personalidade. O doutor Urbino levou sempre em grande conta esses e muitos outros percalços da sua imagem pública e ninguém estava tão consciente quanto ele de que era o último protagonista de um apelido em extinção. Os dois filhos eram o fim da raça sem qualquer brilho. Marco Aurélio, o rapaz, médico como ele, como todos os primogénitos de cada geração não fizera nada digno de nota, nem sequer um filho, ao fim de cinquenta anos. Ofélia, a única filha, casada com um bom empregado bancário de Nova Orleães, tinha chegado à menopausa com três filhas e nenhum rapaz. No entanto, apesar de lhe doer a interrupção do seu sangue na corrente da história, o que mais o preocupava em relação à morte era a vida solitária de Fermina Daza sem ele.

Em todo o caso, a tragédia foi uma comoção não só entre os seus, mas afetou, por contágio, a arraia-miúda que saiu à rua na ilusão de conhecer, mais que não fosse, o esplendor da lenda. Proclamaram-se três dias de luto e, nos edifícios públicos, foi posta a bandeira a meia haste. Os sinos de todas as igrejas dobraram a finados ininterruptamente até ser selada a cripta no jazigo de família. Um grupo da Escola de Belas-Artes fez a máscara mortuária do cadáver para servir de molde a um busto em tamanho natural, mas desistiram do projeto porque a ninguém pareceu digna a fidelidade com que ficou retratado o pavor do último instante. Um artista de renome, que por acaso se encontrava aqui de passagem, pintou uma tela gigantesca de um realismo patético, onde se via o doutor Urbino montado na escada no momento fatal em que estendia a mão para agarrar o papagaio. A única coisa que contrariava a verdade crua da história era que, no quadro, em vez de trazer a camisa sem colarinho e os suspensórios de riscas verdes tinha um chapéu de coco e a labita preta de uma gravura que aparecera na imprensa nos anos da cólera. Este quadro foi exposto poucos meses depois da tragédia, para que ninguém ficasse sem o ver, na enorme galeria de El Alambre de Oro, uma loja de artigos importados por onde desfilava a cidade inteira. Depois esteve nas paredes de quantas instituições públicas e privadas se julgaram no dever de prestar homenagem à memória do insigne patrício, e, finalmente, foi pendurado, com uma segunda homenagem fúnebre, na Escola de Belas-Artes, de onde os próprios estudantes de pintura o tiraram muitos anos mais tarde para o queimar na Praça da Universidade como símbolo de uma estética e de uma época obsoletas.

Desde o primeiro minuto de viuvez que se viu que Fermina Daza não estava tão desamparada quanto o marido receara. Foi inflexível na determinação de não autorizar que o cadáver do marido fosse utilizado em benefício de causa alguma, e foi-o, inclusive, com o telegrama de pêsames do presidente da República, que ordenava que o expusessem em câmara-ardente na sala de sessões do governo provincial. Com igual serenidade se opôs a que fosse velado na catedral, como lho pediu o arcebispo pessoalmente, e só aceitou que aí estivesse durante a missa de corpo presente da cerimónia fúnebre. Até perante a mediação do filho, perturbado por tantos e tão diversos pedidos, Fermina Daza manteve-se firme na sua noção rural de que os mortos não pertencem a mais ninguém além da família, e que seria velado em casa, com café torrado e almojávenas, podendo cada um ter a liberdade de o chorar como quisesse. Não haveria as tradicionais nove noites de velório: as portas fecharam-se depois do enterro e não voltaram a abrir-se a não ser para as visitas íntimas.

A casa ficou sob o regime de morte. Todos os objetos de valor foram guardados a bom recato e nas paredes nuas ficaram apenas as marcas dos quadros apeados. As cadeiras da casa e as emprestadas pelos vizinhos estavam encostadas às paredes, da sala até aos quartos, os espaços vazios pareciam imensos e as vozes tinham uma ressonância espetral, porque os móveis grandes tinham sido removidos exceto o piano de cauda que jazia no seu canto debaixo de um lençol branco. No centro da biblioteca, em cima da secretária que fora do pai, estava deitado, sem caixão, aquele que fora Juvenal Urbino de la Calle, com o último espanto petrificado no rosto, e com a capa negra e a espada de guerra dos cavaleiros do Santo Sepulcro. A seu lado, de luto carregado, trémula mas muito segura de si, Fermina Daza recebeu as condolências sem dramatismo, mal se mexendo, até às onze da manhã do dia seguinte, hora em que, da porta de sua casa, se despediu do marido dizendo-lhe adeus com um lenço.

Não tinha sido fácil recuperar esse autodomínio desde o momento em que ouviu o grito de Digna Pardo no quintal e encontrou o velho da sua vida a agonizar no lamaçal. A sua primeira reação foi de esperança porque tinha os olhos abertos e um brilho de luz radiante que nunca lhe tinha visto nas pupilas. Suplicou a Deus que lhe concedesse pelo menos um instante para que ele não se fosse sem saber o quanto ela o tinha amado, ultrapassando as dúvidas de ambos, e sentiu um ímpeto irresistível de começar a vida com ele outra vez, desde o princípio, para se dizerem tudo quanto lhes tinha ficado por dizer, e voltar a fazer bem qualquer coisa que tivessem feito mal no passado. Mas teve que se render ante a intransigência da morte. A sua dor transformou-se numa cólera cega contra o mundo, e contra si própria, e isso infundiu-lhe o domínio e a coragem para enfrentar sozinha a sua solidão. A partir daí não teve um momento de tranquilidade, mas preveniu-se contra qualquer gesto que parecesse um alarde da sua dor. O único momento algo patético, involuntário, aliás, foi às onze da noite de domingo, quando levaram o esquife episcopal, a cheirar ainda a madeira de navio, com pegas de cobre e forro de seda acolchoada. O doutor Urbino Daza mandou-o fechar de imediato, pois o ar da casa estava rarefeito pela exalação de tantas flores no calor insuportável, e parecia-lhe ter visto as primeiras sombras arroxeadas no pescoço do pai. Uma voz distraída fez-se ouvir no silêncio: «Com essa idade já se está meio podre em vida.» Antes de fecharem o caixão, Fermina Daza tirou a aliança de casamento e pô-la ao marido morto, cobrindo-lhe a mão com a sua, como sempre fazia quando o surpreendia a divagar em público.

– Ver-nos-emos muito em breve – disse-lhe.

Florentino Ariza, invisível entre a multidão de notáveis, sentiu uma pontada no peito. Fermina Daza não o tinha reconhecido na confusão dos primeiros pêsames, ainda que ninguém viesse a estar mais presente nem viesse a ser mais útil do que ele nas emergências daquela noite. Foi ele quem pôs ordem nas cozinhas a transbordar para que não faltasse o café. Conseguiu cadeiras suplementares quando já não bastavam as dos vizinhos e mandou pôr no quintal o resto das coroas quando em casa já não cabia mais nenhuma. Providenciou para que não faltasse o brande para os convidados do doutor Lácides Olivella, que tinham tomado conhecimento da má notícia no auge das bodas de prata e vieram de rompante continuar a pândega sentados em círculo sob o tronco da mangueira. Foi o único que soube reagir a tempo quando o papagaio fugitivo apareceu, à meia-noite, na sala de jantar, de cabeça levantada e asas abertas, o que provocou um arrepio de estupefação na casa, pois parecia o cumprimento de uma penitência. Florentino

Ariza agarrou-o pelo pescoço sem lhe dar tempo a gritar alguma das suas insensatas opiniões, e levou-o para a cavalariça dentro da gaiola coberta. E assim tratou de tudo, com discrição e eficácia tais, que não ocorreu a ninguém pensar que era uma intromissão nos assuntos alheios, mas sim o contrário, uma ajuda inestimável naquela hora má.

Era o que parecia: um velho, prestável e sério. Era de corpo direito e ossos salientes, a pele parda e sem pelos, os olhos ávidos por trás dos óculos redondos com aros de metal branco e um bigode romântico de pontas engomadas, um pouco fora de moda para a época. Penteara para trás as últimas madeixas da frente e colava-as com brilhantina no meio do crânio reluzente, como último recurso para uma calvície total. A sua gentileza natural e os seus modos lânguidos cativavam imediatamente, mas também eram tidos como duas virtudes suspeitas num solteirão empedernido. Tinha gasto muito dinheiro, muito engenho e muita força de vontade para que ninguém lhe notasse os setenta e seis anos que cumprira em março último e, na solidão da sua alma, acreditava que amara, em silêncio, muito mais do que alguém jamais amara no mundo.

Na noite da morte do doutor Urbino encontrava-se vestido como quando o surpreendeu a notícia, que era como estava sempre, apesar do calor infernal de junho: de fato escuro com colete, laço de seda no colarinho de celuloide, chapéu de feltro e o guarda-chuva de cetim preto que também lhe servia de bengala. Mas quando começou a clarear, desapareceu por duas horas, regressando com os primeiros raios de sol, fresco, bem barbeado e perfumado com loção de barba. Tinha vestido uma labita preta, das que só já se usavam em enterros e cerimónias da Semana Santa, um colarinho mole, com o plastrão de artista em vez da gravata, e um chapéu de coco. Também levava o guarda-chuva, mas, dessa vez, não apenas pelo hábito, pois tinha a certeza que choveria antes do meio-dia, participando-o ao doutor Urbino Daza, caso fosse possível antecipar o enterro. Tentaram-no, com efeito, porque Florentino Ariza pertencia a uma família de armadores sendo ele próprio presidente da Companhia Fluvial das Caraíbas, o que permitia supor que percebia de previsões meteorológicas. Mas não conseguiram conciliar a tempo as autoridades civis e militares, as corporações públicas e privadas, a banda militar e a das Belas-Artes, as escolas e congregações religiosas que já se tinham posto de acordo para as onze horas, de modo que o enterro, previsto como um acontecimento histórico, acabou numa debandada devido ao violento aguaceiro. Foram muito poucos os que, chapinhando na lama, chegaram até ao jazigo de família, protegido por uma ceiba, cujos ramos se prolongavam por cima do muro do cemitério. Sob essa mesma árvore, mas no talhão exterior destinado aos suicidas, os refugiados das Caraíbas tinham sepultado na tarde anterior Jeremiah de Saint-Amour, e o cão ao lado dele, de acordo com a sua vontade.

Florentino Ariza foi um dos poucos que ficaram até ao fim do enterro. Ficou ensopado até à roupa interior e chegou espavorido a casa com medo de apanhar uma pneumonia depois de tantos anos de cuidados minuciosos e precauções excessivas. Mandou preparar uma limonada quente com um gole de brande, e tomou-a na cama com duas aspirinas, suando as estopinhas embrulhado num cobertor de lã até o corpo recuperar a temperatura ideal. Quando regressou ao velório sentia-se como novo. Fermina Daza tinha assumido novamente a orientação da casa, que já estava varrida e em estado de receber, e tinha posto no altar da biblioteca um retrato do falecido esposo pintado a pastel, com um fumo na moldura. Às oito horas estava tanta gente e o calor era tão intenso como na noite anterior, mas, depois do terço, alguém pôs a correr o pedido de que se saísse cedo para que a viúva descansasse pela primeira vez desde a tarde de domingo.

Fermina Daza despediu-se da maioria das pessoas junto do altar, mas acompanhou o último grupo de amigos íntimos até à porta da rua, para a fechar ela própria como sempre o tinha feito. Dispunha-se a fazê-lo com o último alento, quando viu Florentino Ariza vestido de luto no meio da sala deserta. Alegrou-se, porque fazia muitos anos que o apagara da sua vida e era a primeira vez que o via, efetivamente, passado pelos filtros da memória. Mas antes de ter tempo de lhe agradecer a visita, ele levou o chapéu ao coração, trémulo e digno, e rebentou o abcesso que fora o amparo da sua vida.

– Fermina – disse-lhe. – Esperei esta ocasião durante mais de meio século, para lhe repetir uma vez mais o juramento da minha fidelidade eterna e do meu amor para sempre.

Fermina Daza ter-se-ia julgado diante de um louco se não tivesse tido motivos para pensar que Florentino Ariza estava, naquele momento, inspirado pela graça do Espírito Santo. O seu impulso imediato foi amaldiçoá-lo pela profanação daquela casa, quando ainda estava quente no túmulo o cadáver do seu esposo. Mas impediu-lho a dignidade da raiva. «Desaparece-me da frente!», disse-lhe. «E que eu não te torne a ver nos anos que te restam de vida.» Voltou a abrir por completo a porta da rua que começara a fechar, e concluiu:

– Que espero sejam muito poucos.

Quando ouviu que se apagavam os passos na rua solitária, fechou a porta muito devagar, com a tranca e os ferrolhos, e enfrentou sozinha o seu destino. Nunca, até esse momento, tinha tido plena consciência do peso e do volume do drama que ela própria provocara quando tinha apenas dezoito anos, e que a perseguiria até à morte. Chorou pela primeira vez desde a tarde do desastre, sem testemunhas, que era o seu único modo de chorar. Chorou pela morte do marido, pela sua solidão e pela sua raiva, e quando entrou no quarto vazio chorou por si mesma, porque muito poucas vezes dormira sozinha naquela cama desde que deixou de ser virgem. Tudo quanto pertencera ao marido redobrava-lhe o pranto: as pantufas de pompons, o pijama debaixo da almofada, o espaço sem ele no espelho do toucador, o cheiro dele na sua pele. Um pensamento peregrino fê-la estremecer: «As pessoas que se amam deviam morrer com todas as suas coisas.» Não quis ajuda de ninguém para se deitar, nem quis comer nada antes de dormir. Angustiada sob o peso da dor, rogou a Deus que lhe mandasse a morte nessa noite durante o sono, e nessa ilusão se deitou, descalça mas vestida, adormecendo logo. Dormiu sem o saber, mas sabendo que continuava viva no sono, que lhe sobrava metade da cama e que estava deitada de costas do lado esquerdo, como sempre, mas que lhe fazia falta o contrapeso do outro corpo no outro lado. Enquanto sonhava, pensou que nunca mais poderia dormir assim e, ainda em sonhos, começou a soluçar sem mudar de posição, até muito depois de terem acabado de cantar os galos. Acordou-a o sol indesejável da manhã, sem ele. Só então se deu conta de que tinha dormido muito sem morrer, soluçando durante o sono, e que enquanto dormia soluçando pensara mais em Florentino Ariza do que no marido que morrera.

Florentino Ariza, pelo seu lado, não tinha deixado de pensar nela nem por um instante desde que Fermina Daza o recusou sem apelo nem agravo ao fim de um namoro longo e contrariado, e desde então tinham passado cinquenta e um anos, nove meses e quatro dias. Não teve necessidade de deitar contas à memória fazendo um risco diário nas paredes de uma cela, porque não passara um dia sem que sucedesse qualquer coisa que o fizesse recordá-la. Na altura do rompimento tinha vinte e dois anos e vivia sozinho com a mãe, Tránsito Ariza, numa parte de casa alugada na Rua das Janelas, onde esta teve desde muito nova uma loja de miudezas, onde também desfiava camisas e trapos velhos que vendia como ligaduras para os feridos de guerra. Foi o seu único filho, nascido de uma ligação casual com o conhecido armador Dom Pío Quinto Loayza, o mais velho de três irmãos que fundaram a Companhia Fluvial das Caraíbas e que através desta deram um novo impulso à navegação a vapor no rio de la Magdalena.

Dom Pío Quinto Loayza morreu quando o filho tinha dez anos. Embora sempre se tivesse encarregado das suas despesas nunca o reconheceu como seu perante a lei nem lhe assegurou o futuro, de modo que Florentino Ariza ficou com o único apelido da mãe, se bem que a sua verdadeira filiação fosse do domínio público. Depois da morte do pai, Florentino Ariza teve de renunciar ao colégio para se empregar como aprendiz nos Correios Centrais, onde o incumbiriam de abrir os sacos, ordenar as cartas e avisar o público da chegada do correio, içando na porta das instalações a bandeira do país de procedência.

O seu bom senso chamou a atenção do telegrafista, o emigrado alemão Lotario Thugut que era também o organista nas cerimónias solenes da catedral, além de dar lições particulares de música. Lotario Thugut ensinou-lhe o código Morse e o manejo do sistema telegráfico. Bastaram as primeiras lições de violino para que Florentino Ariza começasse a tocar de ouvido como um profissional. Aos dezoito anos, quando conheceu Fermina Daza, era o jovem mais pretendido do seu meio social, o que melhor dançava a música da moda, recitava poesia romântica e estava sempre à disposição dos amigos para ir fazer serenatas de violino às suas noivas. Desde então que o seu ar era macilento, o cabelo de índio amestrado com brilhantina e os óculos de míope que aumentavam o seu ar de desamparo. Além do defeito da vista, sofria de prisão de ventre crónica, o que o obrigou a aplicar clisteres purgantes durante toda a vida. Tinha um só fato de cerimónia, herdado do falecido pai, mas Tránsito Ariza tratava tão bem dele que todos os domingos parecia novo. Apesar do aspeto mirrado, da sua timidez e da fatiota sombria, as raparigas do seu grupo faziam rifas em segredo para sortearem quem ficava com ele e ele brincava aos namorados com elas, até ao dia em que conheceu Fermina Daza e perdeu a inocência.

Vira-a pela primeira vez numa tarde em que Lotario Thugut lhe mandou levar um telegrama a alguém de quem não se conhecia a morada e se chamava Lorenzo Daza. Encontrou-o no pequeno Parque dos Evangelhos, numa das casas mais antigas, meio em ruínas, cujo pátio interior mais parecia o claustro de uma abadia, com os canteiros cheios de ervas e um repuxo de pedra sem água. Florentino Ariza não conseguiu ouvir qualquer ruído humano enquanto seguiu a criada descalça sob os arcos do corredor, onde se encontravam caixotes de mudanças ainda por abrir, ferramentas de pedreiro entre restos de cal e sacos de cimento arrumados, pois estavam a restaurar completamente a casa. Ao fundo do pátio havia um escritório provisório, onde, sentado à secretária, dormia a sua sesta um homem muito gordo de patilhas frisadas que se misturavam com o bigode. Chamava-se, de facto, Lorenzo Daza, e não era muito conhecido na cidade porque chegara há menos de dois anos e não era pessoa de muitas amizades.

Recebeu o telegrama como se fosse a continuação de um sonho aziago. Florentino Ariza observou os olhos ávidos com uma espécie de compaixão oficial, reparou nos dedos incertos a tentarem descolar o papel, o aperto de coração que vira inúmeras vezes em tantos destinatários que ainda não conseguiam pensar em telegramas sem os relacionar com a morte. Ao lê-lo recuperou a calma. Suspirou: «Boas notícias.» Estendeu a Florentino Ariza os cinco reais da praxe, dando-lhe a entender, com um sorriso de alívio, que não lhos teria dado se as notícias tivessem sido más. Despediu-se com um aperto de mão, o que não era habitual com um funcionário dos correios, e a criada acompanhou-o até ao portão da rua, não tanto para o orientar mas sim para o vigiar. Percorreram o mesmo caminho pelo corredor das arcadas, mas desta vez Florentino Ariza ficou a saber que havia mais alguém em casa, porque a claridade do pátio se enchia de uma voz de mulher que estava a receber uma lição de leitura. Ao passar defronte da sala de costura viu pela janela uma mulher de certa idade e uma rapariguinha, sentadas em duas cadeiras muito juntas, ambas seguindo a leitura pelo mesmo livro que a mulher tinha aberto no colo. A situação pareceu-lhe estranha: a filha ensinava a mãe a ler. A observação era só em parte incorreta porque a mulher era tia e não mãe da rapariga, ainda que a tivesse criado como se o fosse. A lição não foi interrompida mas a menina levantou os olhos para ver quem ia a passar pela janela e esse olhar casual originou um cataclismo de amor que meio século mais tarde ainda não tinha acabado.

A única coisa que Florentino Ariza conseguiu saber sobre Lorenzo Daza foi que viera de San Juan de la Ciénaga com a única filha e a irmã solteira, pouco depois da peste da cólera, e quem os viu desembarcar não teve dúvidas de que viera para ficar, pois trazia tudo quanto fazia falta para mobilar bem uma casa. A mulher morrera quando a menina ainda era muito pequena. A irmã, que se chamava Escolástica, tinha quarenta anos e estava a cumprir uma promessa, vestindo o hábito de franciscana quando saía à rua, mas em casa usava só o cordão à cintura. A menina tinha treze anos e o mesmo nome da mãe que morrera: Fermina.

Supunha-se que Lorenzo Daza era homem de recursos porque vivia bem sem que se lhe conhecesse profissão e comprara, com dinheiro à vista, a casa no Parque dos Evangelhos, cuja restauração lhe deve ter custado, pelo menos, o dobro dos duzentos pesos de ouro que pagou por ela. A filha andava a estudar no Colégio da Apresentação da Santíssima Virgem, onde, há quase dois séculos, as meninas da sociedade aprendiam a arte e o ofício de esposas atentas e submissas. Nos tempos coloniais e durante os primeiros anos da República só recebiam as herdeiras de apelidos importantes. Mas as velhas famílias, arruinadas pela independência, tiveram de se submeter às realidades dos novos tempos e o colégio abriu as portas a todas as candidatas que o pudessem pagar sem se preocupar com pergaminhos, mas sob a condição essencial de que fossem filhas legítimas de casais católicos. De qualquer maneira era um colégio caro, e o facto de Fermina Daza lá andar era, por si só, um indício da situação económica da família, mesmo que não o fosse da sua condição social. Florentino Ariza sentiu-se animado com estas notícias, pois eram sinal de que a bela adolescente de olhos amendoados estava ao alcance dos seus sonhos. No entanto, a disciplina rígida do pai cedo se revelou como um obstáculo inultrapassável. Ao contrário das outras alunas, que iam para o colégio em grupos ou acompanhadas por uma criada mais velha, Fermina Daza ia sempre com a tia solteira e pelo seu comportamento se podia ver que não lhe autorizavam nenhuma distração.

Foi desta maneira inocente que Florentino Ariza iniciou a sua vida sigilosa de caçador solitário. A partir das sete da manhã sentava-se no banco menos visível do parque, fingindo ler um livro de versos à sombra das amendoeiras, até ver passar a donzela inatingível, com o uniforme de riscas azuis, as meias com ligas até aos joelhos, as botinas masculinas de atacadores cruzados, e uma só trança larga, com um laço na ponta, que lhe caía pelas costas até à cintura. Andava com uma altivez natural, de cabeça erguida, o olhar fixo, o passo rápido, o nariz fino, segurando com os braços em cruz a pasta dos livros contra o peito e com um andar de gazela que parecia imune à gravidade. A seu lado, marcando passo com dificuldade, a tia com o hábito pardo e o cordão de São Francisco não dava a menor hipótese para que ele se aproximasse. Florentino Ariza via-as passar na ida e na volta quatro vezes por dia e uma vez, aos domingos, à saída da missa solene, contentando-se em vê-la. Aos poucos e poucos começou a idealizá-la, a atribuir-lhe virtudes improváveis, sentimentos imaginários, e ao fim de duas semanas já só pensava nela. E assim decidiu mandar-lhe um bilhete escrito dos dois lados com a sua ótima letra de escrivão. Mas teve-o vários dias no bolso, sem saber como lho entregar, e, enquanto pensava, ia escrevendo mais algumas folhas antes de se deitar, de tal modo que a carta original se foi convertendo num dicionário de galanteios, inspirados pelos livros que aprendera de cor à força de tanto os ler durante as esperas no parque.

Tentando arranjar uma maneira de entregar a carta, fez por conhecer alguma aluna do Apresentação, mas estavam muito longe do seu mundo. Além de que, depois de muito pensar, não lhe pareceu prudente que alguém ficasse a conhecer as suas pretensões. Porém, conseguiu saber que Fermina Daza tinha sido convidada para um baile de sábado, dias depois de ter chegado e que o pai não a tinha deixado ir com uma frase conclusiva: «Cada coisa a seu tempo.» A carta já tinha mais de sessenta folhas escritas dos dois lados quando Florentino Ariza, sem conseguir suportar por mais tempo a opressão do seu segredo, se abriu sem reservas com a mãe, a única pessoa com quem se permitia algumas confidências. Tránsito Ariza comoveu-se até às lágrimas pela ingenuidade do filho em questões de amor, e tentou orientá-lo. Começou por convencê-lo a não entregar aquele calhamaço lírico pois apenas conseguiria assustar a menina dos seus sonhos, já que a supunha tão verde quanto ele em coisas do coração. O primeiro passo, disse-lhe, era conseguir que ela se desse conta do seu interesse, para que, ao declarar-se-lhe, não a apanhasse de surpresa e dar-lhe algum tempo para pensar.

– Mas sobretudo – disse-lhe – a que tens de conquistar primeiro não é ela, mas sim a tia.

Ambos os conselhos eram sábios, sem dúvida, mas chegavam tarde. Com efeito, no dia em que Fermina Daza se distraiu por um momento da lição de leitura que dava à tia e ergueu os olhos para ver quem é que passava no corredor, Florentino Ariza tinha-a impressionado pela aura de abandono que o envolvia. À noite, durante a refeição, o pai falara do telegrama e foi assim que ela soube o que Florentino Ariza tinha ido fazer lá a casa e qual era a sua profissão. Estas novidades espicaçaram-lhe o interesse pois para ela, como para tanta gente nessa época, o invento do telégrafo tinha qualquer coisa que ver com magia. Por isso reconheceu Florentino Ariza logo da primeira vez que o viu a ler debaixo das árvores do parque, embora não sentisse a mais leve perturbação até que a tia lhe fez ver que ele se postava ali já há várias semanas. Depois, quando o viram também aos domingos, à saída da missa, a tia convenceu-se de uma vez por todas que tantos encontros não podiam ser obra do acaso. Disse: «Não será por minha causa que se dá a tantos trabalhos.» Pois apesar da sua conduta austera e do seu hábito de penitente, a tia Escolástica Daza tinha um instinto da vida e uma vocação de cumplicidade que eram as suas melhores virtudes, e só a ideia de que um homem se interessasse pela sua sobrinha provocava-lhe uma emoção incontrolável. Mas Fermina Daza estava ainda a salvo até da mera curiosidade do amor e a única coisa que Florentino Ariza lhe inspirava era uma certa piedade, porque lhe pareceu que estava doente. A tia, contudo, disse-lhe que era preciso ter vivido muito para conhecer a verdadeira índole de um homem e que estava convencida de que aquele que se sentava no parque para as ver passar se estava doente era de amor.

A tia Escolástica era um refúgio de compreensão e afeto para a filha solitária de um casamento sem amor. Tinha-a criado desde a morte da mãe e, em relação a Lorenzo Daza, comportava-se mais como cúmplice do que como tia. De modo que o aparecimento de Florentino Ariza foi para elas mais um dos muitos divertimentos privados que costumavam inventar para entreterem as horas mortas. Quatro vezes por dia, ao passarem pelo Parque dos Evangelhos, ambas se apressavam a descobrir com uma olhadela rápida, a sentinela esquálida, tímida, o zé-ninguém, quase sempre vestido de preto apesar do calor, que fingia ler debaixo das árvores. «Lá está ele», dizia a que primeiro o visse, reprimindo o riso, antes de ele levantar os olhos e ver as duas mulheres severas, distantes da sua vida, que atravessavam o parque sem sequer olhar para ele.

– Coitadinho – dissera a tia. – Não se atreve a aproximar-se porque vou contigo, mas um dia vai tentar fazê-lo, se as suas intenções forem sérias, e então entregar-te-á uma carta.

Prevendo todo o tipo de contratempos, ensinou-lhe a conversar por gestos, que era um recurso indispensável aos namoros proibidos. Aquelas travessuras inconsequentes, quase pueris, traziam a Fermina Daza uma curiosidade nova, mas, durante vários meses, nunca lhe ocorreu que passasse disso. Nunca soube em que momento a diversão se tornou ansiedade e o sangue se lhe transformava em espuma com a necessidade de o ver, acordando uma noite espavorida porque o viu a olhar para ela por entre a escuridão, aos pés da cama. Então desejou com toda a sua alma que se cumprissem as previsões da tia, e nas suas orações rogava a Deus que ele tivesse coragem para lhe entregar a carta, só para saber o que nela dizia.

Mas as suas súplicas não foram atendidas. Antes pelo contrário. Isto acontecia na mesma altura em que Florentino Ariza se abriu com a mãe e esta o dissuadiu de entregar as setenta folhas de galanteios, de modo que Fermina Daza continuou à espera até ao fim do ano. A sua ansiedade convertia-se em desespero à medida que se aproximavam as férias de dezembro, e interrogava-se sem descanso como iria fazer para o ver e para que ele a visse durante os três meses em que não iria ao colégio. As dúvidas permaneciam sem solução na noite de Natal, quando se sentiu estremecer pelo pressentimento de que ele estava a vê-la entre a multidão da Missa do Galo, e essa inquietação fez-lhe cair o coração aos pés. Não se atreveu a virar a cabeça porque estava sentada entre o pai e a tia, e teve de soerguer-se para que eles não se apercebessem da sua perturbação. Mas no meio da desordem da saída sentiu-o tão próximo, tão nítido naquela confusão, que uma força irresistível a obrigou a olhar por cima do ombro ao sair do templo pela nave central e então viu, a dois palmos dos seus olhos, os outros olhos de gelo, o rosto pálido, os lábios petrificados pelo temor do amor. Transtornada pela sua própria audácia, agarrou-se ao braço da tia Escolástica para não cair, e esta sentiu o suor glacial da mão através da mitene de renda e reconfortou-a com um sinal impercetível de cumplicidade incondicional. No meio do estrépito dos foguetes e dos tambores, das lanternas coloridas nos portais e do clamor das multidões ansiosas de paz, Florentino Ariza vagueou como um sonâmbulo até ao amanhecer, assistindo à festa através das lágrimas, aturdido pela alucinação de que era ele e não Deus quem nascera naquela noite.

O delírio aumentou na semana seguinte, à hora da sesta, quando, sem esperança alguma, passou por casa de Fermina Daza e viu que ela estava sentada com a tia debaixo das amendoeiras do portal. Era uma repetição do estranhíssimo quadro que tinha visto na primeira tarde na sala da costura: a menina a dar lições de leitura à tia. Mas Fermina Daza estava diferente sem o uniforme escolar, pois vestia uma túnica de linho com muitas pregas que caíam a partir dos ombros como um peplo, e trazia na cabeça uma grinalda de gardénias naturais que a fazia parecer uma deusa coroada. Florentino Ariza sentou-se no parque, onde tinha a certeza de ser visto, não recorrendo então à simulação da leitura, mas ficando com o livro aberto e de olhos fixos na donzela sonhada que não lhe devolveu nem um olhar caridoso.

Ao princípio pensou que a lição sob as amendoeiras era uma alteração acidental, devida talvez às obras intermináveis da casa, mas nos dias que se seguiram compreendeu que Fermina Daza estaria ali, ao alcance dos seus olhos, todas as tardes à mesma hora durante os três meses de férias, e essa certeza deu-lhe uma alma nova. Não ficou com a impressão de ter sido visto nem se apercebeu de nenhum sinal de interesse ou de rejeição, mas na indiferença dela havia um fulgor diferente que o animava a persistir. Passado pouco tempo, numa tarde dos fins de janeiro, a tia pôs o bordado na cadeira e deixou a sobrinha no portal, no meio do tapete de folhas amarelas caídas das amendoeiras. Animado pela suposição irrefletida de que aquela oportunidade tinha sido preparada, Florentino Ariza atravessou a rua e pôs-se diante de Fermina Daza, e tão perto dela que se pôde aperceber das pausas da sua respiração e o hálito floral com que passaria a identificá-la pelo resto da vida. Falou-lhe de cabeça levantada e com uma determinação que só voltaria a ter meio século depois, e pelo mesmo motivo.

– A única coisa que lhe peço é que receba uma carta minha – disse-lhe.

Não era a voz que Fermina Daza esperava dele: era nítida e com uma segurança que não tinha nada que ver com os seus modos lânguidos. Sem tirar os olhos do bordado, respondeu-lhe: «Não posso recebê-la sem autorização do meu pai.» Florentino Ariza estremeceu com o calor daquela voz, cujas inflexões graves não esqueceria no resto dos seus dias. Mas manteve-se firme e retorquiu imediatamente: «Obtenha-a.» Suavizou logo a ordem com uma súplica:

«É um assunto de vida ou de morte.» Fermina Daza não olhou para ele, não interrompeu o bordado, mas a sua decisão entreabriu uma porta por onde entrava o mundo inteiro.

– Volte todas as tardes – disse-lhe – e espere até eu mudar de cadeira.

Florentino Ariza não compreendeu o que ela queria dizer até à segunda-feira da semana seguinte, quando, do banco do parque, viu a mesma cena de sempre com uma só variante: quando a tia Escolástica entrou em casa, Fermina Daza levantou-se e sentou-se na outra cadeira. Florentino Ariza, com uma camélia branca na lapela do casaco, atravessou então a rua e parou diante dela. Disse: «Este é o momento mais importante da minha vida.» Fermina Daza não levantou os olhos para ele, mas observou os arredores com um olhar circular e viu as ruas desertas no torpor da estiagem e um remoinho de folhas secas arrastadas pelo vento.

– Dê-ma – disse.

Florentino Ariza tinha pensado levar-lhe as setenta folhas que nessa altura podia recitar de memória de tanto as ter lido, mas, por fim, decidira-se por um pequeno bilhete sóbrio e explícito onde só prometia o essencial: a sua fidelidade a toda a prova e o seu amor para sempre. Tirou-o do bolso interior do casaco e colocou-o em frente dos olhos da bordadeira perturbada que ainda não se tinha atrevido a olhar para ele. Viu o sobrescrito azul a tremer numa mão petrificada pelo terror, e levantou o bastidor para ele pôr a carta pois não podia admitir que também se lhe notasse a tremura dos dedos. Então aconteceu: um pássaro sacudiu-se na folhagem das amendoeiras e a sua cagadela caiu mesmo em cima do bordado. Fermina Daza afastou o bastidor para que ele não se desse conta do sucedido e olhou-o, pela primeira vez, com a cara em chamas. Florentino Ariza, impassível com a carta na mão, disse: «Dá sorte.» Ela agradeceu-lho com o seu primeiro sorriso e quase lhe arrancou a carta das mãos, dobrando-a e escondendo-a no corpete. Então ele ofereceu-lhe a camélia que levava na lapela, que ela recusou: «É uma flor de compromisso.» Depois, dando-se conta de que o tempo estava a esgotar-se, voltou a refugiar-se na sua compostura.

– Agora vá-se embora – disse – e volte só quando eu lhe disser.

Quando Florentino Ariza a viu pela primeira vez, a mãe já o descobrira antes que ele lho contasse porque perdera a fala e o apetite, e passava as noites em branco às voltas na cama. Mas enquanto aguardava pela resposta à sua primeira carta, a ansiedade complicou-se-lhe com diarreias e vómitos esverdeados, perdeu o sentido de orientação começando a padecer de desmaios súbitos. A mãe entrou em pânico pois o seu estado não se parecia com os desarranjos provocados pelo amor mas sim com os efeitos da cólera. O padrinho de Florentino Ariza, um antigo homeopata que tinha sido o confidente de Tránsito Ariza desde os seus tempos de amante escondida, ficou também alarmado, à primeira vista, com o estado do doente, porque tinha o pulso fraco, a respiração difícil e os suores delicados dos moribundos. Mas o exame revelou-lhe que não tinha febre nem lhe doía nada e que a única coisa que sentia concretamente era a necessidade urgente de morrer. Bastou-lhe um interrogatório insidioso, primeiro a ele, depois à mãe, para comprovar mais uma vez que os sintomas do amor são idênticos aos da cólera. Receitou infusões de flores de tília para acalmar os nervos e sugeriu uma mudança de ares para que se consolasse à distância, mas o que Florentino Ariza desejava era exatamente o contrário: gozar o seu martírio.

Tránsito Ariza era uma mestiça livre com uma intuição nata para a felicidade, apenas contrariada pela pobreza, e comprazia-se nos sofrimentos do filho como se fossem seus. Fazia-o beber as infusões quando o sentia delirar, agasalhava-o com cobertores de lã para iludir os arrepios, mas ao mesmo tempo encorajava-o a alimentar a sua prostração.

– Aproveita agora que és novo para sofreres o mais que puderes – dizia-lhe –, porque estas coisas não duram toda a vida.

Claro que nos Correios não pensavam o mesmo. Florentino Ariza abandonara-se à inércia e andava tão distraído que trocava as bandeiras com que anunciava a chegada do correio e numa quarta-feira içava a bandeira alemã quando o barco que tinha chegado era da Companhia Leyland com o correio de Liverpool, e outro dia qualquer içava a dos Estados Unidos, quando o barco que chegava era da Compagnie Générale Transatlantique com o correio de Saint--Nazaire. Aquelas confusões de apaixonado provocavam tantos transtornos na distribuição e originavam tantos protestos do público que se Florentino Ariza não ficou desempregado foi porque Lotario Thugut o pôs no telégrafo e o levou para tocar violino no coro da catedral. Tinham uma aliança difícil de compreender devido à diferença de idades, pois podiam ser avô e neto, mas entendiam-se tão bem no trabalho como nas tabernas do cais, onde iam dar os notívagos, sem pruridos de classe, desde os pedintes bêbedos até aos meninos-bem, vestidos a rigor, que se escapavam das festas de gala do Clube Social para irem comer lebre frita com arroz de coco. Lotario Thugut costumava passar por lá depois do último telégrafo e muitas vezes a manhã encontrava-o a beber ponche da Jamaica e a tocar acordeão com as tripulações de loucos das escunas das Antilhas. Era corpulento, atarracado, de barba dourada e com um barrete frígio que usava quando saía à noite e só lhe faltava uma réstia de sininhos para ficar igual ao Pai Natal. Pelo menos uma vez por semana ficava com uma pega, como ele lhes chamava, das muitas que vendiam amores de emergência em qualquer casa de passe para marinheiros. Quando conheceu Florentino Ariza, a primeira coisa que fez com um certo prazer magistral foi iniciá-lo nos segredos do seu paraíso. Escolhia para ele as pegas que lhe pareciam melhores, discutia com elas o preço e o esquema, e oferecia-se para pagar adiantado com o seu dinheiro o serviço. Mas Florentino Ariza não aceitava: era virgem e não estava disposto a deixar de o ser sem que fosse por amor.

O hotel era um palácio colonial em decadência, com os grandes salões e aposentos de mármore divididos em cubículos de papelão com furinhos feitos por alfinetes, pois tanto se alugavam para fazer como para ver. Contavam-se histórias de mirones a quem tinham vazado um olho com agulhas de tricotar, de um outro que reconheceu a sua mulher na que estava a espiar, de cavalheiros que entravam disfarçados de rameiras para se aliviarem com os imediatos que se encontravam de passagem, e de outros tantos contratempos entre observadores e observados, que, para Florentino Ariza, só a ideia de chegar perto do quarto era assustadora. Portanto, Lotario Thugut não conseguiu convencê-lo de que vê-lo e deixar-se ver eram requintes de príncipes europeus.

Ao contrário do que a sua corpulência dava a entender, Lotario Thugut tinha uma pilinha de querubim que parecia um botão de rosa, mas este mal vinha-lhe por bem, pois as pegas mais batidas disputavam-se a sorte de dormirem com ele e os seus berros de degoladas estremeciam os alicerces do palácio, e faziam tremer de espanto os seus fantasmas. Diziam que usava uma pomada feita de veneno de víbora que excitava a sela turca das mulheres, mas ele jurava não ter outros recursos além dos que Deus lhe dera. Costumava dizer, morto de riso: «É só amor.» Foi preciso que passassem muitos anos para Florentino Ariza perceber que talvez o dissesse com razão. Convenceu-se de vez numa altura mais adiantada da sua educação sentimental, ao conhecer um homem que levava uma vida regalada a explorar três mulheres ao mesmo tempo. As três prestavam-lhe contas ao amanhecer, humilhadas aos pés dele para que ele lhes perdoasse as cobranças exíguas e desejando, como única gratificação, que ele se deitasse com a que levasse mais dinheiro. Florentino Ariza pensava que só o terror podia induzir a semelhante indignidade. No entanto, uma das três raparigas surpreendeu-o ao revelar-lhe o contrário.

– Estas coisas – disse-lhe – só se podem fazer por amor.

Não foi tanto pelas suas virtudes de fornicador como pela sua graça pessoal que Lotario Thugut tinha chegado ao ponto de ser um dos clientes mais apreciados do hotel.

Florentino Ariza, por ser tão calado e escorregadio, também ganhou o apreço do dono, e na época mais difícil dos seus quebrantos costumava fechar-se a ler versos e folhetins chorosos nos quartinhos sufocantes, onde os seus sonhos iam deixando pelas varandas ninhos de escuras andorinhas, rumores de beijos e bater de asas nos marasmos da sesta. Ao entardecer, quando diminuía o calor, era impossível deixar de ouvir as conversas dos homens que vinham descontrair-se do dia de trabalho nuns amores rápidos. Era assim que Florentino Ariza tomava conhecimento de muitas inconfidências e de alguns segredos de Estado que os clientes importantes, e até as autoridades locais, confiavam às suas efémeras amantes, sem terem o cuidado de evitar ser ouvidos nos quartos vizinhos. Foi também desta maneira que ficou a saber que a doze milhas marítimas a norte do arquipélago de Sotavento se encontrava afundado desde o século XVII um galeão espanhol carregado com mais de quinhentos mil milhões de pesos em ouro puro e pedras preciosas. A história impressionou-o mas só tornou a pensar nela alguns meses mais tarde, quando a loucura do seu amor lhe revolveu o espírito na ansiedade de resgatar a fortuna submersa para que Fermina Daza pudesse tomar o seu banho em banheiras de ouro.

Passados vários anos, quando tentava recordar-se como era na realidade a donzela idealizada na alquimia da poesia, não conseguia dissociá-la dos fins de tarde despudorados daqueles tempos. Mesmo quando a espreitava sem ser visto, naqueles dias de ansiedade em que esperava resposta à sua primeira carta e a via transfigurada no esplendor das duas da tarde sob a chuva de flores das amendoeiras, onde era sempre abril em qualquer altura do ano. Porém, nessa época, o único motivo por que lhe interessava acompanhar Lotario Thugut ao violino no mirante privilegiado que era o coro, consistia em poder ver como ondulava a túnica dela na brisa dos cânticos. Mas o seu próprio desvario acabou por tirar-lhe o prazer, pois a música mística parecia-lhe tão ineficaz para o seu estado de alma que tentava condimentá-

-la com valsas românticas e Lotario Thugut viu-se obrigado a despedi-lo do coro. Foi por essa altura que cedeu aos desejos de comer as gardénias que Tránsito Ariza cultivava nos canteiros do pátio, ficando assim a conhecer o sabor de Fermina Daza. Foi também nessa época que encontrou, por mero acaso, num baú da mãe, um frasco de litro da água-de-colónia de contrabando que vendiam os marinheiros da Hamburg American Line e não resistiu à tentação de prová-la para descobrir outros sabores da mulher amada. Continuou a bebê-la até de manhã, embriagando-se de Fermina Daza com goles ardentes, primeiro nas tabernas do cais e depois contemplando o mar no molhe, onde faziam amores de consolação os apaixonados sem teto, até que sucumbiu à inconsciência. Tránsito Ariza, que o esperara até às seis da manhã com o credo na boca, procurou-o nos cantos mais impensáveis e passava pouco do meio-dia quando o encontrou a contorcer-se num charco de vómitos fedorentos, numa reentrância da baía onde costumavam ir dar os corpos dos afogados.

Aproveitou a pausa da convalescença para repreender--lhe a passividade com que esperava a resposta à carta. Lembrou-lhe que os fracos não entrariam jamais no reino do amor, que é um reino inclemente e mesquinho, e que as mulheres só se entregam a homens decididos porque esses lhes incutem a segurança tão ansiada para enfrentar a vida. Florentino Ariza talvez tenha assimilado a lição bem de mais. Tránsito Ariza não conseguiu dissimular o sentimento de orgulho, mais concupiscente que maternal, ao vê-lo sair da loja com o fato de algodão preto, o chapéu e o laço lírico no colarinho de celuloide, e perguntou-lhe a brincar se ia a um funeral. Ele, com as orelhas muito vermelhas, respondeu-lhe: «É quase a mesma coisa.» Ela apercebeu-se de que mal podia respirar de medo, mas que a sua determinação era invencível. Fez-lhe as últimas advertências, deu-lhe a sua bênção e, a rir, prometeu-lhe outro frasco de água-de--colónia para comemorarem juntos a conquista.

Desde que tinha entregue a carta um mês antes, já quebrara várias vezes a promessa de não voltar ao parque, mas tomara todas as precauções para que não o vissem. Tudo continuava na mesma. A lição de leitura sob as árvores terminava por volta das duas da tarde, quando a cidade acordava da sesta, e Fermina Daza ficava a bordar com a tia até diminuir o calor. Florentino Ariza não esperou que a tia entrasse em casa e atravessou a rua com passadas marciais que lhe permitiram superar o desalento dos joelhos. Porém, não se dirigiu a Fermina Daza, mas sim à tia.

– Faça o favor de me deixar por uns instantes a sós com a menina – disse-lhe. – Tenho uma coisa importante para lhe dizer.

– Seu atrevido! – indignou-se a tia. – Não há nada na vida dela que eu não possa ouvir.

– Então não lho digo – disse ele –, mas aviso-a de que será responsável pelas consequências.

Não era esse o comportamento que Escolástica Daza esperava do noivo ideal, mas levantou-se assustada porque teve pela primeira vez a surpreendente sensação de que Florentino Ariza falava inspirado pelo Espírito Santo. Por conseguinte, entrou em casa para trocar de agulhas e deixou os dois jovens sozinhos à sombra das amendoeiras do portal.

Na verdade muito pouco era o que Fermina Daza sabia daquele pretendente taciturno que surgira na sua vida como uma andorinha de inverno e do qual não teria jamais sabido nem sequer o nome se não tivesse sido a assinatura da carta. Desde então averiguara que era filho de pai incógnito e de mãe solteira, trabalhadora e séria, mas irremediavelmente marcada a fogo pelo estigma de um único mau passo juvenil. Informara-se que não era boletineiro, como ela supusera, mas sim um auxiliar bem qualificado, com um futuro promissor, e pensou que tinha sido ele a levar o telegrama ao pai apenas como pretexto para a ver. Essa ideia comoveu-a. Sabia também que era um dos músicos do coro, e ainda que nunca se tivesse atrevido a levantar os olhos, durante a missa, para se certificar, certo domingo teve a revelação de que enquanto os outros instrumentos tocavam para todos, o violino tocava só para ela. Não era o tipo de homem que ela teria escolhido. Os seus óculos de enjeitado, a postura clerical, os seus misteriosos recursos tinham-lhe suscitado uma curiosidade a que era difícil resistir, mas nunca imaginara que a curiosidade fosse mais uma entre tantas outras ciladas do amor.

Nem ela conseguia explicar a si mesma por que razão aceitara a carta. Não se recriminava, mas o compromisso cada vez mais premente de responder tornara-se num estorvo para a sua vida. Cada palavra do pai, cada olhar casual, os gestos mais triviais pareciam-lhe pejados de armadilhas para descobrir o seu segredo. Andava tão alarmada que evitava falar à mesa com receio de que um descuido a pudesse trair, e até se tornou evasiva com a tia Escolástica, apesar de esta partilhar da sua ansiedade reprimida como se fosse sua. Fechava-se na casa de banho a qualquer hora, sem necessidade, e voltava a ler a carta na tentativa de descobrir um código secreto, alguma fórmula mágica escondida entre as trezentas e catorze letras das suas cinquenta e oito palavras, na esperança de que dissessem mais do que diziam. Mas não encontrou mais nada além do que tinha compreendido na primeira leitura, quando correu a fechar-se na casa de banho com o coração enlouquecido e rasgou o sobrescrito na ilusão de que fosse uma carta longa e febril, dando apenas com um bilhete perfumado cuja determinação a assustou.

A princípio não compreendeu que estava obrigada a dar uma resposta, mas a carta era tão explícita que não havia maneira de evitá-la. Entretanto, atormentada pelas dúvidas, surpreendeu-se a pensar em Florentino Ariza com mais frequência e maior interesse do que queria permitir-se, chegando mesmo a interrogar-se, apoquentada, por que razão não estaria ele no parque à hora do costume, sem se lembrar de que fora ela quem lhe pedira para não voltar enquanto ela pensava na resposta. Assim acabou a pensar nele como nunca imaginara que se poderia pensar em alguém, pressentindo-o onde não estava, desejando-o onde não podia estar, acordando de repente com a sensação de que ele a contemplava na escuridão enquanto ela dormia, de modo que na tarde em que ouviu os seus passos resolutos nas folhas amarelecidas do parque, custou-lhe convencer-se de que não se tratava de outra partida da sua fantasia. Mas quando ele lhe exigiu a resposta com uma autoridade que não tinha nada que ver com a sua languidez, conseguiu sobrepor-se ao espanto e decidiu refugiar-se na verdade: não sabia o que lhe responder. Porém, Florentino Ariza não lançara o barco ao mar para se ficar pelo caminho.

– Se aceitou a carta – disse-lhe – é falta de educação não responder.

Esse foi o fim do labirinto. Fermina Daza, senhora de si, desculpou-se pela demora e deu-lhe a sua palavra de que teria uma resposta antes do fim das férias. Cumpriu. Na última sexta-feira de fevereiro, três dias antes da reabertura dos colégios, a tia Escolástica foi ao telégrafo perguntar quanto custava um telegrama para a povoação de Piedras de Moler, que nem sequer constava da lista, e consentiu ser atendida por Florentino Ariza como se nunca se tivessem visto, mas, ao sair, fingiu esquecer sobre o balcão um breviário encadernado em pele de lagarto, dentro do qual estava o sobrescrito de papel de linho com vinhetas douradas. Perturbado pela felicidade, Florentino Ariza passou o resto da tarde a comer rosas e a ler a carta, relendo letra por letra uma e outra vez, e quanto mais lia mais rosas ia comendo, e à meia-noite já a tinha lido tanto e tantas rosas havia comido que a mãe teve de segurá-lo como se fosse um vitelo para o fazer engolir uma poção de óleo de rícino.

Foi um ano de namoro encarniçado. Nem ele nem ela viviam para mais nada que não fosse pensar no outro, sonhar com o outro, esperar as cartas com a mesma ansiedade com que as respondiam. Nem naquela primavera delirante nem no ano seguinte tiveram oportunidade de se falar de viva voz. Mais ainda: desde que se viram pela primeira vez até ao momento em que ele reiterou a sua determinação meio século mais tarde, nunca tinham tido a possibilidade de se encontrar a sós nem de falar do seu amor. Mas, nos primeiros três meses, não passou um dia em que não se escrevessem, e a certa altura até duas vezes por dia, até que a tia Escolástica se assustou com a voracidade da fogueira que ela própria tinha ajudado a atear.

Depois da primeira carta, que levou ao telégrafo com uma sombra de vingança contra a sua própria sorte, que permitira a troca de mensagens quase diárias em encontros de rua que pareciam acidentais, mas não tivera coragem para patrocinar uma conversa, por banal e momentânea que fosse. No entanto, ao fim de três meses, compreendeu que a sobrinha não estava à mercê de um capricho juvenil como lhe parecera no princípio, mas que a sua própria vida estava ameaçada por aquele incêndio de amor. A verdade era que Escolástica Daza não tinha outro meio de subsistência do que a caridade do irmão e sabia que o seu carácter tirânico jamais lhe perdoaria semelhante ultraje à sua confiança. Mas no momento da decisão final não teve forças para causar à sobrinha a mesma infelicidade irreparável com que ela teve de viver desde a juventude e autorizou-a a utilizar um recurso que lhe deixava uma ilusão de inocência. Foi um método muito simples: Fermina Daza colocava a sua carta num esconderijo qualquer do percurso diário entre a casa e a escola, indicando a Florentino Ariza nessa mesma carta onde esperava encontrar a resposta. Florentino Ariza fazia o mesmo. Desse modo, os conflitos de consciência da tia Escolástica foram transferidos, no resto do ano, para os batistérios das igrejas, os buracos das árvores, as gretas nas fortalezas coloniais em ruínas. Às vezes encontravam as cartas empapadas pela chuva, enlameadas, amarrotadas pela adversidade, perdendo-se algumas por diversas razões, mas sempre encontravam maneira de reatar o contacto.

Florentino Ariza escrevia todas as noites sem se dar tréguas, envenenando-se letra por letra com o fumo das candeias a óleo de palma na parte de trás da loja e as suas cartas tornavam-se cada vez mais extensas e lunáticas à medida que se esforçava por imitar os seus poetas preferidos da

Biblioteca Popular, que nessa época já atingia os oitenta volumes. A mãe, que com tanto ardor o tinha incitado a comprazer-se no sofrimento, começou a recear pela saúde dele. «Vais gastar os miolos», gritava-lhe do quarto ao ouvir cantar os primeiros galos. «Não há mulher que mereça tanto.» Pois não se lembrava de ter conhecido ninguém em tal estado de perdição. Mas ele não ligava. Às vezes chegava ao emprego a dormir, com os cabelos desgrenhados pelo amor, depois de ter deixado a carta no esconderijo previsto para que Fermina Daza a encontrasse ao passar por lá a caminho do colégio. Ela, por sua vez, sujeitada à vigilância do pai e ao policiamento vicioso das freiras, mal conseguia acabar meia página de caderno escolar fechada na casa de banho ou fingindo tomar apontamentos nas aulas. Mas não só devido às pressas e sobressaltos mas também pelo seu carácter, as cartas dela iludiam qualquer referência sentimental e limitavam-se a contar incidentes da sua vida quotidiana no estilo leve de um diário de bordo. Eram cartas de diversão, destinadas a manter o fogo vivo mas sem lá meter as mãos, enquanto Florentino Ariza se incendiava em cada linha. Ansioso por contagiá-la com a sua própria loucura, enviava-lhe versos de miniaturista gravados com a ponta de um alfinete em pétalas de camélias. Foi ele e não ela quem teve a audácia de meter uma madeixa de cabelo dentro de uma das cartas, sem nunca receber a resposta ansiada, que era uma pequena melena da trança de Fermina Daza. Pelo menos conseguiu que desse mais um passo, porque foi a partir dessa altura que ela lhe começou a enviar nervuras de folhas secas entre as páginas dos dicionários, asas de borboletas, penas de pássaros mágicos, e, pelo seu aniversário, ofereceu-lhe um centímetro quadrado do hábito de São Pedro Claver, dos que se vendiam nesses tempos, às escondidas, a um preço exorbitante para uma colegial da sua idade. Certa noite, sem qualquer aviso, Fermina Daza acordou assustada por uma serenata ao som de uma valsa só em solo de violino. Fê-la estremecer a clarividência de que cada nota era uma ação de graças pelas pétalas dos seus herbários, pelos momentos roubados à aritmética para escrever as cartas, pelo medo dos exames em que pensava mais nele do que nas ciências naturais, mas não se atreveu a acreditar que Florentino Ariza fosse capaz de tamanha imprudência.

Na manhã seguinte, durante o pequeno-almoço, Lorenzo Daza não conseguia resistir à curiosidade. Em primeiro lugar, porque não sabia o significado de nenhuma peça em linguagem de serenatas, e, em segundo, porque, apesar da atenção com que a escutara, não tinha conseguido perceber em que casa fora. A tia Escolástica, com um sangue-frio que devolveu a alma à sobrinha, disse que tinha observado através das cortinas do quarto que o violinista solitário estava do outro lado do parque e adiantou que, em todo o caso, uma peça única era um aviso de rompimento. Na carta desse dia, Florentino Ariza confirmou ter sido ele quem fizera a serenata e que fora ele quem compusera a valsa, à qual dera o nome que Fermina Daza tinha no seu coração: *A Deusa Coroada*. Não voltou a tocá-la no parque, mas em noites de lua cheia, em sítios escolhidos de propósito para que ela o escutasse do quarto, sem se assustar. Um dos locais preferidos era o cemitério dos pobres, exposto ao sol e à chuva numa colina miserável onde dormiam os galináceos e onde a música ganhava ressonâncias sobrenaturais. Posteriormente, aprendeu a conhecer a direção dos ventos, e assim tinha a certeza de que a sua voz chegava onde devia.

Em agosto desse ano, uma nova guerra civil das muitas que assolavam o país há mais de meio século ameaçou generalizar-se e o Governo impôs a lei marcial e o toque de recolher às seis da tarde nos estados do litoral caraíba. Ainda que já tivesse havido vários distúrbios e que a tropa cometesse todo o tipo de abusos de autoridade, Florentino Ariza continuava tão alheado que nem se apercebia do estado das coisas e uma patrulha militar encontrou-o numa madrugada a perturbar a castidade dos mortos com as suas provocações amorosas. Escapou por milagre a uma execução sumária, acusado de ser um espião que enviava as suas mensagens em clave de sol para os navios dos liberais que rondavam pelas águas vizinhas.

– Mas qual espião qual nada, cum caralho! – disse Florentino Ariza. – Eu não passo de um pobre apaixonado.

Dormiu três noites, acorrentado pelos tornozelos, nos calabouços da guarnição local. Mas quando o soltaram sentiu-se defraudado pela brevidade do cativeiro, e ainda nos tempos da sua velhice, quando muitas outras guerras se lhe confundiam na memória, continuava a pensar que era o único homem da cidade, e talvez do país, que tinha arrastado grilhões de três quilos por uma causa de amor.

Tinham-se passado quase dois anos de correspondência frenética quando Florentino Ariza, numa carta de um só parágrafo, fez formalmente a proposta de casamento a Fermina Daza. Nos seis meses que a antecederam, enviara-lhe uma camélia branca em diversas ocasiões, mas ela devolvia-lha na carta seguinte, para que ele soubesse que estava disposta a continuar a escrever-lhe, mas sem a solenidade de um compromisso. A verdade é que sempre encarara as idas e vindas da camélia como um galanteio de namorados sem nunca lhe passar pela cabeça que o devia tomar como uma encruzilhada do seu destino. Mas quando chegou a proposta formal sentiu-se ferida pelo primeiro arranhão da morte. Em pânico, correu a contar à tia Escolástica, que assumiu a consulta com a valentia e a lucidez que não tivera aos vinte anos quando se viu forçada a decidir a sua própria sorte.

– Responde-lhe que sim – disse-lhe –, mesmo que estejas morta de medo, mesmo que te venhas a arrepender, porque, de qualquer maneira, vais arrepender-te durante toda a vida se lhe responderes que não.

No entanto, Fermina Daza estava tão confusa que pediu um prazo para pensar. Pediu primeiro um mês e depois outro e outro ainda e, quando passara o quarto mês sem resposta, tornou a receber a camélia branca, mas, ao contrário das outras vezes, não vinha sozinha dentro do sobrescrito, mas com a notificação perentória de que essa seria a última: ou agora ou nunca. Dessa feita foi Florentino Ariza quem viu o rosto da morte nessa mesma tarde ao receber um sobrescrito com uma folha de papel arrancada pela margem a um caderno escolar e com a resposta, escrita a lápis numa só linha: «Está bem, caso-me consigo se me prometer que não me obrigará a comer beringelas.»

Florentino Ariza não estava preparado para essa resposta, mas a mãe estava-o. Desde que ele lhe falou pela primeira vez da sua intenção de se casar, seis meses antes, Tránsito Ariza iniciara as diligências necessárias para alugar a casa toda, que, até então, compartilhava com mais duas famílias. Era um edifício público do século XVII, de dois andares, onde funcionou o Monopólio do Tabaco, sob o domínio espanhol, e cujos proprietários, arruinados, tiveram de alugar às frações por falta de recursos para o manter. Tinha uma parte que dava para a rua, onde funcionara a secção de expedição, uma outra ao fundo de um pátio calcetado onde estivera a fábrica e uma cavalariça muito grande, que os atuais inquilinos utilizavam para lavar a roupa e pô-la a secar. Tránsito Ariza ocupava a primeira fração, que era a que melhor servia e a que se encontrava mais conservada, mas também era a mais pequena. Na antiga secção de expedição estava a loja, com um portão que dava para a rua e, ao lado, o antigo armazém, que tinha uma claraboia como única ventilação, onde dormia Tránsito Ariza. A parte de trás da loja era na metade da sala, dividida por um biombo de madeira. Tinha uma mesa com quatro cadeiras que servia para comer e escrever, e era aí que Florentino Ariza pendurava a rede quando a manhã não o surpreendia a escrever. Era um espaço que chegava para os dois mas insuficiente para mais uma pessoa, e ainda menos para uma menina do Colégio da Apresentação da Virgem Santíssima, cujo pai restaurara uma casa em ruínas até a deixar como nova, enquanto as famílias com sete títulos se deitavam com medo que os telhados das mansões lhes caíssem em cima durante o sono. De modo que Tránsito Ariza conseguira que o proprietário lhe permitisse ocupar também a galeria do pátio, com a condição de manter a casa em bom estado durante cinco anos.

Tinha recursos para isso. Além dos proventos que lhe deixavam a loja e as ligaduras hemostáticas, que lhe teriam chegado para a vida modesta que levava, multiplicara as economias emprestando-as a uma clientela de novos pobres envergonhados que aceitavam os seus juros exagerados por causa da sua discrição. Senhoras com ares de rainhas desciam das carruagens à porta da loja de miudezas, sem amas nem criados incómodos, e fingindo comprar rendas holandesas e fitas de debruar, empenhavam entre dois soluços os últimos ouropéis do seu paraíso perdido. Tránsito Ariza livrava-as de apuros com tanta consideração pela sua estirpe, que muitas saíam mais agradecidas pelo respeito do que pelo favor. Em menos de dez anos conhecia como se fossem suas as joias tantas vezes resgatadas e outras tantas empenhadas com lágrimas, e os lucros convertidos em ouro de lei estavam enterrados numa bilha de barro debaixo da cama, quando o filho tomou a decisão de se casar. Então fez as contas e não só descobriu que podia fazer o negócio de manter de pé a casa alheia durante cinco anos, como ainda que, com a mesma astúcia e um pouco mais de sorte, talvez a pudesse comprar antes de morrer para os doze netos que desejava ter. Florentino Ariza, por seu lado, tinha sido nomeado, interinamente, primeiro-ajudante do telégrafo, e Lotario Thugut queria deixá-lo como chefe de repartição quando se fosse embora para ir dirigir a Escola de Telegrafia e Magnetismo, prevista para o ano seguinte.

Desta forma estava resolvido o lado prático do casamento. No entanto, Tránsito Ariza achou que seriam prudentes duas últimas condições. A primeira, averiguar quem era na verdade Lorenzo Daza, cujo sotaque não deixava qualquer dúvida sobre a sua origem, mas de cuja identidade e meio de vida ninguém sabia nada ao certo. A segunda, que o noivado fosse longo para que os noivos se pudessem conhecer bem através do trato pessoal e que se mantivesse a mais estrita reserva até ambos estarem bem certos dos seus sentimentos. Sugeriu que esperassem até a guerra acabar. Florentino Ariza concordou com o segredo absoluto, tanto pelas razões apresentadas pela mãe como pelo hermetismo que lhe era peculiar. Também concordou com a longa duração do noivado, mas a data aprazada pareceu-lhe irreal já que em meio século de vida independente o país não tinha passado um só dia de paz civil.

– Ficaremos velhos de tanto esperar – disse.

O padrinho dele, o homeopata, que por acaso participava na conversa, não achou que as guerras fossem uma inconveniência. Acreditava que não passavam de arrufos de pobres subjugados como bois pelos senhores da terra, contra soldados descalços subjugados pelo Governo.

– A guerra está nos montes. Desde que me conheço que nas cidades não nos matam com tiros mas sim com decretos.

Em todo o caso, os pormenores do noivado foram resolvidos nas cartas da semana seguinte. Fermina Daza, aconselhada pela tia Escolástica, aceitou o prazo de dois anos e o sigilo absoluto, e sugeriu que Florentino Ariza pedisse a sua mão quando ela acabasse a escola secundária nas férias de Natal. Na altura devida combinariam o modo de formalizar o compromisso de acordo com o grau de aceitação que ela conseguisse obter do pai. Entretanto, continuaram a escrever-se com o mesmo ardor e a mesma frequência, mas sem os sobressaltos de antes, e as cartas começaram a manifestar um tom familiar que já parecia de esposos. Nada perturbava os seus sonhos.

A vida de Florentino Ariza modificara-se. O amor correspondido tinha-lhe dado uma segurança e uma força que nunca conhecera e foi tão competente no seu trabalho que Lotario Thugut conseguiu sem esforço que o nomeassem seu ajudante efetivo. Nessa altura o projeto da Escola de Telegrafia e Magnetismo tinha fracassado e o alemão consagrou o seu tempo livre à única coisa que de facto gostava: ir para o porto tocar acordeão e beber cerveja com os marinheiros, indo tudo acabar na casa de passe. Passou-se muito tempo até Florentino Ariza se dar conta que a influência de Lotario Thugut naquele sítio de prazer se devia ao facto de que ele acabara por se tornar dono do estabelecimento, além de empresário das pegas do porto. Tinha-o comprado a pouco e pouco, com as economias feitas ao longo de muitos anos, mas quem dava a cara por ele era um homenzinho magro e deformado, de cabelo cortado à escovinha e um coração tão manso que ninguém compreendia como podia ser tão bom gerente. Mas era-o. Pelo menos assim parecia a Florentino Ariza quando o gerente lhe disse que dispunha de um quarto permanente no hotel, não só para resolver os seus problemas do baixo-ventre, quando se decidisse a tê-los, mas também para que pudesse dispor de um local mais tranquilo para as suas leituras e cartas de amor. De modo que, enquanto decorriam os longos meses que faltavam para a formalização do compromisso, passou mais tempo aí do que no escritório e em casa, havendo mesmo alturas em que Tránsito Ariza só o via quando ia mudar de roupa.

A leitura converteu-se para ele num vício insaciável. Desde que o ensinara a ler que a mãe lhe comprava livros ilustrados de autores nórdicos, que eram vendidos como histórias infantis, mas que na verdade eram as mais cruéis e perversas que se podiam ler em qualquer idade. Florentino Ariza aos cinco anos já os recitava de cor, tanto nas aulas como nos saraus da escola, mas a familiaridade com eles não lhe aliviou o terror. Pelo contrário, aumentara-o. Daí que o salto para a poesia foi como uma bonança. Já na puberdade consumira, por ordem de aparecimento, todos os volumes da Biblioteca Popular que Tránsito Ariza lhe comprava nos livreiros de ocasião do Portal dos Escrivães, que tinham de tudo, desde Homero ao menos meritório dos poetas locais. Mas ele não fazia distinções: lia o volume que chegasse, como uma ordem da sina, e não lhe chegaram todos os anos de leituras para ficar a saber o que era bom e o que não o era no muito que tinha lido. A única coisa que não lhe levantava problemas era que entre prosa e versos preferia os versos, e, nestes, os de amor, que decorava, ainda que sem intenção, a partir da segunda leitura, o que lhe era tanto mais fácil quanto melhor fosse a rima e a métrica, e maior o sofrimento.

Esta foi a fonte originária das primeiras cartas para Fermina Daza, onde apareciam tiradas completas e sem condimentos dos românticos espanhóis, e assim foi até que a vida real o obrigou a preocupar-se com assuntos mais terrenos do que as dores do coração. Já nesses tempos tinha avançado mais um passo nos folhetins trágicos e noutras prosas ainda mais profanas desses anos. Tinha aprendido a chorar com a mãe quando ela lia os poetas locais que eram vendidos nas praças e pelas portas em folhetos de dois centavos cada. Mas simultaneamente era capaz de recitar a mais seleta poesia castelhana do Século de Ouro. De uma maneira geral lia tudo o que lhe viesse parar às mãos e pela ordem em que lhe aparecia até ao extremo de muito depois daqueles penosos anos do seu primeiro amor, quando já não era jovem, vir a ler da primeira à última página os vinte volumes do Tesouro da Juventude, o catálogo completo dos clássicos dos Irmãos Garner, traduzidos, e as obras mais fáceis publicadas por Vicente Blasco Ibáñez na Coleção Prometeu.

Em todo o caso, as aventuras da sua mocidade na casa de passe não se reduziram à leitura e à redação de cartas febris, pois também o iniciaram nos segredos do amor sem amor. A vida naquela casa começava depois do meio-dia, quando as pegas suas amigas se levantavam como vieram ao mundo, de modo que, quando Florentino Ariza chegava do emprego, dava com um palácio povoado por ninfas em pelo que comentavam aos gritos os segredos da cidade, conhecidos devido às inconfidências dos próprios protagonistas. Muitas exibiam na sua nudez as marcas do passado: cicatrizes de punhaladas no ventre, ferimentos de balas, sulcos de facadas de amor, costuras de cesarianas feitas por carniceiros. Algumas mandavam levar-lhes durante o dia os filhos mais pequenos, frutos infelizes de despeitos ou descuidos juvenis, e tiravam-lhes as roupas mal entravam para que não se sentissem diferentes no paraíso da nudez. Cada qual cozinhava a sua comida e ninguém comia melhor do que Florentino Ariza, quando o convidavam, porque escolhia o melhor de cada uma. Era uma festa diária que durava até ao entardecer, quando, nuas, desfilavam cantarolando para as casas de banho, pediam emprestado o sabonete, a escova de dentes, a tesoura, cortavam o cabelo umas às outras, vestiam-se com as roupas que trocavam entre si, pintalgavam-se como palhaças lúgubres, e saíam à caça das primeiras presas da noite. A partir de então a vida da casa tornava-se impessoal, desumanizada, e era impossível partilhar dela sem pagar.

Não existia lugar onde Florentino Ariza se sentisse melhor depois de ter conhecido Fermina Daza, porque era o único onde não se sentia sozinho. Mais ainda: acabou por ser o único onde se sentia com ela. Seria talvez pelos mesmos motivos que aí vivia uma mulher de idade, elegante, com uma bela cabeça prateada, que não participava da vida natural das despidas e por quem estas manifestavam um respeito sacramental. Um noivo prematuro levara-a para ali quando era jovem e depois de se aproveitar dela durante algum tempo, abandonou-a ao seu destino. No entanto, apesar do seu estigma, conseguiu fazer um bom casamento. Já muito mais velha, quando ficou sozinha, os dois filhos e as três filhas queriam que ela lhes desse a alegria de ir viver com eles, mas a ela não lhe ocorreu outro lugar mais digno para viver do que aquela casa de galdérias meigas. O seu quarto permanente era toda a sua casa, o que a identificou imediatamente com Florentino Ariza, de quem dizia que chegaria a ser um sábio conhecido em todo o mundo, pois era capaz de enriquecer a sua alma com a leitura no paraíso da luxúria. Florentino Ariza, pelo seu lado, chegou a ter-lhe tanto afeto que a ajudava a fazer as compras no mercado e costumava passar algumas tardes a conversar com ela. Achava-a uma mulher sábia no amor, pois deu-lhe muitos esclarecimentos sobre o seu, sem que ele tivesse de lhe revelar o seu segredo.

Se antes de conhecer o amor de Fermina Daza não tinha caído em tantas tentações que tivera à mão, muito menos o faria sendo ela já a sua noiva oficial. Florentino Ariza convivia, pois, com as raparigas, partilhava das suas alegrias e misérias, mas nem a ele nem a elas lhes passava pela cabeça ir mais longe. Um imprevisto demonstrou o rigor da sua determinação. Certo dia, às seis da tarde, quando as raparigas se estavam a vestir para receber os clientes da noite, entrou no quarto dele a mulher da limpeza daquele andar: uma jovem, mas envelhecida e macilenta, como uma penitente vestida entre a glória da nudez. Todos os dias a via sem sentir que ela o via: andava pelos quartos com a vassoura e um pano especial para apanhar do chão os preservativos usados. Entrou no cubículo onde Florentino Ariza se encontrava a ler, como sempre, e como sempre varreu com todo o cuidado para não o incomodar. Subitamente, passou perto da cama e ele sentiu a sua mão morna e terna no ventre, sentiu-a procurá-lo, sentiu-a encontrá-lo, sentiu-a desapertar-lhe os botões enquanto a respiração dela ia enchendo o quarto. Ele fingiu ler até que não pôde mais e teve que esquivar o corpo.

Ela assustou-se, pois a primeira advertência que lhe fizeram para lhe darem emprego como mulher da limpeza foi que não tentasse deitar-se com os clientes. Não precisavam de lho dizer, porque ela era das que pensavam que a prostituição não consiste em deitar-se por dinheiro, mas sim deitar-se com desconhecidos. Tinha dois filhos, cada um de um marido diferente, não porque fossem aventuras casuais mas porque não tinha conseguido amar alguém que voltasse depois da terceira vez. Tinha sido, até então, uma mulher sem urgências, preparada pela sua natureza para esperar sem desesperar, mas a vida daquela casa era mais forte do que as suas virtudes. Começava a trabalhar às seis da tarde e passava a noite inteira de quarto em quarto, a varrê-los com quatro vassouradas, a apanhar os preservativos, a mudar os lençóis. Não era fácil imaginar as coisas que os homens deixavam depois do amor. Deixavam vómitos e lágrimas, o que lhe parecia compreensível, mas também deixavam muitos enigmas da intimidade: charcos de sangue, montes de excrementos, olhos de vidro, relógios de ouro, dentaduras postiças, relicários com caracóis dourados, cartas de amor, de negócios, de pêsames: cartas de tudo. Alguns vinham buscar as coisas perdidas, mas a maioria delas ficava ali, e Lotario Thugut guardava-as à chave, pensando que mais tarde ou mais cedo aquele palácio caído em desgraça, com os milhares de objetos pessoais esquecidos, seria um museu do amor.

O trabalho era duro e mal pago, mas ela fazia-o bem. O que não conseguia suportar eram os soluços, os lamentos, os queixumes das molas das camas que se lhe iam sedimentando no sangue com tanto amor e tanta dor, que de manhã não conseguia suportar a ansiedade de se deitar com o primeiro mendigo que encontrasse na rua ou com um bêbedo solitário que lhe fizesse o favor sem mais pretensões nem perguntas. O aparecimento de um homem sem mulher como Florentino Ariza, jovem e limpo, foi para ela uma dádiva do céu, porque desde o primeiro momento percebeu que ele era igual a ela: um carente de amor. Mas ele foi insensível aos seus avanços. Mantivera-se virgem para Fermina Daza e não havia força nem razão deste mundo que o fizessem afastar-se do seu propósito.

Essa era a sua vida quatro meses antes da data prevista para a sua formalização do compromisso, quando Lorenzo Daza apareceu às sete da manhã no telégrafo à procura dele. Como ainda não tinha chegado, ficou à espera sentado no banco até às oito e dez, a tirar de um dedo e a pô-lo noutro o pesado anel de ouro, coroado por uma opala nobre, e quando o viu entrar reconheceu-o logo como o empregado do telégrafo e pegou-lhe pelo braço.

– Venha comigo, rapazinho – disse-lhe. – Você e eu temos de falar cinco minutos, de homem para homem.

Florentino Ariza, verde como um cadáver, deixou-se levar. Não estava preparado para esse encontro porque Fermina Daza não tivera nem oportunidade nem maneira de o prevenir. O caso era que no sábado anterior, a irmã Franca de la Luz, superiora do Colégio da Apresentação da

Santíssima Virgem, tinha entrado na aula de Noções de Cosmogonia com o sigilo de uma serpente e ao espiar as alunas por cima do ombro, descobriu que Fermina Daza fingia tomar apontamentos no caderno quando estava na realidade a escrever uma carta de amor. A infração, de acordo com o regulamento do colégio, era motivo para expulsão. Chamado de urgência à reitoria, Lorenzo Daza descobriu a goteira por onde ia escorrendo o seu regime de ferro. Fermina Daza, com a sua integridade congénita, admitiu a culpa da carta, mas negou-se a revelar a identidade do noivo e tornou a negar diante do Tribunal de Ordem, que, por esse motivo, confirmou o veredito de expulsão. Não obstante, o pai passou uma busca ao quarto que até então tinha sido um santuário inviolável, e num fundo falso do baú descobriu os pacotes de três anos de cartas, escondidas com tanto amor como tinham sido escritas. A assinatura era inequívoca, mas Lorenzo Daza não pôde acreditar, nem então nem nunca, que a filha não soubesse mais acerca do seu noivo oculto a não ser que tinha o ofício de telegrafista e gostava de violino.

Convencido de que uma relação tão difícil só era compreensível com a cumplicidade da irmã, não lhe concedeu a esta nem a graça de uma desculpa e embarcou-a, sem apelo, na escuna de San Juan de la Ciénaga. Fermina Daza nunca se recompôs da sua última recordação, na tarde em que se despediu dela no portão, a arder em febre no seu hábito pardo, magra e cinzenta, e a viu desaparecer entre os chuviscos do parque com o único bem que lhe restava na vida: a sua trouxa de solteira e o dinheiro para sobreviver durante um mês, embrulhado num lenço por dentro do punho. Assim que se libertou da autoridade do pai, mandou-a procurar por todas as províncias das Caraíbas, perguntando por ela a todos quantos pudessem conhecê-la, mas só encontrou notícias do seu rasto quase trinta anos depois, ao receber uma carta que tinha passado por muitas mãos durante bastante tempo, onde a informavam que morrera quase centenária no lazareto de Agua de Dios. Lorenzo Daza não previu a ferocidade com que a filha reagiria ao castigo injusto de que fora vítima a tia Escolástica a quem sempre identificara com a mãe que mal recordava. Trancou-se no quarto sem comer nem beber, e quando ele conseguiu, por fim, que abrisse a porta, primeiro com ameaças e depois com súplicas mal disfarçadas, viu-se diante de uma pantera ferida que nunca mais voltaria a ter quinze anos.

Tentou conquistá-la com todo o tipo de mimos. Tentou que ela compreendesse que o amor na sua idade era uma ilusão, tentou convencê-la, a bem, a devolver as cartas, a voltar ao colégio pedindo perdão de joelhos, e deu-lhe a sua palavra de honra de que seria o primeiro a ajudá-la a ser feliz com um pretendente digno. Mas era o mesmo que falar para uma parede. Derrotado, acabou por perder as estribeiras durante o almoço de segunda-feira e, enquanto se engasgava com impropérios e blasfémias à beira da comoção, ela colocou a faca da carne no pescoço, sem dramatismos mas com o pulso firme, e com uns olhos atónitos, que ele não se atreveu a desafiar. Foi então que decidiu aceitar o risco de falar cinco minutos, de homem para homem, com esse forasteiro nefasto que não se lembrava de ter visto nunca e que em tão má hora se havia atravessado na sua vida. Por mero hábito pegou no revólver antes de sair, mas teve o cuidado de o levar escondido sob a camisa.

Florentino Ariza ainda não tinha recuperado o fôlego quando Lorenzo Daza o levou pelo braço pela Praça da Catedral até à galeria de arcos do Café da Paróquia e o convidou a sentar-se na esplanada. A essa hora não havia mais clientes e uma matrona negra esfregava os ladrilhos do enorme salão com janelas de vidros partidos e cheios de pó, cujas cadeiras ainda estavam de pernas para o ar sobre as mesas de mármore. Florentino Ariza vira ali Lorenzo Daza muitas vezes a jogar e a beber vinho de barril com os asturianos do mercado público, enquanto discutiam em grande gritaria por outras guerras crónicas que não eram as nossas. Muitas vezes, consciente do fatalismo do amor, perguntava-

-se como decorreria o encontro que mais cedo ou mais tarde teria com ele e que nenhum poder humano haveria de impedir, porque estava desde sempre escrito no destino dos dois. Imaginava-o como uma discussão desigual, não só porque Fermina Daza o tinha prevenido nas cartas quanto ao carácter intempestivo do pai, mas também porque ele próprio se apercebera que os seus olhos pareciam coléricos mesmo até quando se ria às gargalhadas na mesa de jogo. Tudo era um tributo à vulgaridade: a pança vil, a fala enfática, as patilhas de lince, as mãos gordas com o anelar sufocado pelo engaste da opala. O seu único traço enternecedor, que Florentino Ariza reconheceu desde a primeira vez que o viu, era que tinha o mesmo andar de gazela da filha. No entanto, quando lhe indicou a cadeira para que se sentasse não o achou tão rude quanto parecia e recuperou o fôlego quando o convidou a tomar um cálice de anis. Florentino Ariza nunca bebera às oito da manhã, mas aceitou-o agradecido porque estava a precisar urgentemente dele.

Lorenzo Daza, com efeito, não demorou mais do que cinco minutos a expor as suas razões, e fê-lo com uma sinceridade tão desarmante que confundiu Florentino Ariza de vez. Ao morrer-lhe a esposa, tinha-se imposto o propósito único de fazer da filha uma grande dama. O caminho era longo e incerto para um negociante de mulas que não sabia nem ler nem escrever, mas cuja reputação de ladrão de gado não estava tão provada quanto isso, apesar de muito difundida por toda a província de San Juan de la Ciénaga. Acendeu um charuto de arrieiro e lamentou-se: «A única coisa pior do que não se ter saúde é ter má fama.» No entanto, disse que o verdadeiro segredo da sua fortuna era que nenhuma das suas mulas trabalhava tanto nem com tanta determinação como ele próprio, mesmo nos tempos mais difíceis das guerras, quando as povoações acordavam no meio de cinzas e de campos devastados. Ainda que a filha nunca tivesse estado ao corrente da premeditação do seu destino, comportava-se como uma cúmplice entusiasta. Era inteligente e metódica, ao ponto de ter ensinado o pai a ler assim que ela própria aprendeu, e aos doze anos já tinha um conhecimento da realidade que lhe teria bastado para governar a casa sem precisar da tia Escolástica. Suspirou: «É uma mula de ouro!» Quando a filha completou a escola primária, com cinco em todas as disciplinas, e menção honrosa no ato de encerramento, ele percebeu que o meio de San Juan de la Ciénaga era demasiado pequeno para as suas aspirações. Então vendeu as terras e os animais e mudou-se, com um novo ânimo e setenta mil pesos de ouro, para esta cidade em ruínas e com as suas glórias roídas pelas traças, mas onde uma mulher bela e educada à antiga ainda tinha a possibilidade de voltar a nascer de novo com um casamento rico. A irrupção de Florentino Ariza fora um obstáculo imprevisto naquele plano determinado. «De modo que lhe vim fazer uma súplica», disse Lorenzo Daza. Molhou a ponta do charuto na aguardente de anis, deu-lhe uma chupadela sem fumo e concluiu com a voz embargada:

– Afaste-se do nosso caminho.

Florentino Ariza tinha-o escutado entre goles de aguardente de anis, mas tão absorto estava na revelação do passado de Fermina Daza que nem sequer se interrogou sobre o que diria quando tivesse de falar. Mas, chegado o momento, compenetrou-se de que fosse o que fosse que dissesse comprometeria o seu destino.

– O senhor falou com ela? – perguntou.

– Isso não lhe diz respeito – respondeu Lorenzo Daza.

– Pergunto-lho porque me parece que quem tem de decidir é ela.

– Nada disso – disse Lorenzo Daza. – Isto é um assunto de homens e resolve-se entre homens.

O tom tornara-se ameaçador e um cliente de uma mesa próxima voltou-se para os observar. Florentino Ariza falou com a voz mais ténue mas com a determinação mais imperiosa de que foi capaz:

– De todos os modos – disse – não lhe posso dar qualquer resposta sem saber o que ela pensa. Seria uma traição.

Então, Lorenzo Daza encostou-se na cadeira, com os olhos avermelhados e húmidos, e o seu olho esquerdo girou na sua órbita e descaíu. Também baixou o tom da sua voz.

– Não me obrigue a dar-lhe um tiro – disse.

Florentino Ariza sentiu que as entranhas se lhe revolviam. Mas a voz não lhe tremeu porque também ele se sentiu iluminado pelo Espírito Santo.

– Atire – disse, com a mão sobre o peito. – Não há maior glória do que morrer por amor.

Lorenzo Daza teve de olhá-lo de lado, como os papagaios, para o encontrar com o olho torcido. Não pronunciou as três palavras, mais se afigurou que as cuspiu sílaba a sílaba:

– Fi-lho-da-pu-ta!

Naquela mesma semana levou a filha para a viagem do esquecimento. Não lhe dando qualquer explicação, irrompeu pelo seu quarto com os bigodes eriçados pela ira e o tabaco mascado e ordenou-lhe que fizesse as malas. Ela perguntou-lhe onde iam ao que ele respondeu: «Para a morte.» Assustada com aquela resposta que se parecia de mais com a verdade, decidiu fazer-lhe frente com a mesma coragem dos dias anteriores, mas ele puxou do cinto com fivela de cobre maciço e deu uma chicotada na mesa que ressoou por toda a casa como o disparo de uma espingarda. Fermina Daza sabia muito bem até onde podia ir a sua resistência e quando a poderia utilizar, de modo que fez uma mala com duas esteiras e uma rede, e meteu em dois grandes baús todas as suas roupas, com a certeza de que era uma viagem sem regresso. Antes de se vestir, fechou-se na casa de banho e conseguiu escrever a Florentino Ariza uma breve carta de despedida numa folha arrancada do rolo de papel higiénico. Depois, cortou pelo pescoço uma trança com a tesoura de podar, enrolou-a dentro de um estojo de veludo bordado a fio de ouro e enviou-o juntamente com a carta.

Foi uma viagem de loucos. Só a primeira etapa, numa caravana de arrieiros andinos, durou onze dias, em cima de uma mula pelas cornijas da serra Nevada, embrutecidos pelo sol inclemente ou ensopados pelas chuvas de outubro, quase sempre com a respiração suspensa pelo vazio dos precipícios. No terceiro dia de caminho, uma mula enlouquecida pelas picadas dos tavões despenhou-se com o seu ginete, arrastando atrás de si todas as que a seguiam. O alarido do cavaleiro e dos sete animais atados uns aos outros continuava a ressoar por vales e escarpas, várias horas depois do desastre, e continuou a ressoar durante muitos anos na memória de Fermina Daza. Toda a sua bagagem se despenhou com as mulas, mas nos minutos intermináveis que durou a queda, até se extinguir lá no fundo o grito de pavor, Fermina não pensou no pobre homem morto nem na récua despedaçada, mas sim na desgraça de que a sua própria mula não estivesse também amarrada às outras.

Era a primeira vez que montava, mas o terror e as incontáveis dificuldades da viagem não lhe teriam parecido tão amargas se não fosse a certeza de nunca mais voltar a ver Florentino Ariza nem ter o consolo das suas cartas. Desde o começo da viagem que não voltara a dirigir a palavra ao pai e este encontrava-se tão perturbado que apenas lhe falava quando era de todo indispensável ou mandava-lhe recados pelos muleteiros. Quando tinham sorte encontravam uma taberna qualquer no meio das veredas, onde serviam refeições campestres que ela se recusava a comer, e alugavam camas de lona entranhadas de suor e urina rançosa. O que era mais frequente, porém, era passarem a noite em povoados de índios, albergarias públicas ao ar livre, construídas à beira dos caminhos com fiadas de forquilhas e tetos de palma, onde quem quer que chegasse tinha direito a ficar até de manhã. Fermina Daza não conseguiu dormir uma noite inteira, suando de medo, sentindo na escuridão a azáfama dos viajantes sigilosos que amarravam os seus animais nas forquilhas e penduravam as redes onde podiam.

Ao cair da tarde, quando chegavam os primeiros, o lugar era espaçoso e tranquilo, mas pela manhã ficava transformado numa praça de feira, com um monte de redes penduradas a diferentes níveis e anhumas a dormir de cócoras, e a berraria das cabras amarradas e o alvoroço dos galos de combate nas suas cestas de faraós, e a mudez ofegante dos cães monteses ensinados a não ladrar devido aos riscos da guerra. Aquela penúria era familiar a Lorenzo Daza que tinha feito os seus negócios por aquela região durante metade da sua vida e quase sempre encontrava velhos amigos ao romper do dia. Para a filha, era uma agonia perpétua. O fedor dos carregamentos de peixe salgado, somado ao fastio próprio da saudade, acabaram por estragar-lhe o hábito de comer e se não enlouqueceu de desespero foi porque sempre encontrou alívio na recordação de Florentino Ariza. Não duvidou que aquela fosse a terra do esquecimento.

Outro terror constante era o da guerra. Desde o princípio da viagem que se falara do perigo de encontrar patrulhas isoladas e os arrieiros tinham-nos instruído sobre as diversas formas de saber a que partido pertenciam para poderem agir de acordo com isso. Era frequente encontrar um grupo de soldados a cavalo sob as ordens de um oficial, que recolhiam os novos recrutas laçando-os como se fossem novilhos numa corrida. Abatida por tantos horrores, Fermina Daza tinha-se esquecido de coisas que lhe pareciam mais lendas do que ameaças de verdade, até uma noite em que uma patrulha sem filiação conhecida sequestrou dois viajantes da caravana e os enforcou num sino a quilómetro e meio do povoado. Lorenzo Daza não tinha nada que ver com eles, mas mandou-os baixar e deu-lhes sepultura cristã em ação de graças por não ter tido a mesma sorte. Não era para menos. Os assaltantes tinham-no acordado com o cano de uma espingarda encostado à barriga, e um comandante em farrapos com a cara pintada de negro de fumo, iluminando-o com uma lanterna, perguntou-lhe se era liberal ou conservador.

– Nem uma coisa nem outra – disse Lorenzo Daza. – Sou súbdito espanhol.

– Que sorte! – disse o comandante, e despediu-se dele com a mão ao alto. – Viva o rei!

Dois dias depois desceram para o vale luminoso onde ficava a alegre povoação de Valledupar. Havia lutas de galos nos pátios, música de acordeões pelas esquinas, ginetes em cavalos de boa raça, foguetes e sinos. Estavam a montar um castelo de fogo-de-artifício. Fermina Daza nem sequer foi poupada ao festim. Hospedaram-se em casa do tio Lisímaco Sánchez, irmão da sua mãe, que viera recebê-los na estrada real, à frente de uma buliçosa cavalgada de parentes juvenis montados nos animais de melhor raça de toda a província e conduziram-nos pelas ruas da povoação no meio da algazarra dos fogos-de-artifício. A casa ficava em plena Praça Grande, ao lado da igreja colonial, várias vezes remendada, e dava mais a impressão de uma feitoria de fazenda com os seus aposentos amplos e sombrios e o corredor a cheirar a garapa quente, dando tudo para um pomar.

Assim que desmontaram, os salões de visitas ficaram a transbordar de parentes desconhecidos que fustigavam Fermina Daza com as suas efusões insuportáveis, pois estava impedida de gostar de mais alguém neste mundo, escaldada pela montada, morta de sono e com o estômago vazio, e apenas ansiava por um sítio isolado e tranquilo onde pudesse chorar. A prima, Hildebranda Sánchez, dois anos mais velha do que ela e com a mesma altivez imperial, foi a única a compreender o seu estado mal a viu pela primeira vez, pois também ela se consumia nas chamas de um amor temerário. Ao anoitecer levou-a para o quarto que preparara para compartilhar com ela e não conseguiu perceber como podia estar viva com as chagas vivas que tinha nas nádegas. Ajudada pela mãe, uma mulher muito doce e tão parecida com o marido que mais pareciam gémeos, preparou-lhe um banho de assento e aliviou-lhe o ardor com compressas de arnica, enquanto os trovões do castelo de pólvora faziam estremecer os alicerces da casa.

Por volta da meia-noite foram-se embora as visitas, a festa popular escoou-se em vários grupos dispersos, a prima

Hildebranda emprestou a Fermina Daza uma camisa de noite de algodão e ajudou-a a deitar-se numa cama de lençóis limpos e almofadas de penas que lhe infundiram um instantâneo sentimento de felicidade. Quando por fim ficaram sozinhas no quarto, fechou a porta com a tranca e tirou de debaixo da esteira da sua cama um sobrescrito lacrado com os emblemas do Telégrafo Nacional. A Fermina Daza bastou-lhe ver a expressão de malícia radiante da prima para que lhe assomasse à memória o perfume que guardava das gardénias brancas, antes de triturar com os dentes o selo de lacre e ficar a chapinhar até de manhã no mar de lágrimas dos onze telegramas proibidos.

Foi então que o soube. Antes de empreender a viagem, Lorenzo Daza tinha cometido o erro de a anunciar por telegrama ao cunhado Lisímaco Sánchez, e este, por sua vez, tinha mandado a notícia à sua vasta e complicada parentela, espalhada por variadíssimos locais e caminhos da província. De maneira que, Florentino Ariza não só pôde informar-se do itinerário completo como também conseguira formar uma grande irmandade de telegrafistas para seguir o rasto de Fermina Daza até ao último povoado do Cabo de la Vela. Isso permitiu-lhe manter com ela uma comunicação intensa assim que chegou a Valledupar, onde ficou três meses, até ao fim da viagem em Riohacha, ano e meio depois, quando Lorenzo Daza teve por certo que a filha o tinha esquecido, e decidiu voltar para casa. Talvez nem mesmo ele estivesse consciente do quanto tinha relaxado a sua vigilância, distraído como estava com as cortesias dos parentes por afinidade, que, ao fim de tantos anos, tinham deposto os seus preconceitos tribais e o receberam de coração aberto como a um dos seus. A visita foi uma reconciliação tardia, ainda que essa não tivesse sido a intenção. Com efeito, a família de Fermina Sánchez tinha-se oposto a todo o custo a que ela se casasse com um imigrante sem origem, falador e rude, que estava em todo o lado de passagem, com um negócio de mulas selvagens que parecia demasiado simples para ser limpo. Lorenzo Daza jogava tudo por tudo, porque aquela que pretendia era a mais apreciada de uma família típica da região: uma cáfila intrincada de mulheres bravas e homens de coração terno e gatilho fácil, perturbados até à demência pelo sentido da honra. No entanto, Fermina Sánchez instalou-se no seu capricho com a determinação cega dos amores contrariados, e casou-se com ele a despeito da família, com tanta pressa e tantos mistérios que pareceu que o não fazia por amor mas para cobrir com o manto do sacramento algum descuido prematuro.

Vinte e cinco anos depois, Lorenzo Daza não se dava conta que a sua intransigência com os namoricos da filha era uma repetição viciada da sua própria história e queixava-se da sua desgraça aos seus cunhados que se lhe haviam oposto, como estes se tinham queixado outrora perante os seus. Mas o tempo que ele ia perdendo em lamentos ganhava-o a filha em amores. Assim, enquanto ele andava a castrar novilhos e a domesticar mulas nas terras bem-aventuradas dos seus cunhados, ela passeava-se à rédea solta num tropel de primas comandadas por Hildebranda Sánchez, a mais bonita e afável, cuja paixão sem futuro por um homem vinte anos mais velho, casado e com filhos, se conformava com olhares furtivos.

Depois da prolongada permanência em Valledupar prosseguiram viagem pelas ladeiras da serra, através de pradarias floridas e mesetas de sonho, e em todas as localidades foram recebidos como na primeira, com música e foguetes, com novas primas confabuladas e mensagens pontuais nas agências telegráficas. Fermina Daza percebeu bem depressa de que não fora a tarde da sua chegada a Valledupar que tinha sido diferente, mas sim que naquela província fértil todos os dias da semana eram vividos como se fossem de festa. Os visitantes dormiam onde a noite os surpreendesse e comiam onde os encontrasse a fome, pois eram casas de portas abertas onde sempre havia uma rede pendurada e um cozido de três tipos de carne a ferver no fogão, para o caso de alguém chegar antes do telegrama que o anunciava, como acontecia quase sempre. Hildebranda Sánchez acompanhou a prima no resto da viagem, orientando-a com pulso alegre através dos carrascais de sangue até às suas fontes de origem. Fermina Daza reconheceu-se, sentiu-se dona de si pela primeira vez, sentiu-se acompanhada e protegida, com os pulmões dilatados pelo ar de liberdade que lhe devolveu o sossego e a vontade de viver. Até aos seus últimos anos de vida havia de evocar aquela viagem, cada vez mais presente na memória, com a lucidez perversa da nostalgia.

Uma noite regressou do seu passeio diário perturbada pela revelação de que não só se podia ser feliz sem amor como também contra o amor. A revelação alarmou-a, porque uma das suas primas surpreendera uma conversa dos pais com Lorenzo Daza, na qual este tinha sugerido a ideia de concertar o casamento da filha com o único herdeiro da fabulosa fortuna de Cleofás Moscote. Fermina Daza conhecia-o. Tinha-o visto a reviravoltear nas praças os seus cavalos perfeitos, com arreios tão ricos que pareciam ornamentos de missa. Era elegante e hábil, e tinha umas pestanas de sonhador que faziam suspirar as pedras, mas ela comparou-o com a sua recordação de Florentino Ariza sentado sob as amendoeiras do parque, pobre e esquálido, com o livro de versos no colo e não encontrou nenhuma sombra de dúvida no seu coração.

Naqueles dias, Hildebranda Sánchez andava delirante de ilusões depois de visitar uma pitonisa cuja clarividência a deixara deslumbrada. Assustada pelas intenções do pai, também Fermina Daza a foi consultar. As cartas anunciaram-lhe que não havia nenhum obstáculo no seu futuro para um casamento longo e feliz, e aquela previsão fê-la suspirar de alívio, pois não podia conceber que um destino tão venturoso pudesse ser com um homem diferente daquele a quem amava. Exaltada por essa certeza, assumiu então o comando do seu arbítrio. E foi assim que a correspondência telegráfica com Florentino Ariza deixou de ser um concerto de intenções e promessas ilusórias tornando-se metódica e prática, e mais intensa do que nunca. Fixaram datas, combinaram esquemas, empenharam as suas vidas na determinação comum de se casarem sem consultarem ninguém, fosse onde fosse e como quer que fosse, assim que se voltassem a encontrar. Fermina Daza considerava tão sério este compromisso que na noite em que o pai lhe deu autorização para assistir ao seu primeiro baile de adultos, na povoação de Fonseca, a ela não lhe pareceu decente aceitá-la sem o consentimento do noivo. Florentino Ariza estava naquela noite na casa de passe a jogar cartas com Lotario Thugut, quando o informaram de que tinha uma mensagem telegráfica urgente.

Era o telegrafista de Fonseca, que tinha reunido sete estações intermédias para que Fermina Daza pedisse autorização para ir ao baile. Mas, uma vez obtida, não se conformou com a mera resposta afirmativa, pedindo uma prova de que era mesmo Florentino Ariza quem estava a operar o manipulador no outro extremo da linha. Mais admirado do que satisfeito compôs uma frase de identificação: «Diga-lhe que lho juro pela deusa coroada.» Fermina Daza reconheceu o santo e a senha, e esteve no seu primeiro baile de adultos até às sete da manhã, hora a que foi mudar de roupa a correr para não chegar atrasada à missa. Mas por essa altura tinha no fundo do baú mais cartas e telegramas do que quantos o pai lhe tirara e havia aprendido a portar-se com os modos de uma mulher casada. Lorenzo Daza interpretou aquelas alterações da sua maneira de ser como uma prova de que a distância e o tempo a tinham restabelecido das suas fantasias juvenis, mas nunca lhe apresentou o projeto de casamento combinado. As relações entre eles tornaram-se fluidas, dentro das reservas formais que ela lhe impusera desde a expulsão da tia Escolástica, e isto permitiu-lhes uma convivência tão cómoda que ninguém duvidaria de que se baseava no carinho.

Foi por esta época que Florentino Ariza decidiu contar-lhe nas cartas que estava empenhado em resgatar para ela o tesouro do galeão submerso. Estava decidido e tinha-lhe ocorrido como um sopro de inspiração, numa tarde de luz em que o mar parecia calcetado de alumínio pela quantidade de peixes trazidos à tona pelo verbasco. Todas as aves do céu se tinham alvoroçado com a matança e os pescadores tinham de as espantar com os remos para que não lhes disputassem os frutos daquele milagre proibido. O uso do verbasco, que só adormecia os peixes, estava sancionado por lei desde os tempos coloniais, mas continuou a ser uma prática comum em pleno dia entre os pescadores das Caraíbas, até que foi substituído pela dinamite. Um dos divertimentos de Florentino Ariza, enquanto Fermina Daza andava em viagem, era ver, dos molhes, como os pescadores carregavam as canoas com as enormes redes cheias de peixes adormecidos. Ao mesmo tempo, um enxame de crianças, que nadavam como tubarões, pedia aos curiosos que lhes atirassem moedas para irem resgatá-las ao fundo da água. Eram os mesmos que iam a nado ter com os transatlânticos, com o mesmo objetivo e sobre os quais se tinham escrito tantas crónicas de viagem nos Estados Unidos e na Europa, pela sua mestria na arte de mergulhar. Florentino Ariza conhecia-os desde sempre, desde antes até de conhecer o amor, mas nunca lhe ocorrera que talvez fossem capazes de trazer à tona a fortuna do galeão. Ocorreu-lho essa tarde e a partir do domingo seguinte até ao regresso de Fermina Daza, quase um ano depois, teve um motivo mais de delírio.

Euclides, uma das crianças nadadoras, entusiasmou-se tanto quanto ele com a ideia de uma exploração submarina, depois de conversarem menos de dez minutos. Florentino Ariza não lhe revelou a verdade do seu empreendimento, mas informou-se a fundo sobre as suas faculdades de mergulhador e de navegante. Perguntou-lhe se conseguiria descer até vinte metros sem respirar, e Euclides respondeu-lhe que sim. Perguntou-lhe se havia possibilidades de ele levar sozinho uma canoa de pescador para o mar alto no meio de uma tempestade, sem outros instrumentos além do seu instinto, e Euclides respondeu-lhe que sim. Perguntou-lhe se seria capaz de localizar um ponto determinado a dezasseis milhas marítimas a noroeste da maior ilha do Sotavento, e Euclides respondeu-lhe que sim. Perguntou-lhe se era capaz de navegar de noite, orientando-se pelas estrelas, e Euclides respondeu-lhe que sim. Perguntou-lhe se estava disposto a fazê-lo pela mesma diária que lhe pagavam os pescadores por ajudá-los na pesca, e Euclides respondeu-lhe que sim, mas com um acréscimo de cinco reais aos domingos. Perguntou-lhe se sabia defender-se dos tubarões, e Euclides respondeu-lhe que sim, pois tinha artifícios mágicos para os espantar. Perguntou-lhe se sabia guardar um segredo mesmo que o pusessem nas máquinas de torturas da Inquisição, e Euclides respondeu-lhe que sim, pois a nada respondia que não e sabia dizer que sim com tanta propriedade que não havia hipóteses de duvidar dele. Por fim, fez a conta das despesas: o aluguer da canoa, o aluguer do remo, o aluguer dos apetrechos de pesca para que ninguém suspeitasse da verdade das suas incursões. Era preciso levar além da comida, um garrafão de água doce, uma lamparina, um pacote de velas de sebo e um corno de caçador para pedir auxílio em caso de emergência.

Tinha uns doze anos e era rápido e astuto, falava sem parar, com um corpo de enguia que parecia feito para passar rastejando por qualquer escotilha. O clima curtira-lhe a pele a um ponto tal que era impossível imaginar qual a cor original, e isto fazia parecer ainda mais radiantes os seus grandes olhos amarelos. Florentino Ariza decidiu imediatamente que este era o cúmplice ideal para uma aventura de tal natureza e empreenderam-na sem mais delongas no domingo seguinte.

Zarparam do porto dos pescadores ao amanhecer, bem equipados e melhor dispostos. Euclides, quase nu, apenas com a tanga que usava sempre e Florentino Ariza com o casaco, o chapéu preto, os botins de verniz e o laço de poeta no colarinho, e um livro para se entreter durante a travessia até às ilhas. Logo a partir do primeiro domingo percebeu que Euclides era tão bom navegante como mergulhador. Era espantosamente versado sobre a natureza do mar e trivialidades da baía. Podia contar com os mais rebuscados pormenores a história de cada casco de navio carcomido pela ferrugem, sabia a idade de cada boia, a origem de cada escombro, o número dos elos da corrente com que os espanhóis fechavam a entrada da baía. Receando que também soubesse qual o propósito da sua expedição, Florentino Ariza fez-lhe algumas perguntas maliciosas e assim pôde ter a certeza de que Euclides não tinha a menor suspeita quanto ao galeão afundado.

Desde que ouviu pela primeira vez a história do tesouro na casa de passe, Florentino Ariza informara-se de tudo quanto lhe foi possível sobre os hábitos dos galeões. Soube que o *San José* não estava sozinho nos fundos de coral. Com efeito era a nau capitânia da Frota de Terra Firme, e chegou aqui depois de maio de 1708, procedente da lendária feira de Portobello, no Panamá, onde carregara parte da sua fortuna: trezentos baús com prata do Peru e Vera Cruz, e cento e dez baús de pérolas, reunidas e contadas na ilha de Contadora. Durante o longo mês que aqui permaneceu, cujos dias e noites foram de festas populares, carregaram o resto do tesouro destinado a tirar da pobreza o reino de Espanha: cento e dezasseis baús de esmeraldas de Muzo e Somondoco, e trinta milhões de moedas de ouro.

A Frota de Terra Firma era constituída por nada menos que doze embarcações de diferentes tamanhos e zarpou deste porto com a escolta de uma esquadra francesa muito bem armada que, não obstante, não conseguiu salvar a expedição perante os tiros certeiros dos canhões da esquadra inglesa, sob a chefia do comandante Carlos Wager, que a esperou no arquipélago de Sotavento, à saída da baía. De modo que a *San José* não era a única nau afundada, ainda que não houvesse uma certeza documental de quantas tinham sucumbido nem de quantas tinham conseguido escapar ao fogo dos ingleses. Não havia porém quaisquer dúvidas quanto ao facto de ter sido a nau capitânia uma das primeiras a ir a pique, com toda a tripulação e o comandante impávido no seu posto, bem como quanto a ser essa a nau que transportava o maior carregamento.

Florentino Ariza tinha verificado a rota dos galeões nas cartas de navegação da época e estava convencido de que havia determinado o sítio do naufrágio. Saíram da baía por entre as duas fortalezas da Boca Chica, e ao cabo de quatro horas de navegação entraram nas águas interiores do arquipélago, em cujo fundo de corais se podiam apanhar à mão as lagostas adormecidas. O ar era tão leve e o mar tão sereno e diáfano que Florentino Ariza se sentiu como se fosse o seu próprio reflexo na água. No outro lado daquelas águas tranquilas, a duas horas da ilha maior, aí estava o sítio do naufrágio.

Congestionado pelo sol infernal dentro daquela roupa fúnebre, Florentino Ariza pediu a Euclides que descesse a vinte metros e trouxesse o que encontrasse no fundo. A água era tão clara que o viu a movimentar-se lá em baixo como um tubarão mais entre os tubarões azuis que se cruzavam com ele sem lhe tocar. Logo a seguir viu-o desaparecer num matagal de corais e precisamente quando pensava que ele já não podia ter mais ar ouviu-lhe a voz atrás de si. Euclides estava de pé, com os braços levantados e a água pela cintura. Portanto, decidiram ir em busca de sítios mais profundos, sempre para norte, navegando por cima das raias lentas, das lulas tímidas, das roseiras tenebrosas, até que Euclides percebeu que estavam a perder tempo.

– Se não me diz o que quer que eu encontre, não sei como é que o hei de encontrar – disse-lhe.

Mas ele não lho disse. Então Euclides propôs-lhe que se despisse e descesse com ele, mesmo que fosse só para ver esse outro céu sob o mundo que eram os fundos de coral. Florentino Ariza, porém, costumava dizer que Deus tinha feito o mar só para que o víssemos pela janela e nunca aprendeu a nadar. Pouco depois a tarde enevoou-se, o ar tornou-se frio e húmido e escureceu tão depressa que tiveram de se guiar pelo farol para encontrar o porto. Antes de entrar na baía, viram passar muito próximo deles o transatlântico da França com todas as luzes acesas, enorme e branco, que ia deixando um rasto de guisado tenro e de couves-flores cozidas.

Nisto perderam três domingos e teriam continuado a perdê-los todos se Florentino Ariza não tivesse resolvido partilhar o seu segredo com Euclides. Este modificou, então, todo o plano das buscas, e dirigiram-se para o antigo canal dos galeões que se encontrava a mais de sessenta milhas marítimas a oriente do lugar previsto por Florentino Ariza. Não tinham ainda passado dois meses quando, certa tarde de chuva no mar, Euclides permaneceu muito tempo no fundo e a canoa derivara tanto que teve de nadar quase meia hora para a alcançar, pois Florentino Ariza não conseguiu aproximar-se dele com os remos. Quando finalmente a pôde abordar, tirou da boca e mostrou, como se de um triunfo da perseverança se tratasse, dois adereços de mulher.

O que então contou era tão fascinante que Florentino Ariza prometeu aprender a nadar e a mergulhar até onde fosse possível, só para o poder comprovar com os seus próprios olhos. Contou que naquele sítio, a apenas dezoito metros de profundidade, havia tantos veleiros antigos naufragados entre os corais, que era impossível contá-los sequer, e encontravam-se espalhados por uma área tão vasta que se perdiam de vista. Contou que a coisa mais surpreendente era que, de todos os cascos de barcos que se encontravam a flutuar na baía, nenhum estava em tão bom estado como os das naus submersas. Contou que havia várias caravelas ainda com as velas intactas e que as naus afundadas eram visíveis no fundo, como se se tivessem afundado com o seu espaço e com o seu tempo, de modo que ali continuavam iluminadas pelo mesmo sol das onze da manhã do sábado, dia 9 de junho, em que se foram a pique. Contou, engasgando-se com o próprio ímpeto da sua imaginação, que o mais fácil de distinguir era o galeão *San José*, cujo nome se podia ler na popa a letras douradas, mas que ao mesmo tempo era a nau mais danificada pela artilharia inglesa. Contou que vira lá dentro um polvo, velho de mais de três séculos, cujos tentáculos saíam pelas seteiras dos canhões, mas crescera tanto na sala de jantar que, para o libertar, seria preciso desmantelar a embarcação. Contou que tinha visto o corpo do comandante com o seu uniforme de guerra a flutuar de lado dentro do aquário da ponte de comando, e que se não tinha descido aos porões do tesouro foi porque o ar que tinha nos pulmões não lhe chegava. Aí estavam as provas: uma arrecada com uma esmeralda e uma medalha da Virgem com o seu cordão carcomido pelo salitre.

Esta foi a primeira menção ao tesouro feita por Florentino Ariza a Fermina Daza numa carta que lhe enviou para Fonseca pouco antes do seu regresso. A história do galeão afundado era-lhe familiar porque muitas foram as vezes que dela falara Lorenzo Daza, que perdeu muito tempo e dinheiro a tentar convencer uma companhia de mergulhadores alemães, que com ele se associaram, a resgatar o tesouro submerso. Teria persistido na empresa se vários membros da Academia da História não o tivessem convencido de que a lenda do galeão fora inventada por algum vice-rei de más contas que dessa forma açambarcara os bens da Coroa. Em todo o caso, Fermina Daza sabia que o galeão se encontrava a uma profundidade de duzentos metros, onde nenhum ser humano podia chegar, e não a vinte metros como dizia Florentino Ariza. Mas estava tão habituada aos seus exageros poéticos que recebeu a aventura do galeão como um dos mais bem concebidos. No entanto, ao continuar a receber mais cartas com pormenores ainda mais extraordinários e escritos com tanta seriedade como as suas promessas de amor, teve de confessar a Hildebranda os seus receios de que o seu alucinado noivo tivesse perdido o juízo.

Nessa altura, Euclides já tinha vindo à tona de água com tantas provas da sua história, que não fazia mais sentido continuar a debicar arrecadas e anéis desirmanados entre os corais, mas sim capitalizar uma grande empresa a fim de resgatar a meia centena de naus com a fortuna babilónica que tinham dentro delas. Aconteceu então o que mais tarde ou mais cedo teria de acontecer, e foi que Florentino Ariza pediu ajuda à mãe para levar a bom porto a sua aventura.

A ela bastou-lhe morder o metal das joias e observar a contraluz as pedras de vidro para se aperceber de que alguém se estava a aproveitar da candura do filho. Euclides jurou de joelhos a Florentino Ariza que não havia nada obscuro no seu negócio, mas não voltou a deixar-se ver no domingo seguinte no porto dos pescadores, nem nunca mais em parte alguma.

A única coisa com que Florentino Ariza ficou depois daquele descalabro foi o refúgio de amor do farol. Tinha chegado até lá na canoa de Euclides, certa noite em que a tempestade os surpreendeu no alto mar, e desde então que costumava ir, à tarde, conversar com o faroleiro sobre as incontáveis maravilhas da terra e da água que o faroleiro conhecia. Esse foi o início de uma amizade que sobreviveu às muitas mudanças do mundo. Florentino Ariza aprendeu a alimentar a luz, primeiro com fardos de lenha e depois com bidões de óleo, antes de termos energia elétrica. Aprendeu a orientá-la e a aumentá-la com espelhos e em várias ocasiões em que o faroleiro não o pôde fazer ficou a vigiar da torre as noites do mar. Aprendeu a conhecer os barcos pelas vozes, pelo tamanho das suas luzes no horizonte, e a perceber que algo lhe chegava deles nos relâmpagos do farol.

Durante o dia o prazer era outro, sobretudo aos domingos. No Bairro dos Vice-Reis, onde viviam os ricos da cidade velha, as praias das mulheres estavam separadas das dos homens por um muro de argamassa: uma à direita e outra à esquerda do farol. De modo que o faroleiro tinha instalado um óculo com o qual se podia observar a praia das mulheres, mediante o pagamento de um centavo. Sem se saberem observadas, as meninas da sociedade exibiam-se o melhor que podiam dentro dos seus fatos de banho de grandes folhos, com sapatilhas e chapéus, que ocultavam os corpos quase tanto quanto a roupa de passeio e, além do mais, eram menos atraentes. As mães vigiavam-nas da margem, sentadas ao sol em cadeiras de baloiço de vime com os mesmos vestidos, os mesmos chapéus de plumas, as mesmas sombrinhas de renda com que tinham ido à missa solene, com receio de que os homens das praias vizinhas as seduzissem debaixo de água. A realidade era que através do óculo não se podia ver nada mais excitante do que se podia ver na rua, mas eram muitos os clientes que acorriam em cada domingo e que disputavam o telescópio pelo mero prazer de provar os frutos insípidos do quintal alheio.

Florentino Ariza era um deles, mais por tédio do que por prazer, pois não foi esse atrativo adicional que o fez tomar-se tão bom amigo do faroleiro. O verdadeiro motivo foi que depois do desaire de Fermina Daza, quando contraiu a febre dos amores correspondidos para tentar substituí-la, só mesmo no farol viveu horas felizes e encontrou consolo para as suas desditas. Foi esse o seu lugar mais amado. Tanto, que durante anos andou a tentar convencer a mãe, e mais tarde o seu tio Leão XII, para que o ajudassem a comprá-lo. Pois os faróis das Caraíbas eram então propriedade privada e os respetivos donos cobravam o direito de passagem para o porto segundo a dimensão dos barcos. Florentino Ariza pensava que essa era a única maneira honrada de fazer um bom negócio com a poesia, mas nem a mãe nem o tio pensavam o mesmo e quando ele o pôde fazer com os seus próprios meios já os faróis tinham passado a ser propriedade do Estado.

No entanto, nenhuma dessas ilusões foi vã. A lenda do galeão e depois a novidade do farol foram-lhe aliviando a ausência de Fermina Daza, e quando menos a esperava chegou-lhe a notícia do seu regresso. Com efeito, depois de uma estada prolongada em Riohacha, Lorenzo Daza tinha decidido regressar. Não era a época mais favorável do mar, devido aos alísios de dezembro, e a escuna histórica, a única que se arriscava à travessia, podia acordar de manhã de volta ao porto de origem, arrastada por um vento contrário. Assim foi. Fermina Daza tinha passado uma noite de agonia, vomitando a bílis, atada ao beliche de um camarote que parecia uma retrete de cantina, não só pela estreiteza opressiva como também pela pestilência e o calor. O balanço era tão forte que por várias vezes teve a impressão de que as correias do beliche se iam rebentar, do convés chegavam-lhe retalhos de gritos doloridos que pareciam de naufrágio, e os roncos de tigre do seu pai, no beliche contíguo, eram mais um elemento de terror. Pela primeira vez, em quase três anos, passou a noite em claro, sem pensar nem por um momento em Florentino Ariza, que, por sua vez, gastava a sua insónia, na rede da parte de trás da loja, a contar um a um os minutos eternos que faltavam para que ela regressasse. De manhã, o vento cessou de súbito e o mar amainou, e Fermina Daza deu-se conta de que tinha dormido apesar dos estragos do enjoo, porque a acordou o estrépito das correntes da âncora. Então, retirou as correias e espreitou pela escotilha com a esperança de descobrir Florentino Ariza no tumulto do porto, mas o que viu foram as tabernas entre as palmeiras douradas pelos primeiros sóis, e o cais de pranchas podres de Riohacha, de onde a escuna zarpara na noite anterior.

O resto do dia foi como uma alucinação, na mesma casa onde tinha estado até à véspera, recebendo as mesmas visitas que se tinham despedido dela, falando do mesmo, e aturdida pela impressão de estar a viver de novo um pedaço de vida já vivido. Era uma repetição tão fiel, que Fermina Daza tremia só com a ideia de que também o fosse a viagem na escuna, que a apavorava só de se lembrar. No entanto, a única possibilidade alternativa de voltar a casa eram duas semanas de mula pelas cornijas da serra e em condições ainda mais perigosas do que da primeira vez, pois uma nova guerra civil começada no estado andino do Cauca estava a ramificar-se pelas províncias das Caraíbas. Por isso, às oito da noite foi outra vez acompanhada até ao porto pelo mesmo cortejo de parentes barulhentos, com as mesmas lágrimas de adeuses e os mesmos embrulhos com presentes de última hora que não cabiam nos camarotes. No momento de zarpar, os homens da família despediram-se da escuna com uma salva de tiros para o ar e Lorenzo Daza correspondeu-lhes do convés com cinco disparos do seu revólver. A ansiedade de Fermina Daza dissipou-se muito rapidamente, porque o vento foi favorável durante toda a noite e o mar tinha um perfume a flores que a ajudou a dormir bem sem as correias de segurança. Sonhou que voltava a ver Florentino Ariza e que este havia retirado o rosto que ela sempre lhe tinha conhecido, porque, na verdade, era uma máscara, mas o rosto real era idêntico. Levantou-se muito cedo, intrigada com o enigma do sonho, e encontrou o pai a beber café com brande no barzinho do comandante, com o olho torto por causa do álcool, mas sem o menor indício de preocupação quanto ao regresso.

Estavam a entrar no porto. A escuna deslizava em silêncio pelo labirinto de veleiros ancorados na enseada do mercado público, cuja pestilência se sentia a muitas léguas de distância no mar e a alva estava saturada de uma chuva miudinha que depressa se tornou num aguaceiro dos grandes. Encostado ao balcão do telégrafo, Florentino Ariza reconheceu a escuna quando ela atravessava a baía das Ánimas com as velas desalentadas por causa da chuva e ancorou diante do cais do mercado. No dia anterior tinha esperado até às onze da manhã, quando tomou conhecimento, acidentalmente por um telegrama, do atraso da escuna devido a ventos contrários, e tinha voltado a esperar naquele dia desde as quatro horas da madrugada. Continuou à espera sem tirar os olhos das chalupas que conduziam até à margem os raros passageiros que decidiam desembarcar, apesar da tempestade. A maioria deles tinha de abandonar a meio do caminho a chalupa encalhada e chegavam ao cais chapinhando no lodaçal. Às oito, depois de esperar, em vão, que a chuva parasse, um carregador negro com água pela cintura recebeu Fermina Daza na amurada da escuna e levou-a em braços até à margem, mas estava tão encharcada que Florentino Ariza não conseguiu reconhecê-la.

Ela própria só teve consciência de quanto tinha amadurecido durante a viagem, quando entrou na casa fechada e deitou as mãos de imediato à tarefa heroica de voltar a torná-la habitável com a ajuda de Gala Placidia, a criada negra, que saiu da sua antiga sanzala mal a avisaram do regresso. Fermina Daza não era mais a filha única, simultaneamente mimada e tiranizada pelo pai, mas sim a dona e senhora de um império de pó e teias de aranha que só podia ser resgatado pela força de um amor invencível. Não se assustou porque se sentia inspirada por um novo alento que lhe daria até para empurrar a Terra. Na própria noite do regresso, enquanto tomavam chocolate com almojávenas na mesa grande da cozinha, o pai delegou nela a autoridade para o governo da casa, e fê-lo com uma formalidade sacramental.

– Entrego-te as chaves da tua própria vida – disse-lhe.

Ela, com dezassete anos feitos, assumiu-a com pulso firme, consciente de que cada palmo da liberdade ganha era para o amor. No dia seguinte, depois de uma noite de maus sonhos, sofreu pela primeira vez o mal-estar do regresso ao abrir a janela da varanda e voltar a ver a chuva miudinha e triste do parque, a estátua do herói decapitado, o banco de mármore onde Florentino Ariza costumava sentar-se com o livro de versos. Já não pensava nele como no noivo impossível, mas sim como no esposo certo a quem se entregava completamente. Sentiu quanto pesava o tempo desperdiçado desde que partira, quanto custava estar viva, quanto amor lhe faria falta para amar o seu homem como Deus mandava. Surpreendeu-se por ele não estar no parque, como tantas outras vezes, apesar da chuva, e por não ter recebido qualquer sinal dele por algum meio, nem sequer por um pressentimento, e então abalou-a a ideia de que teria morrido. Mas logo afastou esse mau pensamento, porque no frenesim dos telegramas dos últimos dias, ante a iminência do regresso, tinham-se esquecido de combinar uma maneira de continuarem a comunicar-se quando ela regressasse.

A verdade é que Florentino Ariza tinha a certeza de que não regressara, até ao momento em que o telegrafista de Riohacha lhe confirmou que havia embarcado na sexta-feira, na mesma escuna que não chegara na véspera por causa dos ventos contrários. Assim passou o fim de semana a tentar descobrir qualquer sinal de vida em casa dela, e desde o anoitecer de segunda-feira que viu pelas janelas uma luz errante que pouco depois das nove se apagou no quarto da varanda. Não dormiu, vítima das mesmas angústias que o perturbaram nas suas primeiras noites de amor. Trânsito Ariza levantou-se com o cantar dos primeiros galos, alarmada porque o filho não voltara a entrar desde que à meia-noite saíra para o pátio, e não o encontrou em casa. Tinha saído e vagueado pelos cais, esteve a recitar versos de amor contra o vento, chorando de júbilo, até que, por fim, amanheceu. Às oito, estava sentado sob os arcos do Café da Paróquia, transtornado pela vigília, tentando conceber uma maneira de fazer chegar os seus votos de boas-vindas a Fermina Daza, quando se sentiu sacudido por um tremor de terra que lhe dilacerou as entranhas.

Era ela. Atravessava a Praça da Catedral acompanhada por Gala Placidia, que levava as seiras para as compras, e pela primeira vez ia vestida sem o uniforme escolar. Estava mais alta do que quando partira, mais direita e robusta, e com a beleza depurada por um domínio de pessoa adulta. A trança tinha voltado a crescer, mas não a levava solta nas costas, mas sim enrolada sobre o ombro esquerdo, e aquela simples alteração tinha-a despojado de qualquer traço infantil. Florentino Ariza permaneceu atónito no seu lugar, até aquela aparição acabar de atravessar a praça sem tirar os olhos do seu caminho. Mas o mesmo poder irresistível que o paralisava obrigou-o depois a precipitar-se atrás dela, quando dobrou a esquina da catedral e se perdeu no tumulto ensurdecedor das ruelas em socalcos do comércio.

Seguiu-a sem se deixar ver, descobrindo os gestos quotidianos, a graça, o amadurecimento prematuro do ser a quem mais amava no mundo e a quem via pela primeira vez no seu estado natural. Espantou-o a fluidez com que abria caminho por entre a multidão. Enquanto Gala Placidia andava aos encontrões, se lhe enredavam as seiras e tinha de correr para não a perder, ela navegava na desordem da rua num espaço próprio e num tempo diferente, sem tropeçar em ninguém, como um morcego nas trevas. Estivera muitas vezes nas lojas com a tia Escolástica, mas tinham sido sempre compras miúdas, pois era o pai quem se encarregava de abastecer a casa, e não só de móveis e comida mas até das roupas de mulher. Assim, para ela, aquela primeira saída foi uma aventura fascinante idealizada nos seus sonhos de menina.

Não prestou atenção às investidas dos vendedores de banha da cobra que lhe ofereciam o elixir do amor eterno, nem às súplicas dos mendigos deitados pelos saguões com as suas chagas tumefactas, nem ao índio falso que lhe tentava vender um caimão amestrado. Deu um longo e minucioso passeio sem rumo previsto, com demoras que não tinham outro motivo senão o prazer de admirar tudo. Entrou em todas as portas onde estivessem a vender o que quer que fosse e em todo o lado encontrou algo que lhe aumentou a sua ânsia de viver. Deliciou-se com o perfume de vetiver que exalava das roupas dentro das arcas, enrolou-se em sedas estampadas, riu-se do seu próprio riso ao ver-se disfarçada de *manola*[1] com uma *peineta* e um leque de flores pintadas diante do espelho de corpo inteiro de El Alambre de Oro. Na loja de artigos importados destapou um barril de arenques em salmoura que lhe lembrou as noites do Nordeste, quando era muito pequenina, em San Juan de la Ciénaga. Deram-lhe a provar uma morcela de Alicante que sabia a alcaçuz e comprou duas para o pequeno-almoço de sábado, além de umas postas de bacalhau e de um frasco de groselhas em aguardente. Na loja de especiarias, pelo simples prazer do olfato, apertou nas palmas das mãos folhas de salva e de orégãos, e comprou uma mão-cheia de cravinhos-da-índia e outra de anis-estrelado

---

[1] *Manola*: mulher madrilena das classes baixas que tem uma forma de vestir e uma desenvoltura próprias. Do seu traje vistoso e de folhos consta a grande travessa (*peineta*) que lhe segura os cabelos, o xaile longo e o leque estampado com grandes motivos. *(N. da T.)*

e mais duas de gengibre e de zimbro, e saiu lavada em lágrimas de tanto rir e espirrar com os vapores da pimenta-de-caiena. Na capelista francesa, enquanto comprava sabonetes de Reuter e água de benjoim, puseram-lhe atrás da orelha um toque do perfume que estava na moda em Paris, e deram-lhe uma *tablette* desodorizante para depois de fumar.

Andava a brincar às compras, é verdade, mas aquilo que lhe fazia mesmo falta comprava-o sem mais delongas, com uma autoridade que não dava azo a que se pensasse que o fazia pela primeira vez, pois tinha consciência de que não comprava apenas para ela mas também para ele, doze metros de linho para as toalhas de mesa dos dois, o percal para os lençóis de núpcias com os humores de ambos ao amanhecer, tudo o que fosse mais requintado para desfrutarem juntos na casa do amor. Pedia desconto e sabia fazê-lo, regateava com graça e dignidade até obter o melhor preço, e pagava com moedas de ouro que os lojistas testavam pelo simples prazer de as ouvir cantar sobre o mármore do balcão.

Florentino Ariza espiava-a, maravilhado, perseguia-a sem fôlego, tropeçou diversas vezes nas seiras da criada que respondeu às suas desculpas com um sorriso. Ela tinha passado tão perto dele que ele chegou a sentir a brisa do seu aroma, e se então não o viu não foi porque não o pudesse mas pela altivez do seu modo de andar. Parecia-lhe tão bela, tão sedutora, tão diferente da gente vulgar que não compreendia por que motivo ninguém se transtornava como ele com as castanholas dos seus saltos no empedrado da rua, nem sentia o coração alterado com o vibrar e o ciciar dos seus folhos, nem se enlouqueciam todos de amor com o vento da sua trança, o voo das suas mãos, o ouro do seu sorriso. Não perdera um gesto dela, nem um sinal do seu carácter, mas não se atrevia a aproximar-se por receio de desfazer o encantamento. Porém, quando ela se meteu no bulício do Portal dos Escrivães, percebeu que estava a arriscar-se a perder a oportunidade tão ansiada durante anos.

Fermina Daza partilhava com as suas companheiras de colégio a ideia peregrina de que o Portal dos Escrivães era um lugar de perdição, vedado, logicamente, às meninas decentes. Era uma galeria de arcadas diante de uma praceta onde estacionavam os carros de aluguer e as carroças de carga puxadas por burros, e onde se tornava mais denso e buliçoso o comércio popular. O nome vinha dos tempos de colónia, porque aí se sentavam desde então os escrivães taciturnos de casacos de algodão e manguitos, que escreviam de encomenda todo o tipo de documentos a preços de pobre: petições de agravo ou de súplica, alegações jurídicas, postais de felicitações ou pêsames, bilhetes de amor em qualquer das suas idades. Com certeza que não fora por eles que aquele ruidoso mercado herdara a má reputação, mas sim de bufarinheiros mais recentes que ofereciam por baixo do balcão todo o tipo de artifícios equívocos que chegavam de contrabando nos barcos da Europa, desde postais obscenos a pomadas revigorantes, até aos célebres preservativos catalães com cristas de iguanas que se movimentavam quando era caso disso, ou com flores na extremidade para que abrissem as pétalas segundo a vontade do utente. Fermina Daza, pouco habituada a andar pela rua, meteu-se pelo portal sem reparar por onde ia, à procura de uma sombra de alívio para o sol bravo das onze.

Submergiu na algaraviada quente dos engraxadores e dos vendedores de pássaros, dos alfarrabistas, dos curandeiros e das doceiras que anunciavam aos gritos por cima da confusão os sumos de coco e ananás para o rapaz, os de coco para os loucos e os de canela para a Micaela. Mas ela ficou indiferente ao troar, imediatamente cativada por um papeleiro, que estava a fazer demonstrações de tintas mágicas de escrever, tintas vermelhas com o aspeto de sangue, tintas com reflexos tristes para as mensagens fúnebres, tintas fosforescentes para se ler às escuras, tintas invisíveis que se revelavam com o brilho do lume. Ela queria-as a todas para brincar com Florentino Ariza, para o assustar com o seu engenho, mas ao fim de várias tentativas decidiu-se por um frasquinho de tinta de ouro. Depois foi ter com as doceiras sentadas por trás das enormes redomas e comprou seis doces de cada qualidade, apontando-os com o dedo através do vidro, porque não conseguia fazer-se ouvir no meio da gritaria: seis papos-de-anjo, seis de leite, seis de gergelim, seis de iúca, seis de chocolate, seis *piononos*[1], seis de goiaba, seis deste e seis daquele, seis de tudo e ia-os deitando na seira da criada com uma graça irresistível, totalmente alheia ao tormento das revoadas de moscas sobre a calda de açúcar, alheia à algazarra contínua, alheia ao bafo de suores rançosos que se refletiam no calor mortal. Despertou-a do feitiço uma negra feliz com um pano colorido na cabeça, redonda e formosa, que lhe ofereceu um triângulo de ananás espetado na ponta de uma faca de cortador. Ela pegou-lhe, meteu-o inteiro na boca, saboreou-o e estava a saboreá-lo com o olhar errante pela multidão, quando uma emoção a paralisou naquele lugar. Nas suas costas, tão perto da sua orelha que só ela a pôde escutar no tumulto, tinha ouvido a voz:

– Este não é o lugar indicado para uma deusa coroada.

Virou a cabeça e viu, a dois palmos dos seus olhos, os outros olhos glaciais, o rosto lívido, os lábios petrificados de medo, tal como os vira entre a multidão da Missa do Galo da primeira vez que ele esteve tão perto dela, mas, ao contrário de então, não sentiu a emoção do amor mas o abismo do desencanto. Num instante revelou-se-lhe a magnitude do seu próprio engano e perguntou-se, aterrada, como tinha podido conservar durante tanto tempo e com tanta crueldade semelhante quimera no coração. Só conseguiu pensar: «Meu Deus! Pobre homem!» Florentino Ariza sorriu, tentou dizer qualquer coisa, tentou segui-la, mas ela apagou-o da sua vida com um gesto da mão.

– Não, por favor – disse-lhe. – Esqueça.

Nessa tarde, enquanto o pai dormia a sesta, mandou-lhe por Gala Placidia uma carta de duas linhas: «Hoje, quando

---

[1] Bolo típico da região. *(N. da T.)*

o vi, apercebi-me que o que se passou connosco não foi mais do que uma ilusão.» A criada levou-lhe também os telegramas dele, os versos, as camélias secas, e pediu-lhe que devolvesse as cartas e os presentes que ela lhe tinha mandado: o missal da tia Escolástica, as nervuras das folhas dos seus herbários, o centímetro quadrado do hábito de São Pedro Claver, as medalhas de santos, a trança dos seus quinze anos com o laço de seda do uniforme escolar. Nos dias que se seguiram, à beira da loucura, ele escreveu-lhe numerosas cartas de desespero assediando a criada para que as levasse, mas esta cumpriu as instruções terminantes de não receber mais nada além dos presentes devolvidos. Insistiu com tanto afinco que Florentino Ariza enviou tudo menos a trança, que não queria devolver enquanto Fermina Daza não o recebesse pessoalmente para conversar nem que fosse por um instante. Não o conseguiu. Temendo uma determinação fatal do filho, Tránsito Ariza desceu do seu orgulho e pediu a Fermina Daza que lhe concedesse a ela a graça de cinco minutos, e Fermina Daza atendeu-a, por um momento, no saguão da sua casa, de pé, sem a convidar a entrar e sem um pingo de fraqueza. Dois dias depois, após uma discussão com a mãe, Florentino Ariza desprendeu da parede do seu quarto o nicho de vidro empoeirado onde tinha em exposição a trança como se fosse uma relíquia sagrada, e a própria Tránsito Ariza a devolveu no estojo de veludo bordado a fio de ouro. Florentino Ariza nunca mais teve oportunidade de se encontrar a sós com Fermina Daza, nem de falar a sós com ela nos muitos encontros das suas tão longas vidas, senão cinquenta e um anos, nove meses e quatro dias depois, quando lhe repetiu o juramento de fidelidade eterna e de amor para sempre, na sua primeira noite de viúva.

O doutor Juvenal Urbino tinha sido, aos vinte e oito anos, o solteiro mais pretendido. Regressava de uma longa permanência em Paris, onde fez estudos superiores de Medicina e Cirurgia e, assim que pisou terra firme, deu mostras esmagadoras de que não perdera um minuto do seu tempo. Regressou mais atinado do que quando partira, mais dono da sua índole, e nenhum dos seus companheiros de geração parecia tão rigoroso e tão sábio quanto ele na sua ciência, mas também não havia nenhum que dançasse melhor do que ele a música em moda, nem que melhor improvisasse ao piano. Seduzidas pelas suas graças pessoais e pela certeza da sua fortuna de família, as raparigas do seu meio tiravam à sorte e em segredo para ver quem ficaria com ele, e ele também brincava aos namoricos com elas mas conseguiu manter-se em estado de graça, intacto e tentador, até que sucumbiu, sem resistência, aos encantos plebeus de Fermina Daza.

Gostava de dizer que aquele amor tinha sido o fruto de um engano clínico. Ele próprio não conseguia acreditar que tivesse acontecido, e ainda menos naquele momento da sua vida, quando todas as suas reservas pessoais se concentravam na sorte da sua cidade, da qual tinha dito com demasiada frequência e sem pensar duas vezes que não havia no mundo outra igual. Em Paris, passeando de braço dado com uma namorada ocasional num outono tardio, parecia-

-lhe impossível conceber felicidade mais pura do que a daquelas tardes douradas, com o cheiro rústico das castanhas nas braseiras, os acordeões lânguidos, os namorados insaciáveis que se beijavam interminavelmente nos terraços abertos e, no entanto, ele tinha dito, com a mão sobre o coração, que não estava disposto a trocar por tudo isso um só instante das suas Caraíbas em abril. Era ainda demasiado jovem para saber que a memória do coração elimina as más recordações e exalta as boas e que, graças a esse artifício, conseguimos suportar o passado. Mas quando voltou a ver, do convés do barco, o promontório branco do bairro colonial, os galináceos imóveis em cima dos telhados, as roupas dos pobres estendida a secar nas varandas, só então compreendeu até que ponto fora uma vítima fácil das ratoeiras caridosas da saudade.

O barco abriu caminho pela baía, através de uma colcha flutuante de animais afogados, e a maioria dos passageiros refugiou-se nos camarotes, fugindo daquele cheiro nauseabundo. O jovem médico desceu pela ponte do barco vestido de alpaca, impecável, com um guarda-pó sobre o fato, uma barba juvenil à Pasteur e o cabelo separado ao meio por uma risca direita e pálida, e com suficiente autodomínio para disfarçar o nó na garganta, que não era de tristeza mas de terror. No cais quase deserto, patrulhado por soldados descalços sem uniforme, esperavam-no as irmãs e a mãe com os seus amigos mais diletos. Achou-os macilentos e sem futuro, apesar dos seus ares mundanos, e falavam da crise e da guerra civil como de algo remoto e alheio, mas todos tinham um tremor evasivo na voz e uma incerteza nas pupilas que atraiçoavam as palavras. Quem mais o comoveu foi a mãe, uma mulher ainda jovem que se tinha imposto na vida com a sua elegância e o seu dinamismo social e que, agora, murchava a fogo lento na aura de cânfora dos seus crepes de viúva. Deve ter-se reconhecido na perturbação do filho pois antecipou-se a perguntar-lhe, em defesa própria, porque tinha aquela pele translúcida que parecia parafina.

– É a vida, mãe – disse ele. – Em Paris tornamo-nos verdes.

Pouco depois, ao lado dela, sufocando de calor no carro fechado, não conseguiu suportar por mais tempo a inclemência da realidade que entrava aos borbotões pela janelinha. O mar parecia de cinzas, os antigos palácios dos marqueses estavam a ponto de sucumbir à proliferação dos mendigos e era impossível descobrir a fragrância ardente dos jasmins por detrás dos defumadores mortíferos dos esgotos abertos. Tudo lhe pareceu mais pequeno do que quando partira, mais indigente e lúgubre, e havia tantas ratazanas esfomeadas no esterqueiro das ruas que os cavalos do carro tropeçavam assustados. Pelo longo caminho do porto até casa, no coração do Bairro dos Vice-Reis, não viu nada que lhe parecesse digno das suas saudades. Derrotado, virou a cabeça para que a mãe não o visse e desatou a chorar em silêncio.

O antigo palácio do marquês de Casalduero, residência histórica dos Urbino de la Calle, não era o que se conservava mais altivo no meio do naufrágio. O doutor Juvenal Urbino descobriu-o com o coração apertado quando entrou pelo saguão tenebroso e viu o repuxo, repleto de pó, do jardim interior, e os canteiros sem flores por onde andavam as iguanas, e apercebeu-se de que faltavam muitos ladrilhos de mármore e que outros estavam partidos, na larga escadaria com corrimãos de cobre que levava aos aposentos principais. O pai, médico mais abnegado do que eminente, morrera durante a epidemia de cólera-asiática que assolara a povoação seis anos antes, e com ele morrera o espírito da casa. Dona Blanca, a mãe, sufocada por um luto previsto para ser eterno, tinha substituído por novenas vespertinas os célebres serões líricos e os concertos de câmara do falecido marido. As duas irmãs, contra as suas graças naturais e a sua vocação festiva, eram carne para convento.

O doutor Juvenal Urbino não dormiu nem por um momento na noite da sua chegada, assustado com a escuridão e com o silêncio, e rezou três terços ao Espírito Santo e quantas orações recordava para esconjurar calamidades e naufrágios, e todo o tipo de armadilhas noturnas, mas, entretanto, uma saracura que entrara pela porta encostada, cantava a todas as horas, à hora em ponto, dentro do quarto. Atormentaram-no os gritos alucinados das loucas no manicómio vizinho da Divina Pastora, o gotejar inclemente do cântaro na bacia com uma ressonância que invadia toda a casa, os passos pernilongos da saracura perdida no quarto, o seu medo congénito da escuridão, a presença invisível do pai falecido na enorme mansão adormecida. Quando a saracura cantou às cinco, com os galos da vizinhança, o doutor Juvenal entregou-se de corpo e alma à Divina Providência, porque não se sentia com forças para viver nem mais um dia na sua pátria em ruínas. No entanto, o afeto dos seus, os domingos campestres, os desvelos constantes das solteiras da sua classe acabaram por mitigar as amarguras da primeira impressão. A pouco e pouco foi-se habituando ao ar abafado de outubro, aos cheiros exagerados, aos juízos prematuros dos seus amigos, ao «Amanhã logo se vê, doutor, não se preocupe», até que acabou por se render aos feitiços do hábito. Não tardou a arquitetar uma justificação fácil para o seu abandono. Era aquele o seu mundo, disse para consigo, o mundo triste e opressivo que Deus lhe tinha posto à frente e a ele se devia.

A primeira coisa que fez foi tomar conta do consultório do pai. Manteve nos mesmos sítios os móveis ingleses, rígidos e austeros, cujas cadeiras suspiravam com os frios do amanhecer, mas mandou para o sótão os tratados de ciência do tempo dos vice-reis e os de medicina romanos, e arrumou nas prateleiras de vidro os da nova escola francesa. Tirou das paredes as gravuras descoradas, exceto a do médico que disputava à morte uma doente despida, e o juramento de Hipócrates impresso em letras góticas e, nos seus lugares, pendurou, ao lado do único diploma do seu pai, os muitos e muito variados que ele tinha obtido com classificações ótimas nas várias escolas da Europa.

Fez por impor novos critérios no Hospital da Misericórdia, mas não foi assim tão fácil quanto lhe parecera nos seus entusiasmos juvenis, pois a bafienta casa de saúde empenhava-se nas suas superstições atávicas, como a de colocar os pés das camas dentro de potes de água para impedir que as doenças subissem ou a de exigir roupa de cerimónia e luvas de camurça na sala de cirurgia porque se tinha por assente que a elegância era uma condição essencial da assepsia. Não podiam suportar que o jovem recém-chegado saboreasse a urina do doente para descobrir a presença de açúcar, que citasse Charcot e Trousseau como se fossem seus companheiros de quarto, que nas aulas fizesse advertências severas contra os riscos mortais das vacinas, e que por outro lado tinha uma fé suspeita em relação ao novo invento dos supositórios. Tropeçava com tudo: o seu espírito renovador, o seu civismo maníaco, o seu sentido de humor subtil numa terra de imortais sensaborões, tudo o que constituía na realidade as suas virtudes mais apreciáveis suscitava o receio dos seus colegas mais velhos e as troças, à socapa, dos jovens.

A sua obsessão era o perigoso estado sanitário em que se encontrava a cidade. Apelou às mais altas instâncias para que fechassem os esgotos espanhóis, que eram um imenso viveiro de ratazanas e se construíssem, em seu lugar, esgotos subterrâneos cujos detritos não desembocassem na enseada do mercado, como acontecia desde sempre, mas sim num vazadouro distante. As casas coloniais bem equipadas tinham latrinas asssépticas, mas dois terços da povoação, amontoada em barracas à beira dos pântanos, fazia as suas necessidades ao ar livre. As fezes secavam ao sol, convertiam-se em pó e eram respiradas por todos com regozijos natalícios nas frescas e bem-aventuradas brisas de dezembro. O doutor Juvenal Urbino queria impor, na municipalidade, um curso obrigatório que permitisse aos pobres aprender a construir as suas próprias latrinas. Lutou em vão para que os lixos não fossem deitados nos mangais, transformados há já muitos anos em recintos de putrefação, e para que fossem recolhidos pelo menos duas vezes por semana e queimados nas zonas despovoadas.

Estava consciente da ameaça mortal que era a água de beber. Só a ideia de se construir um aqueduto parecia fantástica, pois os que a poderiam ter impulsionado dispunham de cisternas subterrâneas onde iam ficando armazenadas sob uma espessa camada de limo as águas chovidas durante anos. Entre os móveis mais apreciados na época encontravam-se as talhas de madeira lavrada, cujos filtros de pedra gotejavam noite e dia para dentro de bacias. Para impedir que alguém bebesse pelo mesmo jarro de alumínio com que se tirava a água, este tinha a borda dentada como a coroa de um rei momo. A água era vítrea e fresca na penumbra do barro cozido, e deixava na boca um sabor a floresta. Mas o doutor Juvenal Urbino não incorria nestes enganos de purificação pois sabia que, apesar de tantas cautelas, o fundo das talhas era um santuário de vermes. Tinha passado as lentas horas da sua infância a apreciá-los com um espanto quase místico, convencido, como tanta gente dessa altura, que esses vermes eram espíritos da natureza, umas criaturas sobrenaturais que cortejavam as donzelas, nos sedimentos das águas paradas, e que eram capazes de furiosas vinganças de amor. Tinha visto em criança os destroços da casa de Lázara Conde, uma professora que se atreveu a subestimar os espíritos da natureza e se deparara com uma quantidade de vidros partidos na rua e o montão de pedras que atiraram durante três dias e três noites contra as janelas. De modo que se passou muito tempo até aprender que os vermes eram na realidade larvas de pernilongos, mas aprendeu-o para não o esquecer nunca mais, porque desde então se apercebeu que não só esses como muitos outros espíritos malignos podiam passar intactos através dos nossos ingénuos filtros de pedra.

À água das cisternas foi atribuída durante muito tempo e com muita honra a hérnia do escroto, que tantos homens da cidade suportavam não só sem pudor como ainda com uma certa insolência patriótica. Quando Juvenal Urbino ia à escola primária não conseguia evitar um arrepio de horror ao ver os herniados sentados à porta das suas casas nas tardes de calor a abanarem o testículo enorme como se fosse uma criança que lhes tivesse adormecido entre as pernas. Dizia-se que a hérnia emitia um pio de pássaro lúgubre nas noites de tempestade e que se retorcia com uma dor insuportável quando queimavam por perto uma pena de galináceo, mas ninguém se queixava daqueles percalços, porque uma hérnia grande e bem conservada ostentava-se como um apanágio de homem. Quando o doutor Juvenal Urbino regressou da Europa já conhecia muito bem a falácia científica destas crenças, mas estavam tão arreigadas na superstição local que muitos se opunham ao enriquecimento mineral da água das cisternas por temerem que isso lhes tirasse a sua virtude de provocar uma hérnia honrável.

Tanto quanto com as impurezas da água, o doutor Juvenal Urbino andava alarmado com o estado higiénico do mercado público, uma vasta área num descampado diante da baía das Ánimas, onde atracavam os veleiros das Antilhas. Um ilustre viajante da época descreveu-o como sendo um dos mais variados do mundo. Com efeito, era rico, exuberante e ruidoso, mas talvez também o mais assustador. Estava assente no seu próprio esterqueiro, à mercê das veleidades da maré e era aí onde os arrotos da baía devolviam à terra as imundícies dos esgotos. Era também para aí que se atiravam os desperdícios do matadouro contíguo, cabeças esquartejadas, vísceras podres, restos de animais que ficavam a flutuar ao sol e ao relento num pântano de sangue. Os galináceos disputavam-nos com as ratazanas e os cães numa contenda perpétua, entre os veados e os capões saborosos do Sotavento pendurados nos beirais dos barracões, e os legumes primaveris de Arjona expostos sobre esteiras no chão. O doutor Juvenal Urbino queria sanear o lugar, queria que fizessem o matadouro noutro lado, que construíssem um mercado coberto com cúpulas de vidro como o que tinha conhecido nas antigas feiras de Barcelona, onde as provisões eram tão viçosas e limpas que dava pena comê-las. Mas até os mais complacentes dos seus ilustres amigos se compadeciam com a sua paixão ilusória. Eram assim:

passavam a vida a proclamar o orgulho da sua origem, os méritos históricos da cidade, o preço das suas relíquias, o seu heroísmo e beleza, mas eram cegos ao caruncho dos anos. O doutor Juvenal Urbino, por sua vez, tinha por ela amor suficiente para a ver com os olhos da verdade.

– Que nobre é esta cidade – dizia – que há quatrocentos anos que estamos a tentar dar cabo dela e ainda não conseguimos.

Estavam prestes, no entanto. A epidemia da cólera-morbo, cujas primeiras vítimas caíram fulminadas nos charcos do mercado, tinha causado em onze semanas a maior mortandade da nossa história. Até então, alguns mortos ilustres eram sepultados sob as lajes das igrejas, na vizinhança esquiva dos arcebispos e dos dignitários, e os outros, menos ricos, eram enterrados nos pátios dos conventos. Os pobres iam para o cemitério colonial, numa colina ventosa, separada da cidade por um canal de águas áridas, cuja ponte de argamassa tinha um alpendre com um letreiro esculpido por ordem de algum alcaide clarividente: «Lasciate ogni speranza voi ch'entrate.» Nas duas primeiras semanas de cólera o cemitério ficou a transbordar e não restou um sítio disponível nas igrejas, apesar de terem passado para o ossário comum os restos carcomidos de numerosos notáveis sem nome. O ar da catedral ficou rarefeito com os vapores das criptas mal seladas e as suas portas só voltaram a abrir-se três anos depois, pela época em que Fermina Daza viu pela primeira vez Florentino Ariza na Missa do Galo. O claustro do Convento de Santa Clara ficou repleto até às alamedas na sua terceira semana e foi preciso preparar como cemitério a horta da comunidade, que era duas vezes maior. Ali escavaram sepulturas fundas para enterrar em três níveis, depressa e sem caixões, mas tiveram que desistir delas porque o solo, demasiadamente impregnado, tornou-se como uma esponja que transpirava uma sanguinolência nauseabunda. Ficou então decidido que se continuariam os enterros em La Manos de Dios, uma fazenda de gado de engorda a menos de uma légua da cidade, que mais tarde foi consagrada como Cemitério Universal.

Depois de se ter proclamado o anúncio público da cólera, no quartel da guarnição local foi disparado um tiro de canhão cada quarto de hora, de dia e de noite, de acordo com a superstição cívica de que a pólvora purifica o ambiente. A cólera foi muito mais encarniçada com a população negra, por ser a mais numerosa e pobre, mas na realidade não olhou nem a cor nem a linhagens. Cessou de repente tal como começara e nunca se conheceu o número dos seus estragos, não porque fosse impossível calculá-lo mas porque uma das nossas mais habituais virtudes era o pudor das desgraças próprias.

O doutor Marco Aurelio Urbino, pai de Juvenal, foi um herói civil daquelas jornadas infaustas e também a sua vítima mais eminente. Por determinação oficial concebeu e dirigiu pessoalmente a estratégia sanitária, mas por sua própria iniciativa acabou por intervir em todos os assuntos de ordem social até ao ponto de, nos momentos mais críticos da peste, parecer não existir autoridade alguma acima da sua. Anos depois, ao rever a crónica daqueles dias, o doutor Juvenal Urbino constatou que o método do seu pai tinha sido mais caritativo do que científico e que, sob muitos aspetos, era contrário à razão, de modo que tinha favorecido em grande medida a voracidade da peste. Comprovou-o com a compaixão dos filhos aos quais a vida foi a pouco e pouco convertendo em pais dos pais, e, pela primeira vez, doeu-se por não ter estado com o seu na solidão dos seus erros. Mas não lhe regateou os méritos: a diligência e a abnegação, e, sobretudo, a sua coragem pessoal, mereceram-lhe as muitas honras que lhe foram prestadas quando a cidade se restabeleceu do desastre e o seu nome ficou com justiça entre outros tantos nomes célebres de outras guerras menos recomendáveis.

Não viveu a sua glória. Quando reconheceu em si os transtornos irreparáveis que tinha visto e que o tinham compadecido nos outros, não tentou sequer uma batalha inútil e afastou-se do mundo para não contaminar ninguém. Fechado, sozinho, num quarto de serviço do Hospital da Misericórdia, surdo à chamada dos colegas e à súplica dos seus, alheio ao horror dos pestíferos que agonizavam pelo chão dos corredores a transbordar, escreveu à mulher e aos filhos uma carta de amor febril, de gratidão por ter existido, na qual se revelava o quanto e com quanta avidez tinha amado a vida. Foi um adeus de vinte páginas cheias onde se notavam os progressos do mal pela deterioração da escrita e não era necessário ter conhecido quem as escrevera para saber que a assinatura fora escrita com o último fôlego. De acordo com as suas disposições, o corpo cinzento confundiu-se no cemitério comum e não foi visto por ninguém que o amara.

O doutor Juvenal Urbino recebeu o telegrama três dias depois em Paris, durante um jantar de amigos, e fez um brinde com champanhe à memória do pai. Disse: «Era um homem bom.» Mais tarde recriminar-se-ia pela sua falta de maturidade: iludia a realidade para não chorar. Três semanas depois recebeu uma cópia da carta póstuma e então rendeu-se à verdade. Subitamente revelou-se-lhe a fundo a imagem do homem a quem conhecera antes de qualquer outro, que o tinha criado e educado, que dormira e fornicara durante trinta e dois anos com a sua mãe e que, no entanto, nunca antes dessa carta se lhe tinha mostrado tal como era em corpo e alma, por timidez pura e simples. Até então o doutor Juvenal Urbino e a sua família tinham concebido a morte como um acidente que acontece aos outros, aos pais dos outros, aos irmãos e cônjuges alheios, mas não aos seus. Eram pessoas de vidas lentas, às quais não se via tornarem-se velhas, nem adoecer nem morrer, mas que se iam desvanecendo a pouco e pouco no seu tempo, tornando-se recordações, brumas de outra época, até serem assimiladas pelo esquecimento. A carta póstuma do pai, mais do que o telegrama com a má notícia, atirou-o de bruços contra a certeza da morte. E, não obstante, uma das suas recordações mais antigas, teria talvez uns nove anos, ou talvez onze, era de certo modo um sinal prematuro da morte do pai. Ambos tinham ficado no escritório da casa numa tarde de chuva, ele a desenhar passarinhos e girassóis no lajedo do chão com giz de cor, e o pai a ler contraluz da janela, com o colete desabotoado e atilhos elásticos nas mangas da camisa. Passado pouco tempo interrompeu a leitura para coçar as costas com um coçador de cabo comprido que tinha uma mãozinha de prata na ponta. Como não conseguiu, pediu ao filho que o coçasse com as unhas, e ele fê-lo com a estranha sensação de não sentir o seu próprio corpo a ser coçado. No fim, o pai olhou para ele por cima do ombro com um sorriso triste.

– Se eu agora morrer – disse-lhe –, só te lembrarás de mim quando tiveres a minha idade.

Disse-o sem nenhum motivo aparente, e o anjo da morte flutuou por uns instantes na penumbra fresca do escritório e voltou a sair pela janela, deixando à sua passagem um monte de penas, mas o menino não as viu. Tinham passado mais de vinte anos desde então e Juvenal Urbino estava prestes a ter a idade que o seu pai tivera naquela tarde. Sabia-se idêntico a ele, e à consciência de o ser somava-se agora a consciência angustiante de ser tão mortal quanto ele.

A cólera tornou-se uma obsessão. Dela não sabia muito mais do que aprendera na rotina de algum curso marginal e parecia-lhe inverosímil que apenas trinta anos antes tivesse causado em França, inclusive em Paris, mais de cento e quarenta mil mortos. Mas depois da morte do pai aprendeu tudo quanto se podia aprender sobre os diversos tipos de cólera, quase como uma penitência para apaziguar a sua memória, e foi aluno do epidemiólogo mais destacado do seu tempo e criador dos cordões sanitários, o professor Adrien Proust, pai do grande escritor. De modo que quando regressou à sua terra e sentiu, ainda no mar, a pestilência do mercado e viu as ratazanas nos esgotos e os garotos nus a chapinhar nos charcos das ruas, não só compreendeu que a desgraça tivesse ocorrido como teve a certeza de que se repetiria a qualquer momento.

Não passou muito tempo. Em menos de um ano os seus alunos do Hospital da Misericórdia pediram-lhe que os ajudasse com um doente, recolhido por esmola, que tinha uma estranha coloração azul em todo o corpo. Ao doutor Juvenal Urbino bastou vê-lo da porta para reconhecer o inimigo. Mas teve sorte: o doente tinha chegado três dias antes numa escuna de Curaçau e tinha ido à consulta externa do hospital pelos seus próprios meios, não parecendo provável que tivesse contagiado alguém. Em todo o caso, o doutor Juvenal Urbino preveniu os seus colegas, conseguiu que as autoridades dessem o alarme nos portos vizinhos para que localizassem a escuna contaminada e a pusessem de quarentena, e teve de moderar o chefe militar da praça que queria decretar a lei marcial e aplicar imediatamente a terapêutica dos tiros de canhão de quarto em quarto de hora.

– Economize a sua pólvora para quando vierem os liberais – disse-lhe de bom humor. – Já não estamos na Idade Média.

O doente morreu ao fim de quatro dias, sufocado por um vómito branco e granuloso, mas nas semanas seguintes não se descobriu mais nenhum caso, apesar do estado de alerta constante. Pouco depois, *El Diario del Comercio* publicou a notícia de que duas crianças tinham morrido de cólera em lugares diferentes da cidade. Comprovou-se que uma delas tinha disenteria comum, mas a outra, uma menina de cinco anos, parecia ter sido, com efeito, vítima da cólera. Os seus pais e três irmãos foram separados e postos em quarentena, e todo o bairro foi submetido a uma estrita vigilância médica. Uma das crianças contraiu cólera mas recuperou muito rapidamente e toda a família regressou a casa passado o perigo. Registaram-se mais onze casos ao longo de três meses, e ao quinto houve um recrudescimento alarmante, mas ao fim do ano considerou-se que os riscos de uma epidemia tinham sido esconjurados. Ninguém pôs em dúvida que as exigências sanitárias do doutor Juvenal Urbino, mais do que a suficiência dos seus pregões, tinham feito com que o prodígio fosse possível. Desde então e até já estar bem adiantado este século que a cólera foi endémica não só em quase todo o litoral das Caraíbas e da enseada de La Magdalena, mas não voltou a alastrar como epidemia. O alarme serviu para que as advertências do doutor Juvenal Urbino fossem ouvidas com mais seriedade pelo poder público. Na Escola de Medicina impôs-se a cátedra obrigatória da cólera e da febre amarela, e compreendeu-se a urgência de fechar os esgotos e de construir um mercado afastado da esterqueira. Porém, o doutor Juvenal Urbino não se preocupou então em reclamar a sua vitória nem se sentiu com ânimo para prosseguir as suas missões sociais, porque ele próprio estava com uma asa quebrada, estonteado e distraído, e decidido a mudar tudo e a esquecer-se de tudo o mais da vida devido ao amor arrelampado por Fermina Daza.

Foi, com efeito, o fruto de um erro clínico. Um médico amigo, que julgou vislumbrar os sintomas premonitórios da cólera num paciente de dezoito anos, pediu ao doutor Juvenal Urbino que o fosse visitar. Foi nessa mesma tarde, alarmado com a possibilidade de que a peste tivesse entrado no santuário da cidade velha, pois até essa altura todos os casos tinham surgido nos bairros marginais e quase todos entre a população negra. Encontrou outras surpresas menos ingratas. A casa, à sombra das amendoeiras do Parque dos Evangelhos, parecia do lado de fora tão destruída quanto as outras da zona colonial, mas do lado de dentro havia uma tamanha beleza e uma luz assombrosa que parecia de outras eras. O saguão dava diretamente para um pátio sevilhano, quadrado, e recentemente caiado, com laranjeiras em flor e o chão empedrado com os mesmos azulejos das paredes. Havia um rumor contínuo de água invisível, canteiros de cravos nas cornijas e gaiolas de pássaros raros nas arcadas. Os mais raros, numa gaiola muito grande, eram três corvos que, ao sacudirem as asas, saturavam o pátio com um perfume estranho. Alguns cães, presos nalgum sítio da casa, ladravam enlouquecidos pelo cheiro estranho, mas um grito de mulher fê-los calar de imediato e vários gatos saltaram de todos os lados, e foram esconder-

-se entre as flores, assustados com a autoridade da voz. Então fez-se um silêncio tão diáfano que através do barulho dos pássaros e o ciciar da água na pedra se sentia o alento desolado do mar.

Perturbado pela certeza da presença física de Deus, o doutor Juvenal Urbino pensou que uma casa como aquela era imune à peste. Seguiu Gala Placidia pelo corredor dos arcos, passou em frente da janela do quarto de costura onde Florentino Ariza viu Fermina Daza pela primeira vez, quando o pátio ainda estava em ruínas, subiu a escada de mármore novo até ao segundo andar e esperou que o anunciassem antes de entrar no quarto da doente. Mas Gala Placidia voltou a sair com um recado:

– A menina diz que não pode entrar agora porque o seu paizinho não se encontra em casa.

Por isso voltou às cinco da tarde, segundo a indicação da criada, e Lorenzo Daza em pessoa abriu-lhe o portão e conduziu-o ao quarto da filha. Ficou sentado na penumbra com os braços cruzados e esforçando-se em vão por controlar a respiração ruidosa enquanto durou o exame. Não era fácil saber quem estava mais inibido, se o médico com o seu tato pudico ou a doente com o seu recato de virgem em camisa de seda, mas nenhum olhou o outro nos olhos, perguntando ele com voz impessoal e respondendo ela com voz trémula, os dois atentos ao homem sentado na penumbra. Por fim, o doutor Juvenal Urbino pediu à doente que se sentasse e abriu-lhe a camisa de dormir até à cintura com um cuidado requintado: o peito intacto e altivo, de mamilos infantis, resplandeceu por um momento como um clarão nas sombras da alcova antes de ela se apressar a cobri-lo com os braços cruzados. Imperturbável, o médico afastou-lhe os braços sem olhar para ela, e fez-lhe a auscultação direta com a orelha de encontro à pele, primeiro no peito e depois nas costas.

O doutor Juvenal Urbino costumava contar que não experimentara nenhuma emoção quando conheceu a mulher com quem havia de viver até ao dia da sua morte. Recordava a camisa de noite azul-celeste debruada a renda, os olhos febris, o longo cabelo solto sobre os ombros, mas estava tão concentrado na questão da propagação da peste na zona colonial que não reparou em muitos dos seus atributos de adolescente em flor, mas sim no mínimo pormenor que pudesse ter de empestada. Ela foi mais explícita: o jovem médico de quem tanto ouvira falar a propósito da cólera pareceu-lhe um pedante incapaz de se interessar por alguém que não fosse ele próprio. O diagnóstico foi uma infeção intestinal de origem alimentar que cedeu com um tratamento caseiro de três dias. Aliviado com a confirmação de que a filha não tinha contraído a cólera, Lorenzo Daza acompanhou o doutor Juvenal Urbino até ao estribo do carro, pagou-lhe a peso de ouro a visita, que lhe pareceu excessivo mesmo para um médico de ricos, mas despediu-se dele com desmesuradas mostras de gratidão. Estava deslumbrado com o resplendor dos seus apelidos e não só não o dissimulava como teria feito qualquer coisa para o ver outra vez e em circunstâncias menos formais.

O caso pôde dar-se por encerrado. Mas, na terça-feira da semana seguinte, sem ser chamado e sem se anunciar, o doutor Juvenal Urbino voltou lá a casa à importuna hora das três da tarde. Fermina Daza estava no quarto de costura, a ter uma lição de pintura a óleo com duas amigas, quando ele apareceu à janela com o fato branco, imaculado, e o chapéu alto igualmente branco, e lhe fez sinal para que se aproximasse. Ela deixou o bastidor na cadeira e dirigiu-se à janela andando nas pontas dos pés com a saia de folhos levantada até aos tornozelos para evitar arrastá-la. Levava um diadema com um engaste pendurado sobre a testa, cuja pedra luminosa tinha a mesma cor esquiva dos seus olhos, e tudo nela exalava uma aura de frescura. O médico achou curioso que se vestisse para pintar em casa como se fosse para uma festa. Do lado de fora da janela, tomou-lhe o pulso, disse-lhe que deitasse a língua de fora, examinou-lhe a garganta com uma espátula de alumínio, examinou-lhe a parte de dentro das pálpebras e de cada vez fez um gesto de aprovação. Estava menos inibido do que na visita anterior mas ela estava mais porque não percebia a razão daquele exame imprevisto, se ele próprio lhe dissera que não voltaria a não ser que o chamassem, caso houvesse alguma novidade. E mais: não queria voltar a vê-lo nunca mais. Acabado o exame, o médico guardou a espátula na maleta repleta de instrumentos e frascos com remédios, e fechou-a com um gesto seco.

– Está como uma rosa recém-nascida – disse ele.

– Estou-lhe gra..

– ...ças a Deus – disse ele, e, mal, citou São Tomás –: Lembre-se que tudo quanto é bom, venha de onde vier, procede do Espírito Santo. Gosta de música?

Perguntou-lho com um sorriso encantador e de forma muito natural, mas ela não lhe correspondeu.

– A que propósito me pergunta isso? – perguntou por sua vez.

– A música é importante para a saúde – disse ele.

Acreditava de facto nisso e ela iria saber, muito em breve e para o resto da vida, como o tema da música era quase uma fórmula mágica que ele usava para propor uma amizade, mas naquele momento interpretou-o como uma farsa. Além disso, as duas amigas que tinham estado a fingir que pintavam enquanto eles conversavam à janela, emitiram uns risinhos abafados e taparam a cara com os bastidores, o que acabou por irritar Fermina Daza. Furiosa, fechou a janela com uma pancada. O médico, perplexo diante das travezinhas da janela, lá fez por dar com o caminho do portão, mas enganou-se na direção e na sua perturbação tropeçou na gaiola dos corvos perfumados. Estes lançaram uns pios sórdidos, adejaram assustados e as roupas do médico ficaram impregnadas de um perfume de mulher. O trovão da voz de Lorenzo Daza apanhou-o ali mesmo.

– Doutor, espere-me aí.

Tinha assistido a tudo do andar de cima e descia as escadas a abotoar a camisa, inchado e meio roxo, ainda com as patilhas despenteadas pelo mau sono da sesta. O médico tentou dominar a pungência da situação.

– Disse à sua filha que está como uma rosa.

– Assim é – disse Lorenzo Daza –, mas com demasiados espinhos.

Passou ao lado do doutor Urbino sem o cumprimentar. Empurrou as duas portadas da janela do quarto de costura e ordenou à filha com um grito áspero:

– Vem pedir desculpas ao senhor doutor.

O médico tentou intervir para o impedir, mas Lorenzo Daza não o atendeu. Insistiu: «Despacha-te.» Ela olhou para as amigas num pedido fundo de compreensão e replicou ao pai que não tinha motivos para o fazer, pois só fechara a janela para evitar que o sol continuasse a entrar. O doutor Urbino apressou-se a dar por boas as suas razões, mas Lorenzo Daza insistiu na ordem. Então, Fermina Daza voltou para a janela e, pálida de raiva, adiantando o pé direito enquanto levantava a saia com a ponta dos dedos, fez ao médico uma reverência teatral.

– Peço-lhe as minhas mais sinceras desculpas, cavalheiro – disse.

O doutor Juvenal Urbino imitou-a de bom humor, fazendo com o seu chapéu de copa alta uma mesura de mosqueteiro, mas não conseguiu o sorriso de piedade que esperava. Lorenzo Daza convidou-o então a tomar, no escritório, um café de desagravo, e ele aceitou, satisfeito, para que não houvesse qualquer dúvida de que não guardava na alma nenhum resquício de ressentimento.

A verdade era que o doutor Juvenal Urbino não tomava café, a não ser uma chávena em jejum. Também não bebia álcool, exceto um copo de vinho à refeição em ocasiões solenes, mas não só bebeu o café que lhe ofereceu Lorenzo Daza como também aceitou um copinho de licor de anis. Depois aceitou outro café com outro copo de anis e em seguida outro e mais outro, apesar de ainda ter de fazer algumas visitas. No princípio escutou atentamente as desculpas que Lorenzo Daza lhe continuava a dar em nome da filha, a quem definiu como uma menina inteligente e séria, digna de um príncipe daqui ou de qualquer outra parte e cujo único defeito, segundo disse, era o seu carácter de mula. Mas depois do segundo copo julgou ouvir a voz de Fermina Daza ao fundo do pátio e a sua imaginação foi atrás dela, perseguiu-a pela noite recente na casa, enquanto acendia as luzes no corredor, fumigava os quartos com a bomba de inseticida, destapava no fogão a panela de sopa que ia comer essa noite com o pai, ele e ela sozinhos à mesa, sem levantar os olhos, sem sorver a sopa para não quebrar o encanto do rancor, até que ele acabasse por se render e pedir-lhe perdão pela severidade dessa tarde.

O doutor Urbino conhecia as mulheres o suficiente para perceber que Fermina Daza não passaria pelo escritório enquanto ele não saísse, mas demorava-se porque sentia que o orgulho ferido não o deixaria viver em paz depois de se terem enfrentado naquela tarde. Lorenzo Daza, já quase bêbedo, não parecia notar a sua falta de atenção, pois bastava-se a si próprio com a sua verbosidade indomável. Falava desenfreadamente, mastigando a ponta do charuto apagado, tossindo aos berros, escarrando, acomodando-se com grande dificuldade na poltrona giratória, cujas molas soltavam lamentos de animal com cio. Tinha bebido três copos por cada um que tomara o seu convidado e só fez uma pausa quando se apercebeu de que já não se viam um ao outro, levantando-se para acender o candeeiro. O doutor Juvenal Urbino olhou-o de frente com a nova luz, viu que tinha um olho torcido como o de um peixe e que as suas palavras não correspondiam ao movimento dos lábios, e pensou que eram alucinações suas por abusar do álcool. Então, levantou-se com a sensação fascinante de estar dentro de um corpo que não era o seu, mas de alguém que continuava sentado no assento onde ele estava e teve de fazer um grande esforço para não perder a razão.

Passava das sete quando saiu do escritório precedido por Lorenzo Daza. Estava lua cheia. O pátio idealizado pelo anis flutuava no fundo de um aquário e as gaiolas cobertas com trapos pareciam fantasmas adormecidos sob o aroma quente dos botões das flores de laranjeira. A janela do quarto de costura estava aberta. Havia um candeeiro aceso em cima da mesa de trabalho, e os quadros por acabar estavam nos cavaletes como numa exposição. «Onde estás que não estás», disse o doutor Urbino ao passar, mas Fermina Daza não o ouviu, não o podia ouvir, porque estava a chorar de raiva no seu quarto, deitada de bruços sobre a cama e à espera do pai para o fazer pagar a humilhação dessa tarde. O médico não renunciava à ideia de se despedir dela, mas Lorenzo Daza não lho propôs. Relembrou a marcha inocente do seu pulso, a sua língua de gata, as suas amígdalas ternas, mas desmoralizou-o pensar que ela não o queria ver nunca mais nem haveria de consentir que ele tentasse vê-la. Quando Lorenzo Daza entrou no saguão, os corpos acordados sob os lençóis soltaram um grito fúnebre. «Tirar-te-ão os olhos», disse o médico em voz alta, pensando nela, e Lorenzo Daza voltou-se para lhe perguntar que dissera.

– Não fui eu – disse ele. – Foi o anis.

Lorenzo Daza acompanhou-o até ao carro, insistindo para que recebesse a peso de ouro a segunda visita, mas ele não lho aceitou. Deu instruções corretas ao cocheiro para que o levasse a casa dos dois doentes que ainda lhe faltava ver e subiu para a carruagem sem ajuda. Mas começou a sentir-se mal com os solavancos nas ruas empedradas de modo que mandou o cocheiro alterar a rota. Olhou-se por um momento no espelho da carruagem e viu que também a sua imagem continuava a pensar em Fermina Daza. Encolheu os ombros. Por fim, soltou um arroto, inclinou a cabeça contra o peito, adormeceu e, no seu sonho, começou a ouvir os sinos do luto. Ouviu primeiro os da catedral e depois os de todas as igrejas, um após o outro, até o som de metal rachado de São Julião Hospitaleiro.

– Merda – murmurou adormecido. – Morreram os mortos.

A mãe e as irmãs estavam a tomar café com leite e a comer almojávenas na mesa de cerimónias da casa de jantar principal, quando o viram aparecer à porta com o rosto transido e todo ele desmoralizado pelo perfume de putas dos corvos. O sino maior da catedral contígua ressoava pelos espaços imensos da casa. A mãe perguntou-lhe alarmada onde se havia metido porque o tinham procurado por toda a parte para que fosse ver o general Ignacio María, último neto do marquês de Jaraíz de la Vera que tinha sido derrubado nessa tarde por uma congestão cerebral: era por ele que dobravam os sinos. O doutor Juvenal Urbino escutou a mãe sem a ouvir, agarrado à maçaneta da porta e depois deu meia volta tentando chegar ao seu quarto, mas caiu de bruços numa explosão de vómitos de anis-estrelado.

– Maria Santíssima – gritou a mãe. – Deve ter acontecido qualquer coisa de muito estranho para chegares a casa nesse estado.

O mais estranho, porém, não tinha acontecido ainda. Aproveitando a visita do conhecido pianista Romero Lussich, que tocou um ciclo de sonatas de Mozart, logo que a cidade se recompôs do luto do general Ignacio María, o doutor Juvenal Urbino mandou subir o piano da Escola de Música numa carreta de mulas e levou a Fermina Daza uma serenata que fez época. Ela acordou com os primeiros compassos e não precisou de se chegar às tabuinhas da varanda para saber quem era o autor daquela homenagem insólita. A única coisa de que teve pena foi de não ter a coragem de outras donzelas zangadas que tinham despejado o vaso de noite na cabeça do pretendente indesejado. Lorenzo Daza, por sua vez, vestiu-se depressa enquanto durou a serenata e, no fim, fez entrar na sala de visitas o doutor Juvenal Urbino e o pianista, ainda ataviados com os fatos de cerimónia do concerto, e agradeceu-lhes a serenata com um copo do melhor brande.

Fermina Daza percebeu muito cedo que o seu pai estava a tentar suavizar-lhe o coração. No dia a seguir à serenata dissera-lhe de maneira acidental: «Imagina como se sentiria a tua mãe se soubesse que és pretendida por um Urbino de la Calle.» Ela replicou secamente: «Voltaria a morrer dentro do caixão.» As amigas que pintavam com ela tinham-lhe contado que Lorenzo Daza recebera um convite para almoçar no Clube Social da parte do doutor Juvenal Urbino, e que este tinha sido objeto de uma notificação severa por quebrar as normas do regulamento. Só então ficou também a saber que o seu pai tinha solicitado por diversas vezes a sua entrada no Clube Social e que em todas elas fora recusado com uma quantidade de bolas pretas que não tornavam possível uma nova tentativa. Mas Lorenzo Daza assimilava as humilhações com bons fígados e continuava a fazer malabarismos engenhosos para se encontrar por acaso com Juvenal Urbino, sem se aperceber que era Juvenal Urbino quem fazia mais do que os possíveis por deixar-se encontrar. Por vezes passavam horas a conversar no escritório, e a casa ficava entretanto como que suspensa à margem do tempo, porque Fermina Daza não permitia que ninguém desse livre curso à sua vida enquanto ele não se fosse embora. O Café da Paróquia foi um bom porto intermédio. Foi aí que Lorenzo Daza ensinou a Juvenal Urbino as lições básicas do xadrez, e este foi um aluno tão aplicado que o xadrez se converteu num vício incurável até ao dia da sua morte.

Uma noite, pouco tempo depois da serenata de piano, Lorenzo Daza encontrou uma carta com o sobrescrito lacrado no saguão da sua casa, dirigido à filha e com o monograma de JUC impresso no lacre. Deslizou-o por debaixo da porta ao passar diante do quarto de Fermina, e ela não conseguiu compreender como tinha chegado até ali, pois parecia-lhe inconcebível que o pai se tivesse modificado tanto ao ponto de lhe levar uma carta de um pretendente. Deixou-a sobre a mesinha-de-cabeceira e aí ficou, fechada, durante vários dias, até certa tarde de chuva em que Fermina Daza sonhou que Juvenal Urbino voltara lá a casa para lhe oferecer a espátula com que lhe tinha examinado a garganta. A espátula do sonho não era de alumínio mas de um metal apetitoso que ela tinha saboreado deleitada noutros sonhos, de modo que a partiu em duas partes desiguais e lhe deu a ele a mais pequena.

Ao acordar abriu a carta. Era breve e bonita, e a única coisa que Juvenal Urbino lhe solicitava era que lhe permitisse pedir ao pai licença para a visitar. Impressionou-a a simplicidade e a seriedade dele, e a raiva cultivada com tanto amor durante tantos dias apaziguou-se de imediato. Guardou a carta num cofre que não estava a uso no fundo do baú, mas lembrou-se que também tinha sido aí que guardara as cartas perfumadas de Florentino Ariza, e tirou-a do cofre para mudá-la de lugar, com um tremor num acesso de vergonha. Então, pareceu-lhe que o mais decente era dá-la por não recebida e queimou-a na lamparina, vendo como as gotas do lacre rebentavam em bolhas azuis sobre a chama. Suspirou: «Pobre homem.» Caiu em si de repente ao aperceber-se que era a segunda vez que o dizia em pouco mais de um ano e por uns segundos pensou em Florentino Ariza, surpreendendo-se a si própria por ver como estava longe da sua vida: pobre homem.

Em outubro, com as últimas chuvas, chegaram mais três cartas, a primeira acompanhada por uma caixinha de pastilhas de violetas da Abadia de Flavigny. Duas tinham sido entregues no portão da casa pelo cocheiro do doutor Juvenal Urbino, e este cumprimentara Gala Placidia da janela do carro, primeiro para que não houvesse dúvida de que as cartas eram dele, e depois para que ninguém lhe pudesse dizer que não tinham sido recebidas. Além do mais estavam ambas seladas com o monograma de lacre e escritas com as garatujas crípticas que Fermina Daza já conhecia: letra de médico. Ambas diziam substancialmente o mesmo que a primeira e estavam estruturadas com o mesmo espírito de submissão, mas no fundo da sua decência, começava a avistar-se uma ansiedade que nunca foi evidente nas cartas parcimoniosas de Florentino Ariza. Fermina Daza leu-as mal foram entregues, com duas semanas de diferença, e, sem conseguir explicá-lo nem a ela própria, mudou de ideias quando estava prestes a deitá-las ao fogo. No entanto, nunca pensou em responder-lhe.

A terceira carta de outubro tinha sido introduzida por debaixo do portão e era em tudo diferente das anteriores.

A escrita era tão pueril que fora, sem dúvida, traçada com a mão esquerda, mas Fermina Daza só se deu conta disso quando o próprio texto provou o seu anonimato infame. Quem a escrevera dava como certo que Fermina Daza tinha encantado com os seus feitiços o doutor Juvenal Urbino, e dessa suposição tirava conclusões sinistras. Terminava com uma ameaça: se Fermina Daza não renunciasse à sua pretensão de namorar com o homem mais cobiçado da cidade, seria exposta à vergonha pública.

Sentiu-se vítima de uma grave injustiça, mas a sua reação não foi vingativa, muito pelo contrário: gostaria de descobrir o autor anónimo para o dissuadir do seu erro com tantas explicações quantas fossem necessárias, pois estava certa de que nunca, por motivo algum, seria sensível às pretensões de Juvenal Urbino. Nos dias que se seguiram recebeu outras cartas sem assinatura, tão pérfidas como a primeira, mas nenhuma das três parecia ter sido escrita pela mesma pessoa. Ou era vítima de uma conjura, ou a falsa versão dos seus amores secretos tinha chegado mais longe do que podia supor-se. Inquietava-a a ideia de que tudo aquilo fosse consequência de uma simples indiscrição de Juvenal Urbino. Ocorreu-lhe que talvez fosse um homem diferente da sua aparência digna e que talvez se lhe desatasse a língua durante as visitas e fizesse alarde de conquistas imaginárias, como tantos outros da sua classe. Pensou em escrever-lhe para o recriminar pelo ultraje da sua honra, mas logo desistiu desse propósito, porque talvez fosse isso o que ele pretendia. Tentou saber mais alguma coisa através das amigas que iam pintar com ela no quarto de costura, mas a única coisa que elas tinham ouvido eram comentários simpáticos sobre a serenata de piano. Sentiu-se furiosa, impotente, humilhada. Ao contrário do que sucedera no princípio, quando quisera encontrar-se com o inimigo invisível para o convencer dos seus erros, agora só queria fazê-lo em pedaços com a tesoura de podar. Passava as noites em claro, analisando pormenores e expressões das cartas anónimas, na ilusão de encontrar o consolo de uma pista. Foi uma ilusão vã: Fermina Daza era, por natureza, alheia ao mundo interior dos Urbino de la Calle e tinha armas para se defender das suas boas intenções, mas não das más.

Esta convicção tornou-se ainda mais amarga depois do pavor da boneca negra que lhe chegou por aqueles dias sem qualquer carta, mas cuja origem lhe pareceu fácil de imaginar: só o doutor Juvenal Urbino lha podia ter mandado. Tinha sido comprada na Martinica, segundo a etiqueta original, tinha um vestido primoroso, os cabelos encaracolados, com filamentos de ouro, e fechava os olhos quando a deitavam. Fermina Daza achou-a tão divertida que passou por cima dos seus escrúpulos e deitava-a na sua almofada durante o dia. Habituou-se a dormir com ela. Ao fim de algum tempo, porém, depois de um sonho esgotante, descobriu que a boneca estava a crescer: a magnífica roupa original, que chegara com ela, deixava-lhe os joelhos à vista e os sapatos tinham-se rebentado com a pressão dos pés. Fermina Daza tinha ouvido falar de feitiços africanos, mas de nenhum tão pavoroso como esse. Por outro lado, não podia conceber que um homem como Juvenal Urbino fosse capaz de semelhante atrocidade. Tinha razão: a boneca não fora levada pelo cocheiro mas por um vendedor ocasional de camarões, de quem ninguém pudera dar uma descrição acertada. Tentanto decifrar o enigma, Fermina Daza pensou por um momento em Florentino Ariza, cuja condição sombria a assustava, mas a vida se encarregou de a convencer do seu erro. Nunca se esclareceu o mistério e só o facto de o evocar provocava-lhe um arrepio de pavor até muito depois de estar casada e ter filhos, e de se julgar uma eleita do destino: a mais feliz.

A última tentativa do doutor Urbino foi a mediação da irmã Franca de la Luz, superiora do colégio da Apresentação da Santíssima Virgem, que não se podia negar ao pedido de uma família que tinha favorecido a sua comunidade desde os tempos em que se estabelecera nas Américas. Apareceu acompanhada por uma noviça às nove da manhã, e tiveram as duas que se entreter com as gaiolas dos pássaros enquanto Fermina Daza acabava de tomar o seu banho. Era uma alemã viril, com um sotaque metálico e um olhar imperativo que não tinham qualquer relação com as suas paixões pueris. Não havia nada neste mundo que Fermina Daza odiasse mais do que ela e tudo o que tivesse que ver com ela, pois só a lembrança da sua falsa piedade provocava-lhe uma comichão de escorpiões nas entranhas. Foi-lhe suficiente reconhecê-la da porta da casa de banho para reviver, de uma vez só, todos os suplícios do colégio, a sonolência insuportável da missa diária, o terror dos exames, a eficiência servil das noviças, a vida inteira pervertida pelo prisma da pobreza de espírito. A irmã Franca de la Luz cumprimentou-a, por seu lado, com uma alegria que parecia sincera. Ficou surpreendida ao ver quanto tinha crescido e amadurecido, e louvou-lhe o zelo com que governava a casa, o bom gosto do pátio, as árvores floridas. Mandou a noviça esperá-la ali, sem se aproximar muito dos corvos, que num descuido lhe podiam arrancar os olhos, e procurou um lugar afastado onde se pudesse sentar para conversar a sós com Fermina. Ela convidou-a para a sala.

Foi uma visita breve e áspera. A irmã Franca de la Luz, sem perder tempo com preâmbulos, ofereceu a Fermina Daza uma reabilitação honrosa. O motivo da expulsão seria apagado das atas como da memória da comunidade, o que lhe permitiria acabar os estudos e obter o diploma de bacharel em Letras. Fermina Daza, perplexa, quis saber qual o motivo.

– É o pedido de alguém que merece tudo, e cujo único desejo é fazer-te feliz – disse a freira. – Sabes quem é?

Então compreendeu. Perguntou a si mesma com que autoridade servia como emissária do amor uma mulher que lhe tinha prejudicado a vida por causa de uma carta inocente, mas não se atreveu a dizer-lho. Disse, porém, que sim, que conhecia esse homem, e por isso mesmo sabia que ele não tinha qualquer direito de se imiscuir na sua vida.

– A única coisa que te pede é que lhe concedas que converse contigo durante cinco minutos – disse a freira. – Estou certa que o teu pai concordará.

A raiva de Fermina Daza tornou-se mais intensa com a ideia de que o pai fosse cúmplice daquela visita.

– Vimo-nos duas vezes quando estive doente – disse. – Agora não há nenhuma razão.

– Para qualquer mulher com dois dedos de testa esse homem é uma dádiva da Divina Providência – disse a freira. Continuou a falar das suas virtudes, da sua devoção, da sua consagração ao serviço dos que sofrem. Enquanto falava, tirou da manga um terço de ouro com o Cristo talhado em marfim, passando-o pelos olhos de Fermina Daza. Era uma relíquia de família, antiga, com mais de cem anos, talhada por um ourives de Siena e benzida por Clemente IV.

– É teu – disse.

Fermina Daza sentiu a torrente do sangue a atropelar-se-lhe nas veias e então atreveu-se.

– Não consigo entender como a irmã se presta a isto – disse – se para si o amor é pecado.

A irmã Franca de la Luz fingiu passar por alto aquele reparo mas incendiou-se-lhe o rosto. Continuou a balançar o rosário à frente dos seus olhos.

– É melhor que te entendas comigo – disse – porque depois de mim pode vir o senhor arcebispo, e com ele as coisas são diferentes.

– Que venha – disse Fermina Daza.

A irmã Franca de la Luz escondeu o terço de ouro na manga. Depois tirou da outra um lenço muito usado, feito num novelo, e conservou-o apertado no punho, olhando abertamente para Fermina com um sorriso de comiseração.

– Minha pobre filha – suspirou –, ainda continuas a pensar naquele homem.

Fermina Daza mastigou a impertinência olhando para a freira sem pestanejar, fitou-a bem nos olhos, mastigando em silêncio, até que viu com uma complacência infinita que os seus olhos afáveis se marejaram de lágrimas. A irmã Franca de la Luz secou-as com o novelo do lenço e pôs-se de pé.

– Bem diz o teu pai que és uma mula – disse.

O arcebispo não apareceu. De modo que o assédio teria terminado naquele dia, mas só não terminou porque Hildebranda Sánchez veio passar o Natal com a prima e a vida modificou-se para as duas. Receberam-na na escuna de Riohacha às cinco da manhã, no meio de uma turba de passageiros agonizantes por causa do enjoo, mas ela desembarcou radiante, muito mulher, e com o espírito alvoroçado pela má noite no mar. Vinha carregada de cestos com perus vivos e de quantos frutos se davam nos seus prósperos pomares para que não faltasse de comer a ninguém durante a sua visita. Lisímaco Sánchez, o pai dela, mandava perguntar se faziam falta músicos para as festas de Natal, pois ele tinha os melhores à sua disposição e prometia mandar, mais lá para diante, um carregamento de fogo-de-artifício. Além disso, anunciava que não podia ir buscar a filha antes de março, de modo que havia tempo de sobra para se viver.

As duas primas começaram imediatamente. Tomavam banho juntas desde a primeira tarde, nuas, fazendo-se abluções recíprocas com a água do tanque. Ajudavam-se a ensaboar, catavam as lêndeas uma à outra, comparavam as nádegas, os seios firmes, cada uma remirando-se no espelho da outra para apreciar com que crueldade as tratara o tempo desde a última vez que se tinham visto nuas. Hildebranda era alta e maciça, de pele dourada, mas todo o cabelo do seu corpo era de mulata, curto e encaracolado como palha-d'aço. Fermina Daza, pelo seu lado, tinha uma nudez pálida de linhas longas, de pele serena, de pelos macios. Gala Placidia tinha pedido para instalarem duas camas iguais no quarto, mas de vez em quando deitavam-se numa delas e conversavam com as luzes apagadas até ser manhã. Fumavam uns charutos de contrabando que Hildebranda havia levado escondidos no forro do baú e depois queimavam folhas de papel da Arménia para purificar o ar de tugúrio que deixavam no quarto. Fermina Daza fumara pela primeira vez em Valledupar e tinha continuado a fazê-lo em Fonseca, em Riohacha, onde se chegavam a fechar até dez primas num quarto para falarem de homens e fumar às escondidas. Aprendeu a fumar ao contrário, com a brasa dentro da boca, como fumavam os homens nas noites das guerras para que não os atraiçoasse a brasa do charuto. Mas nunca tinha fumado sozinha. Com Hildebranda na sua casa fê-lo todas as noites antes de adormecer e, desde então, adquiriu o hábito de fumar, ainda que sempre às escondidas, mesmo do marido e dos filhos, não só porque era malvisto que uma mulher fumasse em público mas porque tinha o prazer associado à clandestinidade.

Também a viagem de Hildebranda fora imposta pelos pais que tentavam afastá-la do seu amor impossível, ainda que a tivessem feito acreditar que era para ajudar Fermina a decidir-se por um bom partido. Hildebranda aceitara com a ilusão de enganar o esquecimento, como o fizera a sua prima, e tinha feito um acordo com o telegrafista de Fonseca para que lhe mandasse as mensagens no maior sigilo. Por isso foi tão amarga a sua desilusão quando soube que Fermina Daza havia repudiado Florentino Ariza. Além disso, Hildebranda tinha uma conceção universal do amor, e pensava que qualquer coisa que acontecesse a alguém afetaria todos os amores do mundo. No entanto, não renunciou ao projeto. Com uma audácia que provocou em Fermina Daza uma crise de espanto, foi sozinha ao telégrafo disposta a ganhar os favores de Florentino Ariza.

Não o teria reconhecido pois não possuía nenhum traço que correspondesse à imagem que ela tinha formado através de Fermina Daza. À primeira vista, pareceu-lhe impossível que a sua prima tivesse estado a ponto de enlouquecer por aquele empregado quase invisível, com ar de cão escorraçado, com um fato de rabino na miséria e com uns modos tão solenes que não poderiam alterar o coração de ninguém. Mas logo se arrependeu da primeira impressão, pois Florentino Ariza pôs-se incondicionalmente ao seu serviço sem saber quem era: nunca o soube. Ninguém a compreenderia melhor do que ele, de modo que não lhe exigiu que se identificasse nem lhe pediu morada alguma. A sua solução foi muito simples: ela passaria às quartas-feiras da parte da tarde pelo telégrafo para que ele lhe entregasse as respostas em mão, e mais nada. Por outro lado, ao ler a mensagem que Hildebranda levava escrita, perguntou-lhe se aceitava uma sugestão, e ela concordou. Florentino Ariza fez primeiro umas pequenas correções, suprimiu-as, voltou a escrevê-las, ficou sem espaço e, por fim, rasgou a folha e escreveu totalmente uma outra mensagem que a ela lhe pareceu enternecedora. Quando saiu do telégrafo, Hildebranda estava à beira das lágrimas.

– É feio e triste – disse a Fermina Daza –, mas todo ele é amor.

O que mais chamou a atenção de Hildebranda foi a solidão da prima. Parecia, disse-lhe, uma solteirona de vinte anos. Acostumada a uma família numerosa e dispersa, em casas onde ninguém sabia ao certo quantos viviam nem quem iria lá comer a cada refeição, Hildebranda não conseguia imaginar uma rapariga da sua idade reduzida ao claustro da vida privada. Assim era: desde que se levantava às seis da manhã até que apagava a luz do quarto, consagrava-se a perder tempo. A vida impunha-se-lhe do exterior. Primeiro, com o último cantar do galo, o leiteiro acordava-a com a aldraba do portão. Depois tocava a peixeira com o caixote de pargos moribundos num leito de algas, as vendedeiras ambulantes sumptuosas com as hortaliças de María la Baja e os frutos de San Jacinto. E depois, durante todo o dia, tocavam todos: os mendigos, as raparigas das rifas, as irmãzinhas de caridade, o amolador com a gaita de capador, o taberneiro, o que comprava ouro partido, o que comprava papel de jornal, as ciganas falsas que se ofereciam para ler o destino nas cartas, nas linhas das mãos, nas borras do café, nas águas dos alguidares. Gala Placidia passava a semana a abrir e a fechar o portão para dizer que não, «Venha outro dia», ou a gritar da varanda, com o humor alterado: «Não incomodem mais, carago, que já comprámos tudo o que fazia falta.» Tinha substituído a tia Escolástica com tanto fervor e com tanta graça, que Fermina confundiu-a com ela até para gostar mais dela. Tinha obsessões de escrava. Assim que tinha uns momentos livres ia para o quarto de serviço, passar a ferro a roupa branca, deixando-a perfeita e guardando-a nos armários com flores de alfazema, e não só passava e dobrava a que acabava de lavar como também aquela que perdera o seu viço por falta de uso. Com o mesmo cuidado continuava a tratar do vestuário de Fermina Sánchez, a mãe de Fermina, falecida há catorze anos, mas era Fermina Daza quem tomava as decisões. Ordenava o que se havia de comer, o que tinha de se comprar, o que havia de se fazer em cada caso e assim determinava a vida de uma casa que, na realidade, não tinha nada que determinar. Quando acabava de lavar as gaiolas e de pôr a comida aos pássaros, de zelar para que nada faltasse às flores, ficava sem rumo. Muitas vezes, depois de ter sido expulsa do colégio, adormecia à hora da sesta e só acordava no dia seguinte. As aulas de pintura não passavam de mais uma maneira entretida de passar o tempo.

As relações com o pai careciam de afeto desde o exílio da tia Escolástica, ainda que ambos tivessem encontrado maneira de viverem juntos sem se estorvarem. Quando ela se levantava, já ele tinha saído para os seus negócios. Poucas vezes faltava ao ritual do almoço, ainda que quase nunca comesse, pois bastavam-lhe os aperitivos e os petiscos galegos do Café da Paróquia. Também não jantava. Deixavam-lhe a sua parte na mesa, toda num único prato e coberta com outro, ainda que soubessem que ele só a comeria, aquecida, no dia seguinte, ao pequeno-almoço. Uma vez por semana dava à filha dinheiro para as despesas, que ele calculava muito bem e que ela administrava rigorosamente, mas prestava-se com gosto a qualquer pedido que ela lhe fizesse para despesas imprevistas. Nunca lhe regateava um tostão, nunca lhe pedia contas, mas ela comportava-se como se as tivesse de prestar perante um Tribunal do

Santo Ofício. Nunca lhe havia falado da natureza nem do estado dos seus negócios, nem nunca a tinha levado a conhecer os seus escritórios no porto, que estavam num local vedado a meninas decentes mesmo que fossem acompanhadas pelos pais. Lorenzo Daza não chegava a casa antes das dez da noite, que era a hora de recolher nas épocas menos críticas das guerras. Ficava até essa hora no Café da Paróquia, a jogar ao que quer que fosse, porque era especialista em todos os jogos de salão, e, além disso, bom professor. Chegou sempre a casa no seu perfeito juízo, sem acordar a filha, apesar de tomar a sua primeira pinga de anis ao acordar e continuar a mastigar a ponta do charuto apagado e a beber durante todo o dia. Uma noite, porém, Fermina sentiu-o entrar. Ouviu os seus passos de cossaco nas escadas, o peso do seu corpo enorme no corredor do segundo andar, as pancadas da palma da mão na porta do quarto. Abriu-lha e, pela primeira vez, assustou-se com o seu olho torcido e o entorpecimento das suas palavras.

– Estamos arruinados – disse ele. – Completamente arruinados, ficas a saber.

Foi tudo quanto disse e nunca mais o voltou a dizer nem aconteceu nada que lhe indicasse que tinha dito a verdade, mas depois daquela noite, Fermina Daza teve consciência de que estava sozinha no mundo. Vivia num limbo social. As suas antigas companheiras de colégio estavam num céu que lhe era proibido, e muito mais ainda depois da desonra da expulsão, mas nem por isso ela era vizinha dos seus vizinhos, pois estes tinham-na conhecido sem passado e com o uniforme da Apresentação da Santíssima Virgem. O mundo do pai era de traficantes e de estivadores, de refugiados de guerras no albergue público do Café da Paróquia, de homens sós. No último ano, as aulas de pintura tinham-na aliviado um pouco da sua reclusão, porque a professora preferia dar aulas coletivas e levar outras alunas para o quarto de costura. Mas eram raparigas de condição social variada e mal definida. Para Fermina Daza não eram mais do que amigas emprestadas e cuja afeição terminava com o fim de cada aula. Hildebranda queria abrir a casa, ventilá-la, trazer os músicos, os foguetes e os fogueteiros do seu pai, e organizar um baile de Carnaval cujas folias arrasassem o humor bolorento da prima, mas depressa se deu conta de que os seus propósitos eram inúteis. Por uma razão muito simples: não havia com quem.

Em todo o caso, foi ela que a apresentou à vida. À tarde, depois das aulas de pintura, fazia com que ela a levasse à rua para conhecer a cidade. Fermina Daza mostrou-lhe o caminho que fazia diariamente com a tia Escolástica, o banco do parquezinho onde Florentino Ariza fingia ler à espera dela, as ruelas por onde a seguia, os esconderijos das cartas, o palácio sinistro onde esteve a prisão do Santo Ofício, que depois fora restaurada e convertida no Colégio da Apresentação da Santíssima Virgem, que ela odiava com toda a sua alma. Subiram a colina do cemitério dos pobres, onde Florentino Ariza tocava violino segundo a direção dos ventos para que ela o ouvisse na cama, e daí viram toda a cidade histórica, os telhados quebrados e os muros carcomidos, as ruínas das fortalezas entre moitas, a fileira de ilhas da baía, as barracas miseráveis em volta dos pântanos, as Caraíbas imensas.

Na noite de Natal foram à Missa do Galo na catedral. Fermina ocupou o lugar onde melhor lhe chegava a música confidencial de Florentino Ariza e mostrou à prima o local exato onde numa noite como aquela tinha visto de perto pela primeira vez os seus olhos espantados. Arriscaram-se sozinhas até ao Portal dos Escrivães, compraram doces, entretiveram-se na loja de papéis de fantasia e Fermina Daza indicou à prima o lugar onde descobriu de repente que o seu amor não passava de um reflexo. Ela própria não percebeu que cada passo seu de casa ao colégio, cada sítio da cidade, cada momento do seu passado recente não pareciam existir senão graças a Florentino Ariza. Hildebranda fez-lho notar mas ela não o admitiu, porque jamais admitiria a realidade que Florentino Ariza, para bem ou para mal, tinha sido a única coisa que acontecera na sua vida.

Por esses dias veio um fotógrafo belga que instalou o seu estúdio na parte alta do Portal dos Escrivães e todo aquele que tivesse com que lhe pagar aproveitou a ocasião para tirar um retrato. Fermina e Hildebranda foram as primeiras. Esvaziaram o roupeiro de Fermina Sánchez, dividiram entre si as roupas mais vistosas, as sombrinhas, os sapatos de festa, os chapéus, e vestiram-se de damas do meio do século. Gala Placidia ajudou-as a apertar os corpetes, ensinou-as a movimentarem-se dentro das anquinhas das saias de balão, a calçar as luvas, a abotoar os botins de salto alto. Hildebranda preferiu um chapéu de abas largas com plumas de avestruz que lhe caíam pelas costas. Fermina pôs um mais recente, enfeitado com frutos de gesso pintado e flores de crinolina. No fim riram-se de si próprias quando se viram no espelho tão parecidas com os daguerreótipos das avós e saíram felizes, mortas de riso, para que lhes tirassem a fotografia das suas vidas. Gala Placidia viu-as da varanda a atravessar o parque com as sombrinhas abertas, equilibrando-se conforme podiam em cima dos saltos e a empurrarem as anquinhas com todo o corpo como andadeiras de crianças, e deu-lhes a sua bênção para que Deus as ajudasse nos seus retratos.

Havia uma multidão diante do estúdio do belga, porque estavam a fotografar Beny Centeno, que ganhara recentemente o campeonato de boxe no Panamá. Estava em calções de combate, com as luvas postas e a coroa na cabeça, mas não foi fácil fotografá-lo porque tinha de permanecer em posição de combate durante um minuto, respirando o menos possível, mas assim que armava a guarda os seus fãs irrompiam em ovações e ele não conseguia resistir à tentação de lhes fazer a vontade, exibindo as suas artes. Quando chegou a vez das primas, o céu tinha-se enevoado e a chuva parecia iminente, mas elas deixaram que lhes empoassem as caras com polvilho e apoiaram-se com tanta naturalidade a uma coluna de alabastro que conseguiram permanecer imóveis durante mais tempo do que parecia racional. Foi um retrato eterno. Quando Hildebranda morreu, quase centenária na sua propriedade de Flores de María, encontraram uma cópia fechada à chave no armário do quarto, escondida entre as dobras dos lençóis perfumados, juntamente com o fóssil de um pensamento numa carta apagada pelos anos. Fermina Daza guardou sempre o seu durante muitos anos na primeira folha de um álbum de família, de onde desapareceu sem que se soubesse como nem quando, e chegou às mãos de Florentino Ariza por uma série de acasos inverosímeis, quando já os dois tinham mais de sessenta anos.

A praça que ficava em frente do Portal dos Escrivães estava apinhada de gente até nas varandas quando Fermina e Hildebranda saíram do estúdio do belga. Tinham-se esquecido de que estavam com as caras brancas de polvilho e os lábios pintados com uma pomada da cor do chocolate, e que as roupas que levavam não eram próprias nem para a hora nem para a época. A rua recebeu-as com um apupo de troça. Estavam a um canto tentando escapar ao escárnio público quando surgiu o landó dos alazões dourados. Os apupos cessaram e os grupos hostis dispersaram-se. Hildebranda nunca mais esqueceria a primeira visão do homem que apareceu no estribo, com o casaco de cetim, o colete de brocado, os modos sábios, a doçura dos seus olhos, a autoridade da sua presença.

Embora nunca o tivesse visto reconheceu-o logo. Fermina Daza tinha-lhe falado dele, quase por acaso e sem qualquer interesse, numa tarde do mês anterior em que não quis passar pela casa do marquês de Casalduero porque o landó dos cavalos de ouro estava estacionado diante do portão. Contou-lhe quem era o dono e pôs-se a explicar-lhe as razões da sua antipatia, ainda que sem dizer uma palavra quanto às pretensões. Hildebranda esqueceu-o. Mas, ao identificá-lo na porta do carro como uma aparição de uma história de fadas, com um pé em terra e o outro no estribo, não percebeu os motivos da prima.

– Façam o favor de subir – disse-lhes o doutor Juvenal Urbino. – Levo-as aonde ordenarem.

Fermina Daza iniciou um gesto reticente mas Hildebranda já tinha aceitado. O doutor Juvenal Urbino pôs o pé em terra e, com a ponta dos dedos, quase sem lhe tocar, ajudou-a a subir para o carro. Fermina, sem outra alternativa, subiu depois dela, com o rosto afogueado pelo rubor.

A casa ficava a apenas três quarteirões. As primas não se aperceberam de que o doutor Urbino tivesse feito um acordo com o cocheiro, mas deve ter sido assim porque o carro demorou mais de meia hora a chegar. Iam sentadas no assento principal e ele em frente delas, de costas para o sentido do andamento do carro. Fermina voltou a cara para a janela e afundou-se no vazio. Hildebranda, pelo seu lado, estava encantada e o doutor Urbino ainda mais encantado com o seu encantamento. Assim que o carro começou a andar, ela sentiu o cheiro suave do couro natural dos assentos, a intimidade do interior almofadado e disse que lhe parecia um lugar agradável para ficar a viver nele. Quase de imediato começaram a rir, a trocar piadas de velhos amigos e daí passaram para um jargão inventado que consistia em intercalar entre cada sílaba uma sílaba convencionada. Fingiam acreditar que Fermina não os entendia, ainda que não só soubessem que entendia como também que estava a dar-lhes toda a sua atenção, e por isso insistiam. Passado um bocado, depois de muito rir, Hildebranda confessou que não podia suportar por mais tempo o suplício dos botins.

– Nada mais fácil – disse o doutor Urbino. – Vamos lá a ver quem acaba primeiro.

Começou a desatar os atacadores das botas e Hildebranda aceitou o desafio. Não lhe foi fácil porque aquele estorvo do corpete de varetas não a deixava inclinar-se, mas o doutor Urbino demorou-se propositadamente até ela tirar os botins de debaixo das saias com uma gargalhada de triunfo, como se acabasse de os pescar num tanque. Olharam então os dois para Fermina e viram-lhe o magnífico perfil de verdilhão mais aprumado do que nunca de encontro ao abrasamento do entardecer. Estava três vezes furiosa:

pela situação imerecida em que se encontrava; pela conduta libertina de Hildebranda; e pela certeza de que o carro dava voltas sem sentido para retardar a chegada. Mas Hildebranda estava sem freio.

– Agora me dou conta – disse – que o que me estorvava não eram os sapatos mas esta gaiola de arame.

O doutor Urbino compreendeu que se referia às anquinhas e respondeu à letra. «Nada mais fácil», disse. «Tire-a.» Com um movimento rápido de prestidigitador tirou o lenço do bolso e vendou os olhos.

– Eu não olho – disse.

A venda realçou-lhe a pureza dos lábios entre a barba redonda e negra e os bigodes de pontas afiadas, e ela sentiu-se sacudida por uma chicotada de pânico. Olhou para Fermina e, desta vez, não a viu furiosa mas aterrorizada com a ideia de que ela fosse capaz de tirar a saia. Hildebranda pôs-se séria e perguntou-lhe em letras feitas com as mãos: «Que fazemos?» Fermina Daza respondeu-lhe no mesmo código que se não fossem diretamente para casa se atiraria da carruagem em andamento.

– Estou à espera – disse o médico.

– Já pode olhar – disse Hildebranda.

O doutor Juvenal Urbino achou-a diferente ao tirar a venda e percebeu que o jogo acabara, e que tinha acabado mal. A um sinal seu, o cocheiro fez a carruagem dar uma volta inteira e entrou no Parque dos Evangelhos no momento em que o acendedor municipal acendia as luminárias. Todas as igrejas deram o *angelus*. Hildebranda desceu depressa, um pouco perturbada por ter aborrecido a prima e despediu-se do médico com um aperto de mão sem cerimónias. Fermina imitou-a, mas quando ia a retirar a mão com a luva de cetim, o doutor Urbino apertou-lhe com força o dedo médio, o do coração.

– Estou à espera da sua resposta – disse-lhe.

Fermina deu então um puxão mais forte e a luva vazia ficou pendurada na mão do médico, mas não esperou que lha devolvesse. Deitou-se sem comer. Hildebranda, como se não tivesse acontecido nada, entrou no quarto, depois de jantar na cozinha com Gala Placidia, e comentou com a sua graça natural os incidentes da tarde. Não disfarçou o seu entusiasmo pelo doutor Urbino, pela sua elegância e simpatia, mas Fermina não lhe correspondeu com nenhum comentário, estava, porém, refeita da contrariedade. A dado momento, Hildebranda confessou: quando o doutor Juvenal Urbino vendou os olhos e ela viu o brilho dos seus dentes perfeitos entre os lábios rosados, tinha sentido um desejo irresistível de o comer com beijos. Fermina Daza voltou-se para a parede e pôs fim à conversa sem intuito de ofender, até um pouco sorridente, mas com todo o coração:

– Que puta me saíste! – disse.

Dormiu em sobressalto, vendo o doutor Juvenal Urbino por todo o lado, a rir, a cantar, a deitar chispas de enxofre pelos dentes com os olhos vendados, a troçar dela numa língua sem regras fixas numa carruagem diferente que subia a colina do cemitério dos pobres. Acordou muito antes de amanhecer, exausta, e ficou acordada, de olhos fechados, a pensar nos anos incontáveis que ainda lhe faltava viver. Depois, enquanto Hildebranda tomava banho, escreveu uma carta, a toda a pressa, dobrou-a, a toda a pressa, meteu-a a toda a pressa no sobrescrito e, antes que Hildebranda saísse da casa de banho, mandou-a por Gala Placidia ao doutor Juvenal Urbino. Era uma carta das suas, sem uma letra a mais nem a menos, na qual só dizia que sim, que falasse com o pai dela.

Quando Florentino Ariza soube que Fermina Daza ia casar com um médico da alta sociedade e de fortuna, educado na Europa e com uma reputação rara para a sua idade, não houve nada capaz de o tirar da sua prostração. Tránsito Ariza fez mais do que os possíveis para consolá-lo com atenções de noiva quando percebeu que tinha perdido a fala e o apetite, e passava as noites em branco a chorar sem descanso. Ao fim de uma semana conseguiu que voltasse a comer. Falou então com o senhor Leão XII Loayza, o único sobrevivente dos três irmãos, e, sem lhe contar as razões, suplicou-lhe que desse ao sobrinho um emprego, um lugar qualquer na empresa de navegação, desde que fosse num porto perdido nessas terras amargas de La Magdalena, onde não houvesse correios nem telégrafo, nem visse ninguém que lhe contasse coisa alguma desta cidade de perdição. O tio não lhe deu o emprego por consideração para com a viúva do irmão, que não suportava sequer a mera existência do bastardo, mas conseguiu-lhe o lugar de telegrafista na Vila de Leyva, uma cidade de sonho a mais de vinte dias de viagem e a quase três mil metros de altitude acima do nível da Rua das Janelas.

Florentino Ariza nunca teve a noção clara daquela viagem terapêutica. Recordá-la-ia sempre, como tudo o que aconteceu naquela época, através das lentes difusas da sua desventura. Quando recebeu o telegrama da nomeação não pensou em levá-lo sequer em consideração, mas Lotario Thugut convenceu-o com argumentos alemães de que o aguardava um futuro radioso na administração pública. Disse-lhe: «O telégrafo é a profissão do futuro.» Ofereceu-lhe um par de luvas forradas por dentro com pele de coelho, um gorro das estepes e um sobretudo com gola de pelúcia já posto à prova nos janeiros glaciais da Baviera. O tio Leão XII ofereceu-lhe dois fatos de casimira e uma botas impermeáveis que tinham sido do irmão mais velho, e deu-lhe uma passagem em camarote para o próximo navio. Trânsito Ariza arranjou a roupa à medida do filho, que era menos corpulento do que o pai e muito mais baixo do que o alemão, e comprou-lhe meias de lã e ceroulas para que não lhe faltasse nada nos rigores das alturas. Florentino Ariza, calejado por tanto sofrimento, assistia aos preparativos da viagem da mesma maneira que um morto teria assistido aos preparativos das suas exéquias.

Não disse a ninguém que se ia embora, não se despediu de ninguém, com o mesmo hermetismo férreo que fez com que revelasse apenas à mãe o segredo da sua paixão reprimida, mas, na véspera da viagem, cometeu conscientemente uma última loucura do coração que bem podia ter-lhe custado a vida. À meia-noite vestiu o seu fato de domingo e tocou sozinho debaixo da varanda de Fermina Daza a valsa de amor que compusera para ela, que só eles os dois conheciam e que foi, durante três anos, o símbolo da sua cumplicidade contrariada. Tocou-a com o violino murmurando a letra, lavado em lágrimas e com uma inspiração tão intensa que logo aos primeiros compassos começaram a ladrar os cães da rua e depois os da cidade, mas logo se foram calando a pouco e pouco com o feitiço da música, e a valsa terminou no meio de um silêncio sobrenatural. A varanda não se abriu nem se chegou ninguém à janela, nem sequer o guarda-noturno que quase sempre acorria com a sua candeia tentando melhorar a sua situação com as migalhas das serenatas. O gesto foi um exorcismo de alívio para Florentino Ariza, pois quando guardou o violino no estojo e se afastou pelas ruas mortas sem olhar para trás, não sentia já que se ia embora na manhã seguinte, mas que já tinha partido há muitos anos com a decisão irrevogável de não regressar nunca.

O navio, um dos três iguais da Companhia Fluvial das Caraíbas, tinha sido rebatizado em homenagem ao fundador: *Pío Quinto Loayza*. Era uma casa flutuante de dois andares de madeira sobre um casco de ferro, largo e chato, com um calado máximo de cinco pés, que lhe permitia manobrar melhor nos fundos variáveis do rio. Os navios mais antigos tinham sido construídos em Cincinnati em meados do século, seguindo o modelo lendário dos que faziam o percurso de Ohio e do Mississípi, e tinham de cada lado um roda propulsora movida por uma caldeira de lenha. Como estes, os navios da Companhia Fluvial das Caraíbas tinham no convés inferior, quase à tona de água, as máquinas de vapor e as cozinhas, bem como uns enormes galinheiros onde as tripulações penduravam as redes de dormir, entrecruzadas em diferentes níveis. Tinham no piso de cima a cabina de comando, os camarotes do comandante e dos oficiais, uma sala de recreio e a casa de jantar, onde os passageiros ilustres eram convidados, pelo menos uma vez, para jantar e jogar às cartas. No andar intermédio tinham seis camarotes de primeira classe, de ambos os lados de um corredor que servia de casa de jantar comum e, na proa, uma sala de estar aberta sobre o rio com varandins de madeira trabalhada e pilastras de ferro, onde, à noite, os passageiros da plebe atavam as suas redes. Mas, ao contrário dos mais antigos, estes navios não tinham as pás de propulsão dos lados, mas sim uma enorme roda à popa com pás horizontais debaixo das retretes sufocantes do convés dos passageiros. Florentino Ariza não se dera ao trabalho de explorar o navio ao subir a bordo, num domingo de julho, às sete da manhã, como o faziam quase por instinto os que viajavam pela primeira vez. Só se consciencializou da sua nova realidade ao entardecer, quando navegavam diante do casario de Calamar, ao ir urinar na popa e ver, pela vigia da retrete, a gigantesca roda de tábuas a girar debaixo dos seus pés com um estrondo vulcânico de espumas e vapores ardentes.

Nunca tinha viajado. Levava um baú de lata com roupa para aquelas altitudes, os romances ilustrados que comprava em folhetins mensais e que ele próprio cosia com capas de cartão e os livros de versos de amor que recitava de cor e que estavam quase a pulverizar-se de tanto serem relidos. Deixara o violino, que se identificava demais com a sua desgraça, mas a mãe tinha-o obrigado a levar *o petate*, que era um acessório muito popular e prático para dormir: uma almofada, um lençol, uma baciazinha de peltre e um mosquiteiro de renda, e tudo isto embrulhado numa esteira amarrada com duas cordas para pendurar uma rede em caso de urgência. Florentino Ariza não o queria levar, pois achava que seria inútil num camarote onde havia serviço de camas, mas logo na primeira noite teve de agradecer mais uma vez a boa ideia da sua mãe. Com efeito, à última hora, subiu a bordo um passageiro com fato de cerimónia que chegara de barco, da Europa, naquela madrugada, e vinha acompanhado pelo governador da província em pessoa. Queria seguir viagem imediatamente com a esposa e a filha e mais o criado de libré e os sete baús de debruns dourados que, com grandes dificuldades, lá couberam nas escadas. O comandante, um gigante do Curaçau, conseguiu tocar as cordas sensíveis do patriotismo dos crioulos para acomodar os passageiros imprevistos. Explicou a Florentino Ariza, numa salada de castelhano e *papiamento*[1], que o homem de fato de cerimónia era o novo ministro plenipotenciário de Inglaterra, que se deslocava para a capital da república, lembrou-lhes que aquele reino tinha contribuído de forma decisiva para a nossa independência do domínio espanhol e, consequentemente, qualquer sacrifício seria pequeno para fazer com que uma família de tão nobre excelência se sentisse em nossa casa melhor do que na sua. Florentino Ariza, evidentemente, renunciou ao camarote.

No início não o lamentou, pois o caudal do rio naquela época do ano era abundante e o navio navegou sem acidentes durante as primeiras duas noites. Depois do jantar, às cinco da tarde, a tripulação distribuía pelos passageiros umas camas articuladas, de lona, e cada um abria a sua onde podia, arranjava-a com os trapos do seu *petate* e armava por cima o mosquiteiro. Os que tinham redes, penduravam-nas no salão e os que não tinham nada dormiam em cima das mesas da casa de jantar, tapados com as toalhas que não eram mudadas mais de duas vezes durante a viagem. Florentino Ariza permanecia de vigília a maior parte da noite, julgando ouvir a voz de Fermina Daza na brisa fresca do rio, apascentando a solidão com a sua lembrança, ouvindo-a cantar na respiração do navio que avançava, com passos de animal corpulento, pelas trevas, até que surgiam as primeiras franjas rosadas no horizonte e o novo dia eclodia de repente sobre pastagens desertas e pântanos de bruma. A viagem parecia-lhe, então, uma prova mais de sabedoria da sua mãe e sentiu-se com ânimo para sobreviver ao esquecimento.

Ao fim de três dias de boas águas, porém, a navegação tornou-se mais difícil, entre bancos de areia intempestivos

---

[1] Dialeto falado em Curaçau *(N. da T.)*

e turbulências enganosas. O rio tornou-se turvo e foi-se estreitando cada vez mais por uma selva emaranhada de árvores colossais, onde só de vez em quando se encontrava uma choça de palha junto às pilhas de lenha para a caldeira dos navios. A algaraviada dos papagaios e o alvoroço dos macacos invisíveis parecia aumentar os calores do meio-dia. Mas de noite tinha de se amarrar o navio para dormir e, então, era insuportável até o simples facto de resistir. Ao calor e aos pernilongos somava-se o mau cheiro das peças de carne salgada postas a secar na balaustrada do navio. A maioria dos passageiros, principalmente os europeus, deixava os camarotes nauseabundos e passava a noite a andar pelos conveses, enxotando todo o tipo de insetos com a mesma toalha com que enxugava o suor incessante, e surgiam exaustos e inchados por causa das picadas ao romper da manhã.

Além disso, naquele ano rebentara um novo episódio da guerra civil entre liberais e conservadores, e o comandante tomara medidas muito severas quanto à ordem interna e à segurança dos passageiros. Tentando evitar equívocos e provocações, proibiu a distração favorita desses tempos que era disparar contra os jacarés que se aqueciam ao sol nas praias. Mais adiante, quando alguns passageiros se dividiram em dois grupos inimigos na sequência de uma discussão, mandou confiscar todas as armas sob o compromisso da sua palavra em como as devolveria no fim da viagem. Foi inflexível até com o ministro britânico, que logo no dia a seguir à partida apareceu vestido de caçador, com uma carabina de precisão e uma espingarda de dois canos para matar tigres. As restrições tornaram-se ainda mais drásticas depois de passado o porto de Tenerife, onde se cruzaram com um navio que levava hasteada a bandeira amarela da peste. O comandante não conseguiu obter qualquer informação sobre aquele símbolo alarmante porque o outro navio não respondeu aos seus sinais. Mas nesse mesmo dia encontraram outro que estava a carregar gado para a Jamaica e o comandante informou-os que o navio da peste levava dois doentes com cólera e que a epidemia estava a fazer estragos no trecho do rio que ainda lhes faltava atravessar. Então foi proibido que os passageiros abandonassem o navio nos portos seguintes e mesmo nos lugares ermos onde se lançava âncora para carregar lenha. De modo que durante o resto da viagem, que durou seis dias, os passageiros ganharam hábitos prisionais. Entre esses, a contemplação perniciosa de um pacote de postais pornográficos holandeses que circulou de mão em mão sem que ninguém soubesse de onde tinham saído, ainda que nenhum dos veteranos do rio ignorasse que eram apenas uma pequena amostra da lendária coleção do comandante. Mas até essa distração inconsequente acabou por aumentar o tédio.

Florentino Ariza suportou os rigores da viagem com a paciência mineral que desconsolava a sua mãe e exasperava os amigos. Não trocou impressões com ninguém. Passava os dias com facilidade, sentado em frente da amurada, a ver os jacarés ao sol nos areais, imóveis de fauces abertas para apanharem borboletas, a ver nos pântanos os bandos de garças assustadas, que logo levantavam voo, os manatins que amamentavam as crias com as suas grandes tetas maternais e surpreendiam os passageiros com os seus choros de mulher. Num só dia viu passar a flutuar três corpos humanos, inchados e verdes, com vários urubus em cima deles. Passaram primeiro os corpos de dois homens, um deles sem cabeça, e depois o de uma menina de poucos anos cujos cabelos de medusa ficaram ondulando na esteira do navio. Nunca soube, porque nunca se sabia, se eram vítimas da cólera ou da guerra, mas aquele horrível cheiro nauseabundo contaminou na sua memória a recordação de Fermina Daza.

Era sempre assim: qualquer acontecimento, bom ou mau, tinha alguma relação com ela. De noite, quando atracavam o navio e a maioria dos passageiros se punha a caminhar desconsoladamente pelos conveses, ele revia quase de cor os folhetins ilustrados sob o candeeiro de carboneto da casa de jantar, que era o único aceso até de manhã, e os dramas tantas vezes relidos recuperavam a sua magia original quando ele substituía os protagonistas imaginários por pessoas suas conhecidas da vida real e reservava-se para si e para Fermina Daza os papéis de amores impossíveis. Noutras noites escrevia cartas angustiadas, cujos pedaços espalhava depois pelas águas que corriam, sem cessar, para ela. Assim se passavam as horas mais duras, encarnando, às vezes, um príncipe tímido ou um paladino do amor, e outras vezes a sua própria pele escaldada de amante no esquecimento, até que se levantavam as primeiras brisas e ia dormitar sentado nas poltronas da amurada.

Numa noite em que interrompeu a leitura mais cedo do que era habitual, dirigia-se ele distraidamente para as retretes, quando uma porta se abriu à sua passagem na casa de jantar deserta e uma mão de falcão o agarrou pela manga da camisa e o fechou num camarote. Só chegou a sentir o corpo sem idade de uma mulher nua nas trevas, empapada num suor quente e com a respiração desordenada, que o empurrou para cima do beliche, lhe abriu a fivela do cinto, lhe desapertou os botões e se rasgou a si própria encavalitada em cima dele, despojando-o, sem glória, da virgindade. Caíram os dois agonizantes no vazio de um abismo sem fundo a cheirar a maresia de camarões. Ela ficou depois um instante sobre ele, resfolegando sem ar, e deixou de existir na escuridão.

– Agora, vá-se embora e esqueça – disse. – Isto nunca aconteceu.

O assalto tinha sido tão rápido e triunfante que não podia ter-se na conta de uma loucura súbita provocada pelo tédio, mas como fruto de um plano elaborado com todo o vagar e até nos seus pormenores mais minuciosos. Esta certeza deleitosa aumentou a ansiedade de Florentino Ariza que, no auge do gozo, tinha sentido uma revelação em que não podia crer e que se negava mesmo a admitir: que o amor ilusório de Fermina Daza podia ser substituído por uma paixão terrena. E foi assim que se empenhou em descobrir a identidade da violadora mestra em cujo instinto de pantera encontraria, quem sabe?, o remédio para a sua desventura. Mas não conseguiu. Pelo contrário, quanto mais aprofundava a sua pesquisa mais longe se sentia da verdade.

O assalto tinha ocorrido no último camarote, mas este comunicava com o penúltimo por uma porta intermédia, de modo que os dois se convertiam num quarto familiar de quatro beliches. Aí viajavam duas mulheres jovens, outra bastante mais velha mas de muito bom aspeto, e um miúdo de poucos meses. Tinham embarcado em Barranco de Loba, que era o porto onde se recebia a carga e os passageiros da cidade de Mompox desde que esta ficou à margem dos itinerários por causa das veleidades do rio, e Florentino Ariza tinha reparado nelas porque levavam o bebé adormecido dentro de uma gaiola para pássaros.

Viajavam vestidas como nos transatlânticos em moda, com anquinhas sob as saias de seda, com golas de renda e chapéus de abas grandes enfeitados com flores de crinolina, e as duas mais novas mudavam de roupa e acessórios várias vezes por dia, de modo que pareciam levar com elas uma certa atmosfera primaveril enquanto os outros passageiros sufocavam de calor. As três eram hábeis no manejo das sombrinhas e dos leques de plumas, mas com os propósitos indecifráveis das raparigas de Mompox desta época. Florentino Ariza nem sequer conseguiu precisar qual a relação existente entre elas, ainda que sem dúvida fossem da mesma família. De início pensou que a mais velha pudesse ser mãe das outras, mas logo se apercebeu que não tinha idade suficiente para o ser, além de guardar um meio luto não partilhado pelas outras. Não lhe passava pela cabeça que alguma delas se tivesse atrevido a fazer o que fez enquanto as outras dormiam nos beliches contíguos e a única suposição razoável era que tivesse aproveitado um momento casual ou talvez premeditado, em que ficasse sozinha no camarote. Pôde comprovar que, por vezes, saíam duas para apanhar ar, até muito tarde, enquanto a terceira ficava a tomar conta do bebé, mas numa noite de maior calor saíram as três juntas com o menino a dormir na gaiola de vime coberta por um tecido de gaze.

Apesar daquele imbróglio de indícios, Florentino Ariza apressou-se a afastar a possibilidade de que a mais velha das três fosse a autora do assalto, e a seguir absolveu também a mais nova, que era a mais bonita e atrevida. Fê-lo sem razões válidas, só porque a vigilância ansiosa das três o tinha levado a dar por certo o seu desejo íntimo de que a amante efémera fosse a mãe do menino engaiolado. E esta suposição seduziu-o tanto que começou a pensar nela com mais intensidade do que em Fermina Daza, sem se importar com a evidência de que aquela jovem mãe só vivia para o bebé. Não tinha mais de vinte e cinco anos e era esbelta e flamejante, com uma tez de portuguesa que a fazia parecer mais distante, e qualquer homem se teria dado por feliz apenas com as migalhas da ternura que ela prodigalizava ao filho. Desde o pequeno-almoço até à hora de se deitar que tratava dele no salão, enquanto as outras jogavam às damas, e quando conseguia adormecê-lo, pendurava no teto a gaiola de vime do lado mais fresco da amurada. Mas nem mesmo quando estava a dormir deixava de cuidar dele, baloiçando a gaiola e cantando entre dentes canções de noiva, enquanto os seus pensamentos voavam por cima das misérias da viagem. Florentino Ariza agarrou-se à ilusão de que mais tarde ou mais cedo se trairia nem que fosse só por um gesto. Vigiava até as alterações da sua respiração no ritmo do relicário que levava pendurado ao peito sobre a blusa de cambraia, observando-a, sem disfarçar, por cima do livro que fingia ler, e incorreu na impertinência calculada de mudar de sítio na casa de jantar para se ir sentar em frente dela. Mas não conseguiu nem o mais leve indício de que fosse ela a depositária da outra metade do seu segredo. A única coisa que lhe ficou dela, porque a sua companheira mais nova a chamou, foi o nome sem apelido: Rosalba.

No oitavo dia, o navio navegou com muita dificuldade por um estreito turbulento encaixado entre escarpas de mármore, e depois do almoço lançou âncora em Puerto

Nare. Aí deviam ficar os passageiros que seguiam viagem para o interior da província de Antioquia, uma das mais afetadas pela recente guerra civil. Meia dúzia de choças de palmeira e um armazém de madeira com telhado de zinco era tudo o que constituía o porto, protegido por várias patrulhas de soldados descalços e mal equipados, pois tinham tido notícias de um plano dos insurretos para saquear os navios. Por detrás das casas, erguia-se até ao céu um promontório de montanhas agrestes com uma cornija em ferradura talhada à beira do precipício. Ninguém a bordo dormiu descansado, mas o ataque não ocorreu durante a noite e o porto amanheceu transformado numa feira de domingo, com índios que vendiam amuletos de marfim e elixires de amor no meio das récuas de mulas preparadas para empreender a subida de seis dias até às selvas de orquídeas da cordilheira central.

Florentino Ariza tinha-se entretido a ver a carga do navio ser descarregada às costas dos negros, viu descer as grades com os serviços de loiça, os pianos de cauda para as solteiras de Envigado, mas só demasiado tarde se apercebeu que entre os passageiros que desembarcavam estava o grupo de Rosalba. Viu-as quando já iam montadas à amazona, com botas e sombrinhas de cores equatoriais, e então deu o passo que não se tinha atrevido a dar nos dias anteriores: disse adeus com a mão a Rosalba e as três responderam-lhe da mesma maneira, com uma familiaridade que lhe fez doer as entranhas pela sua audácia tardia. Viu-as dar a volta por trás do armazém, seguidas pelas mulas carregadas de baús, de caixas de chapéus e a gaiola do menino, e pouco depois viu-as subindo como uma fila de formiguinhas atarefadas à beira do abismo, e desapareceram da sua vida. Então sentiu-se só no mundo e a recordação de Fermina Daza, que tinha estado à espreita nos últimos dias, abraçou-o mortalmente nas suas garras.

Sabia que ela se ia casar no sábado seguinte, num casamento de arromba, e o ser que mais a amava e que havia de a amar para sempre não teria nem o direito de morrer por ela. Os ciúmes, até então afogados no pranto, tornaram-se donos da sua alma. Rogava a Deus que a centelha da justiça divina fulminasse Fermina Daza quando esta se dispusesse a jurar amor e obediência a um homem que só a queria para esposa como um adorno social, e extasiava-se na visão da noiva, sua ou de ninguém, estendida sobre as lajes da catedral com as flores de laranjeira embranquecidas pelo orvalho da morte e a torrente de espuma do véu sobre o mármore funerário de catorze bispos sepultados diante do altar-mor. Contudo, uma vez consumada a vingança, arrependia-se da sua própria maldade e via então Fermina Daza levantar-se com a respiração intacta, alheia mas viva, porque não lhe era possível imaginar o mundo sem ela. Não tornou a dormir, e se por vezes se sentava à mesa a debicar qualquer coisa era pela ilusão de que Fermina Daza estivesse sentada também à mesa, ou então, ao contrário, para lhe negar a honra de jejuar por ela. Às vezes consolava-se com a certeza de que na embriaguez da festa das bodas, e mesmo nas noites febris da lua-de-mel, Fermina Daza havia de sofrer um instante, um pelo menos, mas um de qualquer maneira, em que se erguesse na sua consciência o fantasma do noivo troçado, humilhado, cuspido, e que lhe estragasse a felicidade.

Na véspera da chegada ao porto de Caracolí, que era o fim da viagem, o comandante ofereceu a tradicional festa de despedida, com uma orquestra de sopros constituída pelos elementos da tripulação, com fogo-de-artifício colorido lançado da cabina de comando. O ministro da Grã-Bretanha tinha sobrevivido à odisseia com um estoicismo exemplar, caçando com a máquina fotográfica os animais que não lhe permitiram matar com a espingarda, mas não houve noite que não o vissem vestido a rigor na sala de jantar. Na festa final, porém, apareceu com o fato escocês do clã dos MacTavish e tocou com gosto a gaita-de-foles, ensinando a todos quantos quisessem aprender as suas danças nacionais. Antes de romper a manhã tiveram de o levar quase de rastos para o camarote. Florentino Ariza, prostrado de dor, tinha ido para o canto mais afastado da coberta onde não lhe chegavam sequer os ecos da paródia, e deitou-se em cima do casaco de Lotario Thugut tentando resistir ao arrepio dos ossos. Acordara às cinco da manhã, como acorda o condenado à morte na madrugada da execução, e durante todo o sábado não fizera mais do que imaginar, minuto a minuto, cada um dos momentos do casamento de Fermina Daza. Mais tarde, quando regressou a casa, percebeu que se enganara nas horas e que tudo fora diferente do que ele imaginara, tendo tido até o bom senso de se rir da sua fantasia.

Em todo o caso foi um sábado de paixão que culminou com uma nova crise de febre, quando lhe pareceu que seria aquele o momento em que os recém-casados fugiam em segredo por uma porta falsa para se entregarem às delícias da primeira noite. Alguém que o viu a tiritar de febre avisou o comandante e este abandonou a festa com o médico de bordo, receando que fosse um caso de cólera, e o médico, por precaução, mandou-o de quarentena para o camarote com uma boa dose de brometos. Contudo, no dia seguinte, quando avistaram os promontórios de Caracolí, a febre desaparecera e tinha o espírito exaltado, porque no marasmo dos sedativos havia resolvido, de uma vez por todas e sem mais delongas, que mandava à merda o radioso futuro de telegrafista e que regressaria no mesmo navio à sua velha Rua das Janelas.

Não lhe foi difícil fazer com que o levassem de regresso em troca do camarote que ele tinha cedido ao representante da rainha Vitória. O comandante também o tentou dissuadir com o argumento de que o telégrafo era a ciência do futuro. E era tanto assim, disse-lhe, que já se estava a inventar um sistema para o instalar nos navios. Mas ele resistiu a todos os argumentos e o comandante acabou por levá-lo de volta, não pela dívida do camarote mas porque conhecia os seus verdadeiros vínculos com a Companhia Fluvial das Caraíbas.

A viagem de regresso fez-se em menos de seis dias e Florentino Ariza sentiu-se de novo em casa própria mal entraram de madrugada na lagoa de Mercedes e viu a fieira de luzes das canoas de pesca a ondular na ressaca do navio. Era ainda noite quando atracaram na enseada do Menino Perdido, que era o último porto dos vapores fluviais, a cinquenta quilómetros da baía, antes de dragarem e pôrem a funcionar a antiga passagem espanhola. Os passageiros teriam de esperar até às seis da manhã para abordarem a frota de chalupas de aluguer que os levaria ao seu destino final. Mas Florentino Ariza estava tão ansioso que se meteu muito antes na chalupa do correio, cujos empregados o reconheciam como um dos seus. Antes de abandonar o navio cedeu à tentação de um gesto simbólico: atirou à água o *petate*, e seguiu-o com os olhos por entre as tochas dos pescadores invisíveis, até o ver sair da lagoa e desaparecer no oceano. Tinha a certeza de que não iria precisar dele até ao fim dos seus dias. Nunca mais, porque nunca mais abandonaria a cidade de Fermina Daza.

A baía era um remanso ao amanhecer. Por entre a bruma flutuante, Florentino Ariza viu a cúpula da catedral dourada com as primeiras luzes, viu os pombais nas açoteias e, orientando-se por eles, localizou a varanda do palácio do marquês de Casalduero, onde supunha que a mulher da sua desventura ainda dormitava apoiada no ombro do esposo saciado. Essa suposição dilacerou-o mas não fez nada por reprimi-la, antes pelo contrário: deleitou-se na dor. O sol começava a aquecer quando a chalupa do correio abriu caminho por entre os veleiros ancorados, onde os incontáveis cheiros do mercado público, misturados com a lixeira do fundo, se confundiam numa única pestilência. A escuna de Riohacha acabava de chegar e os grupos de estivadores, com a água pela cintura, recebiam os passageiros na borda e transportavam-nos até à margem. Florentino Ariza foi o primeiro da chalupa do correio a saltar para terra e, a partir daí, deixou de sentir o ar fétido da baía para só lhe chegar o odor pessoal de Fermina Daza em toda a cidade. Tudo cheirava a ela.

Não voltou ao telégrafo. A sua única preocupação pareciam ser os folhetins de amor e os volumes da Biblioteca

Popular que a mãe continuava a comprar-lhe e que ele lia e tornava a ler deitado numa rede até os saber de cor. Nem sequer perguntou onde estava o violino. Restabeleceu os contactos com os amigos mais próximos e, por vezes, jogavam bilhar ou conversavam nos cafés ao ar livre, sob os arcos da Praça da Catedral, mas não voltou aos bailes de sábado: não podia concebê-los sem ela.

Na mesma manhã em que regressou da sua viagem inacabada soube que Fermina Daza estava a passar a lua-de-mel na Europa e o seu coração aturdido aceitou como um facto que ela ficaria a viver por lá, se não para sempre, pelo menos por muitos anos. Esta certeza infundiu-lhe as primeiras esperanças de a esquecer. Pensava em Rosalba, cuja recordação se ia tomando mais ardente à medida que se acalmavam as outras. Foi nessa época que deixou crescer o bigode com pontas engomadas, que não raparia durante toda a vida e que lhe alterou a personalidade. E a ideia da substituição do amor meteu-o por caminhos imprevistos. O odor de Fermina Daza foi-se tornando menos frequente e menos intenso a pouco e pouco e, por fim, só ficou nas gardénias brancas.

Andava ao sabor da corrente, sem saber por onde continuar a vida, certa noite de guerra em que a célebre viúva de Nazaret se refugiou, aterrada, em sua casa porque a dela tinha sido destruída por uma bala de canhão durante o cerco do general rebelde Ricardo Gaitán Obeso. Foi Tránsito Ariza quem agarrou a oportunidade com as duas mãos e mandou a viúva para o quarto do filho, sob o pretexto de que no seu não havia lugar, mas, na verdade, com a esperança de que outro amor o curasse daquele que não o deixava viver. Florentino Ariza não tinha voltado a fazer amor desde que fora desvirginado por Rosalba no camarote do navio e pareceu-lhe natural, numa noite de emergência, que a viúva dormisse na cama e ele na rede. Mas já ela decidira por ele. Sentada à beira da cama onde Florentino Ariza estava deitado sem saber que fazer, começou a falar-lhe da sua dor inconsolável pelo marido morto três anos antes e, enquanto isso, ia despindo e atirando pelos ares os crepes da viuvez, até que não lhe ficou em cima nem sequer a aliança do casamento. Tirou a blusa de tafetá com bordados de missangas e atirou-a pelo quarto, para cima da poltrona do canto, despiu o corpete por cima do ombro, que foi parar ao outro lado da cama, arrancou com um só puxão a saia comprida com o saiote de folhos, a faixa de cetim das ligas e as fúnebres meias de seda, e espalhou tudo pelo chão até o quarto ficar atapetado com os últimos trapos do seu luto. Fê-lo com tanto alvoroço e com umas pausas tão bem medidas, que cada gesto seu parecia aplaudido pelos tiros de canhão das tropas de assalto que abalavam a cidade até aos alicerces. Florentino Ariza quis ajudá-la a desapertar o fecho do *soutien*, mas ela antecipou-se-lhe com uma manobra hábil, pois em cinco anos de devoção matrimonial aprendera a bastar-se a si própria em todos os passos do amor, incluindo os seus preâmbulos, sem ajuda de ninguém. Em último lugar tirou as calcinhas de renda, fazendo-as escorregar pelas pernas com um movimento rápido de nadadora, e ficou completamente nua.

Tinha vinte e oito anos e parira três vezes, mas a sua nudez conservava intacta a vertigem de solteira. Florentino Ariza não compreenderia nunca como umas roupas de penitente tinham podido esconder os ímpetos daquela potra montesa que o despiu, sufocada pela sua própria febre, como não o pudera fazer com o marido para que ele não a julgasse uma viciosa, e quis saciar num só assalto a abstinência férrea do luto, com o delírio e a inocência de cinco anos de fidelidade conjugal. Antes dessa noite e desde a hora abençoada em que a sua mãe a parira que nunca tinha estado na mesma cama com outro homem que não fosse o seu falecido marido.

Não se permitiu o mau gosto de um remorso. Pelo contrário. Sem sono por causa das bolas de fogo que passavam a zumbir sobre os telhados, continuou a evocar até de manhã as virtudes do marido, só lhe recriminando a deslealdade de haver morrido sem ela, e redimida pela certeza de que ele jamais fora tão seu como agora, dentro de um caixão cravejado com doze pregos de três polegadas e a dois metros debaixo da terra.

– Sou feliz – disse – porque só agora sei com certeza onde está quando não está em casa.

Tirou o luto naquela noite, de repente, sem passar pelo intervalo ocioso das blusas de florinhas cinzentas, e a sua vida encheu-se de canções de amor e de trajos provocantes com papagaios e borboletas pintados, começando a partilhar o corpo com todo aquele que lho quisesse pedir. Derrotadas as tropas do general Gaitán Obeso, ao fim de sessenta e três dias de cerco, reconstruiu a casa destruída pela bala do canhão e fez-lhe um belo terraço que dava para o mar, onde, em dias de borrasca, se assanhava a fúria das vagas. Esse foi o seu ninho de amor, como ela lhe chamava sem ironia, onde só recebeu quem era do seu gosto, quando quis e como quis, sem nunca cobrar a ninguém um tostão, porque achava que eram os homens que lhe faziam um favor. Em casos muito especiais aceitava uma prenda, desde que não fosse de ouro, e tão grande era a sua habilidade que ninguém poderia mostrar nenhuma prova efetiva da sua conduta imprópria. Só numa ocasião esteve à beira do escândalo público, quando correu o boato de que o arcebispo Dante de Luna não morrera por acidente com um prato de cogumelos venenosos, mas que os comeu sabendo muito bem o que fazia, porque ela ameaçou degolar-se se ele insistisse nos seus assédios sacrílegos. Ninguém lhe perguntou se era verdade nem nunca lhe falaram disso, nem nada se modificou na sua vida. Era, segundo ela dizia a rir à gargalhada, a única mulher livre da província.

A viúva de Nazaret nunca faltou aos encontros ocasionais com Florentino Ariza, nem mesmo quando andava mais atarefada, e sempre sem pretensões de amar nem de ser amada, ainda que sempre na esperança de vir a encontrar qualquer coisa que fosse como o amor, mas sem os problemas do amor. As vezes era ele que ia a casa dela e então gostavam de ficar ensopados na espuma de salitre do terraço do mar, contemplando no horizonte o amanhecer de todo o mundo. Ele pôs todo o seu empenho em ensinar-lhe as safadezas que tinha visto outros fazer pelos furos nas paredes da casa de passe, assim como as fórmulas teóricas apregoadas por Lotario Thugut nas suas noites de farra. Convenceu-a a deixar-se ver enquanto faziam amor, a mudar a posição convencional de missionário pela da bicicleta de mar, ou do frango assado na grelha, ou do anjo esquartejado, e estiveram quase a perder a vida quando se partiram as cordas da rede enquanto tentavam inventar qualquer coisa diferente. Foram lições estéreis. Pois a verdade é que ela era uma aprendiz temerária mas não tinha o mínimo talento para a fornicação orientada. Nunca percebeu os encantos da serenidade na cama, nem teve um momento de inspiração, e os seus orgasmos eram inoportunos e epidérmicos: um coito triste. Florentino Ariza viveu muito tempo no engano de que era ele o único e a ela agradava-lhe que ele acreditasse nisso, até que teve a pouca sorte de sonhar alto. Pouco a pouco, ouvindo-a dormir, foi refazendo a carta de navegação dos seus sonhos e meteu-se por entre as numerosas ilhas da sua vida secreta. Assim ficou a saber que ela não pretendia casar-se com ele mas que se sentia ligada à sua vida pela gratidão imensa por tê-la pervertido. Disse-lho muitas vezes:

– Adoro-te porque fizeste de mim uma puta.

Dito de outra maneira, não lhe faltava razão. Florentino Ariza tinha-a libertado da virgindade de um casamento convencional, que era mais perniciosa do que a virgindade congénita e do que a abstinência da viuvez. Tinha-lhe ensinado que nada do que se fizer na cama é imoral se contribuir para perpetuar o amor. E outra coisa que havia de ser a partir daí a razão da sua vida: convenceu-a de que cada um vem ao mundo com um número determinado de coitos, e os que não se usam por qualquer razão, própria ou alheia, voluntária ou forçosa, perdem-se para sempre. O mérito dela foi o de tomá-lo à letra. No entanto, porque julgava conhecê-la melhor do que ninguém, Florentino Ariza não conseguia perceber por que razão era tão pretendida uma mulher de recursos tão pueris que, além do mais, não se calava na cama com a sua ladainha pelo marido morto. A única explicação que lhe ocorreu e que ninguém pôde desmentir foi que à viúva de Nazaret lhe sobrava em ternura o que lhe faltava em artes marciais. Começaram a ver-se com menos frequência à medida que ela alargava os seus domínios e à medida que ele explorava os seus na tentativa de encontrar alívio para os seus velhos achaques noutros corações solitários e, por fim, esqueceram-se sem dor.

Foi o primeiro amor de cama de Florentino Ariza. Mas em vez de ter tido com ela uma união estável, como a sua mãe sonhava, ambos a aproveitaram para se atirarem à vida. Florentino Ariza desenvolveu métodos que pareciam inverosímeis num homem como ele, taciturno e esquálido, que se vestia como um velho de outros tempos. Tinha, porém, duas vantagens a seu favor. Uma era o olho certeiro para conhecer imediatamente a mulher que o esperava, mesmo que fosse no meio de uma multidão, e ainda assim cortejava-a com cautela, pois sentia que nada provocava mais vergonha nem era mais humilhante do que uma negativa. A outra vantagem é que elas o identificavam imediatamente como um solitário necessitado de amor, um mendigo da rua com uma humildade de cão batido que as submetia sem condições, sem pedir nada, sem esperar nada dele, a não ser a tranquilidade de consciência de lhe terem feito um favor. Eram as suas únicas armas e com elas combateu batalhas históricas mas em segredo absoluto, que foi registando com um rigor de notário num caderno cifrado, reconhecível entre muitos com um título que explicava tudo: *Elas*. A primeira anotação foi feita com a viúva de Nazaret. Cinquenta anos mais tarde, quando Fermina Daza ficou livre da sua sentença sacramental, tinha uns vinte e cinco cadernos com seiscentos e vinte e dois registos de amores continuados, fora as incontáveis aventuras fugazes que não mereceram nem um apontamento caridoso.

O próprio Florentino Ariza estava convencido, ao fim de seis meses de amores libertinos com a viúva de Nazaret, de que tinha conseguido sobreviver ao tormento de Fermina Daza. Não só acreditava nisso, como o comentou por diversas vezes com Tránsito Ariza durante os quase dois anos que durou a viagem de núpcias, e continuou a acreditar com um sentimento de libertação sem fronteiras, até que num domingo de má sorte a viu subitamente, sem nenhum aviso do coração, quando saía da missa solene pelo braço do marido e assediada pela curiosidade e pela adulação do seu novo mundo. As mesmas damas de alta estirpe que antes a menosprezavam e troçavam dela por ser uma forasteira sem nome, desvelavam-se para que se sentisse como uma das suas e ela embriagava-as com o seu encanto. Tinha assumido a sua condição de esposa mundana com tanta propriedade que Florentino Ariza precisou de um instante de reflexão para a reconhecer. Era outra: a compostura de pessoa adulta, os botins altos, o chapéu com o veuzinho de rede e uma pluma de cores de algum pássaro oriental, tudo nela era correto e natural, como se tudo fosse seu desde que nascera. Achou-a mais bela e juvenil do que nunca, mas irrecuperável, como nunca, ainda que sem compreender a razão até ver a curva do seu ventre sob a túnica de seda: estava grávida de seis meses. No entanto, o que mais o impressionou foi que ela e o marido formavam um par admirável e ambos manejavam o mundo com tanta fluidez que pareciam flutuar por cima dos escolhos da realidade. Florentino Ariza não sentiu ciúmes nem raiva, mas sim um grande desprezo por si mesmo. Sentiu-se desafortunado, feio, inferior, e não só indigno dela como de qualquer outra mulher sobre a terra.

Lá estava ela de volta. Regressava sem nenhum motivo de arrependimento da reviravolta que dera à sua vida. Pelo contrário: cada vez tinha menos, sobretudo depois de sobreviver aos difíceis primeiros anos. Mais meritório ainda no caso dela que havia chegado à noite de núpcias ainda com a neblina da inocência. Tinha começado a perdê-la durante a sua viagem pela província da prima Hildebranda. Em Valledupar percebeu por fim porque é que os galos corriam atrás das galinhas, presenciou a cerimónia brutal dos burros, viu nascer os vitelos e ouviu as primas falarem com naturalidade sobre quais os casais da família que continuavam a fazer amor e quais e quando e porquê tinham deixado de o fazer ainda que continuassem a viver juntos. Foi então que se iniciou nos amores solitários, com a estranha sensação de estar a descobrir algo que os seus instintos sabiam desde sempre, primeiro na cama, com a respiração amordaçada para não se trair no quarto partilhado com meia dúzia de primas, e depois com as duas mãos, deitada descuidadamente no chão da casa de banho, com o cabelo solto e a fumar os seus primeiros cigarros ordinários. Sempre o fez com algumas dúvidas na consciência que só conseguiu apagar depois de casada e sempre num completo segredo, ao passo que as primas alardeavam entre elas não só a quantidade de vezes durante o dia mas também a forma e duração dos seus orgasmos. Não obstante, apesar do feitiço daqueles ritos iniciais, continuou a arrastar a crença de que a perda da virgindade era um sacrifício sangrento.

De modo que a sua festa de casamento, uma das mais faladas dos últimos anos do século passado, decorreu para ela nas vésperas do horror. A angústia da lua-de-mel afetou-a muito mais do que o escândalo social do seu casamento com um galã como não havia outro igual nessa altura. Assim que começaram a correr os banhos na missa solene da catedral, Fermina Daza voltou a receber bilhetes anónimos, alguns com ameaças de morte, mas mal lhes prestava atenção pois todo o medo de que era capaz estava ocupado pela iminência da violação. Era a maneira correta de tratar os anónimos, ainda que ela não o fizesse de propósito, numa classe habituada pelas reviravoltas históricas a baixar a cabeça ante os factos consumados. Por isso tudo quanto lhe era adverso ia sendo posto de parte à medida que o casamento se ia tornando irrevogável. Ela notava-o pelas mudanças graduais no cortejo de mulheres lívidas, degradadas pela artrite e pelos ressentimentos que um dia se convenciam da inutilidade das suas intrigas e apareciam sem se anunciar no Parque dos Evangelhos, como se fosse em sua própria casa, carregadas de receitas de cozinha e de presentes antecipados. Tránsito Ariza conhecia aquele mundo, ainda que só dessa vez o sofresse na própria carne, e sabia que as suas clientes reapareciam nas vésperas de festas importantes para lhe pedirem o favor de desenterrar as suas bilhas e lhes emprestar as joias empenhadas, só por vinte e quatro horas, mediante o pagamento de um juro adicional. Há muito que não acontecia como dessa vez, em que as bilhas ficaram vazias para que as senhoras de apelidos compridos abandonassem os seus santuários sombrios e surgissem radiantes, com as suas próprias joias emprestadas, num casamento esplendoroso como não se viu outro até ao fim do século, e cuja glória suprema foi o apadrinhamento do doutor Rafael Núñez, três vezes presidente da República, filósofo, poeta e autor da letra do Hino Nacional, segundo então se podia aprender em alguns dicionários recentes. Fermina Daza chegou ao altar-mor da catedral pelo braço do pai, a quem o fato de cerimónia lhe deu, por um dia, um ar equívoco de respeitabilidade. Casou-se para sempre diante do altar-mor da catedral, durante uma missa concelebrada por três bispos, às onze da manhã da sexta-feira gloriosa da Santíssima Trindade, e sem pensamento caridoso para Florentino Ariza, que, a essa hora, delirava com febre, a morrer por ela, na intempérie de um navio que não havia de o levar ao esquecimento. Durante a cerimónia e, depois, na festa, manteve um sorriso que parecia colado com alvaiade, um gesto sem alma que alguns interpretaram como o sorriso de troça da vitória, mas que, na verdade, era um pobre recurso para disfarçar o seu terror de virgem recém-casada.

Por sorte, circunstâncias imprevistas, juntamente com a compreensão do marido, resolveram as suas três primeiras noites sem dor. Foi providencial. O barco da Compagnie Générale Transatlantique, com o itinerário alterado devido ao mau tempo das Caraíbas, anunciou com apenas três dias de antecedência que antecipava a saída vinte e quatro horas, de modo que não zarparia para La Rochelle no dia seguinte ao casamento, como estava previsto há seis meses, mas na própria noite. Ninguém acreditou que aquela alteração não fosse mais uma das muitas surpresas elegantes do casamento, pois a festa acabou depois da meia-noite a bordo do transatlântico iluminado, com uma orquestra de Viena que estreava naquela viagem as mais recentes valsas de Johann Strauss. De modo que os vários padrinhos, encharcados em champanhe, foram arrastados para terra pelas esposas atribuladas, quando já andavam a perguntar aos empregados se não haveria camarotes disponíveis para continuarem a paródia até Paris. Os últimos a desembarcar viram Lorenzo Daza diante dos bares do porto, sentado no chão no meio da rua e com o fato de cerimónia em farrapos. Chorava em altos berros, da mesma maneira que os Árabes choram os seus mortos, sentado numa poça de água fétida que bem podia ter sido um charco de lágrimas.

Nem na primeira noite de mar bravo, nem nas seguintes de navegação tranquila, nem nunca na sua muito longa vida matrimonial ocorreram os atos de barbárie temidos por Fermina Daza. A primeira, apesar do tamanho do barco e dos luxos do camarote, foi uma repetição horrível da escuna de Riohacha, e o marido foi um médico solícito que não dormiu nem um instante para a consolar, que era a única coisa que um médico eminente sabia fazer contra o enjoo. Mas a tempestade amainou ao terceiro dia, depois do porto de La Guayra, e já nessa altura tinham estado tanto tempo juntos, haviam conversado tanto que se sentiam amigos de longa data. Na quarta noite, quando ambos reataram os seus hábitos normais, o doutor Juvenal Urbino surpreendeu-se com o facto da sua jovem esposa não rezar antes de dormir. Ela foi sincera com ele: a hipocrisia das freiras tinha-lhe criado uma grande aversão pelos rituais, mas a sua fé estava intacta e tinha aprendido a conservá-la em silêncio. Disse: «Prefiro entender-me diretamente com Deus.» Ele compreendeu as suas razões e desde aí cada um praticou a sua religião à sua maneira. Tinham tido noivado breve, mas bastante informal para a época, pois o doutor Urbino visitava-a em casa, sem serem vigiados, todos os dias ao fim da tarde. Ela não lhe teria permitido nem que ele lhe tocasse na ponta dos dedos sem a bênção episcopal, mas ele também não o tinha tentado. Foi na primeira noite de mar calmo, já na cama mas ainda vestidos, que ele iniciou as primeiras carícias, e fê-lo com tanto cuidado que a ela lhe pareceu natural a sugestão para que vestisse a camisa de dormir. Foi trocar de roupa na casa de banho, mas antes apagou as luzes do camarote e, quando saiu com a camisa de noite, calafetou com trapos as frinchas da porta para deixar a cama na mais completa escuridão. Enquanto o fazia, disse de bom humor:

– Que queres, doutor? É a primeira vez que durmo com um desconhecido.

O doutor Juvenal Urbino sentiu-a deslizar junto a ele como um bichinho assustado, tentando afastar-se tanto quanto possível, num beliche onde era difícil estarem dois sem se tocarem. Pegou-lhe na mão, fria e crispada de terror, entrelaçou-lhe os dedos, e quase como num sussurro começou a contar-lhe as suas recordações de outras viagens por mar. Ela estava de novo tensa porque, ao voltar à cama, percebeu que ele se despira completamente enquanto ela estava na casa de banho e isso reavivou-lhe o pânico do passo seguinte. Mas o passo seguinte demorou várias horas, pois o doutor Urbino continuou a falar muito devagar, enquanto se ia apoderando milímetro a milímetro da confiança do seu corpo. Falou-lhe de Paris, do amor de Paris, dos namorados de Paris que se beijavam na rua, nos transportes públicos, nos terraços floridos dos cafés abertos à brisa quente e aos acordeões lânguidos do verão e que faziam amor de pé nos cais do Sena sem que ninguém os incomodasse. Enquanto falava na sombra, acariciou-lhe a curva do colo com as pontas dos dedos, acariciou-lhe a penugem sedosa dos braços, o ventre evasivo, e quando sentiu que a tensão tinha cedido fez uma primeira tentativa para lhe levantar a camisa de dormir, mas ela impediu-lho com um impulso típico do seu carácter. Disse: «Sei fazer isso sozinha.» Tirou-a, com efeito, mas depois ficou tão imóvel que o doutor Urbino teria pensado que já não estava ali se não fosse o calor solarengo do seu corpo nas trevas.

Passado um bocado voltou a pegar-lhe na mão e então sentiu-a morna e solta, mas ainda húmida de um orvalho terno. Ficaram outro bocado calados e imóveis, ele à espreita da ocasião para o passo seguinte, e ela à espera dele sem saber de onde, enquanto a escuridão se ia dilatando com a sua respiração cada vez mais intensa. Ele largou-a então e deu o salto no vazio: humedeceu com a língua a ponta do dedo anelar, tocou-lhe ao de leve no mamilo desprevenido e ela sentiu uma descarga de morte como se lhe tivesse tocado num nervo vivo. Ficou contente por estar às escuras para que ele não visse o rubor intenso que a estremeceu até à raiz dos cabelos. «Calma», disse-lhe ele, muito sereno. «Não te esqueças que os conheço.» Sentiu-a sorrir e a sua voz foi doce e nova nas trevas.

– Lembro-me muito bem – disse – e ainda não me passou a raiva.

Então, ele soube que tinham dobrado o cabo da boa esperança, e voltou a pegar-lhe na mão grande e macia e cobriu-a de beijinhos, primeiro o metacarpo áspero, os longos dedos clarividentes, as unhas diáfanas, e depois o hieróglifo do seu destino na palma suada. Ela não soube como foi que a sua mão chegou até ao peito dele e tropeçou com alguma coisa que não conseguiu decifrar. Ele disse-lhe: «É um escapulário.» Ela acariciou-lhe os pelos do peito e depois agarrou no matagal todo com os cinco dedos para o arrancar pela raiz. «Com mais força», disse ele. Ela tentou até onde sabia que não o magoava e depois foi a sua mão que procurou a mão dele perdida nas trevas. Mas ele não a deixou entrelaçar os dedos e agarrou-lhe a mão pelo pulso e foi-lha conduzindo ao longo do corpo com uma força invisível mas muito bem dirigida, até que ela sentiu o sopro ardente de um animal em carne viva, sem forma corporal, mas ansioso e arvorado. Ao contrário do que ele imaginou, até mesmo ao contrário do que ela teria imaginado, não retirou a mão, nem a deixou inerte onde ele a pôs, e, encomendando-se de corpo e alma à Santíssima Virgem, apertou os dentes com medo de se rir da sua própria loucura, e começou a identificar pelo tato o inimigo encabritado, a conhecer o seu tamanho, a força do seu braço, a extensão das suas asas, assustada com a sua determinação mas compadecida da sua solidão, fazendo-o seu com uma curiosidade minuciosa que alguém menos sabedor do que o seu marido teria confundido com carícias. Ele apelou para as suas últimas forças para resistir à vertigem do escrutínio mortal, até que ela o soltou com uma graça infantil como se o tivesse atirado para o lixo.

– Nunca consegui perceber como é esse aparelho – disse.

Então ele explicou-lho a sério com o seu método magistral, enquanto lhe conduzia a mão pelos sítios que ia mencionando e ela deixava-o levar-lha com uma obediência de aluna exemplar. Ele sugeriu, no momento propício, que tudo aquilo era mais fácil com a luz acesa. Ia acendê-la mas ela deteve-lhe o braço dizendo: «Vejo melhor com as mãos.» Na verdade queria acender a luz, mas queria fazê-lo ela e sem que ninguém lho mandasse, e assim foi. Ele viu-a então em posição fetal, além de estar coberta pelo lençol, sob a claridade repentina. Mas viu-a segurar outra vez sem afetações o animal da sua curiosidade, virou-o do direito e do avesso, observou-o com um interesse que já começava a parecer mais do que científico, e disse em conclusão: «É tão feio, tão feio que ainda é mais feio que o das mulheres.» Ele concordou e assinalou outros inconvenientes mais graves do que a fealdade. Disse: «É como o filho mais velho: passa-se a vida a trabalhar para ele, a sacrificar tudo por ele, e na hora da verdade acaba por fazer o que lhe der na real gana.» Ela continuou a examiná-lo, perguntando para que servia isto e para que servia aquilo, e quando achou que estava bem informada tomou-lhe o peso com as duas mãos, para concluir que nem pelo peso valia a pena e deixou-o cair com uma careta de menosprezo.

– Além do mais, acho que lhe sobram demasiadas coisas – disse.

Ele ficou perplexo. A proposta original para a sua tese de licenciatura tinha sido essa: a conveniência de simplificar o organismo humano. Parecia-lhe antiquado, com muitas funções inúteis ou repetidas que foram imprescindíveis para outras idades do género humano, mas não para a nossa. Sim: podia ser mais simples e, por essa razão, menos vulnerável. Concluiu: «É uma coisa que só pode ser feita por Deus, é claro, mas de qualquer maneira seria bom deixá-lo estabelecido em termos teóricos.» Ela riu-se divertida, de um modo tão natural que ele aproveitou a ocasião para a abraçar e deu-lhe o primeiro beijo na boca. Ela correspondeu-lhe e ele continuou a dar-lhe beijos muito suaves nas faces, no nariz, nas pálpebras, enquanto deslizava a mão por debaixo do lençol, e acariciou-lhe o púbis redondo e ralo: um púbis de japonesa. Ela não lhe afastou a mão mas conservou a sua em estado de alerta para o caso de ele avançar mais um passo.

– Não vamos continuar com a aula de medicina – disse.

– Não – disse ele. – Esta vai ser de amor.

Então, tirou-lhe o lençol de cima e ela não só não se opôs como o atirou para longe do beliche com um movimento rápido dos pés, porque já não aguentava o calor. O seu corpo era ondulante e elástico, muito mais do que quando estava vestida, e com um cheiro próprio a animal do campo que permitia distingui-la entre todas as mulheres do mundo. Indefesa em plena luz, uma onda de sangue a ferver subiu-lhe à cara e a única coisa de que se lembrou para o ocultar foi pendurar-se ao pescoço do seu homem e beijá-lo profundamente, até gastarem no beijo todo o ar que tinham para respirar.

Ele tinha consciência de que não a amava. Tinha casado com ela porque gostava da sua altivez, da sua seriedade, da sua força, e também por um grão de vaidade, mas, enquanto ela o beijava pela primeira vez, teve a certeza de que não haveria nenhum obstáculo para que inventassem um grande amor. Não falaram disso nessa primeira noite em que falaram de tudo até amanhecer, nem haveriam de falar disso nunca. Mas, com o decorrer do tempo, nenhum dos dois se enganou.

Ao amanhecer, quando adormeceram, ela continuava virgem, mas não havia de o ser por muito tempo. Na noite seguinte, com efeito, depois de ele lhe ter ensinado a dançar as valsas de Viena sob o céu sideral das Caraíbas, teve de ir à casa de banho depois dela e quando voltou ao camarote encontrou-a nua na cama à sua espera. Então foi ela quem tomou a iniciativa e entregou-se-lhe sem medo, sem dor, com a alegria de uma aventura de mar alto, e sem mais vestígios de cerimónia sangrenta além da rosa da honra no lençol. Ambos o fizeram bem, quase como um milagre, e continuaram a fazê-lo bem de noite e de dia e cada vez melhor durante o resto da viagem e, quando chegaram a La Rochelle, entendiam-se como velhos amantes.

Ficaram dezasseis meses na Europa, com base em Paris e fazendo viagens curtas pelos países vizinhos. Durante esse tempo fizeram amor todos os dias e, mais de uma vez, nos domingos de inverno, quando ficavam até à hora de almoço a brincar na cama. Ele era um homem de bons ímpetos e, além disso, bem treinado, e ela não fora feita para perder com ninguém, de modo que tiveram de se conformar com a partilha do poder na cama. Ao fim de três meses de amores febris, ele apercebeu-se que um dos dois era estéril e ambos se submeteram a exames rigorosos no Hospital de la Salpêtrière, onde fizera o seu internato. Foi uma decisão difícil mas infrutífera. No entanto, quando menos o esperavam, e sem nenhuma intervenção científica, aconteceu o milagre. Nos finais do ano seguinte, quando regressaram a casa, Fermina estava grávida de seis meses e tinha-se na conta da mulher mais feliz da terra. O filho tão desejado por ambos, que nasceu sem novidade sob o signo de Aquário, foi batizado em honra do avô que morrera de cólera.

Era impossível saber se fora a Europa ou se fora o amor que os tornara diferentes, pois as duas coisas aconteceram ao mesmo tempo. Ambos estavam mudados, e profundamente, não só para com eles próprios como com toda a gente, como o sentiu Florentino Ariza ao vê-los à saída da missa duas semanas depois de terem voltado, naquele domingo da sua desgraça. Voltaram com uma conceção nova da vida, cheios das novidades do mundo e prontos para mandar. Ele, com as novidades da literatura, da música e sobretudo as da sua ciência. Trouxe uma assinatura do *Le Figaro*, para não perder o fio da realidade, e outra da *Revue des Deux Mondes* para não perder o fio da poesia. Além disso fizera um acordo com o seu livreiro de Paris para receber as novidades dos escritores mais lidos, entre eles Anatole France e Pierre Loti, e dos que mais lhe agradavam, entre eles Remy de Gourmont e Paul Bourget, mas em nenhum dos casos Émile Zola, que lhe parecia insuportável, apesar da sua corajosa intervenção no julgamento de Dreyfus. O mesmo livreiro comprometeu-se a enviar por correio as novidades mais sedutoras do catálogo da Ricordi, principalmente música de câmara, para manter o título merecidamente ganho pelo seu pai de primeiro promotor de concertos na cidade.

Fermina Daza, sempre contrária aos rigores da moda, trouxe seis baús com roupas de estações variadas, pois as grandes marcas não a convenceram. Tinha estado nas Tulherias, em pleno inverno, para o lançamento da coleção de Worth, o iniludível tirano da alta-costura, mas a única coisa que conseguiu foi uma bronquite que a fez ir à cama durante cinco dias. Laferrière pareceu-lhe menos pretensioso e voraz, mas a sua decisão mais sábia foi a de comprar tudo o que mais lhe agradava nas lojas de saldos, apesar do marido jurar, aterrorizado, que eram roupas de defuntos. Mesmo assim trouxe grandes quantidades de sapatos italianos, sem marca, que preferiu aos afamados e extravagantes de Ferry, e trouxe uma sombrinha de Dupuy, vermelha como o fogo do inferno, que deu muito que escrever aos nossos assustadiços cronistas sociais. Só comprou um chapéu de Madame Reboux, mas em troca encheu um baú com cachos de cerejas artificiais, ramalhetes de quantas flores de feltro conseguiu encontrar, feixes de plumas de avestruz, barretes de penas de pavão, caudas de galos asiáticos, faisões inteiros, colibris, e uma incontável variedade de pássaros exóticos dissecados em pleno voo, em pleno grito, em plena agonia: tudo quanto tinha servido durante os últimos vinte anos para que os mesmos chapéus parecessem outros. Trouxe uma coleção de leques de diversos países e um diferente e apropriado para cada ocasião. Trouxe uma essência perturbadora, escolhida entre muitas na perfumaria do Bazar de la Charité, antes que os ventos da primavera dispersassem as suas cinzas, mas usou-a só uma vez, porque não se reconheceu com o perfume trocado. Trouxe também um estojo de cosmética, que era a última novidade no mercado da sedução, e foi a primeira mulher a levá-lo às festas, quando o simples ato de se retocar em público era considerado indecente.

Trouxeram também três recordações inesquecíveis: a estreia sem precedentes d'*Os Contos de Hoffmann*[1], em Paris, o incêndio pavoroso de quase todas as gôndolas de Veneza diante da Praça de São Marcos, a que eles assistiram com o coração desfeito, da varanda do hotel, e a visão fugaz de Oscar Wilde no primeiro nevão de janeiro. Mas no meio dessas e de tantas outras recordações, o doutor Juvenal Urbino conservava uma que sempre lamentou não partilhar com a mulher, pois vinha dos seus tempos de solteiro em Paris. Era a recordação de Victor Hugo que aqui gozava de uma celebridade comovedora, e alheia aos livros, pois alguém disse que ele tinha dito, sem que ninguém o tivesse ouvido na realidade, que a nossa Constituição não era para um país de homens mas sim de anjos. Desde então renderam-lhe um culto especial e a maioria dos numerosos compatriotas que viajavam até França, morriam por vê-lo. Uma meia dúzia de estudantes, entre eles Juvenal Urbino, mon-

[1] Ópera do compositor francês nascido na Alemanha, Jacques Offenbach (1819-1880), estreada em Paris, em 1881, após a sua morte. *(N. do E.)*

taram a guarda à sua residência na Avenida Eyleau durante algum tempo, e nos cafés onde constava que iria sem falta e onde nunca foi. Por fim, pediram-lhe por escrito uma audiência privada, em nome dos anjos da Constituição de Rionegro. Nunca receberam resposta. Num dia qualquer, Juvenal Urbino passou por acaso em frente do Jardim do Luxemburgo e viu-o sair do Senado com uma mulher jovem e bela que ia de braço dado com ele. Achou-o muito velho, andando com grande dificuldade, a barba e o cabelo menos impressionantes do que nos retratos, e dentro de um casaco que parecia de alguém mais corpulento. Não quis estragar a recordação com um cumprimento impertinente: chegava-lhe essa visão quase irreal que lhe bastaria para o resto da vida. Quando voltou a Paris, depois de casado, em condições de o ver de um modo mais formal, já Victor Hugo tinha morrido.

Como consolação, Juvenal e Fermina traziam a recordação partilhada de uma tarde de neve em que um grupo que desafiava a tempestade diante de uma pequena livraria do Boulevard des Capucines os intrigou: era Oscar Wilde que estava lá dentro. Quando, finalmente, saiu, bastante elegante, mas talvez demasiado convencido disso, o grupo rodeou-o pedindo-lhe que lhes autografasse os livros. O doutor Urbino tinha parado apenas para o ver, mas a sua impulsiva esposa quis atravessar a alameda para que lhe autografasse a única coisa que lhe parecia apropriada, à falta de um livro: a sua magnífica luva de pele de recém-casada. Tinha a certeza de que um homem tão requintado apreciaria aquele gesto. Mas o marido opôs-se-lhe firmemente e quando ela o tentou fazer, apesar das suas razões, ele não se julgou capaz de sobreviver à vergonha.

– Se atravessares essa rua – disse-lhe – quando voltares aqui dás comigo morto.

Era uma característica natural nela. Em menos de um ano de casada movimentava-se pelo mundo com a mesma desenvoltura com que o fazia em pequenina no morredouro de San Juan de la Ciénaga, como se já o soubesse ao nascer, e tinha uma facilidade de trato com os desconhecidos que deixava o marido perplexo, além de um talento misterioso para se entender em castelhano fosse com quem fosse e em que sítio fosse. «É preciso conhecer os idiomas quando se vai vender alguma coisa», dizia com risinhos trocistas. «Mas quando se vai comprar, todas as pessoas nos compreendem.» Era difícil imaginar alguém que tivesse assimilado tão rapidamente e com tanta alegria a vida quotidiana de Paris, que aprendeu a amar nas recordações apesar das suas eternas chuvas. No entanto, quando regressou a casa, incomodada por tantas experiências juntas, cansada da viagem e meio adormecida por causa da gravidez, a primeira coisa que lhe perguntaram no porto foi como é que lhe tinham parecido as maravilhas da Europa, e ela resumiu dezasseis meses de felicidade com quatro palavras da sua gíria caribenha:

– Muita parra, pouca uva.

No dia em que Florentino Ariza viu Fermina Daza no adro da catedral, grávida de seis meses e com perfeito autodomínio da sua nova condição de senhora de sociedade, tomou a decisão feroz de ganhar nome e fortuna para a merecer. Nem sequer se deteve a pensar na inconveniência de ela ser casada, porque simultaneamente decidiu, como se dependesse dele, que o doutor Juvenal Urbino tinha de morrer. Não sabia nem quando nem como, mas tomou-o como um acontecimento inevitável, e estava resolvido a esperá-lo sem pressas nem arrebatamentos nem que fosse até ao fim dos tempos.

Começou pelo princípio. Apresentou-se sem se anunciar no escritório do tio Leão XII, presidente da Junta Diretiva e diretor-geral da Companhia Fluvial das Caraíbas, e comunicou-lhe a disposição de se submeter à sua decisão. O tio estava ressentido com ele pela maneira como desperdiçara o bom emprego de telegrafista na Vila de Leyva, mas deixou-se levar pela sua convicção de que os seres humanos não nascem para sempre no dia em que as suas mães os dão à luz, mas que a vida os obriga uma e outra vez ainda a parirem-se a si mesmos. Além disso, a viúva do irmão morrera no ano anterior, com o rancor à flor da pele mas sem deixar herdeiros. Por isso acabou por dar o emprego ao sobrinho errante.

Era uma decisão típica do senhor Leão XII Loayza. Dentro daquela capa de comerciante sem alma, tinha escondido um lunático genial, que tanto podia fazer correr um rio de limonada no deserto da Guajira, como inundar de prantos um funeral religioso com o seu canto lancinante de *In questa tomba oscura*. Com a cabeça frisada e a boca de fauno, só lhe faltava a lira e a coroa de louros para ser igual ao Nero incendiário da mitologia cristã. As horas que lhe ficavam livres entre a administração dos seus navios decrépitos, que flutuavam ainda por pura distração do destino, e os problemas cada vez mais cruciais da navegação fluvial, consagrava-as a enriquecer o seu repertório lírico. Nada lhe agradava mais do que cantar nos enterros. Tinha uma voz de remador de galé, sem nenhum grau académico, mas capaz de registos impressionantes. Alguém lhe tinha contado que Enrico Caruso conseguia fazer em pedaços uma jarra de flores só com a força da sua voz e durante anos andou a tentar imitá-lo até com os vidros das janelas. Os amigos traziam-lhe as jarras mais finas que encontravam nas suas viagens pelo mundo e organizavam festas especiais para que ele conseguisse por fim realizar o seu sonho. Nunca o conseguiu. No entanto, por trás do seu trovão, havia uma luzinha de ternura que gretava o coração dos seus ouvintes como as ânforas de cristal do grande Caruso e era isto que o tornava tão venerável nos enterros. Exceto num, em que teve a má ideia de cantar *When wake up in Glory*, um canto fúnebre do Luisiana, belo e comovente, e em que o capelão o mandou calar pois não podia compreender aquela intromissão luterana na sua igreja.

Assim, entre os bises das óperas e as serenatas napolitanas, o seu talento criativo e o seu invencível espírito empreendedor converteram-no na personagem mais ilustre da navegação fluvial na sua época de maior esplendor. Tinha vindo do nada, como os dois irmãos já falecidos, e todos haviam chegado onde tinham querido, apesar do estigma de serem filhos naturais, e ainda com a agravante de nunca terem sido reconhecidos. Eram a nata do que então se chamava a *aristocracia de balcão*, cujo santuário era o Clube do Comércio. Porém, mesmo quando podia dispor de recursos para viver como o imperador romano que parecia ser, o tio Leão XII vivia na cidade velha por comodidade de trabalho, com a mulher e os três filhos, de uma maneira tão austera e numa casa tão simples que nunca se livrou de uma injusta reputação de avarento. Mas o seu único luxo era ainda mais simples: uma casa de praia, a dez quilómetros dos escritórios, sem mais mobília além dos seis tamboretes artesanais, o filtro de água e uma rede no terraço para se deitar a pensar aos domingos. Ninguém o definiu melhor do que ele próprio quando o acusaram de ser rico:

– Rico, não – disse. – Sou um pobre com dinheiro, o que não é a mesma coisa.

Esse estranho modo de ser, que alguém elogiou certa vez num discurso como uma demência lúcida, permitiu-lhe ver imediatamente aquilo que ninguém via, nem antes nem depois, em Florentino Ariza. Desde o dia em que este se apresentou a pedir-lhe emprego nos seus escritórios, com aquele aspeto lúgubre e os seus vinte e sete anos inúteis, pô-lo à prova com um regime militar muito duro, capaz de vergar o mais valente. Mas não conseguiu amedrontá-lo. O que o tio Leão XII nunca suspeitou foi que essa têmpera do sobrinho não lhe vinha da necessidade de subsistir nem de uma certa inércia animal herdada do pai, mas sim de uma ambição de amor que contrariedade alguma deste mundo ou do outro conseguiria esmorecer.

Os piores anos foram os primeiros, quando o nomearam escriturário da direção-geral, que parecia um trabalho feito por medida para ele. Lotario Thugut, antigo professor de música do tio Leão XII, foi quem o aconselhou a nomear o sobrinho para um cargo em que fosse preciso escrever, porque era um consumidor incansável de literatura a granel, ainda que não tanto da boa como da pior. O tio Leão XII não lhe deu ouvidos à indicação da má qualidade das leituras do sobrinho, pois também dele, Lotario Thugut, dizia que tinha sido o seu pior aluno de canto, e, no entanto, até fazia chorar as lápides dos cemitérios. Em todo o caso, o alemão tinha razão naquilo em que menos pensara: Florentino Ariza escrevia qualquer coisa com tanta paixão que até os documentos oficiais pareciam de amor. Os certificados de embarque saíam-lhe rimados por muito que se esforçasse por evitá-lo e as cartas comerciais de rotina tinham uma toada lírica que lhes retirava a autoridade. O tio apareceu-lhe em pessoa certo dia no escritório com um pacote de correspondência que não tinha tido coragem de assinar como sua e deu-lhe uma última oportunidade para se salvar.

– Se não és capaz de escrever uma carta comercial vais para o cais apanhar o lixo – disse-lhe.

Florentino Ariza aceitou o desafio. Fez um esforço supremo para aprender a simplicidade terrestre da prosa mercantil, imitando os modelos dos arquivos notariais com tanta aplicação como antes o fizera com os poetas em moda. Era essa a época em que passava os seus tempos livres no Portal dos Escrivães, ajudando os namorados analfabetos a escrever os seus bilhetes perfumados, para libertar o coração de tantas palavras de amor que lhe ficavam por usar nos relatórios de alfândega. Mas, ao fim de seis meses, por muitas voltas que lhe desse, não tinha conseguido torcer o pescoço ao seu cisne empedernido. De modo que, quando o tio Leão XII o repreendeu pela segunda vez, deu-se por vencido, mas com uma certa altivez.

– A única coisa que me interessa é o amor – disse.

– O pior – disse-lhe o tio – é que sem navegação fluvial não há amor.

Cumpriu a ameaça de o mandar apanhar o lixo no cais, mas deu-lhe a sua palavra de que o faria subir degrau a degrau pela escada dos bons serviços até que encontrasse o seu lugar. E assim foi. Nenhum tipo de trabalho o conseguiu derrotar, por muito duro e humilhante que fosse, nem o desmoralizou o ordenado miserável, nem perdeu por um momento a sua impavidez essencial ante a insolência dos seus superiores. Mas também não foi ingénuo: tudo quanto se atravessou no seu caminho sofreu as consequências de uma determinação arrasadora, capaz de qualquer coisa, sob aquele aspeto desvalido. Tal como o tio Leão XII o previra e desejara para que não ficasse sem conhecer nenhum segredo da empresa, passou por todos os cargos em trinta anos de dedicação e tenacidade a toda a prova. Desempenhou-os a todos com uma capacidade admirável, estudando cada fio daquela trama misteriosa que tanto tinha que ver com os trabalhos da poesia, mas sem conseguir a medalha de guerra que mais desejava, que era escrever uma carta comercial aceitável. Sem se ter proposto a isso, sem o saber sequer, demonstrou com a sua vida a razão do pai, que repetiu até ao último suspiro que não havia ninguém com mais sentido prático, nem pedreiros mais obstinados nem gerentes mais lúcidos e perigosos do que os poetas. Isso foi pelo menos o que contou o tio Leão XII, que costumava falar-lhe do pai durante os ócios do coração, e que lhe deu dele uma ideia mais parecida com a de um sonhador do que de um empresário.

Contou-lhe que Pío Quinto Loayza utilizava os escritórios mais para seu lazer do que para o trabalho e arranjou sempre maneira de sair de casa aos domingos, com o pretexto de que tinha de receber ou de despachar um navio. Mais ainda: tinha mandado instalar no pátio das mercadorias uma caldeira inútil com uma sirene a vapor que apitava com códigos de navegação, para o caso da mulher estar atenta. Fazendo contas, o tio Leão XII tinha a certeza de que Florentino Ariza fora concebido em cima da secretária de algum escritório mal fechado, numa tarde quente de domingo, enquanto a mulher de seu pai ouvia em casa os adeuses de um navio que nunca partiu. Quando o descobriu já era tarde para fazer pagar a infâmia pois o marido já tinha morrido. Viveu muito mais anos do que ele, desfeita pela amargura de não ter um filho e pedindo a Deus nas suas orações a maldição eterna para aquele bastardo.

A imagem do pai perturbava Florentino Ariza. A mãe falava-lhe dele como de um homem sem vocação comercial, que acabara nos negócios do rio porque o irmão mais velho tinha sido um colaborador muito próximo do comodoro alemão Juan B. Elbers, precursor da navegação fluvial. Eram filhos naturais de uma mesma mãe, cozinheira de profissão, que os tivera de homens diferentes e todos usavam o apelido dela depois do nome de um papa escolhido ao acaso no santoral, exceto o do tio Leão XII, que era o nome do que reinava quando ele nasceu. O que se chamava Florentino era o avô materno de todos, e foi assim que o nome chegou até ao filho de Tránsito Ariza, saltando por cima de toda uma geração de pontífices.

Florentino guardou sempre um caderno onde o pai escrevia versos de amor, alguns inspirados por Tránsito Ariza, e as páginas estavam enfeitadas com desenhos de corações feridos. Surpreenderam-no duas coisas. Uma era a personalidade da caligrafia do pai, idêntica à sua, apesar de ele a ter escolhido por ser aquela a que mais lhe agradara entre as muitas do manual. A outra foi deparar-se-lhe uma sentença que ele julgava sua e que o seu pai escrevera no caderno muito antes de ele nascer: «A única pena que tenho de morrer é que não seja por amor.»

Tinha visto também os únicos dois retratos do pai. Um tirado em Santa Fé, muito jovem, com a idade que ele tinha quando o viu pela primeira vez, com um sobretudo que equivalia a estar metido dentro de um urso, e encostado a um pedestal de cuja estátua só ficavam as polainas decepadas. O garoto que estava ao lado dele era o tio Leão XII com o bonezinho de comandante de navio. Na outra fotografia estava o pai com um grupo de guerrilheiros, quem sabe em qual de tantas guerras, e tinha a espingarda maior e uns bigodes cujo cheiro a pólvora exalava da imagem. Era liberal e maçâo, tal como os irmãos, mas, apesar disso, queria que o filho entrasse no seminário. Florentino Ariza não sentia as parecenças que lhes atribuíam, mas, no dizer do tio Leão XII, também a Pío Quinto lhe recriminavam o lirismo dos seus documentos. Em todo o caso, nem nos retratos se parecia com ele, nem concordava com as suas recordações nem com a imagem que a mãe pintava, transfigurada pelo amor, nem com a que despintava o tio na sua graciosa crueldade. Mas Florentino Ariza descobriu essa parecença muitos anos depois, quando se penteava ao espelho, e só então compreendeu que um homem sabe quando começa a envelhecer porque começa a parecer-se com o pai.

Não se lembrava dele na Rua das Janelas. Julgava saber que numa dada altura dormiu lá, muito no princípio dos seus amores com Tránsito Ariza, mas que não a voltou a visitar depois do seu nascimento. A certidão de batismo foi durante muitos anos o nosso único instrumento válido de identificação e a de Florentino Ariza, registada na paróquia de Santo Toribio, só dizia que era filho natural de outra filha natural solteira que se chamava Tránsito Ariza. Não constava dela o nome do pai, que, no entanto, zelou em segredo pelas necessidades do filho até ao último dia. Esta condição social fechou para Florentino Ariza as portas do seminário, mas também lhe permitiu escapar-se do serviço militar, na época mais sangrenta das nossas guerras, por ser o filho único de uma mãe solteira.

Todas as sextas-feiras, depois da escola, ia sentar-se em frente dos escritórios da Companhia Fluvial das Caraíbas, folheando um livro de estampas de animais, tantas vezes folheado que se estava a desfazer em bocados. O pai entrava sem olhar para ele, vestido com os fatos de casimira que Tránsito Ariza adaptaria mais tarde para ele, e com uma cara igual à do São João Evangelista dos altares. Quando saía, ao fim de muitas horas e fazendo tudo para que nem o seu cocheiro o visse, dava-lhe o dinheiro para as despesas da semana. Não se falavam, não só porque o pai nem sequer o tentava como também porque ele lhe tinha um medo pavoroso. Certo dia, depois de esperar muito mais tempo do que era costume, o pai deu-lhe as moedas dizendo-lhe:

– Tome e não volte mais.

Foi a última vez que o viu. Mas com o tempo havia de saber que o tio Leão XII, que era aproximadamente dez anos mais novo, continuou a levar o dinheiro a Tránsito Ariza e foi quem se preocupou com ela quando Pío Quinto morreu de uma cólica mal tratada, sem deixar nada escrito e sem ter tido tempo de providenciar qualquer coisa em favor do filho único: um filho da rua.

O drama de Florentino Ariza enquanto foi escriturário da Companhia Fluvial das Caraíbas era que não podia iludir o seu lirismo porque não deixava de pensar em Fermina Daza e nunca aprendeu a escrever sem pensar nela. Depois, quando o passaram para outros serviços, sobrava-lhe tanto amor por dentro que não sabia o que fazer com ele e oferecia-o aos namorados analfabetos escrevendo para eles cartas de amor gratuitas no Portal dos Escrivães. Era para aí que ia depois do trabalho. Despia o casaco com gestos parcimoniosos e pendurava-o no espaldar da cadeira, punha os manguitos para não sujar as mangas da camisa, desabotoava o colete para pensar melhor e, por vezes, ficava até de noite, já bem tarde, a reanimar os sofredores com umas cartas enlouquecedoras. De vez em quando encontrava uma pobre mulher que tinha um problema com um filho, um veterano de guerra que insistia em reclamar o pagamento da sua pensão, alguém que tinha sido roubado e que queria apresentar a sua queixa ao Governo, mas por mais que se esmerasse não conseguia agradar-lhes, porque a única coisa com que conseguia convencer alguém era com cartas de amor. Aos novos clientes nem sequer lhes fazia perguntas porque lhe bastava olhar para os olhos para se dar conta do seu estado, e escrevia folha após folha de amores ardentes, segundo a fórmula infalível de escrever a pensar sempre em Fermina Daza e em nada mais do que nela. Ao fim do primeiro mês teve de organizar um sistema de reservas antecipadas, para conseguir dar vazão às ânsias dos apaixonados.

A sua recordação mais grata daquela época foi a de uma rapariguinha muito tímida, quase uma criança, que lhe pediu a tremer que lhe escrevesse uma resposta a uma carta irresistível que acabava de receber e que Florentino Ariza descobriu ter sido escrita por ele na tarde anterior. Respondeu com um estilo diferente, de acordo com a emoção e a idade da menina, e com uma letra que também parecesse dela, pois sabia fingir uma caligrafia para cada ocasião segundo a personalidade de cada um. Escreveu imaginando o que Fermina Daza lhe teria respondido se o amasse tanto quanto aquela criatura desamparada amava o seu pretendente. Claro está que dois dias depois teve de escrever também a réplica do noivo, com a caligrafia, o estilo e o tipo de amor que lhe atribuíra na primeira carta, e foi assim que acabou envolvido numa correspondência febril consigo próprio. Não fazia um mês quando ambos foram, cada um por seu lado, agradecer-lhe pelo que ele próprio tinha proposto na carta do noivo e aceitado com devoção na resposta da rapariga: iam casar-se.

Só quando tiveram o primeiro filho se aperceberam, por um acaso no meio de uma conversa, que as cartas dos dois tinham sido escritas pelo mesmo escriturário e, pela primeira vez, foram juntos ao portal para pedir-lhe que fosse o padrinho da criança. Florentino Ariza entusiasmou-se tanto com a evidência prática dos seus sonhos que arranjou o tempo que não tinha para escrever um *Secretário dos Namorados*, mais poético e maior do que aquele que até aí se vendia a vinte centavos de porta em porta, e que meia cidade sabia de cor. Ordenou as situações imaginárias em que Fermina Daza e ele se pudessem encontrar e, para todas elas, escreveu um modelo para quantas alternativas de ida e volta lhe pareceram possíveis. No fim, tinha umas mil cartas em três volumes tão quadrados quanto o dicionário de Covarrubias, mas nenhuma tipografia da cidade se arriscou a publicar-lhos, e acabaram nalgum desvão da casa, com outros papéis do passado, pois Tránsito Ariza foi inabalável ao recusar desenterrar as bilhas para desperdiçar as economias de toda a sua vida numa loucura editorial. Anos depois, quando Florentino Ariza teve meios próprios para publicar o livro, custou-lhe muito aceitar a realidade de que as cartas de amor já tinham passado de moda.

Enquanto dava os seus primeiros passos na Companhia Fluvial das Caraíbas e escrevia cartas grátis no Portal dos

Escrivães, os amigos de juventude de Florentino Ariza foram tendo a certeza de que a pouco e pouco o perdiam e irrecuperavelmente. Assim era. Contudo, quando voltou da viagem pelo rio ainda se encontrou com alguns deles na esperança de atenuar a lembrança de Fermina Daza, jogava bilhar com eles, foi aos últimos bailes, prestava-se à sorte de ser rifado entre as raparigas, prestava-se a tudo o que lhe parecesse bom para voltar a ser quem fora. Depois, quando o tio Leão XII o aceitou como empregado, jogava dominó com os colegas do escritório no Clube do Comércio e estes começaram a aceitá-lo como um dos seus quando já só conversava sobre a empresa de navegação, que não mencionava pelo nome completo mas pelas iniciais: a CFC. Mudou até a maneira de comer. Da indiferença e irregularidade que tinha tido até então à mesa passou a ser igual e austero até ao fim dos seus dias: uma chávena grande de café simples ao pequeno-almoço, uma posta de peixe cozido com arroz branco ao almoço, e uma chávena de café com leite com um bocado de queijo antes de se deitar. Bebia café a toda a hora, em qualquer parte e em qualquer circunstância, chegando a tomar trinta chaveninhas por dia: uma infusão semelhante ao petróleo em rama que preferia ser ele próprio a preparar e da qual sempre tinha um termo à mão. Era outro, apesar dos seus firmes propósitos e dos seus esforços ansiosos para continuar a ser o mesmo que tinha sido antes do tropeço fatal com o amor.

A verdade é que nunca voltaria a sê-lo. A recuperação de Fermina Daza foi o único objetivo da sua vida e estava tão certo de o conseguir mais cedo ou mais tarde que convenceu Tránsito Ariza a continuar a restauração da casa para que estivesse em estado de a receber fosse qual fosse o momento em que se desse o milagre. Ao contrário da sua reação face à proposta editorial do *Secretário dos Namorados*, Tránsito Ariza foi, então, muito mais longe: comprou a casa a dinheiro e iniciou a sua remodelação completa. Fizeram uma sala de visitas onde fora o quarto, construíram no andar de cima um quarto para o casal e outro para os filhos que viessem a ter, os dois muito amplos e bem iluminados, e onde tinha sido a antiga feitoria do tabaco, fizeram um grande jardim com todas as variedades de rosas, ao qual Florentino Ariza pessoalmente consagrava as primeiras horas do dia. A única coisa que ficou intacta, como testemunho de gratidão para com o passado, foi a loja de miudezas. A parte de trás da loja, onde sempre dormira Florentino Ariza, deixaram-na como sempre esteve, com a rede pendurada e a mesa de escrever atulhada de livros em desordem, mas ele passou a usar o quarto previsto para o casal no andar de cima. Era o maior e o mais fresco da casa, e tinha um terraço interior onde era muito agradável passar algum tempo à noite por causa da brisa do mar e das emanações das roseiras, mas também era o que melhor correspondia ao rigor trapista de Florentino Ariza. As paredes eram lisas e ásperas, de cal viva, e como mobília não tinha mais do que uma cama de presidiário, uma mesinha-de-cabeceira com uma vela no gargalo de uma garrafa, um guarda-fatos antigo e um jarro com o seu prato e a sua bacia.

As obras demoraram quase três anos e coincidiram com um restabelecimento momentâneo da cidade, devido ao auge da navegação fluvial e ao tráfego comercial, os mesmos fatores que tinham sustentado a sua grandeza durante os tempos coloniais e que a converteram durante mais de dois séculos na porta da América. Mas também foi essa a época em que Tránsito Ariza manifestou os primeiros sintomas da sua doença incurável. As suas clientes de sempre vinham à loja cada vez mais velhas, mais pálidas e escorridas, e ela não as reconhecia depois de ter passado metade da vida a lidar com elas, ou trocava os assuntos de umas com os das outras. O que era muito grave em negócios como o seu, nos quais não se assinavam papéis para proteger a honra, a própria e a alheia, e a palavra de honra era dada e aceite como garantia suficiente. De início pareceu que estava a ficar surda, mas logo se tornou evidente que era a memória que se lhe escoava. De modo que acabou com o negócio de penhores e o tesouro das bilhas deu para acabar de mobilar a casa e ainda sobraram muitas das joias antigas mais prezadas da cidade, cujos donos não tiveram meios para resgatar.

Florentino Ariza tinha então de atender a vários compromissos ao mesmo tempo, mas nunca lhe faltou o ânimo para aumentar as suas experiências de caçador furtivo. Depois da experiência enganosa com a viúva de Nazaret, que lhe abriu caminho para os amores de rua, continuou a caçar durante vários anos avezinhas órfãs da noite, sempre na ilusão de encontrar algum alívio para a dor de Fermina Daza. Mas depois já não podia dizer se o seu costume de fornicar sem esperanças era uma necessidade da consciência ou um mero vício do corpo. Ia cada vez menos à casa de passe, não só porque os seus interesses tomavam outros rumos, mas porque não gostava que o vissem lá noutras andanças que não fossem as muito domésticas e castas que lhe conheciam. No entanto, em três casos de aflição, recorreu à facilidade de uma época que não tinha conhecido: disfarçava de homens as amigas que temiam ser reconhecidas e entravam juntos na casa de passe com ares de borguistas que tinham perdido a noite. Não faltou quem se desse conta, pelo menos por duas vezes, de que ele e o suposto acompanhante não iam até à cantina mas sim para o quarto, e a reputação já bastante manchada de Florentino Ariza sofreu o golpe de misericórdia. Por fim deixou de ir e as raras vezes em que o fez não foi para se pôr em dia por causa dos atrasos, mas exatamente para o contrário: procurar um refúgio para se recompor dos excessos.

Não era para menos. Não tinha saído ainda do escritório, por volta das cinco da tarde, e já andava nas suas caçadas de gavião à volta das capoeiras. No princípio contentava-se com o que a noite lhe trazia. Recrutava criadas nos jardins, negras no mercado, bonitonas nas praias, americanas nos barcos de Nova Orleães. Levava-as para os molhes onde meia cidade fazia o mesmo mal se punha o sol, levava-as para onde podia e, às vezes, até para onde não podia, pois não foram poucas as ocasiões em que teve de se enfiar à pressa num saguão escuro e fazer o que fosse possível, de qualquer maneira, por trás da porta.

A torre do farol foi sempre um refúgio feliz que ele evocava com nostalgia quando tinha tudo resolvido no alvorecer da velhice, porque era um sítio bom para se ser feliz, principalmente à noite, e pensava que alguma coisa dos seus amores daquela época chegava até aos navegantes em cada volta do feixe de luz. De modo que continuou a ir ali, mais do que a qualquer outra parte, enquanto o seu amigo, o faroleiro, o recebeu encantado, com uma cara de idiota que era a melhor garantia de discrição para as avezinhas assustadas. Havia uma casa em baixo, junto ao estrondo das ondas a desfazerem-se contra as escarpas, e onde o amor era mais intenso porque tinha algo de naufrágio. Mas Florentino Ariza preferia a torre da luz depois de cair a noite, porque se avistava toda a cidade, as luzes dos pescadores no mar e ainda as dos pântanos ao longe.

Datavam dessa época as suas teorias demasiado simplistas sobre a relação entre o físico das mulheres e as suas aptidões para o amor. Desconfiava do tipo sensual, das que pareciam capazes de comer cru um caimão, e que costumavam ser as mais passivas na cama. O seu tipo era o oposto: essas rãzinhas esquálidas por quem ninguém se dava ao trabalho de voltar-se para trás para as ver na rua, que pareciam ficar em nada quando despiam a roupa, que davam pena pelo estalar dos ossos ao primeiro impacto, e que, no entanto, podiam deixar pronto para o caixote do lixo o mais falador dos sujeitos. Tinha tomado apontamentos dessas observações prematuras com a intenção de escrever um suplemento prático do *Secretário dos Namorados*, mas o projeto teve a mesma sorte do anterior depois de Ausencia Santander o voltar do avesso e do direito com a sua sabedoria de cão velho, de o recompor mentalmente, de o subir e descer, de o voltar a fazer como novo, destruir os seus virtuosismos teóricos e ensinar-lhe a única coisa que tinha de aprender para o amor: que a vida ninguém a ensina.

Ausencia Santander tivera um casamento convencional durante vinte anos, do qual lhe ficaram três filhos, que por sua vez se tinham casado e tido filhos, de modo que ela se prezava de ser a avó com a melhor cama da cidade. Nunca ficou esclarecido se foi ela que abandonou o marido ou se foi este que a abandonou a ela, ou se ambos se tinham abandonado ao mesmo tempo, quando ele foi viver com a sua amante de sempre e ela se sentiu livre para receber em pleno dia pela porta principal Rosendo de la Rosa, comandante de navio fluvial, a quem tinha recebido de noite muitas vezes pela porta das traseiras. Foi ele mesmo, sem o pensar duas vezes, quem lá levou Florentino Ariza.

Levou-o a almoçar. Levou também um garrafão de aguardente caseira e os ingredientes de melhor qualidade para fazer um cozido épico, como só era possível com as galinhas de quintal, carne de osso tenro, porco da pocilga e os legumes e as hortaliças das aldeias do rio. Florentino Ariza não se mostrou, no entanto, desde o primeiro momento, tão entusiasmado com as excelências da cozinha nem com a exuberância da dona como com a beleza da casa. Gostava da casa em si mesma, luminosa e fresca, com quatro janelas grandes que davam para o mar e, ao fundo, a vista completa da cidade antiga. Gostava da quantidade e do esplendor das coisas que davam à casa um aspeto confuso e ao mesmo tempo severo, com todo o tipo de primores artesanais que o comandante Rosendo de la Rosa tinha trazido de cada viagem, até já não haver lugar para mais nada. No terraço que dava para o mar, em cima da sua argola privativa, uma catatua da Malásia com uma plumagem de brancura inverosímil e uma quietude pensativa que dava muito que pensar: o animal mais bonito que Florentino Ariza jamais vira.

O comandante Rosendo de la Rosa entusiasmou-se com o entusiasmo do convidado e contou-lhe pormenorizadamente a história de cada coisa. Enquanto o fazia, bebia aguardente em goles curtos, mas sem parar. Parecia de cimento armado: enorme, peludo em todo o corpo menos na cabeça, com um bigode como uma imensa broxa e uma voz de cabrestante, que só podia ser sua, e de uma gentileza requintada. Mas não havia corpo que resistisse à maneira como ele bebia. Antes de se sentar à mesa tinha acabado com metade do garrafão e caiu de bruços sobre o monte de copos e garrafas com um lento fragor de demolição. Ausencia Santander teve de pedir ajuda a Florentino Ariza para arrastar até à cama o corpo inerte de baleia encalhada, e para o despir assim adormecido. Depois, num laivo de inspiração agradecido por ambos à conjunção dos seus astros, despiram-se no quarto ao lado sem terem combinado, sem sequer o terem sugerido, e continuaram a despir-se mais de sete anos sempre que podiam, quando o comandante andava em viagem. Não havia risco de surpresas, porque este tinha o costume de bom navegante de avisar a sua chegada ao porto com a sirene do navio, mesmo de madrugada, primeiro com três longos rugidos para a mulher e para os seus nove filhos, e depois com dois entrecortados e melancólicos para a amante.

Ausencia Santander tinha quase cinquenta anos e notavam-se-lhe, mas também tinha um instinto tão pessoal para o amor que não havia teorias artesanais ou científicas que o entorpecessem. Florentino Ariza sabia pelos itinerários dos navios quando podia visitá-la e ia sempre sem se fazer anunciar à hora que quisesse do dia ou da noite e não houve uma só vez em que ela não estivesse à espera dele. Abria-lhe a porta como a mãe a criara até ter completado os sete anos: completamente nua mas com um laço de organdi na cabeça. Não o deixava dar nem mais um passo sem lhe tirar a roupa, porque sempre pensou que dava azar ter um homem vestido dentro de casa. Isto foi motivo de constante discórdia com o comandante Rosendo de la Rosa, porque ele tinha a superstição de que fumar nu era de mau agoiro e às vezes preferia atrasar o amor do que ter de apagar o seu infalível charuto cubano. Por seu lado, Florentino Ariza era muito dado aos encantos da nudez e ela tirava-lhe a roupa com um invariável deleite mal fechava a porta, sem lhe dar tempo sequer para ele a cumprimentar, nem de tirar o chapéu ou os óculos, beijando-o e deixando-se beijar com beijos desenfreados e desapertando-lhe os botões de baixo para cima, primeiro os da braguilha, um a um, depois de cada beijo, a seguir a fivela do cinto, e, em último lugar, o colete e a camisa, até o deixar como a um peixe vivo aberto ao meio. A seguir sentava-o na sala e tirava-lhe as botas, puxava-lhe as calças pelos pernis para que elas saíssem ao mesmo tempo que as cuecas compridas até aos tornozelos, e, por fim, desapertava-lhe as ligas das barrigas das pernas e tirava-lhe as meias. Florentino Ariza deixava então de a beijar e de deixar-se beijar para fazer a única coisa que lhe correspondia naquela cerimónia pontual: soltar o relógio de corrente do colete e tirar os óculos, metendo as duas coisas nas botas para ter a certeza de não se esquecer delas. Sempre tomou essa precaução, sempre sem se esquecer, quando se despia em casa alheia.

Mal tinha acabado de o fazer já ela o assaltava sem lhe dar tempo para mais nada, no próprio sofá onde acabava de o despir e só de vez em quando na cama. Metia-se-lhe debaixo e apoderava-se dele todo para ela toda, encerrada dentro de si, tateando de olhos fechados na sua total escuridão interior, avançando por aqui, retrocedendo, corrigindo o seu rumo invisível, tentando outra via mais intensa, outra forma de andar sem naufragar na marisma de mucilagem que fluía do seu ventre, perguntando-se e respondendo-se a si própria com um zumbido de moscardo na sua gíria nativa onde estava esse algo nas trevas que só ela conhecia e ansiava só para ela, até que sucumbia sem esperar por ninguém, atirando-se sozinha no seu abismo com uma explosão festiva de vitória total que fazia tremer o mundo. Florentino Ariza ficava exausto, incompleto, flutuando no charco dos suores dos dois, mas com a impressão de não ser mais do que um instrumento de gozo. Dizia: «Tratas-me como se fosse mais um.» Ela soltava um riso de fêmea livre e dizia: «Pelo contrário: como se fosses menos um.» Pois ele ficava com a impressão de que ela lhe tirava tudo com uma voracidade mesquinha, e de orgulho ferido saía lá de casa com a determinação de não voltar. Mas passado pouco tempo acordava sem motivo, com a lucidez fantástica da solidão no meio da noite e a recordação do amor ensimesmado de Ausencia Santander revelava-se-lhe como aquilo que era: uma armadilha da felicidade que o aborrecia e atraía ao mesmo tempo, mas da qual era impossível fugir.

Num certo domingo, dois anos depois de se conhecerem, a primeira coisa que ela fez quando ele chegou, em vez de despi-lo, foi tirar-lhe os óculos para beijá-lo melhor e foi dessa maneira que Florentino Ariza soube que ela começara a amá-lo. Apesar de se sentir tão bem desde o primeiro dia naquela casa de que já gostava como sua, nunca lá tinha permanecido mais de duas horas de cada vez nem nunca ficou lá a dormir, e só uma vez para comer porque ela lhe fizera um convite formal. Na realidade não ia lá a não ser para o que ia, levando sempre a prenda única de uma rosa solitária, e desaparecia até à seguinte e imprevisível ocasião. Mas no domingo em que ela lhe tirou os óculos para o beijar, em parte por isso e em parte porque ficaram a dormir depois de um amor tranquilo, passaram a tarde nus na enorme cama do comandante. Ao despertar da sesta, Florentino Ariza ainda conservava a lembrança dos guinchos da catatua, cuja estridência metálica estava no sentido oposto da sua beleza. Mas o silêncio era diáfano no calor das quatro e pela janela do quarto via-se o perfil da cidade antiga com o sol da tarde nas costas, as suas cúpulas douradas, o seu mar em chamas até à Jamaica. Ausencia Santander estendeu a mão aventureira procurando por tentativas o bicho imobilizado, mas Florentino Ariza afastou-lha. Disse: «Agora não. Sinto uma coisa esquisita, como se nos estivessem a ver.» Ela tornou a alvoroçar a catatua com o seu riso feliz. Disse: «Esse pretexto nem a mulher de Jonas o engole.» Nem ela, claro, mas achou-o bom e ambos se amaram durante um longo momento mas sem voltarem a fazer amor. Às cinco, ainda o sol estava alto, ela saltou da cama, nua até à eternidade e com o laço de organdi na cabeça e foi buscar qualquer coisa para beber à cozinha. Porém não chegara a dar um passo fora do quarto quando deu um grito de espanto.

Não podia acreditar. Os únicos objetos que restavam na casa eram os candeeiros pendurados. Tudo o mais, os móveis assinados, os tapetes indianos, as estatuetas e os gobelinos, as incontáveis peças decorativas de pedrarias e metais preciosos, tudo quanto tinha feito da sua casa uma das mais acolhedoras e bem mobiladas da cidade, tudo, até a catatua sagrada, tudo se evaporara. Levaram as coisas pelo terraço que dava para o mar sem perturbar o amor. Só ficaram os salões desertos com as quatro janelas abertas e um letreiro pintado a broxa grossa na parede do fundo: «É bem-feito por andarem a brincar.» O comandante Rosendo de la Rosa nunca conseguiu perceber por que motivo Ausencia Santander não apresentou queixa do roubo nem tentou contacto algum com os traficantes de coisas roubadas, nem autorizou que se voltasse a falar da sua desgraça.

Florentino Ariza continuou a visitá-la na casa roubada, cujo mobiliário ficou reduzido a três tamboretes de couro que os ladrões esqueceram na cozinha, e ao quarto onde eles estavam. Mas visitou-a com menos frequência do que antes, não por causa da desolação da casa, como ela supunha e lhe chegou a dizer, mas por causa da novidade do carro de passageiros puxado a mulas do princípio do novo século, que para ele foi um ninho pródigo e original de avezinhas soltas. Apanhava-o quatro vezes por dia, duas para ir para o escritório e duas para voltar para casa, e, às vezes, enquanto lia e a maioria das vezes em que fingia ler, conseguia estabelecer pelo menos os primeiros contactos para um encontro posterior. Mais tarde, quando o tio Leão XII lhe pôs à disposição um carro puxado por duas mulazinhas pardas de xairéis dourados, iguais aos do presidente Rafael Núñez, lembraria com saudade os tempos dos transportes públicos como os mais frutuosos das suas andanças de falcocheiro. Tinha razão: não havia pior inimigo dos amores secretos do que um carro à espera a uma porta. E de tal modo que quase sempre o deixava escondido em casa e ia a pé para as suas rondas de altanaria, pois assim não ficariam nem os sulcos das rodas no pó. Por isso evocava com tanta nostalgia o velho carro de passageiros com as suas mulas macilentas, cheias de peladas, dentro do qual bastava um olhar de soslaio para saber onde estava o amor. Contudo, no meio de tantas lembranças enternecedoras, não conseguia recordar o de uma avezinha desamparada cujo nome não conheceu e com quem apenas chegou a viver metade de uma noite frenética, mas que bastara para lhe amargar para o resto da vida as inocentes desordens do Carnaval.

Tinha chamado a sua atenção no carro pela impavidez com que seguia no meio da algazarra da paródia pública. Não devia ter mais de vinte anos e não parecia estar muito interessada no Carnaval, a não ser que estivesse disfarçada de inválida: tinha o cabelo muito claro, comprido e liso, solto naturalmente sobre os ombros e uma túnica de pano ordinário sem qualquer enfeite. Estava completamente alheada da barafunda das músicas nas ruas, das mãos-cheias de pó-de-arroz, dos jorros de anilina que atiravam aos passageiros do carro, cujas mulas iam brancas de polvilho e levavam chapéus de flores durante aqueles três dias de loucura. Aproveitando-se da confusão, Florentino Ariza convidou-a a comer um gelado, porque não pensou que desse para mais. Ela olhou-o sem surpresa. Disse: «Aceito com muito gosto, mas aviso-o que estou louca.» Ele riu-se e levou-a a ver o desfile dos carros da varanda da geladaria. Depois enfiou um dominó alugado e meteram-se os dois pela ronda de bailes da Praça da Alfândega e gozaram juntos como noivos acabados de nascer, pois a indiferença dela foi parar no extremo oposto à medida que a noite avançava: dançava como uma profissional, tinha imaginação e audácia para a paródia e um encanto arrasador.

– Não sabes o sarilho em que te meteste comigo – gritava morta de riso na febre do Carnaval. – Sou louca de manicómio.

Para Florentino Ariza aquela era uma noite de retorno aos desmandos cândidos da adolescência, quando o amor ainda não o tinha desgraçado. Mas sabia, mais por desengano do que por experiência, que uma felicidade tão fácil não podia durar muito. Por isso é que antes que a noite começasse a decair, como acontecia sempre depois da atribuição dos prémios às melhores fantasias, propôs à rapariga que fossem assistir ao amanhecer no farol. Ela aceitou agradada, mas só depois que acabassem de distribuir os prémios.

A Florentino Ariza ficou-lhe a certeza de que aquela demora lhe salvou a vida. Com efeito, a rapariga tinha-lhe feito um sinal para irem para o farol quando dois cérberos e uma enfermeira do manicómio da Divina Pastora lhe caíram em cima. Andavam à procura dela desde que fugira às três da tarde, não só eles como toda a força pública. Tinha decapitado um guarda e ferido gravemente outros dois com uma catana que tirara ao jardineiro porque queria sair para ir dançar no Carnaval. Não ocorrera a ninguém que estivesse a dançar na rua, mas escondida em alguma das muitas casas que tinham passado a pente fino até às cisternas.

Não foi fácil levá-la. Defendeu-se com umas tesouras de podar que tinha escondidas no corpete e foram precisos seis homens para a meter na camisa-de-forças, enquanto a multidão, que se juntara na Praça da Alfândega, aplaudia e se regozijava convencida de que a captura sangrenta era uma das tantas farsas do Carnaval. Florentino Ariza ficou desfeito e, na Quarta-Feira de Cinzas, foi pela primeira vez à Rua da Divina Pastora com uma caixa de bombons ingleses para ela. Ficava a ver as reclusas que lhe gritavam todo o tipo de impropérios e de piropos das janelas, enquanto ele as alvoroçava com a caixa de bombons para ver se tinha a sorte de fazer com que ela assomasse também às grades de ferro. Mas nunca a viu. Meses mais tarde, ao apear-se da carruagem puxada pelas mulas, uma garotinha que ia com o pai pediu-lhe um bombom de chocolate da caixa que ele levava na mão. O pai ralhou-lhe e pediu desculpa a Florentino Ariza. Mas ele deu a caixa à garota pensando que aquele gesto o redimia de toda a amargura, e acalmou o pai com uma palmadinha no ombro.

– Eram para um amor que já foi à vida – disse-lhe.

Como compensação do destino, foi também nesse meio de transporte que Florentino Ariza conheceu Leona Cassiani, que foi a verdadeira mulher da sua vida, ainda que nem ele nem ela jamais o soubessem, ou jamais tivessem feito amor. Ele sentira-a antes de a ver quando voltava para casa no carro das cinco: foi um olhar material que lhe tocou como se fosse um dedo. Ergueu os olhos e viu-a, no extremo oposto, mas muito bem definida entre os outros passageiros. Ela não desviou o olhar. Pelo contrário: manteve-o com tanto descaramento que ele não podia pensar mais nada do que aquilo que pensou: negra, jovem e bonita, mas puta sem dúvida alguma. Afastou-a da sua vida porque não podia conceber nada mais indigno do que pagar o amor: nunca o fez.

Florentino Ariza desceu na Praça dos Canos, que era o terminal da carreira, escapuliu-se a toda a pressa pelo labirinto das lojas porque a mãe o esperava às seis, e quando saiu do outro lado da multidão ouviu o ressoar de saltos de mulher alegre na calçada e voltou-se para ver e para se convencer do que já sabia: era ela. Estava vestida como as escravas das gravuras, com uma saia rodada de folhos, que se levantava com um trejeito de dança para passar por cima dos charcos das ruas, um decote que lhe descobria os ombros, uma série de colares coloridos e um turbante branco. Ele conhecia-as da casa de passe. Acontecia frequentemente chegarem às seis da tarde só com o pequeno-almoço e então não tinham outro remédio senão usar o sexo como se fosse uma navalha de salteador de estrada e encostá-la à garganta do primeiro que encontrassem na rua: a picha ou a vida. À procura de uma última prova, Florentino Ariza mudou de caminho, meteu-se pela Rua do Candeeiro, e ela seguiu-o cada vez mais de perto. Então ele deteve-se, voltou-se, barrou-lhe a passagem no passeio, apoiado com as duas mãos no guarda-chuva. Ela pôs-se-lhe à frente.

– Estás enganada, minha linda – disse. – Eu não o dou.

– Claro que dás – disse ela. – Vê-se na tua cara.

Florentino Ariza lembrou-se de uma frase que ouvira em criança ao médico de família, seu padrinho, a propósito da sua prisão de ventre crónica: «O mundo está dividido entre os que cagam bem e os que cagam mal.» Sobre esse dogma, o médico tinha elaborado toda uma teoria sobre a personalidade, que considerava mais certa do que a astrologia. Mas com as lições dos anos, Florentino Ariza expô-la de outra maneira: «O mundo está dividido entre os que engatam e os que não engatam.» Desconfiava destes últimos: quando descarrilavam, isso representava para eles algo de tão insólito que alardeavam o amor como se acabassem de inventá-lo. Os que o faziam frequentemente, por sua vez, viviam só para isso. Sentiam-se tão bem que se portavam como sepulcros selados, porque sabiam que da discrição dependia a sua vida. Nunca falavam das suas proezas, não se abriam com ninguém, armavam-se em distraídos ao ponto de ganharem fama de impotentes, frígidos, e principalmente de maricas tímidos, como era o caso de Florentino Ariza. Mas compraziam-se neste equívoco porque também o equívoco os protegia. Constituíam uma loja maçónica hermética, cujos membros se reconheciam entre si no mundo inteiro, sem necessidade de uma língua comum. Daí que Florentino Ariza não se surpreendesse com a resposta da rapariga: era dos seus e, portanto, sabia que ele sabia que ela sabia.

Foi o erro da sua vida, como a sua consciência lho recordaria hora após hora, dia após dia, até ao último dia. O que ela queria suplicar-lhe não era amor, e menos ainda amor pago, mas sim um emprego no que quer que fosse, fosse como fosse e com que salário fosse na Companhia Fluvial das Caraíbas. Florentino Ariza sentiu-se tão envergonhado com a sua própria conduta que foi com ela ao chefe do pessoal e este deu-lhe um lugar de categoria mínima na secção geral, que ela desempenhou com seriedade, modéstia e consagração durante três anos.

Os escritórios da CFC situavam-se, desde a sua fundação, diante do cais fluvial, sem nada em comum com o porto dos transatlânticos no lado oposto da baía, nem com o atracadouro do mercado na baía das Animas. Era um edifício de madeira com telhado de zinco, de duas águas, uma longa varanda com pilares na fachada e várias janelas com redes de arame nos quatro costados, das quais se viam inteiros os navios no cais como se fossem quadros pendurados na parede. Quando os precursores alemães o construíram, pintaram de vermelho o zinco dos telhados e de branco brilhante os tabiques de madeira, de modo que até o próprio edifício tinha qualquer coisa de navio fluvial.

Depois pintaram-no todo de azul mas na altura em que Florentino Ariza começou a trabalhar na empresa era um barracão sujo sem cor definida e nos telhados cheios de ferrugem havia remendos de placas novas sobre as placas originais. Por trás do edifício, num pátio de caliça cercado por redes de arame de capoeira, havia dois grandes armazéns de construção mais recente e, ao fundo, um desaguadouro fechado, sujo e malcheiroso, onde apodreciam os dejetos de meio século de navegação fluvial: restos de navios históricos, desde os mais antigos de uma só chaminé, inaugurados por Simão Bolívar, a alguns tão recentes que até tinham ventoinhas elétricas nos camarotes. Na sua maioria tinham sido desmantelados para utilizar os materiais noutros navios, mas muitos encontravam-se em tão bom estado que parecia possível dar-lhes uma demão de tinta e lançá-los ao mar, sem espantar as iguanas nem derrubar as ramadas de grandes flores amarelas que os tornavam mais nostálgicos.

No andar de cima do prédio estava a secção administrativa, em gabinetes pequenos mas cómodos e bem equipados, como os camarotes dos navios, já que não tinham sido feitos por arquitetos civis mas sim por engenheiros navais. Ao fim do corredor, como qualquer empregado, o tio Leão XII dava despacho num gabinete igual a todos os outros, com a única diferença de que todas as manhãs ele encontrava uma jarra de vidro com qualquer tipo de flores perfumadas em cima da sua secretária. No rés-do-chão encontrava-se a secção dos passageiros, com uma sala de espera de assentos rústicos e um balcão de atendimento onde se expediam os bilhetes e se tratava das bagagens. No fim de tudo estava a confusa secção geral, cujo nome em si mesmo já dava uma ideia de como eram latos os seus atributos e onde acabavam por morrer de morte ruim todos os problemas que ficavam por resolver no resto da empresa. Aí estava Leona Cassiani, perdida atrás de uma carteira escolar entre um montão de sacas de milho arrumadas e papéis sem solução, no dia em que o tio Leão XII foi pessoalmente ver que raio de ideia poderia ter para que a secção geral servisse para alguma coisa. Ao fim de três horas de perguntas, de suposições teóricas e de averiguações concretas com todos os empregados presentes na sala, voltou para o seu gabinete, preocupado com a certeza de não ter encontrado solução alguma para tantos problemas, antes pelo contrário: novos e variados problemas para nenhuma solução.

No dia seguinte, quando Florentino Ariza entrou no seu gabinete, encontrou um memorando de Leona Cassiani, que lhe rogava que o estudasse e o mostrasse imediatamente ao tio, caso lhe parecesse pertinente. Fora a única que não dissera uma palavra durante a inspeção da tarde anterior. Tinha-se mantido rigorosamente na sua digna condição de empregada por favor, mas no memorando fazia notar que não o fizera por negligência mas por respeito às hierarquias da secção. Era de uma simplicidade alarmante. O tio Leão XII propusera-se fazer uma reorganização a fundo, mas Leona Cassiani pensava no sentido oposto, pela simples lógica de que a secção geral realmente não existia: era o caixote do lixo dos problemas embaraçosos mas insignificantes que as outras secções sacudiam dos ombros. A solução, consequentemente, era eliminar a secção geral e devolver os problemas às secções de origem para que lhes achassem solução.

O tio Leão XII não fazia a menor ideia de quem era Leona Cassiani nem se lembrava de ter visto alguém que pudesse sê-lo na reunião da tarde anterior, mas quando leu o memorando chamou-a ao seu gabinete e conversou com ela à porta fechada, durante duas horas. Falaram um pouco de tudo, de acordo com o método que ele usava para conhecer as pessoas. O memorando era de mero senso comum e a solução, com efeito, deu o resultado desejado. Mas o tio Leão XII não se importava com isso: importava-se com ela. O que mais lhe chamou a atenção foi que os seus únicos estudos, depois da primária, tinham sido na Escola de Chapelaria. Além disto, andava a aprender inglês, em casa, por um método rápido sem mestre, e há três meses que tinha aulas noturnas de datilografia, uma profissão nova e de grande futuro, como antes se dizia do telégrafo e se dissera das máquinas a vapor.

Quando saiu da entrevista, o tio Leão XII já tinha começado a chamá-la como a chamaria sempre: xará Leona. Tinha decidido eliminar de uma só vez a secção conflituosa e dividir os problemas para que fossem resolvidos por aqueles que os criavam, de acordo com a sugestão de Leona Cassiani, e tinha inventado para ela um lugar sem nome e sem funções definidas, que, na prática, era o de sua assistente pessoal. Nessa tarde, depois do enterro sem honras da secção geral, o tio Leão XII perguntou a Florentino Ariza onde é que ele tinha ido buscar Leona Cassiani e ele respondeu-lhe com a verdade.

– Então volta à carruagem e traz-me todas as que encontrares como essa – disse-lhe o tio. – Com mais duas ou três assim, pomos o teu galeão a flutuar.

Florentino Ariza interpretou isso como uma piada típica do tio Leão XII, mas no dia seguinte viu-se sem o carro que lhe tinham atribuído seis meses antes e que agora lhe tiravam para que continuasse à procura de talentos ocultos nos transportes públicos. Leona Cassiani, pelo seu lado, perdeu muito depressa os escrúpulos iniciais e deitou para fora tudo o que com tanta astúcia guardara nos primeiros três anos. Passados outros três tinha abarcado todo o controlo e nos quatro seguintes chegou às portas da secretaria-

-geral, mas negou-se a entrar porque estava um só escalão abaixo de Florentino Ariza. Até então tinha estado sob as suas ordens e queria continuar assim, ainda que a realidade fosse outra: o próprio Florentino Ariza não se dera conta de que era ele quem estava sob as ordens dela. Assim era: ele não tinha feito mais do que cumprir o que ela sugeria na Direção Geral para o ajudar a subir contra as maquinações dos seus inimigos ocultos.

Leona Cassiani tinha um talento diabólico para manobrar os segredos e sabia estar sempre onde devia no momento próprio. Era dinâmica, silenciosa, de uma sábia doçura. Mas quando era indispensável, com a dor na alma, soltava as rédeas a um carácter de ferro maciço. No entanto, nunca o usou para si. O seu único objetivo foi o de varrer a escada a qualquer preço, com sangue se necessário fosse, para que Florentino Ariza subisse até onde se propusera, sem calcular muito bem a sua própria força. Ela tê-lo-ia feito de qualquer maneira, claro está, por uma indomável vocação de poder, mas a verdade foi que o fez de moto próprio apenas por gratidão. Tal era a sua determinação que até mesmo Florentino Ariza se perdeu nas suas manobras e, num momento infeliz, tentou cortar-lhe o passo pensando que ela tentava cortar-lho a ele. Leona Cassiani pô-lo no seu lugar.

– Não se engane – disse-lhe. – Eu afasto-me disto tudo quando você quiser, mas pense bem.

Florentino Ariza que, com efeito, não tinha pensado, pensou-o então o melhor que pôde e entregou-lhe as armas. O certo é que no meio daquela guerra sórdida dentro de uma empresa em crise perpétua, no meio dos seus desastres de falcoeiro sem sossego e a ilusão cada vez mais incerta de Fermina Daza, o impassível Florentino Ariza não tinha tido um momento de paz interior diante do espetáculo fascinante daquela negra brava besuntada de merda e de amor na febre da luta. E tanto assim que muitas vezes se lamentou, em segredo, que ela não tivesse sido realmente o que julgou que ela era na tarde em que a conheceu, para ter limpado o rabo aos seus princípios e feito amor com ela mesmo que o pagasse com pepitas de ouro puro. Pois Leona Cassiani continuava a mesma daquela tarde na carruagem, com os mesmos vestidos de escrava fugida, os seus turbantes aloucados, as suas arrecadas e pulseiras de osso, aquele monte de colares e os anéis de pedras falsas em todos os dedos: uma leoa de rua. O muito pouco que os anos lhe tinham acrescentado por fora era para seu bem. Navegava numa maturidade esplêndida, os seus encantos de mulher eram mais inquietantes, e o seu corpo ardente de africana ia-se adensando com a maturidade. Florentino Ariza, em dez anos, não voltara a insinuar-se-lhe, pagando assim a severa penitência do seu erro original e ela tinha-o ajudado em tudo, exceto nisso.

Uma noite em que ficou a trabalhar até muito tarde, como acontecia frequentemente desde que a mãe morrera, Florentino Ariza preparava-se para sair quando viu que havia luz no gabinete de Leona Cassiani. Abriu a porta sem bater, e lá estava ela: sozinha à secretária, absorta, séria, com uns óculos novos que lhe davam um ar intelectual. Florentino Ariza apercebeu-se, com um pânico ditoso, de que se encontravam os dois sozinhos na casa, estavam desertos os cais, a cidade adormecida, a noite eterna no mar tenebroso, o bramido triste de um barco que levaria mais de uma hora a chegar. Florentino Ariza apoiou-se no guarda-chuva com as duas mãos, tal como o fizera na Rua do Candeeiro para lhe cortar a passagem, só que agora fê-lo para que não se notasse a desarticulação dos seus joelhos.

– Diz-me uma coisa, leoa da minha alma – disse –, quando é que vamos sair disto?

Ela tirou os óculos sem surpresa, com um domínio total, e deslumbrou-o com o seu riso solar. Nunca o tinha tratado por tu.

– Ai Florentino Ariza – disse-lhe –, há dez anos que estou aqui sentada à espera que mo perguntes.

Já era tarde: a ocasião ia com ela na carruagem das mulas, tinha estado sempre com ela na mesma cadeira em que estava sentada, mas agora fora-se para sempre. A verdade é que depois de tantas patifarias enterradas que tinha feito por ele, depois de tanta sordidez suportada por ele, ela tinha-se-lhe adiantado na vida e estava muito para lá dos vinte anos de idade que ele tinha a mais do que ela: envelhecera para ele. Gostava tanto dele que em vez de o enganar preferiu continuar a amá-lo ainda que tivesse de lho dar a saber de uma forma brutal.

– Não – disse-lhe. – Ia sentir que me deitava com o filho que nunca tive.

Florentino Ariza duvidou que tivesse sido a sua última palavra. Pensava que quando uma mulher diz que não fica à espera que insistam antes de tomar a decisão final, mas com ela era diferente: não podia arriscar enganar-se uma segunda vez. Retirou-se de boa vontade e até com um certa graça que não lhe era fácil manter. A partir dessa noite, qualquer sombra que pudesse ter havido entre eles dissipou-se sem amarguras e Florentino Ariza percebeu por fim que se pode ser amigo de uma mulher sem se dormir com ela.

Leona Cassiani foi o único ser humano a quem Florentino Ariza esteve tentado a revelar o segredo de Fermina Daza. As poucas pessoas que o conheciam começavam a esquecê-lo por motivos de força maior. Três delas tinham-no levado para a sepultura sem dúvida alguma: a mãe, que já o havia apagado da memória muito antes de morrer; Gala Placidia, morta de velhice ao serviço da que foi quase uma filha, e a inesquecível Escolástica Daza, que lhe tinha levado dentro de um missal a primeira carta de amor que recebera na vida e que não podia estar ainda viva ao fim de tantos anos. Lorenzo Daza, de quem então não sabia se era vivo ou morto, podia tê-lo contado à irmã Franca de la Luz, tentando evitar a expulsão, mas era pouco provável que o tivessem divulgado. Ficavam por contar onze telegrafistas da longínqua província de Hildebranda Sánchez, que manusearam os telegramas com os seus nomes completos e moradas exatas e ainda Hildebranda Sánchez e a sua corte de primas indómitas.

O que Florentino Ariza ignorava era que o doutor Juvenal Urbino devia ser incluído na lista. Hildebranda Sánchez tinha-lhe contado o segredo numa das suas muitas visitas dos primeiros anos. Mas fê-lo de um modo tão casual e num momento tão inoportuno, que ao doutor Urbino não lhe entrou por um ouvido e lhe saiu pelo outro, como ela pensou, porque não lhe entrou por ouvido nenhum. Hildebranda, com efeito, tinha referido Florentino Ariza como um dos poetas escondidos que, segundo ela, tinham possibilidade de ganhar os Jogos Florais. O doutor Urbino só dificilmente se conseguiu lembrar de quem era, e ela disse-lhe, sem que fosse indispensável mas sem ponta de malícia, que esse fora o único noivo que Fermina Daza tinha tido antes de se casar. Disse-lho convencida de que havia sido tão inocente e efémero que acabava por ser comovedor. O doutor Urbino respondeu sem olhar para ela: «Não sabia que esse tipo era poeta.» E apagou-o da memória naquele momento, entre outras coisas porque a sua profissão o tinha habituado a lidar eticamente com o esquecimento.

Florentino Ariza reparou que os depositários do segredo, com exceção da sua mãe, pertenciam ao mundo de Fermina Daza. No seu estava só ele, só com o peso opressivo de uma carga que muitas vezes tinha necessitado partilhar, mas ninguém até então lhe havia merecido tanta confiança. Leona Cassiani era a única possível, e só aguardava o modo e a oportunidade. Estava a pensar nisso precisamente na abafada tarde estival em que o doutor Urbino subiu as escadas empinadas da CFC, com uma pausa em cada degrau para sobreviver ao calor das três, e apareceu ofegante no gabinete de Florentino Ariza ensopado em suor até às calças e disse com um último fôlego: «Acho que nos vai cair em cima um ciclone.» Florentino Ariza tinha-o visto ali muitas vezes, à procura do tio Leão XII, mas nunca como então tivera a impressão tão nítida de que aquela aparição indesejável tinha algo que ver com a sua vida.

Era a época em que também o doutor Urbino havia superado os escolhos da sua profissão, e andava quase de porta em porta como um mendigo de chapéu na mão a recolher contribuições para as suas iniciativas artísticas. Um dos seus contribuintes mais assíduos e pródigos foi sempre o tio Leão XII, que naquele preciso momento tinha começado a sua sesta diária de dez minutos, sentado na poltrona de molas do escritório. Florentino Ariza pediu ao doutor Juvenal Urbino o favor de esperar no seu gabinete, que era contíguo ao do tio Leão XII e, de certo modo, servia-lhe de sala de espera.

Tinham-se visto em diversas ocasiões, mas nunca se haviam encontrado assim, frente a frente, e Florentino Ariza sofreu mais uma vez a náusea de se sentir inferior. Foram dez minutos eternos, durante os quais se levantou três vezes, na esperança de que o tio tivesse acordado antes de tempo, e bebeu um termo inteiro de café. O doutor Urbino não aceitou nem uma chávena. Disse: «Café é veneno.» E continuou a ligar uns temas aos outros sem sequer se preocupar em ser ouvido. Florentino Ariza não podia suportar a sua distinção natural, a fluidez e a precisão das suas palavras, o seu hálito recôndito a cânfora, o seu encanto pessoal, a maneira tão fácil e elegante com que conseguia que até as frases mais frívolas, só porque ele as dizia, parecessem essenciais. De repente o médico mudou de tema abruptamente:

– Gosta de música?

Apanhou-o de surpresa. Na verdade, Florentino Ariza assistia a todos os concertos e representações de ópera apresentados na cidade, mas não se sentia capaz de manter uma conversa crítica ou bem informada. Tinha o sangue doce para a música em moda, sobretudo para as valsas sentimentais, cuja afinidade com as que ele próprio compunha em adolescente ou com os seus versos secretos, não era possível negar. Bastava-lhe ouvi-las uma vez, de passagem, para imediatamente não haver poder de Deus que lhe tirasse da cabeça o fio da melodia durante noites inteiras. Mas essa não seria uma resposta honesta para uma pergunta tão séria de um especialista.

– Gosto de Gardel – disse.

O doutor Urbino compreendeu-o. «Estou a ver», disse, «está na moda.» E escapuliu-se pelo relato dos seus novos e numerosos projetos, que havia de realizar, como sempre, sem subsídio oficial. Fez-lhe notar a inferioridade descorçoadora dos espetáculos que era possível trazer agora e os esplêndidos do século anterior. Assim era: fazia um ano que andava a vender assinaturas para trazer o trio Cortot-Casals-Thibaud ao Teatro da Comédia, e não havia ninguém no Governo que soubesse quem eram, enquanto naquele mesmo mês estavam esgotados os lugares para a companhia de dramas policiais Ramón Caralt, para a Companhia de Operetas e Zarzuelas de Manolo de la Presa, para Los Santanelas, inefáveis transformistas mímico-fantásticos que trocavam de roupa em cena no instante de um relâmpago fosforescente, para Danyse D'Altaine, que se anunciava como antiga bailarina do Folies Bergère, e até para o abominável Ursus, um energúmeno basco que lutava corpo a corpo com um touro de lide. No entanto, não era para se lastimar, se os próprios europeus estavam a dar mais uma vez o mau exemplo de uma guerra bárbara quando nós começávamos a viver em paz depois de nove guerras civis em meio século, que, bem contadas, podiam ser uma só: sempre a mesma. A Florentino Ariza, o que mais lhe chamou a atenção naquele discurso cativante foi a possibilidade de reviver os Jogos Florais, a mais soante e perdurável iniciativa que o doutor Juvenal Urbino tinha concebido no passado. Teve de morder a língua para não lhe contar que fora um participante assíduo daquele concurso anual que chegou a interessar poetas de grande nome, não só do resto do país como de outros países das Caraíbas.

Apenas começada a conversa, o vapor quente do ar arrefeceu subitamente e uma tempestade de ventos cruzados sacudiu portas e janelas com forte estrondo e o gabinete rangeu até aos alicerces como um veleiro à deriva. O doutor Juvenal Urbino não pareceu aperceber-se. Fez uma ou outra referência casual aos ciclones lunáticos de junho e, de repente, sem que viesse a propósito, falou da sua esposa. Não só a tinha como a sua mais entusiástica colaboradora como era ela a própria alma das suas iniciativas. Disse: «Eu não seria ninguém sem ela.» Florentino Ariza escutou-o impassível, aprovando tudo com um movimento leve de cabeça, sem se atrever a dizer nada com receio de que a voz o atraiçoasse. Porém, mais duas ou três frases bastaram-lhe para compreender que o doutor Juvenal Urbino, no meio de tantos compromissos absorventes, ainda tinha tempo de sobra para adorar a mulher quase tanto como ele, e essa verdade aturdiu-o. Mas não pôde reagir como teria gostado, porque o coração pregou-lhe então uma dessas partidas de putas que só acontecem ao coração: revelou-lhe que ele e aquele homem, que ele tivera sempre na conta de seu inimigo pessoal, eram vítimas de um mesmo destino e compartilhavam o azar de uma paixão comum: dois animais de canga jungidos no mesmo jugo. Pela primeira vez nos intermináveis vinte e sete anos de espera que já somara, Florentino Ariza não pôde resistir à pontada de dor de que aquele homem admirável tivesse de morrer para ele ser feliz.

O ciclone passou ao largo mas as suas rajadas destruíram em quinze minutos os bairros dos pântanos e causaram prejuízos em meia cidade. O doutor Juvenal Urbino, satisfeito mais uma vez com a generosidade do tio Leão XII, não esperou que amainasse completamente e levou, por distração, o guarda-chuva pessoal que Florentino Ariza lhe emprestou para chegar ao carro. Mas este não se importou. Pelo contrário: ficou contente, a magicar no que pensaria Fermina Daza quando soubesse quem era o dono do guarda-chuva. Estava ainda perturbado pela emoção da entrevista quando Leona Cassiani passou pelo seu gabinete e pareceu-lhe uma oportunidade única para lhe revelar o seu segredo sem mais rodeios, como quem rebenta um furúnculo que não o deixava viver: agora ou nunca. Começou por lhe perguntar o que pensava do doutor Juvenal Urbino. Ela respondeu quase sem pensar: «É um homem que faz muitas coisas, talvez de mais, mas acho que ninguém sabe o que ele pensa.» Depois refletiu, desfazendo a borracha do lápis com os seus dentes afiados e grandes de negra enorme e, no fim, encolheu os ombros para rematar um assunto que não lhe dava cuidados.

– Se calhar é por isso que faz tantas coisas – disse –, para não ter que pensar.

Florentino Ariza tentou retê-la.

– O que me dói é que tenha de morrer – disse.

– Toda a gente tem de morrer – disse ela.

– Sim, mas este mais do que toda a gente.

Ela não percebeu nada: voltou a encolher os ombros sem falar e saiu. Foi então que Florentino Ariza se convenceu que numa noite incerta do futuro, numa cama feliz com Fermina Daza, lhe contaria que não revelara o segredo do seu amor nem sequer à única pessoa que tinha merecido o direito de o saber. Não: não o revelaria nunca, nem à própria Leona Cassiani, não porque não quisesse abrir para ela o cofre onde o tinha tão bem guardado ao longo de metade da sua vida, mas porque só então se apercebera de que tinha perdido a chave.

Não era isso, contudo, o mais perturbador daquela tarde. Ficava-lhe a nostalgia dos seus tempos de juventude, a recordação vivida dos Jogos Florais, cujo impacto ressoava sempre no dia 15 de abril na região das Antilhas. Foi sempre um dos seus protagonistas, mas sempre, como em quase tudo, um protagonista secreto. Tinha participado várias vezes desde o concurso inaugural, vinte e quatro anos antes, e nunca obteve nem a última menção honrosa. Não se importava porque não o fazia pela ambição do prémio, mas porque o certame tinha para ele uma atração adicional: Fermina Daza foi a pessoa encarregada de abrir os sobrescritos lacrados e proclamar os nomes dos vencedores na primeira sessão e, desde então, ficou estabelecido que continuaria a fazê-lo nos anos seguintes.

Escondido na penumbra dos óculos, com uma camélia viva a latejar-lhe na botoeira da lapela, pela força da sua ansiedade, Florentino Ariza viu Fermina Daza abrir os três sobrescritos lacrados no palco do antigo Teatro Nacional, na noite do primeiro concurso. Perguntou-se o que aconteceria no coração dela quando descobrisse que era ele o vencedor da Orquídea de Ouro. Estava certo de que reconheceria a letra e que naquele momento evocaria as tardes de bordados sob as amendoeiras no parque, o perfume das gardénias secas das cartas, a valsa confidencial da deusa coroada nas madrugadas de vento. Não aconteceu. Pior ainda: a Orquídea de Ouro, o galardão mais cobiçado da poesia nacional, fora atribuído a um imigrante chinês. O escândalo público que provocou aquela decisão insólita pôs em dúvida a seriedade do certame. Mas a decisão foi justa e a unanimidade do júri tinha uma justificação na excelência do soneto.

Ninguém acreditou que o autor fosse o chinês premiado. Tinha chegado no final do século anterior, fugido do flagelo da febre-amarela que assolou o Panamá dos dois lados do oceano durante a construção do caminho-de-ferro, juntamente com muitos outros que por aqui ficaram até morrer, vivendo à chinesa, proliferando à chinesa, e tão parecidos uns com os outros que ninguém os conseguia distinguir. No princípio não eram mais de dez, alguns deles com as mulheres, os filhos e as suas tralhas, mas em poucos anos deixaram a transbordar quatro ruelas dos arrabaldes do porto com novos chineses intempestivos que entravam no país sem deixar rasto nos registos alfandegários. Alguns dos jovens tornaram-se patriarcas veneráveis tão rapidamente que ninguém entendia como é que tinham tido tempo de envelhecer. A intuição popular dividiu-os em dois tipos: os chineses bons e os chineses maus. Os maus eram os das tascas lúgubres do porto, onde tão depressa se comia como um rei, como se morria à mesa diante de um prato de ratazana com girassóis, e das quais se suspeitava que não eram mais do que uma boa capa para o tráfico de mulheres brancas e de muito mais. Os bons eram os chineses das lavandarias, herdeiros de uma ciência sagrada, que devolviam as camisas mais limpas do que se fossem novas, com os colarinhos e os punhos como hóstias acabadas de fazer. Foi um destes chineses bons quem derrotou nos Jogos Florais setenta e dois rivais bem apetrechados.

Ninguém percebeu o nome quando Fermina Daza o leu, transtornada. Não só porque era um nome insólito, mas porque, de todos os modos, ninguém sabia de ciência certa como se chamavam os chineses. Mas não foi preciso pensar muito porque o chinês premiado surgiu do fundo da plateia com esse sorriso celestial que têm os chineses quando chegam cedo a casa. Tinha concorrido tão seguro da sua vitória que levava vestida, para receber o prémio, a camisola de seda amarela dos ritos da primavera. Recebeu a Orquídea de Ouro de dezoito quilates e beijou-a de felicidade no meio das troças atroadoras dos incrédulos. Não se alterou. Esperou no meio do palco, imperturbável como o apóstolo de uma Divina Providência menos dramática do que a nossa, e, no primeiro silêncio, leu o soneto premiado. Ninguém o entendeu. Mas quando passou a nova revoada de apupos, Fermina Daza voltou a lê-lo, impassível, com a sua afónica voz insinuante, e o assombro impôs-se a partir do primeiro verso. Era um soneto da mais pura estirpe parnasiana, perfeito, atravessado por uma brisa de inspiração que traía a cumplicidade de uma mão mestra. A única explicação possível era que algum dos grandes poetas tivesse concebido aquela brincadeira para fazer pouco dos Jogos Florais e que o chinês se tivesse prestado a fazê-la com a determinação de guardar o segredo até à morte. *El Diario del Comercio*, o nosso jornal tradicional, tentou reemendar o prestígio civil com um ensaio erudito e a dar para o indigesto, sobre a Antiguidade e a influência cultural dos chineses nas Caraíbas, e o seu direito merecido em participar nos Jogos Florais. Quem escreveu o ensaio não duvidava que o autor do soneto fosse na realidade aquele que dizia sê-lo e justificava-o sem delongas logo no título: «Todos os chineses são poetas.» Os promotores da conjura, se a houve, apodreceram nos seus sepulcros com o segredo. Pelo seu lado, o chinês premiado morreu sem confissão com uma idade oriental e foi enterrado com a Orquídea de Ouro dentro do caixão, mas com a amargura de não ter conseguido obter em vida a única coisa por que suspirava, que era o seu crédito como poeta. Por causa da sua morte invocou-se na imprensa o incidente esquecido dos Jogos Florais, reproduziu-se o soneto com uma vinheta modernista de donzelas túrgidas com cornucópias de ouro, e os deuses custódios da poesia valeram-se da ocasião para porem as coisas nos seus lugares: o soneto pareceu tão mau à nova geração que já ninguém pôs em dúvida que na realidade tivesse sido escrito pelo chinês falecido.

Florentino Ariza teve sempre aquele escândalo associado à recordação de uma desconhecida opulenta que estava sentada ao seu lado. Tinha reparado nela no princípio da função, mas depois esquecera-a no susto da espera. Chamou-lhe a atenção pela sua brancura de nácar, pela sua fragrância de gorda feliz, pelo seu imenso peito de soprano coroado com uma magnólia artificial. Tinha um vestido de veludo preto, muito justo, tão preto como os olhos ansiosos e cálidos, e tinha o cabelo ainda mais preto, puxado na nuca com uma travessa de cigana. Usava brincos pendentes, um colar do mesmo género e anéis iguais em vários dedos, todos com brilhantes, e um sinal pintado a lápis na face direita. Na confusão dos aplausos finais, olhou para Florentino Ariza com uma aflição sincera.

– Acredite que lastimo com toda a minha alma – disse.

Florentino Ariza impressionou-se, não pelas condolências que de facto merecia, mas pelo espanto de que alguém conhecesse o seu segredo. Ela esclareceu-o: «Apercebi-me pela maneira como lhe tremia a flor na lapela enquanto abriam os sobrescritos.» Mostrou-lhe a magnólia de pelúcia que tinha na mão e abriu-lhe o coração:

– Foi por isso que eu tirei a minha – disse.

Estava a ponto de chorar pela derrota, mas Florentino Ariza fez-lhe mudar o ânimo com o seu instinto de caçador noturno.

– Vamos chorar juntos para qualquer sítio – disse.

Acompanhou-a até casa. Já na porta, posto que era quase meia-noite e não havia ninguém na rua, convenceu-a a convidá-lo a tomar um brande enquanto viam os álbuns de recortes e fotografias de mais de dez anos de acontecimentos públicos, que ela dizia ter. O truque já então era velho, mas dessa vez foi involuntário porque fora ela quem falara dos seus álbuns enquanto caminhavam, vindos do Teatro Nacional. Entraram. A primeira coisa que Florentino Ariza observou, da sala, foi que a porta do único quarto se encontrava aberta e que a cama era grande e sumptuosa, com uma colcha de brocado e cabeceiras com ramagens de bronze. Essa visão perturbou-o. Ela deve ter percebido porque adiantou-se pela sala e fechou a porta do quarto. Depois convidou-o a sentar-se num canapé de cretone florido onde estava um gato a dormir e colocou na mesa de centro a coleção dos álbuns. Florentino Ariza começou a folheá-los sem pressa, pensando mais nos passos seguintes do que no que estava a ver, e logo levantou o olhar e viu que ela tinha os olhos marejados de lágrimas. Aconselhou-a a chorar quanto quisesse, sem pudor, pois nada aliviava como o pranto, mas sugeriu-lhe que soltasse o corpete para chorar. Apressou-se a ajudá-la, porque o corpete estava ajustado à força nas costas com cordões cruzados. Não precisou de acabar, pois o corpete acabou por se abrir sozinho, pela pressão interna, e as astronómicas tetas respiraram à vontade.

Florentino Ariza que não perdeu nunca o nervosismo da primeira vez, mesmo nas ocasiões mais fáceis, arriscou-se a uma carícia epidérmica no colo com a ponta dos dedos, e ela retorceu-se com um gemido de menina mimada sem deixar de chorar. Então ele beijou-a no mesmo sítio, muito ao de leve, como o fizera com os dedos, mas não o pôde fazer pela segunda vez porque ela se voltou para ele com todo o seu corpo monumental, ávido e quente, e ambos rolaram abraçados pelo chão. O gato acordou no sofá com um gritinho e saltou-lhes em cima. Eles procuraram-se por tentativas como caloiros apressados e encontraram-se de qualquer maneira, revolvendo-se sobre os álbuns desalinhados, vestidos, ensopados de suor e mais preocupados em fugir aos arremessos furiosos do gato do que ao desastre amoroso que cometiam. Mas a partir da noite seguinte, com as feridas ainda abertas, continuaram a fazê-lo por vários anos.

Quando se apercebeu de que tinha começado a amá-la, já estava ela na plenitude dos quarenta e ele ia completar trinta. Chamava-se Sara Noriega e tivera um quarto de hora de celebridade na sua juventude por ter ganho um concurso com um livro de versos sobre o amor dos pobres, que nunca foi publicado. Era professora de Urbanidade e Instrução Cívica nas escolas oficiais, e vivia do seu ordenado numa casa alugada no colorido conjunto da Passagem dos Noivos, no antigo Bairro de Getsémani. Tivera vários amantes de ocasião, mas nenhum com ilusões matrimoniais, porque era difícil que um homem do seu meio e do seu tempo desposasse uma mulher com quem tivesse dormido. Ela também não tornou a alimentar essa ilusão depois do seu primeiro noivo oficial, ao qual amou com a paixão quase demente de que era capaz aos dezoito anos, ter fugido ao seu compromisso uma semana antes da data prevista para a boda, deixando-a perdida num limbo de noiva enganada. Ou de solteira usada, como então se dizia. No entanto, aquela primeira experiência, se bem que cruel e efémera, não lhe deixou nenhuma amargura, mas sim a convicção deslumbrante de que com casamento ou sem ele, sem Deus ou sem lei, não valia a pena viver se não fosse para ter um homem na cama. O que Florentino Ariza mais gostava nela era que enquanto fazia amor tinha que chuchar uma chupeta de criança para chegar à glória plena. Chegaram a ter uma coleção de todos os tamanhos, formatos e cores que encontraram no mercado, e Sara Noriega pendurava-as à cabeceira-da-cama para dar com elas às cegas nos seus momentos de urgência extrema.

Ainda que ela fosse tão livre quanto ele e talvez não se tivesse oposto a que as suas relações fossem abertas, Florentino Ariza arrumou-as desde o princípio como uma aventura clandestina. Deslizava pela porta de serviço, quase sempre de noite e muito tarde, e escapava-se em bicos dos pés pouco antes de amanhecer. Tanto ele como ela sabiam que numa casa tão partilhada e povoada como aquela os vizinhos, no fim de contas, deviam estar mais a par do que se passava do que fingiam estar. Mas ainda que fosse uma simples fórmula, Florentino Ariza era assim, como o seria com todas até ao fim da sua vida. Nunca cometeu um erro, nem com ela nem com nenhuma outra, nunca incorreu em qualquer inconfidência. Não exagerava: só numa ocasião deixou um rasto comprometedor ou uma prova escrita e isso poderia ter-lhe custado a vida. Na verdade comportou-se sempre como se fosse o esposo eterno de Fermina Daza, um marido infiel mas tenaz, que lutava sem tréguas para se libertar da sua servidão, mas sem lhe causar o desgosto de uma traição.

Um tal hermetismo não podia prosperar em equívocos. A própria Tránsito Ariza morreu convencida de que o filho concebido por amor e criado para o amor estava imunizado contra todas as formas de amor devido à sua primeira adversidade juvenil. No entanto, muitas pessoas menos benévolas que estiveram muito perto dele, que conheciam o seu carácter misterioso e a sua preferência por vestimentas místicas e loções raras, partilhavam a suspeita de que não era imune ao amor mas sim à mulher. Florentino Ariza sabia-o e nunca fez nada para o desmentir. Isso tão-pouco preocupou Sara Noriega. Como as outras imensas mulheres que ele amou, e ainda as que lhe davam prazer e que recebiam prazer com ele sem o amarem, aceitou-o como aquilo que era na realidade: um homem de passagem.

Acabou por aparecer em casa dela a qualquer hora, sobretudo nas manhãs de domingo que eram as mais tranquilas. Ela abandonava o que estivesse a fazer, fosse o que fosse, e consagrava-se de corpo inteiro a fazê-lo feliz na enorme cama excessivamente adornada que sempre esteve arranjada para ele, e na qual nunca permitiu que se incorresse em formalismos litúrgicos. Florentino Ariza não compreendia como é que uma solteira sem passado podia ser tão sábia em assuntos de homens, nem como podia manobrar o seu corpo doce de toninha com tanta agilidade e tanta ternura como se se movimentasse debaixo de água. Ela defendia-se dizendo que o amor, antes de qualquer outra coisa, era um talento natural. Dizia: «Ou se nasce sabendo ou não se sabe nunca.» Florentino Ariza retorcia-se de ciúmes regressivos pensando que ela talvez fosse mais sabida do que parecia, mas tinha de os engolir inteiros, porque também ele lhe dizia, como lhes disse a todas, que ela tinha sido a sua única amante. Entre outras muitas coisas que lhe agradavam menos, teve de se resignar a ter na cama o gato enfurecido, ao qual Sara Noriega enluvava as garras para que não o desfizesse à unhada enquanto faziam amor.

Contudo, quase tanto como fornicar na cama até ao esgotamento, ela gostava de consagrar as fadigas do amor ao culto da poesia. Não só tinha uma memória assombrosa para os versos sentimentais do seu tempo, cujas novidades se vendiam em folhetos populares a dois centavos, mas também pregava nas paredes com alfinetes os poemas de que mais gostava, para os ler em voz alta a qualquer hora. Tinha feito uma versão em hendecassílabos pares dos textos de Urbanidade e Instrução Cívica, como os que se usavam para a ortografia, mas não conseguiu obter a aprovação oficial. Era tal o seu arrebatamento declamatório que às vezes continuava a recitar aos gritos enquanto fazia amor e Florentino Ariza tinha de lhe meter a chucha na boca à força, como se fazia com as crianças para pararem de chorar.

Na plenitude das suas relações, Florentino Ariza tinha-se perguntado qual dos dois estados seria o amor, o da cama turbulenta ou o das tardes tranquilas dos domingos, e Sara Noriega sossegou-o com o argumento simples de que tudo o que fizessem nus era amor. Disse: «Amor da alma da cintura para cima e amor do corpo da cintura para baixo.» Sara Noriega achou que esta definição era boa para um poema sobre o amor dividido, que escreveram a quatro mãos e que ela apresentou nos quintos jogos Florais, convencida de que ninguém tinha participado até então com um poema tão original. Mas tornou a perder.

Estava furibunda enquanto Florentino Ariza a acompanhava a casa. Por qualquer coisa que não sabia explicar, tinha a convicção de que a manobra havia sido tramada contra ela por Fermina Daza, para não premiar o seu poema. Florentino Ariza não lhe prestou atenção. Estava de humor sombrio desde a entrega dos prémios, pois fazia muito tempo que não via Fermina Daza e, naquela noite, teve a impressão de que sofrera uma mudança profunda: pela primeira vez se lhe notava a olho nu a sua condição de mãe. Não era uma novidade para ele, pois sabia que o filho já ia à escola. No entanto, a sua idade maternal não lhe parecera antes tão evidente como naquela noite, tanto pelo diâmetro da cintura e o seu andar um pouco ofegante, como pelas hesitações na voz ao ler a lista dos prémios.

Tentando documentar as suas recordações, voltou a folhear os álbuns dos Jogos Florais enquanto Sara Noriega arranjava qualquer coisa para comer. Viu cromos de revistas, postais amarelecidos dos que se vendiam como recordações nos portais de loja e foi como uma passagem fantasmagórica pela falácia da sua própria vida. Até então fora sustentado pela ficção de que era o mundo que passava, os costumes, a moda: tudo menos ela. Mas naquela noite viu pela primeira vez de forma consciente como ia passando a vida de Fermina Daza e como passava a sua própria, enquanto ele não fazia mais nada do que esperar. Nunca tinha falado dela com ninguém porque se sabia incapaz de dizer o seu nome sem que se lhe notasse a palidez dos lábios. Mas nessa noite, enquanto folheava os álbuns, como em tantas outras vigílias de tédio dominical, Sara Noriega teve uma dessas tiradas acidentais que gelavam o sangue.

– É uma puta – disse.

Disse-o sem pensar, vendo uma gravura de Fermina Daza disfarçada de pantera negra num baile de máscaras e não precisou de mencionar ninguém para que Florentino Ariza soubesse de quem falava. Temendo uma revelação que o perturbasse para toda a vida, este apressou-se numa defesa cautelosa. Alegou que só conhecia Fermina Daza de vista, que nunca tinham passado dos cumprimentos formais e não sabia nada do que se passava na sua intimidade, mas dava como certo que era uma mulher admirável surgida do nada e enaltecida pelos seus próprios méritos.

– Por obra e graça de um casamento por interesse com um homem de que não gosta – interrompeu-o Sara Noriega. – É a maneira mais baixa de se ser puta.

Com menos crueza mas com igual rigidez moral, a mãe de Florentino Ariza tinha-lhe dito o mesmo ao tentar consolá-lo das suas desventuras. Abalado até ao tutano, não encontrou uma réplica oportuna para a inclemência de Sara Noriega e tentou fugir ao tema. Mas Sara Noriega não lho permitiu até que acabasse de desabafar contra Fermina Daza. Por um laivo de intuição que não teria conseguido explicar, estava convencida de que tinha sido ela a autora da conspiração para lhe escamotear o prémio. Não havia qualquer razão para acreditar nisso: não se conheciam, jamais se tinham visto, e Fermina Daza não tinha nada a ver com as decisões do concurso, se bem que estivesse ao corrente dos seus segredos. Sara Noriega disse de uma maneira terminante: «Nós, as mulheres, somos adivinhas.» E pôs termo à discussão.

Desde esse momento, Florentino Ariza viu-a com outros olhos. Também para ela passavam os anos. A sua natureza fecunda murchava sem glória, o seu amor demorava-se em soluços e as suas pálpebras começavam a evidenciar a sombra das velhas amarguras. Era uma flor de ontem. Além do mais, na fúria da derrota tinha-se descuidado na conta dos seus brandes. Não estava na sua noite: enquanto comiam o arroz de coco requentado, quis determinar qual tinha sido a contribuição de cada um no poema derrotado, para saber quantas pétalas da Orquídea de Ouro teria correspondido a cada qual. Não era a primeira vez que se entretinham em torneios bizantinos, mas ele aproveitou a ocasião para se vingar da ferida recém-aberta, e enredaram-se numa disputa mesquinha que lhes remoeu aos dois os rancores de quase cinco anos de amor dividido.

Quando faltavam dez minutos para as doze, Sara Noriega trepou para uma cadeira para dar corda ao relógio de pêndulo e acertar a hora de memória, talvez a querer dizer sem dizer que era hora de se ir embora. Florentino Ariza sentiu então a urgência de cortar pela raiz aquela relação sem amor e arranjou maneira de ser ele a tomar a iniciativa: como faria sempre. Rogando a Deus que Sara Noriega o convidasse a ficar na sua cama de modo que ele pudesse dizer que não, que tudo tinha acabado entre eles, pediu-lhe que se sentasse a seu lado quando acabou de dar corda ao relógio. Mas ela preferiu manter-se à distância na poltrona das visitas. Florentino Ariza estendeu-lhe então o indicador molhado de brande para que ela o chupasse, como gostava de fazer nos preâmbulos do amor de outra época. Ela evitou-o.

– Agora não – disse. – Estou à espera de uma pessoa.

Desde que fora repudiado por Fermina Daza que Florentino Ariza tinha aprendido a reservar-se sempre a última decisão. Em circunstâncias menos amargas teria insistido no assédio a Sara Noriega, com a certeza de acabar a noite a rebolar-se com ela na cama, pois estava convencido de que uma mulher que se deita com um homem uma vez, continua a deitar-se com ele sempre que ele o quiser, sempre que a saiba enternecer. Tinha suportado tudo por essa convicção, tinha passado por cima de tudo, mesmo nas questões mais baixas do amor, desde que não concedesse a nenhuma mulher nascida de mulher a oportunidade de tomar a decisão final. Mas naquela noite sentiu-se tão humilhado, que tomou o brande de um trago, fazendo todos os possíveis para que se lhe notasse o rancor, e foi-se embora sem se despedir. Nunca mais se voltaram a ver.

A relação com Sara Noriega foi uma das mais longas e estáveis de Florentino Ariza, ainda que não fosse a única que manteve naqueles cinco anos. Quando percebeu que se sentia bem com ela, sobretudo na cama, mas que nunca conseguiria substituir Fermina Daza por ela, recrudesceram as suas noites de caçador solitário e arranjava-se de maneira a poder repartir o seu tempo e as suas forças até onde elas lhe chegassem. No entanto, Sara Noriega conseguiu o milagre de o aliviar por uns tempos. Pelo menos pôde viver sem ver Fermina Daza, ao contrário do que acontecia antes, quando interrompia a qualquer hora o que estivesse a fazer para a ir procurar pelos rumos incertos dos seus presságios, nas ruas mais impensáveis, em sítios irreais onde era impossível que estivesse, vogando sem sentido com umas ânsias no peito que não lhe davam tréguas enquanto não a visse, por um instante que fosse. O rompimento com Sara Noriega, pelo contrário, alvoroçou-lhe de novo as esperanças adormecidas e sentiu-se outra vez como nas tardes do parque e das leituras intermináveis, mas desta vez agravadas pela urgência de que o doutor Juvenal Urbino tinha de morrer.

Sabia desde há algum tempo que estava predestinado a fazer feliz uma viúva e que ela o faria feliz, e isso não o preocupava. Pelo contrário: estava preparado. De tanto as conhecer nas suas incursões de caçador solitário, Florentino Ariza acabaria por saber que o mundo estava cheio de viúvas felizes. Tinha-as visto enlouquecer de dor diante do cadáver dos maridos, suplicando que as enterrassem vivas dentro do mesmo caixão para não enfrentarem sem eles os azares do futuro, mas à medida que se iam reconciliando com a realidade do seu novo estado, via-se como ressurgiam das cinzas com uma vitalidade revigorada. Começavam a viver como parasitas de sombras nos casarões desertos, tornavam-se confidentes das criadas, amantes das suas almofadas, sem nada que fazer ao fim de tantos anos de cativeiro estéril. Desperdiçavam as horas que sobravam a pregar na roupa do falecido os botões que nunca tinham tido tempo de repor, passavam e voltavam a passar as suas camisas de colarinhos e punhos de goma para que estivessem sempre impecáveis. Continuavam a pôr o seu sabonete na casa de banho, a fronha com as suas iniciais na cama, o prato e os talheres no seu lugar à mesa, para o caso de voltarem da morte sem avisar, como costumavam fazer em vida. Mas naquelas missas de solidão iam tomando consciência de que eram outra vez donas do seu arbítrio, depois de terem renunciado não só ao seu nome de família como à sua própria identidade, e tudo isto em troca de uma segurança que não passou de mais uma das suas tantas ilusões de noivas. Só elas sabiam quanto pesava o homem que amavam com loucura e que talvez as amasse, mas que tinham tido que continuar a criar até ao último suspiro, dando-lhe de mamar, mudando-lhe as fraldas sujas, distraindo-o com historinhas de mãe para lhes aliviar o terror de sair de manhã e dar de cara com a realidade. E, no entanto, quando o viam sair de casa, instigado por elas próprias a engolir o mundo, então eram elas que ficavam com o terror de que o homem não voltasse nunca. Isso era a vida. O amor, se o houvesse, era uma coisa à parte: outra vida.

No ócio reparador da solidão, em compensação, as viúvas descobriam que a forma honrada de viver era à mercê do corpo, comendo quando tinham fome, amando sem mentir, dormindo sem terem de fingir-se adormecidas para fugir à indecência do amor oficial, donas por fim do direito a uma cama inteira só para elas na qual ninguém lhes disputava a metade do lençol, a metade do ar que respiravam, a metade da sua noite, até que o corpo se saciava de sonhar com os seus sonhos próprios e acordava só. Nos seus amanheceres de caçador furtivo, Florentino Ariza encontrava-as à saída da missa das cinco, amortalhadas de negro e com o corvo do destino sobre o ombro. Mal o avistavam na claridade da alva, mudavam de passeio com passos miúdos e entrecortados, passos de passarinho, pois só o facto de passarem perto de um homem podia manchar-lhes a honra. Porém ele estava convencido de que uma viúva desconsolada, mais do que qualquer outra mulher, podia levar dentro dela a semente da felicidade.

Tantas viúvas na sua vida, desde a viúva de Nazaret, tinham tornado possível que ele vislumbrasse como eram as casadas felizes depois da morte dos maridos. O que até então tinha sido para ele uma mera ilusão converteu-se, graças a elas, numa possibilidade que se podia agarrar com as mãos. Não via razões para que Fermina Daza não fosse uma viúva igual, preparada pela vida para o aceitar a ele tal como era, sem fantasias de culpa pelo marido morto, decidida a descobrir com ele a outra felicidade de ser feliz duas vezes, com um amor de uso quotidiano que fizesse de cada instante um milagre de viver, e com outro amor, só dela, preservado de todo o contágio pela imunidade da morte.

Talvez não tivesse sido tão entusiasta se tivesse, ao menos, suspeitado que Fermina Daza estava bem longe daqueles cálculos imaginários, quando começava apenas a avistar o horizonte de um mundo onde tudo estava previsto, menos a adversidade. Ser rico, naquele tempo, tinha muitas vantagens mas também muitas desvantagens, claro, mas meio mundo suspirava por vir a sê-lo como a possibilidade mais provável de alcançar a eternidade. Fermina Daza repudiara Florentino Ariza num lampejo de maturidade que pagou imediatamente com uma crise de remorsos, mas nunca duvidou que a sua decisão fora acertada. Naquele momento não encontrou explicação para as causas ocultas que lhe tinham dado aquela clarividência, mas muitos anos mais tarde, já nas vésperas da velhice, descobriu-as, de repente e sem saber como, numa conversa casual sobre Florentino Ariza. Todos os intervenientes conheciam a sua condição de delfim da Companhia das Caraíbas na sua época áurea, todos tinham a certeza de já o terem visto muitas vezes, até de terem tido negócios com ele, mas nenhum conseguia identificá-lo na memória. Foi então que Fermina Daza teve a revelação dos motivos inconscientes que a impediram de o amar. Disse: «É como se em vez de ser uma pessoa, fosse uma sombra.» Assim era: a sombra de alguém a quem ninguém conheceu nunca. Mas enquanto resistia aos assédios do doutor Juvenal Urbino, que era o homem oposto, sentia-se atormentada pelo fantasma da culpa: o único sentimento que era incapaz de suportar.

Quando o sentia chegar, apoderava-se dela uma espécie de pânico que só conseguia controlar quando encontrava alguém que lhe aliviasse a consciência. Desde muito pequena, quando se partia um prato na cozinha, quando alguém caía, quando ela entalava um dedo numa porta, voltava-se assustada para o adulto que estivesse mais perto e apressava-se a acusá-lo: «Foi por tua culpa.» Ainda que na verdade não lhe importasse quem era o culpado nem convencer-se da sua própria inocência: bastava deixá-la estabelecida.

Era um fantasma tão evidente, que o doutor Urbino apercebeu-se a tempo até que ponto ameaçava a harmonia da sua casa, e assim que o via chegar apressava-se a dizer à mulher: «Não te preocupes, meu amor, a culpa foi minha.» Pois nada receava tanto como as decisões súbitas e definitivas da sua mulher, e estava convencido que tinham sempre a sua origem num sentimento de culpa. No entanto, a confusão pelo repúdio de Florentino Ariza não se resolveu com uma frase de consolação. Fermina Daza continuou a abrir a janela da varanda, de manhã, durante longos meses e sentia sempre a falta do fantasma solitário que a espreitava no parque deserto, via a árvore que fora dele, o banco menos visível onde se sentava a ler pensando nela, a sofrer por ela, e tinha de voltar a fechar a janela, suspirando: «Pobre homem.» Sofreu até mesmo o desencanto de que ele não fora tão pertinaz quanto ela desejava, quando já era demasiado tarde para remendar o passado, nunca deixou de sentir por vezes a ansiedade tardia por uma carta que nunca chegou. Mas quando teve de enfrentar a decisão de se casar com Juvenal Urbino, sucumbiu numa crise maior, ao perceber que não tinha razões válidas para o preferir depois de ter repudiado, sem razões válidas, Florentino Ariza. De facto, gostava tão pouco deste como do outro, mas, além disso, conhecia-o pior e as suas cartas não tinham a febre das cartas do outro, nem lhe havia dado tantas provas comovedoras da sua determinação. A verdade é que as pretensões de Juvenal Urbino nunca tinham sido apresentadas em termos de amor e era, no mínimo, curioso, que um católico praticante como ele só lhe oferecesse bens terrenos: a segurança, a ordem, a felicidade, números imediatos que uma vez somados talvez se pudessem parecer com o amor: quase o amor. Mas não o eram, e estas dúvidas aumentavam a sua confusão, porque também não estava convencida de que o amor fosse na realidade o que mais falta lhe fazia para viver.

Em todo o caso, o fator principal contra o doutor Juvenal Urbino era a sua parecença mais do que suspeita com o homem ideal que Lorenzo Daza tinha desejado com tanta ansiedade para a sua filha. Era impossível não o ver como a criatura de uma confabulação paterna, ainda que na realidade não o fosse, mas Fermina Daza estava convencida de que o era desde que o viu entrar em sua casa pela segunda vez para uma visita médica não solicitada. As conversas com a prima Hildebranda acabaram por a confundir. Pela sua própria situação de vítima, esta tendia a identificar-se com Florentino Ariza, esquecendo-se até de que talvez Lorenzo Daza a tivesse mandado vir para que ela influísse a favor do doutor Urbino. Deus sabia o esforço que Fermina Daza fizera para não a acompanhar quando a prima foi conhecer Florentino Ariza no telégrafo. Também ela teria gostado de o ver outra vez para o confrontar com as suas dúvidas, falar com ele a sós, conhecê-lo a fundo para ter a certeza de que a sua decisão impulsiva não a ia precipitar numa outra mais grave, que era capitular na guerra pessoal contra o pai. Mas fê-lo, no minuto crucial da sua vida, sem tomar minimamente em conta a beleza viril do pretendente, nem a sua lendária riqueza, nem a sua glória precoce, nem nenhum dos seus muitos méritos reais, mas sim aturdida pelo medo da oportunidade que lhe fugia e a iminência dos vinte e um anos que eram o seu limite confidencial para render-se ao destino. Bastou-lhe esse minuto único para assumir a decisão, como estava previsto nas leis de Deus e dos homens: até à morte. Então dissiparam-se todas as dúvidas, e pôde fazer sem remorsos o que a razão lhe indicou como sendo o mais decente: passou uma esponja sem lágrimas por cima da recordação de Florentino Ariza, apagou-o por completo, e, no espaço que ele ocupava na sua memória, deixou florescer um campo de papoilas. A única coisa que consentiu foi um suspiro mais profundo do que o habitual, o último: «Pobre homem.»

As dúvidas mais temíveis, porém, começaram assim que regressou da viagem de núpcias. Ainda não tinham acabado de abrir os baús, desencaixotar os móveis e esvaziar as onze caixas que trouxera para tomar posse como dona e senhora do antigo palácio do marquês de Casalduero, e já se tinha dado conta, com um vagido mortal, de que estava prisioneira na casa errada e, pior ainda, com o homem errado. Precisou de seis anos para sair. Os piores da sua vida, desesperada pelo azedume de Dona Blanca, a sogra, e o atraso mental das cunhadas, que se não tinham ido apodrecer vivas numa cela de clausura era porque já a carregavam dentro de si.

O doutor Urbino, resignado a pagar os tributos da estirpe, fez-se surdo às suas súplicas, confiando que a sabedoria de Deus e a infinita capacidade de adaptação da sua esposa acabariam por pôr as coisas no seu devido lugar. Doía-lhe a deterioração da mãe, cuja alegria de viver contagiava, noutro tempo, o desejo de estar vivo até aos mais incrédulos. Era verdade: aquela mulher formosa, inteligente, de uma sensibilidade humana nada comum no seu meio, tinha sido durante quarenta anos a alma e o corpo do seu paraíso social. A viuvez tinha-a amargurado ao ponto de se duvidar que fosse a mesma e tinha-a tornado mole, azeda e inimiga do mundo. A única explicação possível da sua degradação era o rancor de que o marido se tivesse sacrificado de livre vontade por uma meda de negros, como ela dizia, quando o único sacrifício justo teria sido o de sobreviver para ela. Em todo o caso, o casamento feliz de Fermina Daza tinha durado o mesmo que a viagem de núpcias e o único que a podia ajudar a impedir o naufrágio final estava paralisado de medo perante o poder da mãe. Era a ele, e não às cunhadas imbecis e à sogra meio louca, que Fermina Daza atribuía a culpa da armadilha fatal em que tinha sido apanhada. Suspeitou demasiado tarde que por trás da sua autoridade profissional e do seu fascínio mundano, o homem com quem se tinha casado era um fraco sem redenção: um pobre-diabo com ares de valente pelo peso social dos seus apelidos.

Refugiou-se no filho recém-nascido. Tinha-o sentido sair do seu corpo com o alívio de quem se liberta de algo que não é seu e tinha sofrido com o próprio espanto ao comprovar que não sentia o menor afeto por aquele vitelo nonato que a parteira lhe mostrou em carne viva, sujo de sebo e de sangue e com o cordão umbilical enrolado ao pescoço. Mas na solidão do palácio aprendeu a conhecê-lo, conheceram-se, e descobriu, com grande alvoroço, que não se amam os filhos por serem filhos mas sim pela grande amizade que surge quando os criamos. Acabou por não tolerar nem nada nem ninguém que não ele na casa da sua desventura. Deprimia-a a solidão, o jardim de cemitério, a indolência do tempo nos enormes aposentos sem janelas. Sentia-se enlouquecer nas noites dilatadas pelos gritos das loucas do manicómio vizinho. Envergonhava-a o costume de pôr a mesa de banquetes todos os dias, com toalhas bordadas, serviços de prata e candelabros de funeral, para que cinco fantasmas jantassem uma chávena de café com leite e almojávenas. Detestava o terço ao fim da tarde, os salamaleques à mesa, as críticas constantes à sua maneira de pegar nos talheres, de andar com passos extravagantes de mulher da rua, de se vestir como se estivesse no circo e até a sua maneira provinciana de tratar do marido e de dar de mamar ao bebé sem cobrir o seio com a mantilha. Quando fez os primeiros convites para o chá das cinco da tarde, com bolachinhas imperiais e doce de flores, segundo uma moda recente em Inglaterra, Dona Blanca opôs-se a que em sua casa se bebessem remédios para suar a febre em vez de chocolate com queijo derretido e rodelas de pão de iuca. Nem os sonhos se lhe escaparam. Certa manhã em que Fermina Daza contou que tinha sonhado com um desconhecido que passeava nu a atirar mãos-cheias de cinza pelos salões do palácio, Dona Blanca interrompeu-a secamente:

– Uma mulher decente não pode ter esse género de sonhos.

À sensação de estar sempre em casa alheia, somaram-se duas desgraças maiores. Uma era a dieta quase diária de beringelas em todas as suas formas, que Dona Blanca recusava alterar por respeito para com o falecido esposo, e que Fermina Daza fazia tudo para não comer. Detestava beringelas desde garota, mesmo antes de as ter provado, porque sempre achara que tinham a cor do veneno. Só que dessa vez teve de admitir que alguma coisa se tinha modificado para bem da sua vida, porque com cinco anos havia dito à mesa isso mesmo e o pai obrigou-a a comer até ao fim tudo o que estava na caçarola e que era a quantidade prevista para seis pessoas. Pensou que ia morrer, primeiro pelos vómitos de beringela moída e depois pela tigela de óleo de rícino que a fizeram tomar à força para a curarem do castigo. As duas coisas misturaram-se-lhe na memória como um único purgante, tanto pelo sabor como pelo pavor ao veneno, e nos almoços abomináveis do palácio do marquês de Casalduero tinha de desviar o olhar para não chamar a atenção pela náusea glacial do óleo de rícino.

A outra desgraça foi a harpa. Um dia, muito consciente da intenção das suas palavras, Dona Blanca dissera: «Não acredito em mulheres decentes que não saibam tocar piano.» Foi uma ordem que até o filho tentou discutir, pois os melhores anos da sua infância tinham sido passados nas galeras das aulas de piano, ainda que já adulto lho tivesse agradecido. Não podia imaginar a mulher submetida à mesma condenação, aos vinte e cinco anos e com uma personalidade como a dela. Mas tudo quanto conseguiu da mãe foi que trocasse o piano pela harpa, com o argumento pueril de que era o instrumento dos anjos. E foi assim que trouxeram de Viena a harpa magnífica que parecia de ouro e que soava como se o fosse e que foi uma das relíquias mais apreciadas do Museu da Cidade, até as chamas o terem consumido com tudo quanto tinha dentro. Fermina Daza submeteu-se a essa condenação de luxo numa tentativa de impedir o naufrágio com um sacrifício final. Começou com um professor de professores que mandaram vir de propósito da cidade de Mompox, e que morreu de repente ao fim de quinze dias, e continuou durante vários anos com o músico principal do seminário, cujo hálito de coveiro distorcia os arpejos.

Até ela se surpreendia com a sua obediência. Pois ainda que não o admitisse no seu foro interno, nem nas discussões em surdina que travava com o marido nas horas que dantes consagravam ao amor, tinha-se envolvido mais depressa do que julgava no emaranhado de convenções e preconceitos do seu novo mundo. No princípio tinha uma frase ritual para afirmar a sua liberdade de critério: «Que vá prà merda o leque, que o tempo é de brisa.» Mas, depois, ciosa dos seus privilégios bem ganhos, receosa da vergonha e da troça, mostrava-se disposta a suportar até a humilhação, na esperança de que Deus se apiedasse por fim de Dona Blanca, que não se cansava de lhe suplicar nas suas orações que lhe mandasse a morte.

O doutor Urbino justificava a sua debilidade com argumentos de recurso sem se perguntar sequer se não iriam contra a sua Igreja. Não admitia que os seus conflitos com a mulher tivessem origem no ar rarefeito da casa, mas sim na própria natureza do casamento: uma invenção absurda que só podia existir pela graça infinita de Deus. Era contra toda a razão científica que duas pessoas que mal acabavam de se conhecer, sem qualquer parentesco entre si, com personalidades diferentes, com culturas diferentes e até com sexos diferentes, se vissem comprometidas de um momento para o outro a viverem juntas, a dormirem na mesma cama, a partilharem dois destinos que talvez estivessem determinados em sentidos divergentes. Dizia: «O problema do casamento é que acaba todas as noites depois de fazer amor e tem de se voltar a reconstruí-lo todas as manhãs antes do pequeno-almoço.» Pior ainda o deles, dizia, surgido de duas classes antagónicas e numa cidade que ainda continuava a sonhar com o regresso dos vice-reis. A única argamassa possível era algo de tão improvável e volúvel quanto o amor, se existisse, e no caso deles não existia quando casaram, e o destino não tinha feito mais nada do que colocá-los diante da realidade quando estavam prestes a inventá-lo.

Esse era o estado das suas vidas na época da harpa. Tinham ficado para trás os acasos deliciosos dela a entrar enquanto ele tomava banho, e, apesar das discussões, das beringelas venenosas, e apesar das irmãs dementes e da mãe que as pariu, ele tinha ainda suficiente amor para lhe pedir que o ensaboasse. Ela começava a fazê-lo com as migalhas do amor que ainda lhe sobravam da Europa e os dois iam-se deixando atraiçoar pelas recordações, suavizando-se sem querer, amando-se sem dizer, e acabavam a morrer de amores pelo chão, lambuzados de espuma perfumada enquanto ouviam as criadas a falar deles no tanque da roupa: «Se não têm mais filhos é porque não os fazem.» De vez em quando, ao voltarem de uma festa maluca, a nostalgia bem escondida por trás da porta derrubava-os num único assalto e então acontecia uma explosão maravilhosa onde tudo era outra vez como dantes e por cinco minutos voltavam a ser os amantes desmedidos da lua-de-mel.

Mas exceto nessas ocasiões raras, um dos dois estava sempre mais cansado do que o outro à hora de se deitarem. Ela demorava-se na casa de banho a enrolar os seus cigarros de papel perfumado, a fumar sozinha, reincidindo nos seus amores de consolação como quando era jovem e livre em sua casa, única dona do seu corpo. Tinha sempre dores de cabeça, ou fazia calor de mais, ou fingia que estava a dormir, ou estava outra vez com o período, o período, sempre o período.

E tanto assim que o doutor Urbino se tinha atrevido a dizer numa aula, só pelo alívio de um desabafo sem confissão, que ao fim de dez anos de casadas as mulheres chegavam a ter o período até três vezes por semana.

Desgraças chamando desgraças, Fermina Daza teve de enfrentar no seu pior ano o que teria de acontecer mais cedo ou mais tarde irremediavelmente: a verdade sobre os negócios fabulosos e nunca conhecidos do pai. O governador provincial que chamou Juvenal Urbino ao seu gabinete para o pôr ao corrente dos desmandos do sogro resumiu-os numa frase: «Não há lei divina nem humana que esse tipo não tenha atropelado.» Algumas das suas jigajogas mais graves tinham sido feitas à sombra do poder do genro e teria sido difícil não pensar que este e a mulher não estivessem ao corrente. Ciente de que a única reputação que havia a proteger era a sua, por ser a única que ainda estava de pé, o doutor Juvenal Urbino fez intervir todo o peso do seu poder e conseguiu abafar o escândalo com a sua palavra de honra. De modo que Lorenzo Daza saiu do país no primeiro barco, para não voltar nunca mais. Regressou à sua terra de origem como se fosse uma dessas viagenzinhas que se fazem de vez em quando para enganar a nostalgia e, no fundo dessa aparência, havia qualquer coisa de verdade: já há algum tempo que subia nos barcos da sua pátria só para beber um copo de água das cisternas abastecidas nos mananciais da sua terra natal. Foi-se embora sem dar o braço a torcer e tentando ainda convencer o genro de que fora vítima de um conluio político. Partiu a chorar pela sua menina, como chamava a Fermina Daza desde que se casara, a chorar pelo neto, pela terra onde se tornou rico e livre e onde conseguiu a proeza de fazer da filha uma senhora requintada à força de negócios escuros. Partiu envelhecido e doente, mas viveu ainda muito mais do que algumas das suas vítimas desejariam. Fermina Daza não pôde reprimir um suspiro de alívio quando lhe chegou a notícia da sua morte e não guardou luto por ele para evitar perguntas, mas durante vários meses chorava com uma raiva surda sem saber porquê quando se fechava na casa de banho para fumar, e é que chorava por ele.

O mais absurdo da situação é que nunca pareceram tão felizes em público como naqueles anos de infortúnio. Pois, na verdade, foram os anos das suas maiores vitórias sobre a hostilidade soterrada de um meio que não se resignava a aceitá-los como eles eram: diferentes e amigos das novidades, e, portanto, transgressores da ordem tradicional. Contudo, tinha sido essa a parte fácil para Fermina Daza. A vida mundana, que lhe trazia tanta insegurança antes de a conhecer, não era mais do que um sistema de pactos atávicos, de cerimónias banais, de palavras previstas, com o qual, em sociedade, se entretinham uns aos outros para não se assassinarem. O signo dominante desse paraíso de frivolidade provinciana era o medo do desconhecido. Ela definira-o de um modo mais simples: «O problema da vida pública é aprender a dominar o terror; o problema da vida conjugal é aprender a dominar o tédio.» Tinha-o descoberto depressa com a nitidez de uma revelação quando entrou a arrastar a interminável cauda de noiva no vasto salão do Clube Social, de ar rarefeito pelas exalações misturadas de tantas flores, o brilho das valsas, a multidão de homens suados e mulheres trémulas que a observavam sem saberem ainda como haviam de conjurar aquela ameaça deslumbrante que o mundo exterior lhes enviava. Acabava de fazer vinte e um anos e as suas saídas não tinham ido além da casa ao colégio, mas bastou-lhe um olhar circular pela sala para compreender que os seus adversários não estavam dominados pelo ódio mas paralisados pelo medo. Em vez de os assustar mais, como ela estava, fez-lhes a gentileza de os ajudar a conhecerem na. Ninguém foi diferente do que ela queria que fosse tal como lhe acontecia com as cidades, que não lhe pareciam nem melhores nem piores, mas como ela as fez no seu coração. Apesar da sua chuva ininterrupta, dos seus lojistas sórdidos e da grosseria homérica dos seus cocheiros, recordaria Paris sempre como a cidade mais bela do mundo, não porque de facto o fosse ou não o fosse, mas porque ficou vinculada à nostalgia dos seus anos mais felizes. O doutor Urbino, pelo seu lado, impôs-se com armas iguais às que usavam contra ele, só que as manejava com mais inteligência e com uma solenidade calculada. Nada acontecia sem eles: os passeios cívicos, os Jogos Florais, os acontecimentos artísticos, as tômbolas de caridade, os atos patrióticos, a primeira viagem em balão. Em tudo estavam eles e, quase sempre na origem e à frente de tudo. Ninguém podia imaginar, nos seus anos de desgraças, que pudesse existir alguém mais feliz do que eles nem um casal tão harmonioso.

A casa abandonada pelo pai proporcionou a Fermina Daza um refúgio próprio contra a asfixia do palácio familiar. Mal se conseguia escapar dos olhos do público, ia às escondidas ao Parque dos Evangelhos e aí recebia as novas amigas e algumas antigas do colégio ou das lições de pintura: um substituto inocente da infidelidade. Vivia horas agradáveis de mãe solteira com o muito que ainda tinha das suas recordações de menina. Voltou a comprar corvos perfumados, recolheu gatos da rua e entregou-os aos cuidados de Gala Placidia, já velha e um pouco limitada pelo reumatismo, mas ainda com ânimo para ressuscitar a casa. Voltou a abrir o quarto da costura onde Florentino Ariza a viu pela primeira vez, onde o doutor Juvenal Urbino a mandou deitar a língua de fora para tentar conhecer-lhe o coração, e transformou-o num santuário do passado. Uma tarde de inverno, ao ir fechar a janela da varanda antes que desabasse a tempestade, viu Florentino Ariza no seu canto sob as amendoeiras do parque, com o fato do pai, apertado à sua medida e o livro aberto sobre o colo, mas não o viu como então o tinha visto, por acaso, várias vezes, mas sim na idade com que ele lhe ficou gravado na memória. Teve medo de que aquela visão fosse um aviso da morte e teve pena. Atreveu-se a dizer para consigo que talvez tivesse sido feliz com ele, só com ele naquela casa que ela tinha restaurado para ele com tanto amor como ele tinha restaurado a sua para ela, e a simples suposição assustou-a, porque a fez aperceber-se dos extremos da infelicidade a que tinha chegado. Então apelou para as suas últimas forças e obrigou o marido a discutir sem evasivas, a enfrentá-la, a questionar com ela, a chorarem juntos de raiva por terem perdido o paraíso, até que se ouviu cantar o galo e se fez luz por entre os reposteiros do palácio, e acendeu-se o sol e o marido, inchado de tanto falar, esgotado por não ter dormido, com o coração fortalecido de tanto chorar, apertou os cordões dos botins e o cinto, apertou tudo o que ainda tinha para apertar e disse que sim, que iam procurar o amor que tinham perdido na Europa: amanhã mesmo e para sempre. Foi uma decisão tão certa que combinou com o Banco do Tesouro, seu administrador universal, a liquidação imediata da vasta fortuna familiar, espalhada desde os seus princípos em todo o tipo de negócios, investimentos e papéis sagrados e lentos, e da qual ele só sabia claramente que não era tão enorme quanto dizia a lenda: apenas o suficiente para não ter de pensar nela. Fosse o que fosse, transformado em ouro registado, devia ser movimentado a pouco e pouco pelos seus bancos no exterior até não lhes ficar, a ele e à esposa, nesta pátria inclemente, nem um palmo de terra onde cair mortos.

Porque Florentino Ariza existia, na realidade, ao contrário do que ela se propusera acreditar. Estava no cais do transatlântico da França quando ela chegou com o marido e o filho no landó dos cavalos de ouro e viu-os descer como tantas vezes os tinha visto nos atos públicos: perfeitos. Iam com o filho, educado de uma maneira que já deixava antever como seria em adulto: tal como foi. Juvenal Urbino saudou alegremente Florentino Ariza, com o chapéu: «Vamos à conquista da Flandres.» Fermina Daza acenou lhe com a cabeça e Florentino Ariza descobriu-se, fez uma leve reverência e ela olhou para ele sem um gesto de compaixão pelos estragos prematuros da sua calvície. Era ele, tal como ela o via: a sombra de alguém que nunca conheceu.

Florentino Ariza também não estava no seu melhor momento. Ao trabalho, mais intenso de dia para dia, aos seus fastios de caçador furtivo, à calmaria dos anos, juntara-se a crise final de Tránsito Ariza, cuja memória acabara sem recordações: quase em branco. Até ao ponto de, por vezes, se voltar para ele, vê-lo a ler no seu cadeirão de sempre e perguntar-lhe admirada: «E tu és filho de quem?» Ele respondia-lhe sempre a verdade, mas ela logo o interrompia outra vez.

– Mas diz-me uma coisa, filho – perguntava-lhe –, quem é que sou eu?

Tinha engordado tanto que não podia mexer-se e passava o dia na loja onde já não havia nada para vender, a embonecar-se desde que se levantava com os primeiros galos até à madrugada do dia seguinte, pois dormia muito poucas horas. Punha grinaldas de flores na cabeça, pintava os lábios, empoava a cara e os braços e, no fim, perguntava a quem quer que estivesse com ela como tinha ficado. Os vizinhos já sabiam que esperava sempre a mesma resposta: «És a Carochinha Martínez.» Esta identidade usurpada à personagem de um conto infantil era a única que a deixava satisfeita. Continuava a baloiçar-se, a abanar-se com o ramalhete de grandes plumas rosadas, para recomeçar: a coroa de flores de papel, o almíscar nas pálpebras, o carmim nos lábios, a crosta de alvaiade na cara. E novamente a pergunta a quem se encontrasse perto: «Como fiquei?» Quando se converteu no alvo das troças da vizinhança, Florentino Ariza mandou desmontar, numa noite, o balcão e as cómodas da antiga loja, emparedou a porta da rua, arranjou o local de acordo com a descrição que ela fazia do quarto da Carochinha Martínez, e ela nunca mais voltou a perguntar quem era.

Por sugestão do tio Leão XII tinha arranjado uma mulher de idade que tratasse dela, mas a coitada andava sempre mais a dormir do que acordada e, por vezes, dava a impressão de que também ela se esquecia de quem era. De modo que Florentino Ariza ficava em casa desde que saía do escritório até conseguir que a mãe adormecesse. Não voltou a jogar dominó no Clube do Comércio, nem voltou a ver durante muito tempo as poucas amigas de longa data com quem continuava a conviver, pois algo de muito profundo se tinha modificado no seu coração depois do seu horroroso encontro com Olimpia Zuleta.

Tinha sido fulminante. Florentino Ariza acabara de levar o tio Leão XII a casa, no meio de uma daquelas tempestades de outubro que nos deixavam em convalescença, quando, do carro, viu uma rapariga franzina, muito ágil, com um fato cheio de folhos de organdi que mais parecia um vestido de noiva. Viu-a a correr de um lado para o outro, num sobressalto, porque o vento lhe tinha levado a sombrinha pelos ares em direção ao mar. Ele resgatou-a no carro e desviou-se do seu caminho para a poder levar a casa, uma velha ermida adaptada para ser habitada, toda voltada para o mar, cujo pátio cheio de pombais via-se da rua. Pelo caminho ela contou-lhe que se tinha casado há menos de um ano com um homem que vendia loiça no mercado e que Florentino Ariza já vira muitas vezes nos navios da sua empresa, a desembarcar caixotes com todo o tipo de tarecos para vender, e com algumas pombas numa gaiola de vime como a que usavam as mães nos navios fluviais para levar as crianças recém-nascidas. Olimpia Zuleta parecia ser da família das vespas, não só pelas ancas levantadas e o busto exíguo, como por toda ela: o cabelo de fio de cobre, as sardas, os olhos redondos e vivos mais afastados do que o normal e uma voz afinada que só utilizava para dizer coisas inteligentes e divertidas. Florentino Ariza achou-a mais graciosa do que atraente e esqueceu-a assim que a deixou em casa, onde vivia com o marido e com o pai deste e mais outros membros da família.

Uns dias depois, voltou a ver o marido no porto, a embarcar mercadoria em vez de a desembarcar e quando o navio zarpou, Florentino Ariza ouviu claramente a voz do diabo. Nessa tarde, depois de acompanhar o tio Leão XII, passou como que por acaso pela casa de Olimpia Zuleta e viu-a, por cima da cerca, a dar de comer às pombas alvoraçadas. Gritou-lhe do carro, por cima da cerca: «Quanto custa uma pomba?» Ela reconheceu-o e respondeu-lhe com voz alegre: «Não são para vender.» Ele perguntou-lhe: «Então como é que se faz para se ter uma?» Sem deixar de continuar a deitar comida às pombas, ela respondeu-lhe:

«Leva-se a pombeira no carro quando se dá com ela perdida no meio da chuva.» De modo que Florentino Ariza chegou a casa naquela noite com uma prenda de gratidão de Olímpia Zuleta: um pombo-correio com uma anilha de metal na pata.

Na tarde seguinte, à mesma hora da comida, a bela pombeira viu a pomba que oferecera de volta ao pombal e pensou que tivesse fugido. Mas quando a agarrou para a observar deu-se conta que trazia um papelinho entalado na anilha: uma declaração de amor. Era a primeira vez que Florentino Ariza deixava uma marca escrita, e não seria a última, ainda que nesta altura tivesse tido a prudência de não assinar. Ia a entrar em casa na tarde do dia seguinte, quarta-feira, quando um garoto da rua lhe entregou a mesma pomba dentro de uma gaiola, com um recado decorado de que aqui lhe manda isto a senhora das pombas e manda-lhe dizer que, por favor, a guarde bem fechada na gaiola porque senão pode voltar a voar e esta é a última vez que é devolvida. Não soube como interpretar: ou a pomba perdera a missiva pelo caminho, ou a pombeira tinha resolvido armar-se em parva, ou enviava a pomba para que ele lha voltasse a mandar. Neste último caso, no entanto, o que teria sido natural era que ela lhe devolvesse a pomba com uma resposta.

No sábado de manhã, depois de pensar bastante, Florentino Ariza voltou a enviar a pomba com outra carta sem assinatura. Dessa vez não teve de esperar até ao dia seguinte. À tarde o mesmo garoto voltou a levar-lha noutra gaiola, com o recado de que lhe mandava outra vez a pomba que voltara a fugir-lhe, que anteontem lha devolvera por boa educação e que agora lha devolvia por pena, mas que agora não lha devolvia mais se ela tornasse a fugir. Tránsito Ariza entreteve-se com a pomba até muito tarde, tirou-a da gaiola, arrulhou-a nos braços, tentou adormecê-la com canções de ninar, e então reparou que trazia na anilha da pata um papelinho com uma só linha: «Não aceito cartas anónimas.» Florentino Ariza leu-o com o coração enlouquecido, como se fosse o culminar da sua primeira aventura e mal conseguiu dormir nessa noite, dando saltos de impaciência. No dia seguinte, muito cedo, antes de sair para o escritório soltou outra vez a pomba com um bilhete de amor assinado com o seu nome bem legível e pôs-lhe também na anilha a rosa mais fresca, mais acesa e perfumada do seu jardim.

Não foi assim tão fácil. Ao fim de três meses de assédios, a bela pombeira continuava a responder o mesmo: «Eu não sou dessas.» Mas nunca deixou de receber as mensagens ou de aparecer nos encontros que Florentino Ariza arranjava de maneira a parecerem casuais. Estava irreconhecível: o amante que nunca deu a cara, o mais ávido de amor mas também o mais mesquinho, o que não dava nada mas queria tudo, o que não permitiu que ninguém lhe deixasse no coração uma marca da sua passagem, o caçador clandestino meteu-se pela rua principal num arrebatamento de cartas assinadas, de ofertas galantes, de rondas imprudentes à casa de uma pombeira, mesmo em duas ocasiões em que o marido não andava em viagem nem estava no mercado. Foi a única vez, desde os primeiros tempos do primeiro amor, que se sentiu trespassado por uma lança.

Seis meses após o primeiro encontro, viram-se finalmente num camarote de um navio fluvial que se encontrava em reparação de pintura no cais fluvial. Foi uma tarde maravilhosa. Olimpia Zuleta tinha um amor alegre, de pombeira alvoraçada, e gostava de ficar nua durante várias horas, num repouso lento que para ela tinha tanto amor quanto o amor. O camarote estava desmantelado, pintado pela metade e o cheiro de terebintina era bom para se levar como recordação de uma tarde feliz. Então, por culpa de uma inspiração insólita, Florentino Ariza destapou uma das latas de tinta vermelha que estava ao alcance do beliche, molhou o indicador e pintou no púbis da bela pombeira uma flecha de sangue dirigida para sul e escreveu-lhe um letreiro no ventre: «Esta pomba é minha.» Nessa mesma noite, Olimpia Zuleta despiu-se à frente do marido sem se lembrar do letreiro e ele não disse nem uma palavra, nem sequer se lhe alterou a respiração, nada, apenas foi à casa de banho buscar a navalha enquanto ela vestia a camisa de dormir e degolou-a de um só golpe.

Florentino Ariza só o soube muitos dias mais tarde, quando o esposo fugitivo foi capturado e contou aos jornais as razões e a forma do crime. Durante muitos anos pensou com temor nas cartas assinadas, fez as contas aos anos de prisão do assassino que o conhecia muito bem devido aos seus negócios nos barcos, mas não receava tanto a navalhada no pescoço nem o escândalo público como o azar de que Fermina Daza ficasse a conhecer a sua deslealdade. Nos anos de espera, a mulher que tratava de Tránsito Ariza teve de demorar-se no mercado mais tempo do que o previsto por causa de um aguaceiro fora de estação, e, quando voltou a casa, deu com ela morta. Estava sentada na cadeira de baloiço, pintalgada e florida como sempre, e com os olhos tão vivos e um sorriso tão malicioso que a sua guardiã só se deu conta que estava morta ao fim de duas horas. Pouco antes tinha dividido entre as crianças da vizinhança a fortuna em ouro e pedrarias das bilhas enterradas debaixo da cama, dizendo-lhes que as podiam comer como se fossem caramelos, e não foi possível recuperar algumas das mais valiosas. Florentino Ariza enterrou-a na antiga fazenda de La Mano de Dios, que ainda era conhecida como o «Cemitério da Cólera» e semeou sobre a sua sepultura um jardim de rosas.

Logo nas primeiras visitas ao cemitério, Florentino Ariza descobriu que muito perto dali estava enterrada Olimpia Zuleta, sem lápide, mas com o nome e a data escritos com o dedo no cimento fresco da sepultura e pensou, horrorizado, que se tratava de uma ironia sangrenta do esposo. Quando o roseiral floriu deixava-lhe uma rosa no túmulo, caso não houvesse ninguém à vista, e mais tarde plantou-lhe um pé cortado do roseiral da mãe. As duas roseiras floriam tão luxuriantemente que Florentino Ariza tinha de levar a tesoura e outras ferramentas de jardinar para as manter em ordem. Mas foi superior às suas forças: ao fim de alguns anos as duas roseiras tinham crescido como ervas ruins entre as sepulturas, e o bom do cemitério da peste passou, a partir daí, a chamar-se Cemitério das Rosas, até ao dia em que um alcaide, menos realista do que a sabedoria popular, mandou arrancar durante a noite todas as roseiras e colocou-lhe um letreiro republicano no arco da entrada: «Cemitério Universal.»

A morte da mãe deixou Florentino Ariza novamente condenado aos seus compromissos paranoicos: o escritório, os encontros por turnos calculados com as amantes crónicas, as partidas de dominó no Clube do Comércio, os mesmos livros de amor, as visitas dominicais ao cemitério. Era a ferrugem da rotina, tão denegrida e tão receada, mas que a ele o protegera da consciência da idade. Contudo, num domingo de dezembro, quando já as roseiras dos túmulos tinham vencido a tesoura, viu as andorinhas nos cabos da luz elétrica recém-instalada e, de repente, deu-se conta de quanto tempo tinha passado desde a morte da mãe e quanto desde o assassínio de Olimpia Zuleta, e também quanto tempo desde aquela outra tarde desse dezembro longínquo em que Fermina Daza lhe mandou uma carta a dizer-lhe que sim, que o amaria para sempre. Até então tinha-se comportado como se o tempo só passasse para os outros e não para ele. Justamente na semana anterior tinha-se encontrado na rua com um desses casais que se casaram graças às cartas escritas por ele e não reconheceu o filho mais velho, que era seu afilhado. Resolveu a atrapalhação com o espavento convencional: «Caramba que está feito um homem!» Continuava a ser assim, mesmo depois do corpo lhe ter começado a enviar os primeiros sinais de alarme, porque sempre tivera a saúde de ferro dos adoentados. Tránsito Ariza costumava dizer: «A única doença que o meu filho teve foi a cólera.» Confundia a cólera com o amor, claro, desde muito antes de se lhe baralhar a memória. Mas de qualquer maneira enganava-se, porque o filho tinha tido em segredo seis blenorragias, se bem que o médico dissesse que não eram seis mas uma única que voltava a aparecer depois de cada batalha perdida. Além disso, tivera um furúnculo, quatro quistos e seis impigens, mas nem a ele, nem a qualquer outro homem teria ocorrido contá-los como doenças mas sim como troféus de guerra.

Com os quarenta anos acabados de fazer, teve de ir ao médico por causa de dores indefinidas em várias partes do corpo. Depois de muitos exames, o médico dissera-lhe: «São coisas da idade.» Voltava sempre para casa sem sequer se perguntar se tudo aquilo tinha alguma coisa a ver com ele. Pois o único ponto de referência do seu passado era o dos seus amores efémeros com Fermina Daza e só aquilo que tivesse alguma coisa a ver com ela é que tinha alguma coisa a ver com as contas da sua vida. De modo que na tarde em que viu as andorinhas nos cabos da luz, reviu todo o seu passado desde a sua recordação mais antiga, reviu os seus amores de ocasião, os incontáveis obstáculos que tivera de ultrapassar para chegar a um cargo de chefia, os inúmeros incidentes que lhe provocaram a sua determinação encarniçada de que Fermina Daza fosse sua e ele dela, passando por cima de tudo e indo contra tudo, e só então descobriu que a sua vida estava a gastar-se. Estremeceu com um arrepio nas entranhas que o deixou sem luz e teve de largar as ferramentas de jardinagem e apoiar-se à parede do cemitério para não ser derrubado pelo primeiro embate da velhice.

– Porra – disse, aterrado –, faz tudo trinta anos!

Assim era. Trinta anos que também tinham passado para Fermina Daza, evidentemente, mas que, para ela, haviam sido os mais gratos e reparadores da sua vida. Os dias de horror do Palácio de Casalduera tinham sido relegados para o caixote do lixo da memória. Vivia na sua casa nova de La Manga, dona e senhora do seu destino, com um marido que voltaria a preferir entre todos os homens do mundo se tivesse de escolher outra vez, com um filho que continuava a tradição da estirpe na Escola de Medicina, e uma filha tão parecida com ela quando tinha a mesma idade que às vezes perturbava-a a impressão de sentir-se repetida. Tinha voltado três vezes à Europa desde aquela viagem desgraçada que previra para não mais voltar a fim de não viver num susto perpétuo.

Deus deve ter escutado finalmente as orações de alguém: passados dois anos de estarem em Paris, quando Fermina Daza e Juvenal Urbino mal tinham começado a procurar o que restara do amor entre os escombros, um telegrama de meia-noite acordou-os com a notícia de que Dona Blanca de Urbino estava gravemente doente, e quase chegou ao mesmo tempo um outro com a notícia da sua morte. Regressaram imediatamente. Fermina Daza desembarcou com uma túnica de luto cuja amplitude não bastava para disfarçar o seu estado. Estava grávida outra vez, com efeito, e a notícia deu origem a uma canção popular mais maliciosa do que malévola, cujo estribilho esteve na moda durante o resto do ano: *Que é que tem, que é que tem a bela em Paris, que sempre que lá vai, volta cá pra parir.* Apesar da ordinarice da letra, o doutor Juvenal Urbino pedia que a tocassem nas festas do Clube Social, durante muitos anos, como prova da sua boa disposição.

O nobre palácio do marquês de Casalduero, de cuja existência e brasões nunca se encontraram dados concretos, foi vendido primeiro à Tesouraria Municipal por um preço adequado e, mais tarde revendido, por uma fortuna, ao Governo Central, quando um investigador holandês andou a fazer escavações para provar que aí se encontrava o verdadeiro túmulo de Cristóvão Colombo: o quinto. As irmãs do doutor Urbino foram viver para o Convento das Salesianas, em reclusão sem votos, e Fermina Daza ficou na antiga casa do pai até estar terminada a Quinta de La Manga. Entrou nela com passadas firmes, entrou para mandar, com os móveis ingleses trazidos na viagem de núpcias e o resto das coisas que mandou vir depois da viagem de reconciliação, e, a partir do primeiro dia, começou a enchê-la com todo o tipo de animais exóticos que ela mesma comprava nas escunas das Antilhas. Entrou com o marido recuperado, o filho bem-criado, com a filha que nasceu quatro meses depois de terem chegado e que batizaram com o nome de Ofelia. O doutor Urbino, por sua vez, percebeu que era impossível voltar a ter a mulher de um modo tão completo quanto a tivera na viagem de núpcias, porque a parte do amor que ele queria era a que ela tinha dado aos filhos com o melhor do seu tempo, mas aprendeu a viver e a ser feliz com as sobras. A harmonia tão desejada culminou por onde menos esperavam, num jantar de cerimónia em que serviram um prato delicioso que Fermina Daza não foi capaz de identificar. Começou com uma boa dose, mas gostou tanto que repetiu com outra igual e estava a lamentar-se por não se servir de uma terceira por princípios de boas maneiras quando ficou a saber que acabara de comer com um prazer insuspeitado dois pratos a transbordar de puré de beringelas. Perdeu com elegância: a partir de então, na Quinta de La Manga, passaram-se a servir beringelas de todas as maneiras, quase com tanta frequência como no palácio de Casalduero, e eram tão apreciadas por todos que o doutor Juvenal Urbino alegrava os momentos livres da sua velhice repetindo que gostaria de ter outra filha para lhe pôr o nome mais benquisto lá de casa: Beringela Urbino.

Fermina Daza já sabia nessa altura que a vida privada, ao contrário da vida pública, dava muitas voltas e era imprevisível. Não lhe era fácil estabelecer diferenças reais entre as crianças e os adultos mas, em última análise, preferia as crianças, porque tinham critérios mais certos. Acabado de dobrar o cabo da maturidade, deixou finalmente de se rever nos outros e começou a avistar o desencanto de não ter sido nunca o que sonhava ser quando era jovem, no Parque dos Evangelhos, mas sim algo que nunca se atreveu a dizer nem sequer a si mesma: uma criada de luxo. Em sociedade, acabou por ser a mais amada, a mais mimada e por isso a mais temida, mas em nada exigia de si mesma rigor maior ou se perdoava menos do que no governo da casa. Sentiu-se sempre a viver uma vida emprestada pelo marido: soberana absoluta de um vasto império de felicidade edificado por ele e só para ele. Sabia que ele a amava para além de tudo, mais do que ninguém no mundo, mas só para ele: ao seu santo serviço.

Se havia alguma coisa que a mortificasse era a cadeia perpétua das refeições diárias. Não chegava que estivessem prontas a tempo: tinham de ser perfeitas e de ser exatamente o que ele queria comer sem que antes lhe fosse perguntado. Se o fazia alguma vez, como uma das tantas cerimónias inúteis do ritual doméstico, ele nem sequer levantava os olhos do jornal para responder: «Qualquer coisa.» Dizia-o sinceramente, com o seu jeito amável, porque não se podia conceber marido menos despótico. Mas, à hora de comer, não podia ser qualquer coisa, mas sim exatamente o que ele queria e sem a mínima falha: que a carne não soubesse a carne, que o peixe não soubesse a peixe, que o porco não soubesse a sarna, que o frango não soubesse a penas. Mesmo quando não era época de espargos tinha de os encontrar a qualquer preço para que ele pudesse deleitar-se com o cheiro da sua própria urina perfumada. Não era a ele a quem ela deitava as culpas: deitava-as à vida. Bastava que tropeçasse numa dúvida para que afastasse o prato na mesa e dissesse: «Esta comida foi feita sem amor.» Nesse sentido conseguia rasgos fantásticos de inspiração. Certa vez mal provou um chá de macela e devolveu-o com uma só frase: «Esta porcaria sabe a janela.» Tanto ela como as criadas ficaram admiradas porque não se sabia que alguém tivesse alguma vez bebido uma janela fervida, mas quando provaram o chá tentando perceber, perceberam: sabia a janela.

Era um marido perfeito: nunca apanhava nada do chão, nem apagava a luz, nem fechava uma porta. Na penumbra da manhã, quando faltava um botão na roupa, ela ouvia-o dizer: «Faz falta mais uma mulher: uma para amar e a outra para pregar os botões.» Todos os dias, ao primeiro gole de café e à primeira colherada de sopa fumegante, lançava um grito alucinante que já não assustava ninguém e, a seguir, um desabafo: «No dia em que me for desta casa, ficarão a saber que me fartei de andar sempre com a boca queimada.» Dizia que nunca se cozinhavam almoços tão apetitosos e diferentes como nos dias em que ele não os podia comer por ter tomado um laxante, e estava tão convencido que era uma perfídia da esposa que acabou por não o tomar se ela não o tomasse com ele.

Farta de sua incompreensão, pediu-lhe uma prenda insólita para o dia do seu aniversário: que fizesse ele, por um dia, as tarefas domésticas. Ele aceitou, divertido e, com efeito, tomou posse da casa assim que amanheceu. Serviu um pequeno-almoço esplêndido, mas esqueceu-se que a ela lhe faziam mal os ovos estrelados e que não tomava café com leite. Depois deu as instruções para o almoço de aniversário com oito convidados e tratou do arranjo da casa, e foi tal o seu esforço para a governar melhor do que ela, que antes do meio-dia teve de capitular sem um gesto de vergonha. Logo no primeiro momento percebeu que não fazia a menor ideia de onde estavam as coisas, principalmente na cozinha, e as criadas deixaram-no remexer em tudo à procura de cada coisa, pois também elas entraram no jogo. Às dez horas ainda não se tinham tomado as decisões para o almoço porque ainda não estava acabada a limpeza da casa nem se havia arrumado o quarto, a casa de banho ficou por lavar, esqueceu-se de pôr o papel higiénico, de mudar os lençóis e de mandar o cocheiro ir buscar os filhos, além de trocar os serviços das criadas: mandou a cozinheira fazer as camas e pôs as criadas a cozinhar. Às onze, quando já estavam quase a chegar os convidados, era tal o caos na casa que Fermina Daza reassumiu o comando, morta de riso, mas não com a atitude triunfante que teria querido adotar mas sim comovida e cheia de compaixão pela inutilidade doméstica do marido. Ele respirou pela ofendida com o argumento de sempre: «Pelo menos não me saí tão mal como te sairias tu a tratar dos doentes.» Mas a lição foi útil e não só para ele. Com o decorrer dos anos ambos chegaram, por caminhos diferentes, à conclusão sábia de que não era possível viverem juntos de outra maneira, nem amarem-se de outra maneira: nada neste mundo era mais difícil do que o amor.

Na plenitude da sua nova vida, Fermina Daza via Florentino Ariza em diversas ocasiões públicas e tanto mais frequentemente quanto mais ele subia no seu trabalho, mas aprendeu a vê-lo com tanta naturalidade que por mais de uma vez se esqueceu de o cumprimentar por distração. Ouvia falar dele amiúde, porque no mundo dos negócios a sua escalada cautelosa mas imparável na CFC era um tema constante. Via-o melhorar os seus modos, a sua timidez dissipava-se com um certo distanciamento enigmático, ficava-lhe bem um ligeiro aumento de peso, convinha-lhe a lentidão da idade e tinha sabido resolver com dignidade a calvície devastadora. A única coisa que continuou sempre a desafiar o tempo e a moda foram os seus fatos sombrios, os casacos anacrónicos, o chapéu único, as gravatas de poeta, o guarda-chuva sinistro. Fermina Daza foi-se habituando a vê-lo de outra maneira e acabou por deixar de o relacionar com o adolescente lânguido que se sentava a suspirar por ela no meio da ventania das folhas amarelas do Parque dos Evangelhos. Em todo o caso, nunca o viu com indiferença e alegrou-se sempre com as boas notícias que lhe davam dele, porque a pouco e pouco a aliviavam da sua culpa.

No entanto, quando já o julgava completamente apagado da memória, reapareceu de onde menos o esperava transformado no fantasma das suas nostalgias. Foram as primeiras auras da velhice, quando começou a sentir que acontecia sempre algo de irreparável na sua vida de todas as vezes em que ouvia trovejar antes de chover. Era a ferida incurável do trovão solitário, pedregoso e pontual, que ribombava todos os dias de outubro às três da tarde na serra de Villanueva, e cuja recordação ia ficando mais viva com os anos. Enquanto as recordações novas se confundiam na memória ao fim de poucos dias, as da viagem lendária pela província da prima Hildebranda iam-se tornando tão nítidas que pareciam de ontem, com a clareza perversa da nostalgia. Lembrava-se de Manaure, a da serra, da sua rua única, reta e verde, dos seus pássaros de bom agoiro, a casa dos espantos onde acordava com a camisa ensopada com as lágrimas inesgotáveis de Petra Morales, morta por amor muitos anos antes naquela mesma cama onde ela dormia. Lembrava-se do sabor das goiabas de então que nunca mais tinha voltado a ser o mesmo, dos pressentimentos tão intensos que o seu rumor se confundia com o da chuva, das tardes de topázio de San Juan del César, quando ia passear com a sua corte de primas barulhentas e ia de dentes bem cerrados para que o coração não lhe saísse pela boca à medida que se aproximavam do telégrafo. Vendeu ao desbarato a casa do pai porque não podia suportar a dor da adolescência, ver da varanda o parquezinho desolado, o perfume sibilino das gardénias nas noites de calor, o susto do retrato de dama antiga na tarde de fevereiro em que se decidiu o seu destino e, fosse para onde fosse que se dirigisse a sua memória, tropeçava sempre na recordação de Florentino Ariza. No entanto, sempre teve a serenidade suficiente para perceber que não eram recordações de amor nem de arrependimento, mas sim a imagem de um dissabor que lhe deixava um rasto de lágrimas. Sem o saber, estava ameaçada pela mesma armadilha de compaixão que perdera tantas vítimas desprevenidas de Florentino Ariza.

Ligou-se ainda mais ao marido. E precisamente na época em que ele mais precisava dela, porque lhe levava a palma em dez anos de desvantagem a tatear sozinho pelo nevoeiro da velhice, e com as desvantagens piores de ser homem e mais débil. Acabaram por se conhecer tão bem que em menos de trinta e dois anos de casados eram um único ser dividido e sentiam-se incomodados com a frequência com que adivinhavam, sem querer, os pensamentos, um do outro, ou pelo acidente ridículo de um se antecipar, em público, ao que o outro ia dizer. Tinham lidado juntos com as incompreensões quotidianas, os ódios momentâneos, as maldadezinhas recíprocas e os fabulosos fulgores da cumplicidade conjugal. Foi a época em que se amaram melhor, sem pressas e sem excessos, e foram os dois anos mais sensatos e mais gratificantes pelas vitórias inverosímeis contra a adversidade. A vida ainda lhes traria outras provas mortais, evidentemente, mas já não importava: estavam na outra margem.

Devido às celebrações da entrada do novo século houve um programa de comemorações públicas repleto de novidades, a mais memorável das quais foi a primeira viagem em balão, fruto da iniciativa inesgotável do doutor Juvenal Urbino. Metade da cidade concentrou-se na praia do Arsenal para apreciar a subida do enorme balão de tafetá com as cores da bandeira, que levou o primeiro correio aéreo a San Juan de la Ciénaga, umas trinta léguas para nordeste em linha reta. O doutor Juvenal Urbino e a mulher, que tinham conhecido a emoção do voo na Exposição Universal de Paris, foram os primeiros a subir na barquinha de vime, com o engenheiro de voo e seis convidados ilustres. Levavam uma carta do governador provincial para as autoridades municipais de San Juan de la Ciénaga, onde se declarava, para que ficasse na História, que aquele era o primeiro correio transportado pelos ares. Um cronista do *El Diario del Comercio* perguntou ao doutor Juvenal Urbino quais seriam as suas últimas palavras se perecesse na aventura, e ele não se deteve a refletir na resposta que haveria de merecer-lhe tantas injúrias:

– Na minha opinião – disse –, o século dezanove muda para toda a gente menos para nós.

Perdido no meio da cândida multidão que cantava o Hino Nacional enquanto o balão ganhava altura, Florentino Ariza concordou com alguém a quem ouviu comentar na confusão que aquela aventura não era própria para uma mulher e muito menos da idade de Fermina Daza. Mas, bem vistas as coisas, não era assim tão perigosa. Ou, pelo menos, não tão perigosa quanto deprimente. O balão chegou ao seu destino sem contratempos, depois de uma agradável viagem pelo céu de um azul inverosímil. Voaram bem, muito baixo, com vento sereno e favorável, primeiro pelas encostas das cristas nevadas e depois sobre a vastidão da Ciénaga Grande.

Do céu, como Deus as via, observaram as ruínas da mui antiga e heroica cidade de Cartagena das Índias, a mais bela do mundo, abandonada pelos seus habitantes por causa do pânico da cólera, depois de ter resistido a todo o género de incursões dos ingleses e às tropelias dos bucaneiros durante três séculos. Viram as muralhas intactas, os tojos que cresceram pelas ruas, as fortificações devoradas pelos amores-perfeitos, os palácios de mármore e altares de ouro com os seus vice-reis apodrecidos pela peste dentro das armaduras.

Voaram sobre as palafitas das Trojas de Cataca, pintadas de cores alegres, com currais para criar iguanas comestíveis e pencas de balsaminas e astromélias nos jardins lacustres. Centenas de miúdos nus atiravam-se à água excitados com a gritaria geral, atiravam-se das janelas, atiravam-se dos telhados das casas e das canoas que manobravam com uma habilidade espantosa e mergulhavam como sáveis para irem buscar as trouxas de roupa, os frascos de xarope para a tosse, os alimentos que a bela mulher do chapéu de plumas lhes atirava caridosamente da barquinha do balão.

Voaram sobre a vastidão de sombras das plantações de bananeiras cujo silêncio se elevava até eles como um vapor letal, e Fermina Daza lembrou-se de quando tinha três, talvez quatro anos, e passeava pela floresta sombria pela mão da mãe, que também era quase uma garota no meio de outras mulheres vestidas de musselina, como ela, com sombrinhas brancas e chapéus de rede. O engenheiro do balão, que ia observando a terra com um binóculo, disse: «Parece que estão mortos.» Passou os binóculos ao doutor Juvenal Urbino e este viu os carros de bois entre as sementeiras, as sebes ao longo da linha do comboio, os canais gelados, e onde quer que pousasse os olhos via corpos humanos espalhados. Alguém disse que a cólera estava a fazer estragos entre as populações da Ciénaga Grande. O doutor Urbino, enquanto falava, não deixou de olhar pelos binóculos.

– Mas deve ser um tipo de cólera muito especial porque cada cadáver levou um tiro de misericórdia na nuca.

Pouco depois estavam a voar sobre um mar de espuma e desceram sem novidade numa grande praia ardente, cujo solo gretado do salitre queimava como ferro em brasa. Aí se encontravam as autoridades sem outra proteção contra o sol senão os guarda-chuvas de todos os dias, e também as crianças das escolas primárias a agitarem bandeirinhas ao compasso dos hinos, as rainhas de beleza com flores esturricadas e coroas de cartão dourado, e a papaieira da próspera povoação de Gayra que era, naqueles tempos, a melhor de toda a costa caribenha. A única coisa que Fermina Daza queria era ver outra vez a sua terra natal, para a comparar com as suas recordações mais antigas, mas não permitiram que ninguém o fizesse pelo risco da peste. O doutor Juvenal Urbino entregou a carta histórica, que entretanto se misturou com outros papéis e nunca mais ninguém soube dela, e toda a comitiva esteve a ponto de se asfixiar no torpor dos discursos. No fim, levaram-nos em mulas até ao embarcadouro de Pueblo Viejo, onde o pântano se juntava ao mar porque o engenheiro não conseguiu fazer com que o balão voltasse a subir. Fermina Daza tinha a certeza de ter passado por ali com a mãe, quando era muito pequena, numa carroça puxada por uma junta de bois. Já mais crescida, contara-o por diversas vezes ao pai mas ele morreu a teimar que não era possível que ela se lembrasse.

– Lembro-me muito bem dessa viagem e foi assim – disse-lhe ele –, mas fizemo-la pelo menos cinco anos antes de tu nasceres.

Os membros da expedição em balão voltaram três dias depois ao porto de origem, devastados por uma noite má de tempestade, e foram recebidos como heróis. Perdido entre a multidão, evidentemente, estava Florentino Ariza, que reconheceu no semblante de Fermina Daza as marcas do pavor. Porém, nessa mesma tarde, voltou a vê-la numa exibição de ciclismo, também patrocinada pelo marido, mas já sem nenhum vestígio do cansaço. Conduzia um velocípede insólito que mais parecia um aparelho de circo, com uma roda dianteira muito alta, onde ela ia sentada, e uma posterior, muito pequena, que servia apenas de apoio. Ia vestida com uns calções largos às riscas coloridas que provocaram o escândalo das senhoras mais velhas e o desconcerto dos cavalheiros, mas ninguém ficou indiferente à sua habilidade.

Essa, e tantas outras ao longo dos anos, eram imagens efémeras que apareciam subitamente a Florentino Ariza, ao acaso, quando lhes apetecia, e que voltavam a desaparecer da mesma maneira deixando no seu coração um trilho de ansiedade. Mas marcavam a pauta da sua vida, pois tinha conhecido as sevícias do tempo, não tanto na sua própria carne como nas mudanças impercetíveis que notava em Fermina Daza cada vez que a via.

Certa noite entrou na Estalagem do Sancho, um restaurante colonial de alto gabarito, e ocupou o canto mais afastado, como costumava fazer quando ia comer sozinho os seus lanches de passarinho. De repente viu Fermina Daza no grande espelho do fundo, sentada à mesa com o marido e mais dois casais, e num ângulo em que a podia ver refletida em todo o seu esplendor. Estava indefesa, conduzindo a conversa com uma graça e um riso que estrepitava como fogo-de-artifício e a sua beleza era mais radiosa sob os enormes lustres de pingentes: Alice tinha voltado a atravessar o espelho.

Florentino Ariza observou-a à sua vontade, de respiração suspensa, viu-a comer, viu-a provar apenas o vinho, viu-a gracejar com o quarto Sancho da estirpe, viveu com ela um momento da sua vida, naquela sua mesa solitária, e durante mais de uma hora flanou sem ser visto no recinto vedado da sua intimidade. Depois tomou mais quatro chávenas de café para fazer tempo até a ver sair, misturada no grupo. Passaram tão perto dele que conseguiu distinguir o seu cheiro entre as lufadas dos outros perfumes dos seus acompanhantes.

Desde essa noite, e durante quase um ano, perseguiu obstinadamente o proprietário da estalagem, oferecendo-lhe o que ele quisesse, em dinheiro ou em favores, o que fosse que ele mais ansiasse na vida, para que lhe vendesse o espelho. Não foi fácil, pois o velho Sancho acreditava na lenda de que aquela preciosa moldura talhada por ebanistas vienenses era gémea de outra que pertencera a Maria Antonieta e que tinha desaparecido sem deixar rasto: duas joias únicas. Quando, por fim, cedeu, Florentino Ariza pendurou o espelho na sala de sua casa, não pelos primores da moldura mas sim pelo espaço interior que, durante duas horas, tinha sido ocupado pela imagem amada.

Sempre que via Fermina Daza ela ia pelo braço do marido, num arranjo perfeito, movendo-se ambos num espaço próprio, com uma espantosa fluidez de siameses que só discordava quando o cumprimentavam. Com efeito, o doutor Juvenal Urbino apertava-lhe a mão com um afeto cálido e, em certas ocasiões, até se permitia uma palmada no ombro. Ela, pelo contrário, mantinha-o condenado ao regime impessoal dos formalismos e nunca fez o mínimo gesto que lhe permitisse suspeitar que se lembrava dele dos seus tempos de solteira. Viviam em dois mundos divergentes, mas enquanto ele fazia todo o tipo de esforços para diminuir a distância, ela não deu um único passo que não fosse no sentido inverso. Passou-se muito tempo antes de ele se atrever a pensar que aquela indiferença não passava de uma couraça contra o medo. Essa ideia surgiu-lhe de repente, no batismo do primeiro navio de água doce construído nos estaleiros locais, que foi também a primeira ocasião oficial em que Florentino Ariza representou o tio Leão XII como primeiro vice-presidente da CFC. Esta coincidência fez com que o ato se revestisse de uma solenidade especial e não faltou ninguém que tivesse algum significado na vida da cidade.

Florentino Ariza estava a receber os seus convidados no salão principal do navio, ainda a cheirar a tinta fresca e a alcatrão derretido, quando rebentou uma salva de palmas no cais e a banda atacou uma marcha triunfal. Teve de reprimir a atrapalhação já quase tão antiga quanto ele, quando viu a formosa mulher dos seus sonhos de braço dado com o marido, esplêndida na sua maturidade, a desfilar como uma rainha de outro tempo entre a guarda de honra em uniforme de parada, sob uma chuva de serpentinas e pétalas naturais que lhe atiravam das janelas. Ambos respondiam com a mão às ovações, mas ela estava tão deslumbrante que parecia ser a única no meio da multidão, toda vestida de um dourado imperial, desde os sapatos de salto alto e as caudas de raposa ao pescoço, até ao chapéu-sino.

Florentino Ariza esperou-os na ponte, juntamente com as autoridades provinciais, no meio do estrondo da música e dos foguetes e dos três bramidos intensos do navio que deixaram o cais saturado de vapor. Juvenal Urbino saudou a fila de receção com aquela naturalidade tão sua que fazia com que cada um pensasse que lhe dedicava um afeto especial: primeiro o comandante do navio em uniforme de gala, depois o arcebispo, depois o governador com a esposa e o alcaide com a sua, e depois o chefe militar da praça, que era um andino recém-chegado. A seguir às autoridades estava Florentino Ariza, vestido de escuro, quase invisível entre tantas personalidades. Depois de cumprimentar o comandante da praça, Fermina Daza pareceu vacilar diante da mão estendida de Florentino Ariza. O militar, disposto a apresentá-los, perguntou-lhe se não se conheciam. Ela não disse nem que sim nem que não, mas estendeu a mão a Florentino Ariza com um sorriso de salão. Aquilo tinha acontecido por duas vezes no passado e iria acontecer mais vezes, mas Florentino Ariza assimilou-o sempre como um comportamento próprio do carácter de Fermina Daza. Porém, naquela tarde, perguntou-se com a sua infinita ingenuidade, se uma indiferença tão encarniçada não seria um subterfúgio para disfarçar um sofrimento de amor.

Só a ideia bastou para lhe alvoroçar os sentimentos. Voltou a rondar a quinta de Fermina Daza com a mesma ansiedade com que, há tantos anos, o fizera no Parque dos Evangelhos, não com a intenção calculada de que ela o visse, mas sim com o único propósito de a ver para saber que continuava no mundo. Só que então lhe era difícil passar despercebido. O Bairro de La Manga ficava numa ilha semidesértica, separada da cidade histórica por um canal de águas verdes e coberta por matagais de icaqueiros que, nos tempos coloniais, tinham sido esconderijos de namorados de domingo. Em anos mais recentes haviam demolido a velha ponte de pedra espanhola e construíram uma de material mais moderno com candeeiros de globos para dar passagem aos novos transportes puxados a mulas. No princípio, os habitantes de La Manga tiveram de suportar um suplício que não tinha sido tomado em conta no projeto, que era dormir tão perto da primeira central elétrica que a cidade teve, que a trepidação era idêntica a um tremor de terra contínuo. Nem o doutor Juvenal Urbino, com toda a sua influência, conseguiu que a mudassem para onde não estorvasse, até que intercedeu a seu favor a sua comprovada cumplicidade com a Divina Providência. Uma noite rebentou a caldeira da central com uma explosão pavorosa, voou por cima das casas novas, atravessou metade da cidade pelo ar e destruiu a galeria principal do antigo Convento de São Julião Hospitaleiro. O velho edifício em ruínas fora abandonado no princípio daquele ano, mas a caldeira causou a morte de quatro prisioneiros que haviam fugido no início da noite da prisão local e estavam escondidos na capela.

Aquele subúrbio tranquilo, com tão belas tradições de amor, não foi, desta feita, muito propício aos amores contrariados, quando se converteu num bairro de luxo. As ruas eram poeirentas de verão, pantanosas de inverno e desoladas durante todo o ano, e as poucas casas estavam escondidas entre jardins frondosos, com varandas de mosaicos, em vez das sacadas salientes de antigamente, como se tivessem sido feitos de propósito para desencorajar os namorados furtivos. Vá lá que naquela época se impôs a moda de passear de tarde nas velhas vitórias de aluguer, adaptadas para um só cavalo e o passeio acabava num recanto de onde se apreciavam os crepúsculos fascinantes de outubro melhor do que da torre do farol, e viam-se os tubarões sigilosos à espreita na praia dos seminaristas, e o transatlântico das quintas-feiras, enorme e branco, que quase se podia tocar com as mãos quando passava pelo canal do porto. Florentino Ariza costumava alugar uma vitória, após um dia de trabalho árduo no escritório, mas não lhe baixava a capota, como era costume fazer-se nos meses de calor, e ficava escondido no fundo do assento, invisível na sombra, sempre sozinho, e mandando seguir por rumos imprevistos para não provocar os maus pensamentos do cocheiro. A única coisa do passeio que realmente o interessava era o pártenon de mármore cor-de-rosa, meio oculto entre bananeiras e mangueiras frondosas, réplica pobre das mansões idílicas dos algodoais do Luisiana. Os filhos de Fermina Daza regressavam a casa pouco antes das cinco. Florentino Ariza via-os chegar no carro da família e, a seguir, via o doutor Juvenal Urbino sair para as suas visitas médicas de rotina, mas em quase um ano de rondas não conseguiu nem sequer vislumbrar a imagem celeste que buscava.

Uma tarde em que insistiu no passeio solitário, apesar de estar a cair a primeira chuvada devastadora de junho, o cavalo escorregou na lama e caiu. Florentino Ariza percebeu, horrorizado, que estavam em frente da quinta de Fermina Daza, e suplicou ao cocheiro, sem pensar que a sua consternação o podia trair:

– Aqui não, por favor – gritou-lhe –, em qualquer outro sítio menos aqui.

Perturbado por aquela ordem, o cocheiro tentou levantar o cavalo sem o desatrelar e o eixo do carro partiu-se. Florentino Ariza saiu como pôde e suportou a vergonha, sob os rigores da chuva, até que outros passeantes se ofereceram para o levar a casa. Enquanto esperava, uma criada da família Urbino viu-o com a roupa encharcada, atolado na lama até aos joelhos e levou-lhe um guarda-chuva para que ele se resguardasse no terraço. Florentino Ariza não sonhara nunca com tanta sorte nem no mais alucinado dos seus delírios, mas naquela tarde teria preferido morrer a deixar-se ver por Fermina Daza em semelhante estado.

Quando viviam na cidade velha, Juvenal Urbino e a família iam, aos domingos, a pé de casa à catedral, para a missa das oito, que era um ato mais mundano do que religioso. Mais tarde, quando mudaram de casa, continuaram a ir de carro durante vários anos, e, por vezes, demoravam-se em tertúlias de amigos sob as palmeiras do parque. Mas quando construíram o templo do seminário conciliar em La Manga, com praia privativa e cemitério próprio, só iam à catedral em ocasiões de grande solenidade. Ignorando estas alterações, Florentino Ariza esperou vários domingos no terraço do Café da Paróquia, vigiando a saída das três missas. Depois, ao dar-se conta do seu engano, foi à igreja nova, que estivera em moda até há poucos anos, e aí encontrou o doutor Juvenal Urbino com os filhos, pontualmente às oito nos quatro domingos de agosto, mas Fermina Daza não estava com eles. Num desses domingos visitou o novo cemitério contíguo, onde os residentes de La Manga estavam a construir os seus panteões sumptuosos, e o coração sobressaltou-se-lhe quando encontrou à sombra das grandes ccibas o mais sumptuoso de todos, com vitrais góticos e anjos de mármore, e com as lápides para toda a família em letras douradas. Entre elas, claro, a de dona Fermina Daza de Urbino de la Calle, e a seguir a do marido, com um epitáfio comum: «Juntos também na paz do Senhor.»

Até ao fim desse ano Fermina Daza não assistiu a nenhum dos atos civis nem sociais, nem sequer aos de Natal, nos quais ela e o marido costumavam ser protagonistas de luxo. Mas onde a sua ausência foi mais notada foi na sessão inaugural da temporada de ópera. No intervalo, Florentino Ariza surpreendeu um grupo onde, sem dúvida, falavam dela mas sem a mencionar. Diziam que alguém a tinha visto entrar no transatlântico da Cunard, rumo ao Panamá, numa certa meia-noite de junho, e que levava um véu escuro para que não se lhe notassem os estragos da enfermidade vergonhosa que a ia devorando. Alguém perguntou que mal tão terrível poderia ser para se atrever a atacar uma mulher de tanto poder e a resposta que recebeu estava saturada de bílis negra:

– Uma dama tão distinta só pode ter a tísica.

Florentino Ariza sabia que os ricos da sua terra não tinham doenças curtas. Ou morriam de repente, quase sempre nas vésperas de uma festa de gala que deixava de se fazer por causa do luto, ou iam-se apagando em doenças lentas e abomináveis, cujos pormenores acabavam por ser do domínio público. A reclusão no Panamá era quase uma penitência obrigatória na vida dos ricos. Submetiam-se ao que Deus quisesse no Hospital dos Adventistas, um enorme barracão branco metido no meio dos aguaceiros pré-históricos do Darién, onde os doentes perdiam a conta da pouca vida que lhes restava, e em cujos quartos solitários com janelas de juta ninguém podia saber com certeza se o cheiro a ácido fénico era de saúde ou de morte. Os que se restabeleciam regressavam a casa carregados de prendas fabulosas que distribuíam às mãos-cheias com uma certa angústia para que lhes perdoassem a indiscrição de continuarem vivos. Alguns voltavam com o abdómen atravessado por costuras horrorosas que pareciam ter sido feitas com linha de sapateiro, levantavam a camisa para as mostrar às visitas, comparavam-nas com as de outros que tinham morrido sufocados pelos excessos da felicidade e, pelo resto dos seus dias, continuavam a contar e a voltar a contar as aparições angélicas que tinham visto sob os efeitos do clorofórmio. Por outro lado, nunca ninguém conheceu a visão daqueles que não regressaram e, entre estes, os mais tristes: os que morreram desterrados no pavilhão dos tísicos, mais pela tristeza da chuva do que pelas moléstias da doença.

Assim deitado a adivinhar, Florentino Ariza não sabia o que teria preferido para Fermina Daza. Mas mais do que nada preferia a verdade, mesmo que fosse insuportável, e por muito que a procurasse não deu com ela. Parecia-lhe inconcebível que ninguém pudesse dar-lhe, pelo menos, um indício que confirmasse a versão. No mundo dos navios fluviais, que era o seu, não havia mistério que se pudesse manter, nem confidência que se pudesse guardar. No entanto, ninguém tinha ouvido falar da mulher do véu negro. Ninguém sabia nada, numa cidade onde tudo se sabia, e onde se sabiam muitas coisas mesmo antes de acontecerem. Sobretudo as coisas dos ricos. Mas também ninguém tinha nenhuma explicação para o desaparecimento de Fermina Daza. Florentino Ariza continuava a rondar La Manga, a ouvir missas sem devoção na basílica do seminário, a assistir a atos cívicos que nunca lhe teriam interessado noutro estado de espírito, mas o passar do tempo só fazia com que aumentasse o seu crédito na versão. Tudo parecia normal em casa dos Urbino, exceto a falta da mãe.

No meio de tantas averiguações, encontrou outras notícias que não conhecia, ou que não procurava, e, entre elas, a da morte de Lorenzo Daza na aldeia cantábrica onde tinha nascido. Lembrava-se de o ter visto durante muitos anos nas movimentadas guerras de xadrez do Café da Paróquia, com a voz estragada de tanto falar e mais gordo e áspero à medida que sucumbia nas areias movediças de uma velhice ruim. Não tinham voltado a dirigir-se a palavra desde aquele ingrato pequeno-almoço de anis no século anterior, e Florentino Ariza tinha a certeza de que Lorenzo Daza continuava a recordá-lo com tanto rancor quanto ele, mesmo depois de ter conseguido para a filha o casamento rico que se transformara na sua única razão para continuar vivo. Estava porém tão decidido a encontrar uma informação inequívoca sobre a saúde de Fermina Daza que tinha voltado ao Café da Paróquia para a obter do pai, na altura em que aí se celebrou o torneio histórico em que Jeremiah de Saint-Amour enfrentou sozinho quarenta e dois adversários. Foi assim que soube que Lorenzo Daza havia morrido e alegrou-se do fundo do coração, mesmo sabendo que o preço daquela alegria podia ser o de continuar a viver sem a verdade. Por fim, aceitou como certa a versão do hospital dos desenganados, sem outro consolo senão o do conhecido refrão: «Mulher doente, mulher para sempre.» Nos seus dias de desalento, conformava-se com a ideia de que a notícia da morte de Fermina Daza, caso acontecesse, lhe chegaria de qualquer maneira sem ter de a procurar.

Não lhe chegaria nunca. Pois Fermina Daza estava viva e sã como um pero na fazenda onde a sua prima Hildebranda Sánchez vivia esquecida do mundo, a quilómetro e meio da povoação de Flores de María. Tinha partido sem alarido, de comum acordo com o marido, os dois atarantados como adolescentes com a única crise grave por que tinham passado em vinte e cinco anos de casamento estável. Tinha-os surpreendido no repouso da maturidade, quando já se sentiam a salvo de qualquer emboscada da adversidade, com os filhos crescidos e bem-criados e com o futuro aberto para aprenderem a ser velhos sem amarguras. Tinha sido uma coisa tão imprevista para ambos que não a quiseram resolver com gritos, com lágrimas e intermediários, como era a prática corrente nas Caraíbas, mas antes com a sabedoria das nações da Europa, e à força de não ser nem daqui nem dali, acabaram a chapinhar numa situação pueril que não era de parte alguma. Por fim, ela decidiu ir-se embora, sem sequer saber porquê, nem para quê, só por raiva, e ele não havia sido capaz de a persuadir devido ao seu sentimento de culpa.

Fermina Daza, com efeito, embarcara à meia-noite, no maior sigilo e com a cara coberta por um véu de luto, embora não num transatlântico da Cunard com destino ao Panamá, mas num naviozinho de carreira regular de San Juan de la Ciénaga, a cidade onde nasceu e viveu até à puberdade, e cuja nostalgia se lhe ia tornando insuportável com os anos. Contra a vontade do marido e os costumes da época, não levou outro acompanhante além de uma afilhada de quinze anos que se criara ao serviço da casa, mas tinham participado a sua viagem aos comandantes dos barcos e às autoridades de cada porto. Quando tomou a decisão inabalável, anunciou aos filhos que ia descansar três meses para a casa da tia Hildebranda, mas estava decidida a ficar lá. O doutor Jovenal Urbino conhecia muito bem a firmeza do seu carácter e estava tão preocupado que aceitou com humildade, como se fosse um castigo de Deus pela gravidade das suas culpas. Mas ainda não se tinham perdido de vista as luzes do barco, e já os dois estavam arrependidos das suas fraquezas.

Apesar de terem mantido uma correspondência formal sobre a saúde dos filhos e outros assuntos domésticos, passaram-se quase dois anos sem que nem um nem outro encontrasse um caminho de volta que não estivesse minado pelo orgulho. Os filhos foram a Flores de María passar as férias escolares do segundo ano e Fermina Daza fez o impossível por parecer contente com a sua nova vida. Essa foi pelo menos a conclusão que Juvenal Urbino tirou das cartas do filho. Além disso, nesses dias, esteve por lá o bispo de Riohacha em visita pastoral, montado sob um pálio na sua célebre mula branca com xairel bordado a ouro. Atrás seguiam-no peregrinos de comarcas remotas, acordeonistas, vendedores ambulantes de comidas e amuletos, e a fazenda esteve durante três dias a transbordar de inválidos e de doentes, que, verdade seja dita, não vinham por causa dos doutos sermões e das indulgências plenárias mas sim pelos favores da mula, da qual se dizia que fazia milagres às escondidas do dono. O bispo tinha sido muito íntimo da casa dos Urbino de la Calle, desde os seus anos de padre recém-formado e, certo dia, deu uma escapada das suas azáfamas para ir almoçar na fazenda da Hildebranda. Depois do almoço, onde só se falou de assuntos terrenos, chamou Fermina Daza à parte e quis ouvi-la em confissão. Ela negou-se, de um modo amável mas firme, com o argumento explícito de que não tinha nada de que se arrepender. Ainda que, pelo menos conscientemente, esse não fosse o seu propósito, ficou com a ideia de que a sua resposta chegaria onde tinha de chegar.

O doutor Juvenal Urbino costumava dizer, não sem um certo cinismo, que aqueles dois anos amargos da sua vida não haviam sido culpa sua, mas sim do mau hábito que tinha a sua mulher de cheirar a roupa da família e a que ela própria despia, para saber pelo cheiro se tinha de a mandar lavar, mesmo que à primeira vista parecesse limpa. Fazia-o desde criança e nunca pensou que se notasse tanto até que o marido se deu conta logo na noite de núpcias. Percebeu também de que fumava pelo menos três vezes por dia fechada na casa de banho, mas isso não lhe chamou a atenção, porque as mulheres da sua classe costumavam fechar-se em grupos para falar de homens e fumar, e mesmo beber aguardente de dois tostões até ficarem caídas no chão com uma bebedeira monumental. Mas o hábito de enfiar o nariz em quanta roupa encontrasse pela frente não só lhe pareceu disparatado como nocivo para a saúde. Ela levava-o a brincar como levava tudo o que não queria discutir e dizia que não era só para enfeitar que Deus lhe tinha posto na cara aquele diligente nariz de verdilhão. Certa manhã, enquanto ela andava nas compras, a criadagem pôs a vizinhança num alvoroço à procura do filho de três anos que não conseguiam encontrar em nenhum canto nem recanto da casa. Ela chegou no meio do pânico, deu duas ou três voltas, como um cão a farejar um rasto, e encontrou o filho a dormir dentro de um roupeiro onde ninguém pensou que se pudesse esconder. Quando o marido, atónito, lhe perguntou como o tinha encontrado, respondeu-lhe:

– Pelo cheiro a cocó.

A verdade é que o olfato não lhe servia só para lavar roupa ou para encontrar crianças perdidas: era o seu sentido de orientação em todas as coisas da vida, e sobretudo da vida social. Juvenal Urbino observara-o com o decorrer do casamento, sobretudo no princípio, quando era uma recém-chegada a um ambiente predisposto contra ela há já trezentos anos e, no entanto, gesticulava entre copas de corais afiados sem tropeçar em ninguém, com um domínio das coisas que não podia ser senão um instinto sobrenatural.

Essa faculdade temível, que tanto podia ter a sua origem numa sabedoria milenar como num coração de quartzo, teve a sua hora de desgraça num malfadado domingo antes da missa, quando Fermina Daza cheirou, por mera rotina, a roupa que o marido usara na tarde anterior e sofreu a sensação perturbadora de ter tido um homem diferente na cama.

Cheirou primeiro o casaco e o colete enquanto tirava da botoeira o relógio de corrente e tirava a lapiseira, a carteira e as poucas moedas soltas dos bolsos e ia pondo tudo em cima do toucador, e depois cheirou a camisa enquanto tirava o alfinete de gravata e os botões de punho de topázio e o botão de ouro do colarinho postiço, depois cheirou as calças enquanto tirava o porta-chaves com onze chaves e o canivete com cabo de madrepérola, e cheirou, por fim, as cuecas, as meias e o lenço de linho bordado com o seu monograma. Não tinha a menor sombra de dúvida: em cada uma das peças havia um cheiro que não tinham tido em tantos anos de vida em comum, um cheiro impossível de definir, porque não era nem de flores nem de essências artificiais, mas de algo próprio da natureza humana. Não disse nada, nem voltou a sentir aquele cheiro todos os dias, mas já não metia o nariz na roupa do marido com a curiosidade de saber se era para mandar lavar mas sim com uma ansiedade insuportável que lhe estava a carcomer as entranhas.

Fermina Daza não sabia onde situar o cheiro na rotina do marido. Não podia ser entre a aula matinal e o almoço, pois supunha que nenhuma mulher em seu juízo faria amor à pressa a tais horas, e menos ainda com uma visita, enquanto estava preocupada porque tinha de varrer a casa, fazer as camas, ir ao mercado, preparar o almoço, e talvez receando que a escola lhe mandasse um dos filhos para casa antes da hora, por ter apanhado uma pedrada, e a encontrasse nua às onze da manhã num quarto por arrumar e, para cúmulo dos cúmulos, com um médico em cima. Sabia, por outro lado, que o doutor Juvenal Urbino só fazia amor de noite e, melhor ainda, na escuridão absoluta, e em último caso antes do pequeno-almoço ao trinar dos primeiros pássaros. Depois dessa hora, como ele dizia, era maior o trabalho de se despir e voltar-se a vestir do que o prazer de um amor de galo. De modo que a contaminação da roupa só podia suceder nalguma das visitas médicas, ou em qualquer momento sonegado às suas noites de xadrez e de cinema. Neste último caso era difícil de esclarecer porque, ao contrário de tantas amigas suas, Fermina Daza era demasiado orgulhosa para espiar o marido ou para pedir a alguém que o fizesse por ela. O horário das visitas, que era o que parecia mais fácil para a infidelidade, era também o mais fácil de vigiar, porque o doutor Juvenal Urbino conservava um relatório minucioso de cada um dos seus clientes, incluindo o estado das contas dos honorários, desde que os visitava pela primeira vez até os despedir deste mundo com uma cruz final e uma frase pelo bem-estar da sua alma.

Ao fim de três semanas, Fermina Daza não tinha encontrado o cheiro na roupa durante vários dias, voltou a dar com ele quando menos o esperava e encontrara-o mais forte do que nunca durante vários dias consecutivos, ainda que um deles tivesse sido um domingo de festa familiar em que ela e ele não se separaram nem por um momento. Certa tarde deu consigo no escritório do marido, contra o seu hábito e até contra os seus desejos, como se não fosse ela mas sim uma outra que estivesse a fazer algo que ela jamais faria, a decifrar com uma primorosa lupa de Bengala as intrincadas notas das visitas dos últimos meses. Era a primeira vez que entrava sozinha nesse escritório saturado de vapores de fenol, atulhado de livros encadernados em peles de animais desconhecidos, de gravuras esmaecidas de grupos escolares, de pergaminhos de honra, de astrolábios e punhais de fantasia colecionados durante anos. Um santuário secreto que encarou sempre como a única parte da vida privada do seu marido a que ela não tinha acesso porque não estava incluída no amor, e por isso as poucas vezes que estivera ali, tinha sido com ele, sempre para assuntos breves. Não se sentia no direito de entrar sozinha e, ainda menos, para fazer indagações que não lhe pareciam decentes. Mas ali estava. Queria encontrar a verdade e procurava-a com uma ânsia apenas comparável à do terrível temor de a encontrar, instigada por um tufão incontrolável mais imperioso do que a sua altivez congénita, mais imperioso ainda do que a sua dignidade: um suplício fascinante.

Não pôde tirar nada a limpo, porque os pacientes do marido, exceto os amigos comuns, faziam também parte do seu domínio estanque, pessoas sem identidade que não se conheciam pela cara mas pelas dores, não pela cor dos olhos ou pelas evasões do coração mas pelo tamanho do fígado, o sarro na língua, os grumos na urina, as alucinações nas noites de febre. Pessoas que acreditavam no seu marido, que julgavam viver por ele, quando de facto viviam para ele e acabavam reduzidas a uma frase escrita por ele, pelo seu punho e letra no fim da página do expediente médico: «Sossega que Deus te espera à porta.» Fermina Daza deixou o gabinete ao cabo de duas horas inúteis com a sensação de se ter deixado tentar pela indecência.

Estimulada pela imaginação, começou a descobrir as mudanças do marido. Achava-o evasivo, sem apetite à mesa e na cama, propenso à exasperação e às réplicas irónicas e, quando estava em casa, já não era o homem tranquilo de antes, mas um leão enjaulado. Pela primeira vez desde que se casaram, vigiou os seus atrasos, controlou-os ao minuto, e contava-lhe mentiras para lhe arrancar verdades, e logo a seguir sentia-se ferida de morte pelas suas contradições. Uma noite acordou sobressaltada por um estado fantasmagórico: era o marido que olhava para ela no escuro com uns olhos que lhe pareceram carregados de ódio. Sofrera um arrepio idêntico quando, na flor da juventude, vira Florentino Ariza aos pés da cama, só que a sua aparição não era de ódio mas de amor. Além disso, desta vez não era uma fantasia: o seu marido estava acordado às duas da manhã e tinha-se sentado na cama para a ver a dormir, mas quando ela lhe perguntou porque o fazia, ele negou. Voltou a deitar a cabeça na almofada e disse:

– Deves ter sonhado.

Depois dessa noite e por outros episódios semelhantes dessa época em que Fermina Daza já não sabia muito bem onde acabava a realidade e começava a ficção, teve a revelação extraordinária de que estava a enlouquecer. Por fim, verificou que o marido não comungara na quinta-feira de Corpo de Deus como também não o fizera em nenhum dos domingos das últimas semanas, nem arranjara tempo para os retiros espirituais daquele ano. Quando lhe perguntou a que se devia aquelas mudanças insólitas da sua saúde espiritual, recebeu uma resposta meio confusa. Esta foi a chave decisiva porque ele nunca deixara de comungar numa data tão importante desde que fizera a sua primeira comunhão, aos oito anos. Percebeu não só assim que o marido se encontrava em pecado mortal como tinha resolvido continuar nele, uma vez que não recorria ao auxílio do seu confessor. Nunca tinha imaginado que se pudesse sofrer tanto por um sentimento que parecia ser completamente o oposto do amor, mas era assim que ela estava e resolveu que a única solução para não morrer era deitar fogo ao covil de víboras que lhe empeçonhava as entranhas. Assim foi. Uma tarde pôs-se a passajar meias no terraço, enquanto o marido acabava a leitura diária depois da sesta. Então, interrompeu o lavor, levantou os óculos para a testa, e interpelou-o sem o mais leve sinal de aspereza:

– Doutor.

Ele estava imerso na leitura de *A Ilha dos Pinguins*[1], o romance que toda a gente andava a ler naquela altura, e respondeu-lhe desinteressado: «*Oui*.» Ela insistiu:

– Olha para mim.

Assim o fez, olhando para ela sem a ver pela bruma dos óculos de ler, mas não precisou de os tirar para se queimar no fogo do seu olhar.

– O que é que foi? – perguntou.

---

[1] Romance do escritor francês Anatole France (1844-1924). *(N. do E.)*

– Sabê-lo-ás melhor do que eu – disse ela.

Não disse mais nada. Voltou a baixar os óculos e continuou a passajar as meias. O doutor Juvenal Urbino ficou então a saber que as longas horas de ansiedade tinham acabado. Ao contrário da maneira como ele antevia aquele instante, não foi uma sacudidela sísmica do coração mas sim um tiro de paz. Era o grande alívio por ter acontecido mais cedo do que o previsto o que mais tarde ou cedo tinha de acontecer: o fantasma da menina Barbara Lynch entrara finalmente em casa.

O doutor Juvenal Urbino tinha-a conhecido quatro meses antes, à espera de vez na consulta externa do Hospital da Misericórdia, e logo aí se deu conta de que algo irreparável acabava de suceder no seu destino. Era uma mulata alta, elegante, de ossos grandes, com a pele da mesma cor e da mesma natureza terna do melaço, vestida, naquela manhã, com um fato vermelho com pintas brancas e um chapéu do mesmo género com umas abas muito amplas que lhe davam sombra até às pálpebras. Parecia ser de um sexo mais definido do que o resto dos humanos. O doutor Juvenal Urbino não atendia no serviço externo, mas sempre que por ali passava com algum tempo livre entrava para lembrar aos seus alunos mais velhos que não há melhor medicamento do que um bom diagnóstico. De modo que arranjou maneira de estar presente no exame da mulata imprevista, fazendo tudo para que os seus discípulos não lhe notassem um gesto que não parecesse casual e praticamente não olhando para ela, mas registou muito bem na memória os dados da sua identidade. Nessa tarde, depois da última visita, fez com que o carro passasse pela direção que ela dera na consulta e aí estava, com efeito, a apanhar o ar fresco de março na varanda.

Era uma típica casa antilhana, toda pintada de amarelo, até ao teto de zinco, com janelas de juta e potes de cravos e fetos pendurados no portão e construída sobre estacas de madeira na marisma de Mala Crianza. Um turpial[1] cantava

[1] Pássaro parecido com o verdilhão. *(N. da T.)*

numa gaiola pendurada no beiral. No passeio em frente havia uma escola primária e as crianças, que saíam em tropel, obrigaram o cocheiro a manter as rédeas firmes para evitar que o cavalo se espantasse. Foi uma sorte porque a menina Barbara Lynch teve tempo de reconhecer o doutor. Cumprimentou-o com um aceno de velhos conhecidos, convidou-o a tomar um café enquanto esperava que passasse a desordem e ele tomou-o, encantado, contra o seu hábito, ouvindo-a falar de si própria, que era a única coisa que lhe interessava desde essa manhã e a única coisa que lhe ia interessar, sem um minuto de paz, nos próximos meses. Em certa ocasião, recém-casado, um amigo dissera-lhe diante da mulher que mais cedo ou mais tarde teria de enfrentar uma paixão arrebatada, capaz de pôr em risco a estabilidade do seu casamento. Ele, que julgava conhecer-se muito bem, que conhecia a firmeza das suas raízes morais, rira-se do prognóstico. Pois bem: aí o tinha.

A menina Barbara Lynch, doutora em Teologia, era a única filha do reverendo Jonathan B. Lynch, um pastor protestante, negro e escorreito, que andava numa mula pelo casario miserável da marisma, pregando a palavra de um dos tantos deuses que o doutor Juvenal Urbino escrevia com letra minúscula para os diferençar do seu. Falava um bom castelhano, com uma pedrinha na sintaxe, cujos tropeços frequentes lhe aumentavam a graça. Fazia vinte e oito anos em dezembro, divorciara-se há pouco de outro pastor, discípulo do pai, com quem esteve mal casada dois anos e não lhe tinha ficado vontade de reincidir. Disse: «Não tenho outro amor que o meu turpial.» Mas o doutor Urbino era demasiado sério para pensar que o tivesse dito com intenção. Pelo contrário: interrogou-se, confundido, se tanta facilidade junta não seria uma armadilha de Deus para depois lho cobrar com juros, mas logo afastou a ideia como se fosse um disparate teológico devido ao seu estado de confusão.

Já quando se ia a despedir fez um comentário casual sobre a consulta médica dessa manhã, sabendo que se há coisa de que os doentes gostam é de falar das suas mazelas, e ela foi tão generosa a falar das dela que ele prometeu voltar no dia seguinte, às quatro em ponto, para lhe fazer um exame mais minucioso. Ela assustou-se: sabia que um médico desse nível estava muito acima das suas possibilidades, mas ele tranquilizou-a: «Nesta profissão arranjamos maneira de que os ricos paguem pelos pobres.» Depois tomou nota no seu caderno de bolso: «Menina Barbara Lynch, marisma de Mala Crianza, sábado, 16 horas.» Meses mais tarde, Fermina Daza havia de ler aquela ficha aumentada com os pormenores do diagnóstico e do tratamento, e com a evolução da doença. O nome chamou-lhe a atenção e logo lhe ocorreu que devia ser uma dessas artistas saídas dos barcos da fruta de Nova Orleães, mas a direção fê-la pensar que era mais natural que fosse da Jamaica, e negra, é claro, e afastou-a sem dor dos gostos do marido.

O doutor Juvenal Urbino chegou ao encontro de sábado dez minutos antes da hora, e a menina Lynch ainda não acabara de se vestir para o receber. Desde os seus tempos de Paris, quando tinha de se apresentar para um exame oral, que não sentira tensão semelhante. Estendida na cama de linho, com uma ténue combinação de seda, a menina Lynch era de uma beleza interminável. Nela, tudo era grandioso e intenso: os músculos de sereia, a pele afogueada, os seios maravilhosos, as gengivas rosadas com dentes perfeitos, e todo o seu corpo irradiava saúde que era o cheiro inconfundível que Fermina Daza encontrava na roupa do marido. Tinha ido à consulta externa porque sofria de qualquer coisa a que ela chamava, com muita graça, «cólicas torcidas» e o doutor Urbino pensava que era um sintoma que não devia ser encarado com ligeireza. De modo que apalpou os seus órgãos internos com mais intenção do que atenção, e, enquanto isso, ia-se esquecendo da sua própria sabedoria e descobrindo que aquela criatura magnífica era tão bela por dentro como por fora. Então abandonou-se às delicias do tato, já não como o médico mais conceituado do litoral caraíba, mas como um pobre homem de

Deus atormentado pela desordem dos instintos. Só uma vez lhe havia acontecido uma coisa assim na sua severa vida profissional, e tinha sido esse o seu dia de maior vergonha, porque a paciente, indignada, afastou-lhe a mão, sentou-se na cama, e disse-lhe: «O que você quer pode ser que aconteça, mas não será assim.» A menina Lynch, pelo seu lado, abandonou-se às suas mãos, e quando não tinha já qualquer dúvida de que o médico não estava a pensar na sua ciência, disse:

– Eu julgava que isto não era permitido pela ética.

Ele estava tão ensopado em suor como se tivesse saído vestido de um tanque, e enxugou as mãos e a cara com uma toalha.

– A ética – disse –, imagina que nós, os médicos, somos de ferro.

Ela estendeu-lhe uma mão agradecida.

– O facto de eu o achar não quer dizer que não se possa fazer – disse. – Imagine o que será para uma pobre negra como eu se em mim reparar um homem tão sonante!

– Não deixei de pensar em si nem por um instante – disse ele.

Foi uma confissão tão trémula que teria sido digna de pena. Mas ela pô-lo a salvo de todo o mal com uma gargalhada que iluminou o quarto.

– Eu sei, desde que o vi no hospital, doutor – disse. – Sou negra, mas não sou estúpida.

Não foi nada fácil. A menina Lynch queria a sua honra limpa, queria segurança e amor, por essa ordem, e julgava merecê-lo. Deu ao doutor Urbino a oportunidade de a seduzir, mas sem entrar no quarto, ainda que estivesse sozinha em casa. O mais longe aonde chegou foi deixar que ele repetisse a cerimónia de apalpação e auscultação com todas as violações éticas que ele quisesse, mas sem lhe tirar a roupa. Ele, pelo seu lado, não conseguiu largar o bocado depois de o morder, e perseverou nos seus assédios quase diários. Por razões de ordem prática, a relação continuada com a menina Lynch era-lhe quase intolerável, mas era demasiado fraco para parar a tempo, como depois também o seria para continuar em frente. Foi o seu limite.

O reverendo Lynch não tinha uma vida regular. Em qualquer momento saía na sua mula, carregada com bíblias e folhetos de propaganda evangélica de um lado, e de provisões do outro, e voltava quando menos se esperava. Outro inconveniente era a escola em frente, porque as crianças cantavam as suas lições a olhar para a rua pelas janelas e o que melhor viam era a casa do passeio oposto, com as portas e as janelas abertas, de par em par, desde as seis da manhã, e viam a menina Lynch a pendurar a gaiola no beiral para o turpial aprender as lições cantadas, viam-na com um turbante colorido a cantá-las também ela com a sua brilhante voz caribenha enquanto tratava dos afazeres da casa, e viam-na depois, sentada no alpendre, a cantar sozinha em inglês os salmos da tarde.

Tinham de escolher uma hora a que as crianças não estivessem lá e só havia duas possibilidades: no intervalo do almoço, entre o meio-dia e as duas, que era também quando o doutor almoçava, ou ao fim da tarde, quando as crianças iam para suas casas. Esta última foi sempre a melhor hora, mas era também quando o doutor já tinha acabado as suas visitas e só dispunha de poucos minutos para chegar a horas de jantar com a família. O terceiro problema, e o mais grave para ele, era a sua própria condição. Não lhe era possível ir sem carro, porque era muito conhecido, e tinha de estar sempre à porta. Teria podido fazer do cocheiro o seu cúmplice, como o faziam quase todos os seus amigos do Clube Social, mas isso estava completamente fora do alcance dos seus hábitos. Tanto assim que, quando as visitas à menina Lynch se tornaram por de mais evidentes, o próprio cocheiro da família, em libré, atreveu-se a perguntar-lhe se não seria melhor que voltasse mais tarde para o ir buscar para que o carro não ficasse tanto tempo estacionado à porta. O doutor Urbino, numa reação estranha à sua maneira de ser, cortou-lhe imediatamente a palavra:

– Desde que te conheço, é a primeira vez que te oiço dizer uma coisa que não devias – disse-lhe. – Pois bem, dou o dito por não dito.

Não havia solução. Numa cidade como esta era impossível ocultar uma doença enquanto o carro do médico estivesse à porta. Às vezes, o próprio médico tomava a iniciativa de ir a pé, se a distância o permitia, ou ia num carro de aluguer, para evitar suposições maliciosas ou prematuras. No entanto, semelhantes enganos não serviam para muito, porque as receitas que se encomendavam nas farmácias permitiam decifrar a verdade, a tal ponto que o doutor Urbino prescrevia remédios falsos juntamente com os corretos para preservar o direito sagrado dos doentes de morrerem em paz com o segredo das suas doenças. Também podia justificar de várias formas honestas a presença do seu carro diante da casa da menina Lynch, mas não poderia ser por muito tempo, e ainda menos por tanto quanto ele teria querido: toda a vida.

O mundo tornou-se-lhe um inferno. Pois uma vez saciada a loucura inicial, ambos tomaram consciência dos riscos e o doutor Juvenal Urbino nunca se decidiu a enfrentar o escândalo. Nos delírios da febre, prometia tudo, mas depois que tudo passava, tudo voltava a ficar para depois. Porém, à medida que aumentava a ânsia de estar com ela, aumentava também o temor de a perder, de modo que os encontros foram-se tornando cada vez mais apressados e difíceis. Não pensava noutra coisa. Esperava as tardes com uma ansiedade insuportável, esquecia-se de outros compromissos, esquecia-se de tudo menos dela, mas, à medida que o carro se aproximava da marisma de Mala Crianza, ia rogando a Deus que um inconveniente de última hora o obrigasse a passar ao largo. Ia em tal estado de angústia que, às vezes, alegrava-se por ver da esquina a cabeça de algodão do reverendo Lynch a ler na varanda e a filha, na sala, a dar catequese às crianças do bairro com os Evangelhos cantados. Então ia feliz para casa para não continuar a desafiar a sorte, mas depois sentia-se enlouquecer de ansiedade para que o dia inteiro se transformasse nas cinco da tarde de todos os dias.

De modo que o namoro se tornou impossível quando o carro começou a ser demasiado evidente à porta e, ao fim de três meses, já era ridículo. Sem tempo para falarem, a menina Lynch metia-se no quarto assim que via entrar o amante perturbado. Tinha adotado a precaução de vestir uma saia larga nos dias em que o esperava, uma magnífica saia da Jamaica com folhos de flores coloridas, mas sem roupa interior, sem nada, acreditando que a facilidade o ajudaria contra o medo. Mas ele desperdiçava tudo quanto ela fazia para o fazer feliz. Seguia-a a arquejar até ao quarto, ensopado em suor, e entrava de rompante a atirar tudo pelo chão, a bengala, a maleta de médico, o panamá, e fazia um amor assustado com as calças enroladas até aos joelhos, com o casaco abotoado para não o estorvar tanto, com o relógio de corrente no colete, com os sapatos calçados, com tudo, e mais preocupado em ir-se embora o mais depressa possível do que em desfrutar do seu prazer. Ela ficava em jejum, à entrada do seu túnel de solidão, enquanto ele já se abotoava outra vez, exausto, como se tivesse feito o amor total sobre a linha divisória entre a vida e a morte, quando, na realidade, não tinha feito mais do que aquilo que o ato do amor tem de façanha física. Mas estava dentro da sua lei: o tempo à justa de dar uma injeção endovenosa num tratamento de rotina. Então regressava a casa, envergonhado pela sua fraqueza, com vontade de morrer, amaldiçoando-se pela sua falta de coragem para pedir a Fermina Daza que lhe tirasse as calças e lhe fizesse sentar o rabo num braseiro.

Não jantava, rezava sem convicção, fingia continuar na cama a leitura da sesta enquanto a sua mulher dava voltas e mais voltas pela casa, pondo o mundo em ordem antes de se deitar. À medida que cabeceava sobre o livro, ia-se afundando a pouco e pouco no mangal inevitável da menina Lynch, nas suas emanações de floresta jazente, na sua cama de mortalha, e então não conseguia pensar em mais nada do que nas cinco menos cinco da tarde de amanhã, e ela à espera dele na cama sem mais nada além do seu monte de esfregão escuro debaixo daquela saia maluca da Jamaica: o círculo infernal.

Há já alguns anos que começara a ter consciência do peso do seu próprio corpo. Reconhecia os sintomas. Lera-os nos textos, confirmara-os na vida real, em pacientes idosos sem antecedentes graves que de repente começavam a descrever síndromas perfeitas que pareciam tiradas dos livros de Medicina, e que, no entanto, acabava por se concluir que eram imaginárias. O seu professor de Pediatria de La Salpêtrière aconselhara-lhe este ramo da Medicina, como sendo a especialidade mais honesta, porque as crianças só adoecem quando estão, de facto, doentes e não podem comunicar com o médico com palavras convencionais mas sim com sintomas concretos de doenças reais. Os adultos, pelo seu lado, a partir de certa idade, ou tinham os sintomas sem as doenças ou, pior ainda: doenças graves com os sintomas de outras inofensivas. Ele entretinha-os com paliativos, dando tempo ao tempo, até que aprendiam a não sentir os seus achaques à força de conviverem com eles no depósito de lixo da velhice. O que o doutor Juvenal Urbino nunca tinha pensado era que um médico da sua idade, que julgava já ter visto de tudo, não pudesse superar a inquietação de se sentir doente quando não o estava. Ou pior: não acreditar que o estava por mero preconceito científico, quando talvez o estivesse de facto. Já aos quarenta anos, meio a sério meio a brincar, tinha dito na cátedra: «A única coisa de que preciso na vida é de alguém que me compreenda.» Mas quando se viu perdido no labirinto da menina Lynch, já não pensou nisso a brincar.

Todos os sintomas reais ou imaginários dos seus pacientes mais velhos acumularam-se-lhe no corpo. Sentia a forma do fígado com tal nitidez que podia saber o seu tamanho sem lhe tocar. Sentia o ronronar de gato adormecido dos seus rins, sentia o brilho furta-cores da sua vesícula, sentia o zumbido do sangue nas suas artérias. Às vezes acordava como um peixe, sem ar para respirar. Tinha água no coração, sentia-o perder o compasso por um instante, sentia que se atrasava uma pulsação como nas marchas militares do colégio, uma e outra vez, e, por fim, sentia-o recuperar porque Deus é grande. Mas em vez de apelar para os mesmos remédios de distração que dava aos seus doentes, ficava encandeado pelo medo. Tinha razão: a única coisa de que precisava na vida, também aos cinquenta e oito anos, era de alguém que o compreendesse. De modo que recorreu a Fermina Daza, o ser que mais o amava e a quem ele mais amava neste mundo e com quem acabava de pôr a sua consciência em paz.

Isto sucedeu depois de ela o interromper na sua leitura da tarde para lhe pedir que olhasse para ela e ele teve o primeiro indício de que o seu círculo infernal tinha sido descoberto. Porém, não percebia como, porque lhe teria sido impossível imaginar que Fermina Daza tivesse encontrado a verdade por simples olfato. De todos os modos, e já há muito tempo, que esta não era uma cidade boa para se ter segredos. Passado pouco tempo de se terem instalado os primeiros telefones domésticos, vários casais que pareciam estáveis desfizeram-se por causa de intrigas de chamadas anónimas e muitas famílias atemorizadas suspenderam o serviço ou negaram-se a tê-lo durante anos. O doutor Urbino sabia que a sua esposa se respeitava tanto a si própria que não permitiria sequer uma tentativa de inconfidência anónima pelo telefone e não podia pensar em ninguém que fosse tão atrevido que o fizesse em nome próprio. Mas receava o velho sistema: um papel enfiado por baixo da porta por uma mão desconhecida podia ser eficaz, não só porque garantia o duplo anonimato do remetente e do destinatário, mas também porque a sua linhagem lendária permitia atribuir-lhe alguma relação metafísica com os desígnios da Divina Providência.

Os ciúmes não conheciam a sua casa: durante mais de trinta anos de paz conjugal, o doutor Urbino gabara-se em público, muitas vezes, e até então era verdade, de ser como os fósforos suecos, que só se acendiam na sua própria caixa. Mas ignorava qual podia ser a reação de uma mulher com tanto orgulho como a sua, com tanta dignidade e com um carácter tão forte, diante de uma infidelidade comprovada. De modo que depois de olhar para ela como ela lho pedira, não se lembrou de mais nada do que baixar outra vez os olhos para disfarçar a perturbação e continuou a fingir-se enleado nos doces meandros da ilha de Alca, enquanto pensava no que havia de fazer. Fermina Daza, por seu lado, também não disse mais nada. Quando acabou de passajar as meias meteu as coisas sem qualquer ordem dentro da caixa de costura, deu, na cozinha, algumas instruções para o jantar e foi para o quarto.

Ele já tinha então a sua resolução tão bem tomada que às cinco da tarde não passou por casa da menina Lynch. As promessas de amor eterno, a ilusão de uma casa discreta só para ela onde ele pudesse visitá-la sem sobressaltos, a felicidade sem pressa até à morte, tudo quanto tinha prometido no meio das labaredas do amor ficou cancelado para todo o sempre. A última coisa que a menina Lynch teve dele foi um diadema de esmeraldas que o cocheiro lhe entregou sem comentários, sem um recado, sem um bilhete escrito, e dentro de uma caixinha embrulhada em papel de farmácia para que o próprio cocheiro julgasse que se tratava de um medicamento urgente. Não voltou a vê-la nem por acaso até ao fim dos seus dias e só Deus soube quanto sofrimento lhe custou esta resolução heroica e quantas lágrimas de fel teve que chorar fechado na retrete para sobreviver ao seu desastre íntimo. Às cinco, em vez de ir com ela, fez ante o seu confessor um ato de profunda contrição e no domingo seguinte comungou com o coração feito em pedaços, mas com a alma tranquila.

Na própria noite da renúncia, enquanto se despia para dormir, repetiu a Fermina Daza a amarga litania das suas insónias matinais, as pontadas súbitas, a vontade de chorar ao entardecer, os sintomas cifrados do amor escondido que ele contava então como se se tratassem das infelicidades da velhice. Tinha de fazê-lo com alguém para não morrer, para não ter de contar a verdade e, ao fim e ao cabo, aqueles desabafos estavam consagrados nos rituais domésticos do amor. Ela ouviu-o com atenção, mas sem olhar para ele, sem dizer nada, enquanto ia recebendo a roupa que ele tirava. Cheirava cada peça sem nenhum gesto que traísse a sua raiva, enrolava-a de qualquer maneira e deitava-a para o cesto de vime da roupa suja. Não encontrou o cheiro, mas tanto fazia: amanhã será outro dia. Antes de se ajoelhar para rezar em frente do altarzinho do quarto, ele concluiu a história dos seus infortúnios com um suspiro triste e, além disso, sincero: «Acho que vou morrer.» Ela não pestanejou sequer para lhe responder:

– Seria o melhor – disse. – Assim estaremos os dois mais sossegados.

Anos antes, na crise de uma doença perigosa, ele havia falado na possibilidade de morrer e ela tinha-lhe atirado com a mesma resposta brutal. O doutor Urbino atribuiu-a à inclemência própria das mulheres, graças à qual é possível que a Terra continue a girar em volta do sol, porque então ignorava que ela se defendia sempre com uma barreira de raiva para que não se lhe notasse o medo. E, nesse caso, o mais terrível de todos, que era o medo de ficar sem ele.

Naquela noite, pelo contrário, tinha desejado a morte com todo o ímpeto do seu coração e essa certeza alarmou-o. Depois, sentiu-a soluçar na escuridão, muito devagar, mordendo a almofada para que ele não a ouvisse. E isto acabou de o transtornar porque sabia que ela não chorava facilmente por nenhuma dor do corpo ou da alma. Só chorava por uma raiva grande, e mais ainda se esta tinha a sua origem de alguma maneira no seu terror da culpa, e então, quanto mais chorava, com mais raiva ficava porque não conseguia perdoar-se a fraqueza de chorar. Ele não se atreveu a consolá-la, sabendo que teria sido como consolar um tigre atravessado por uma lança, nem teve coragem para lhe dizer que os motivos do seu pranto tinham desaparecido nessa tarde e que haviam sido arrancados pela raiz, e para sempre, até da sua memória.

O cansaço venceu-o por uns minutos. Quando acordou, ela tinha acendido a ténue luz da mesinha de cabeceira e continuava com os olhos abertos, mas sem chorar. Algo de definitivo lhe aconteceu enquanto ele dormia: os sedimentos acumulados no fundo da sua idade através de tantos anos tinham sido remexidos pelo suplício dos ciúmes e vinham todos à tona, envelhecendo-a em segundos. Impressionado com as suas rugas instantâneas, os seus lábios murchos, as cinzas do seu cabelo, ele arriscou-se a dizer-lhe que fizesse por dormir: já passava das duas. Ela falou-lhe sem olhar para ele, mas já sem nenhum rasto de raiva na voz, quase com mansidão.

– Tenho o direito de saber quem é – disse.

E então ele contou-lhe tudo, sentindo que tirava de cima de si todo o peso do mundo, porque estava convencido de que ela sabia e que só faltava confirmar os pormenores. Mas claro que não era assim, de modo que enquanto ele falava ela voltou a chorar, e não com soluços tímidos como no princípio, mas com lágrimas soltas e salobres que lhe escorriam pela cara e lhe ardiam na camisa de noite, e lhe inflamavam a vida, porque ele não tinha feito o que ela esperara, com a alma por um fio, e que era negar-lhe tudo até à morte, indignar-se pela calúnia, desatar aos gritos mandando à merda esta sociedade filha da mãe que não tinha o menor pejo em espezinhar a honra alheia, e que se tivesse mantido imperturbável diante das provas irrefutáveis da sua deslealdade: como um homem. Assim, quando ele lhe contou que havia estado nessa tarde com o seu confessor, receou cegar de raiva. Desde o colégio que tinha a convicção de que a gente da Igreja carecia de qualquer virtude inspirada por Deus. Esta era uma dissonância essencial na harmonia da casa, que tinham conseguido ultrapassar sem acidentes. Mas que o marido tivesse consentido que o confessor se imiscuísse até esse ponto numa intimidade que não era apenas a sua, mas também a dela, era uma coisa que passava dos limites.

– É o mesmo que contar a um vendedor de banha da cobra – disse.

Para ela era o fim. Tinha a certeza de que a sua honra andava de boca em boca ainda antes de o marido ter acabado de cumprir a penitência e o sentimento de humilhação que isso lhe causava era muito menos suportável do que a vergonha, a raiva e a injustiça da infidelidade. E o pior de tudo, merda, com uma negra. Ele emendou: «Mulata.» Mas nessa altura toda a precisão estava a mais: ela tinha acabado.

– É a mesma treta – disse – e só agora percebo: era um cheiro de negra.

Isto aconteceu numa segunda-feira. Na sexta-feira, às sete da tarde, Fermina Daza embarcou no navio de carreira regular de San Juan de la Ciénaga, só com um baú, em companhia da afilhada e com a cara coberta por um véu, para evitar perguntas que fossem feitas ao marido. O doutor Juvenal Urbino não foi ao porto, por acordo de ambos, depois de uma conversa esgotante de três dias, na qual decidiram que ela iria para a fazenda da prima Hildebranda Sánchez, na povoação de Flores de María, com o tempo suficiente para refletir antes de tomar uma decisão definitiva. Os filhos, sem conhecerem os motivos, julgaram que era uma viagem muitas vezes adiada que até eles desejavam fazer há muito tempo. O doutor Urbino zelou para que ninguém da sua esferazinha pérfida pudesse fazer especulações maliciosas e fê-lo tão bem que se Florentino Ariza não encontrou nenhuma pista quanto ao desaparecimento de Fermina Daza foi porque não existiam, e não porque lhe faltassem os meios para a averiguação. O marido não tinha dúvidas de que ela voltaria a casa assim que lhe passasse a fúria. Mas ela partiu com a certeza de que a fúria nunca lhe passaria.

No entanto, iria aprender muito depressa que essa determinação excessiva não era tanto o fruto do ressentimento como da nostalgia. Depois da viagem de lua de mel tinha voltado várias vezes à Europa, apesar dos dez dias de mar, e sempre o tinha feito com tempo de sobra para ser feliz. Conhecia o mundo, tinha aprendido a viver e a pensar de outra maneira, mas nunca havia voltado a San Juan de la Ciénaga depois do frustrado voo de balão. O regresso à província da prima Hildebranda tinha para ela qualquer coisa de redenção, mesmo que fosse tardia. Não pensou nisso a propósito do seu desastre matrimonial: era muito mais antigo. A verdade é que a simples ideia de resgatar os seus amores de adolescente consolava-a da sua desdita.

Quando desembarcou com a afilhada em San Juan de la Ciénaga, apelou para as grandes reservas do seu carácter e reconheceu a cidade contra todas as advertências. O chefe civil e militar da praça, ao qual ia recomendada, convidou-a para uma volta na vitória oficial enquanto não saía o comboio para San Pedro Alejandrino, onde quis ir para comprovar o que lhe tinham dito, que a cama em que morreu o Libertador era tão pequena como a de uma criança. Então Fermina Daza voltou a ver a sua terra grande no marasmo das duas da tarde. Voltou a ver as ruas que mais pareciam areais com charcos cobertos de musgo e voltou a ver as mansões dos portugueses com os seus escudos heráldicos talhados no pórtico e gelosias de bronze nas janelas, em cujos salões sombrios se repetiam sem compaixão os mesmos exercícios de piano, titubeantes e tristes, que a sua mãe, recém-casada, tinha ensinado às meninas das casas ricas. Viu a praça deserta, sem uma árvore sobre o braseiro da caliça, a fileira de carros de capotas fúnebres com os cavalos a dormir em pé, o comboio amarelo de San Pedro Alejandrino, e, na esquina da igreja matriz, viu a casa maior, a mais bela, com um corredor de arcadas de pedra esverdeada e um portão de mosteiro, e a janela do quarto onde nasceria Álvaro muitos anos depois, quando já ela não tivesse memória para o recordar. Pensou na tia Escolástica, a quem continuava a procurar sem esperanças por céu e terra, e a pensar nela deu consigo a pensar em Florentino Ariza, no seu fato de literato e com o livro de versos debaixo das amendoeiras do parque, como raramente lhe ocorria quando evocava os seus anos ingratos do colégio. Depois de dar muitas voltas não conseguiu reconhecer a antiga casa familiar, porque onde supunha que estava só havia uma pocilga e ao voltar da esquina da rua dos bordéis, com putas de todo o mundo a dormir a sesta nas portas de entrada, para o caso de passar o correio com alguma coisa para elas. Não era a sua terra.

Desde o princípio do passeio que Fermina Doza cobrira metade do rosto com o véu, não por medo de ser reconhecida onde ninguém a podia conhecer, mas sim devido à vista dos mortos que inchavam ao sol por todo o lado, desde a estação do comboio até ao cemitério. O chefe civil e militar da praça disse-lhe: «É a cólera.» Ela sabia-o porque tinha visto os coágulos brancos na boca dos cadáveres encarquilhados, mas reparou que nenhum tinha o tiro de misericórdia na nuca, como na altura do balão.

– Assim é – disse-lhe o oficial. – Também Deus melhora os seus métodos.

A distância de San Juan de la Ciénaga ao antigo engenho de San Pedro Alejandrino era de apenas vinte e poucos quilómetros, mas o comboio amarelo levava o dia todo, porque o maquinista era amigo dos passageiros habituais e estes pediam-lhe o favor de parar a todo o momento para esticarem as pernas a andar pelos prados de golfe da companhia bananeira, e os homens tomavam banho nus nos rios transparentes e gelados que desciam da serra e, quando tinham fome, apeavam-se para ordenhar as vacas soltas nos prados. Fermina Daza chegou aterrorizada e teve apenas tempo para admirar os tamarindos homéricos onde o Libertador pendurava a sua rede de moribundo, e de comprovar que a cama onde morreu, tal como lhe tinham dito, não só era pequena para um homem de tanta glória como até o seria para um bebé prematuro de sete meses. No entanto, outro visitante que parecia saber tudo disse que a cama era uma relíquia falsa, pois a verdade era que tinham deixado morrer o «Pai da Pátria» deitado no chão. Fermina Daza estava tão deprimida com o que viu e ouviu desde que saiu de casa que, durante o resto da viagem, não se deleitou na recordação da viagem anterior, como tanto o tinha desejado, mas evitava passar pelas terras da sua saudade. Assim preservou-os e preservou-se a si mesma da desilusão. Ouvia os acordeões nos atalhos por onde fugia do desencanto, ouvia os gritos dos que assistiam às lutas de galos, as salvas de pólvora que tanto podiam ser de guerra como de paródia, e quando não havia outro remédio do que atravessar a povoação, cobria a cara com o véu para continuar a evocá-la como era antes.

Uma noite, depois de muito iludir o passado, chegou à fazenda da prima Hildebranda e quando a viu à espera, à porta, sentiu-se a ponto de desfalecer; era como ver-se a si própria no espelho da verdade. Estava gorda e decrépita, carregada de filhos indómitos que não eram do homem que continuava a amar sem esperanças, mas sim de um militar que gozava de uma bela reforma com quem casou por despeito e que a amou loucamente. Mas por dentro do corpo devastado continuava a ser a mesma. Fermina Daza recuperou-se da impressão com alguns dias de campo e boas recordações, mas não saiu da fazenda senão para ir à missa ao domingo com os netos dos seus desordeiros cúmplices de antigamente, rapagões em cavalos magníficos e raparigas lindas e bem vestidas, como as mães o eram com a mesma idade, que iam de pé nos carros de bois, cantando em coro até à igreja da missão no fundo do vale. Só passou pela povoação de Flores de María, onde não estivera na viagem anterior porque pensava que não lhe ia agradar, mas quando a conheceu ficou fascinada. A sua infelicidade, ou a da povoação, foi que depois nunca a conseguiu recordar como era na realidade mas sim como a imaginara antes de a conhecer.

O doutor Juvenal Urbino tomou a decisão de ir buscá-la depois de receber a informação do bispo de Riohacha. A sua conclusão foi que a demora da esposa não se ficava tanto a dever a que não quisesse voltar mas sim ao facto de não saber como vencer o orgulho. De modo que foi sem a avisar, depois de uma troca de cartas com Hildebranda, pelas quais tirou a limpo que se tinham invertido os papéis das saudades da esposa: agora só pensava na sua casa. Fermina Daza estava na cozinha às onze da manhã, a preparar beringelas recheadas, quando ouviu os gritos dos moços, os relinchos, os disparos para o ar e a seguir os passos decididos no saguão, e a voz do homem:

– Mais vale chegar a tempo do que ser convidado.

Julgou morrer de alegria. Sem tempo para pensar, lavou as mãos de qualquer maneira, murmurando: «Obrigado, meu Deus, obrigado, que bom que és», pensando que ainda não havia tomado banho por causa das malditas beringelas que Hildebranda lhe tinha pedido sem lhe dizer quem vinha almoçar, pensando que estava tão velha e feia e com a cara tão pelada por causa do sol que ele se ia arrepender de ter vindo quando a visse neste estado, maldito fosse. Mas enxugou as mãos como pôde com o avental, arranjou a aparência como pôde, chamou a si toda a altivez com que a sua mãe a deitara ao mundo para meter na ordem o coração tresloucado e foi ter com o homem com o seu doce andar de gazela, de cabeça levantada, de olhar lúcido, o nariz de guerra, e grata com o seu destino pelo alívio imenso de voltar para casa, ainda que não tão facilmente quanto ele julgava, claro, porque ia feliz com ele, claro, mas também decidida a fazê-lo pagar em silêncio os sofrimentos amargos que lhe tinham dado cabo da vida.

Quase dois anos depois do desaparecimento de Fermina Daza aconteceu um desses acasos impossíveis que Tránsito Ariza tinha qualificado como uma partida de Deus. Florentino Ariza não se tinha deixado impressionar de forma especial pela invenção do cinema, mas Leona Cassiani levou-o sem resistência à estreia espetacular de *Cabíria*[1], cuja publicidade se fundamentava nos diálogos escritos pelo poeta Gabriele D'Annunzio. O grande recinto ao ar livre do senhor Galileo Daconte, onde em algumas noites se tirava mais satisfação do esplendor das estrelas do que dos

[1] Filme realizado, em 1914, pelo italiano Piero Fosco (1882-1959). *(N. do E.)*

amores mudos do ecrã, tinha ficado repleto por uma clientela seleta. Leona Cassiani seguia as peripécias da história com o coração apertado. Florentino Ariza, pelo seu lado, cabeceava de sono pelo peso fastidioso do drama. Atrás de si, uma voz de mulher pareceu adivinhar-lhe o pensamento:

– Meu Deus, isto é mais longo do que uma dor!

Foi a única coisa que disse, talvez inibida pela ressonância da sua voz na penumbra, pois aqui ainda não vigorava o hábito e enfeitar os filmes mudos com o acompanhamento de piano, e na plateia em penumbra só se ouvia o sussurro de chuva do projetor. Florentino Ariza não se lembrava de Deus a não ser nas situações mais difíceis, mas dessa vez deu-lhe graças com toda a sua alma. Pois mesmo que tivesse estado a cinquenta metros de profundidade teria reconhecido imediatamente aquela voz de metais em surdina que levava na alma desde a tarde em que a tinha ouvido dizer, no meio de um monte de folhas amarelas de um parque solitário: «Agora, vá-se embora e volte só quando eu lhe disser.» Sabia que estava sentada no banco atrás do seu, ao lado do inevitável marido, distinguia a sua respiração quente e bem ritmada e inalava com amor o ar purificado pela boa saúde do seu alento. Não a sentiu corroída pela traça da morte, como costumava imaginá-la no abatimento dos últimos meses e evocou-a outra vez na sua idade radiante e feliz, com o ventre curvado pela semente do primeiro filho sob a túnica de Minerva. Imaginava-a como se estivesse a vê-la, sem olhar para trás, completamente alheio aos desastres históricos que transbordavam da tela. Deleitava-se com os aromas do perfume de amêndoas que lhe chegava vindo da sua intimidade, ansioso por saber como pensava ela que deviam apaixonar-se as mulheres do cinema para que os seus amores doessem menos do que os da vida. Pouco antes do fim, com uma palpitação de alegria, percebeu que nunca tinha estado tanto tempo tão perto de alguém a quem tanto amava.

Esperou que os outros se levantassem quando acenderam as luzes. Depois levantou-se sem pressa, aparentou abotoar distraidamente o colete que desapertava sempre durante a função, e encontraram-se os quatro tão perto uns dos outros que teriam que se cumprimentar de todas as maneiras, mesmo que algum deles não o tivesse querido fazer. Juvenal Urbino cumprimentou primeiro Leona Cassiani, a quem conhecia bem, e depois apertou a mão a Florentino Ariza com a gentileza habitual. Fermina Daza dirigiu aos dois um sorriso cortês, nada mais do que cortês, mas ainda assim um sorriso de alguém que os tinha visto muitas vezes, que sabia quem eram e que, portanto, não tinham de lhe ser apresentados. Leona Cassiani correspondeu-lhe com a sua graciosidade mulata. Por sua vez, Florentino Ariza ficou sem saber o que fazer, de tal maneira estava atónito ao vê-la.

Era outra. Não havia no seu rosto qualquer indício da terrível doença em moda, nem de nenhuma outra, e o seu corpo ainda conservava o peso e a esbelteza dos seus melhores tempos, mas era evidente que os últimos dois anos tinham passado por ela com a severidade de dez mal vividos. O cabelo curto ficava-lhe bem, com uma curva de asa nas faces, mas já não era cor de mel e sim de alumínio, e os formosos olhos amendoados tinham perdido meia vida de luz por trás de uns óculos de avó. Florentino Ariza viu-a afastar-se de braço dado com o marido entre a multidão que saía do cinema e surpreendeu-se por estar num sítio público com uma mantilha de pobre e os chinelos de andar por casa. Mas o que mais o comoveu foi que o marido teve de a agarrar pelo braço para lhe indicar o caminho da saída, mas mesmo assim calculou mal a altura e esteve a ponto de cair no degrau da porta.

Florentino Ariza era muito sensível a esses percalços da idade. Quando ainda jovem, interrompia a leitura dos versos nos parques para observar os casais de anciãos que se ajudavam a atravessar a rua e eram lições de vida que lhe tinham servido para avistar as leis da sua própria velhice. Na idade do doutor Juvenal Urbino, naquela noite no cinema, os homens floresciam numa espécie de juventude outonal, pareciam mais dignos com as primeiras cãs, tornavam-se engenhosos e sedutores, sobretudo aos olhos das mulheres jovens, enquanto as esposas murchas se tinham de segurar aos seus braços para não tropeçarem até na própria sombra. Poucos anos depois, no entanto, os maridos despenhavam-se rapidamente no precipício de uma velhice infame de corpo e alma e então eram as suas esposas legítimas que tinham de os levar pelo braço como ceguinhos, sussurrando-lhes ao ouvido, para não ferir o seu orgulho de homem, que reparassem bem que eram três e não dois degraus, que havia uma poça de água no meio da rua, que esse pacote atirado no meio da estrada era um mendigo morto e ajudando-os com grande dificuldade a atravessar a rua como se fosse o único vau no último rio da vida. Florentino Ariza tinha-se visto tantas vezes nesse espelho, que nunca teve tanto medo da morte como da infame idade em que tivesse de ser levado pelo braço de uma mulher. Sabia que, nesse dia, e só nesse, teria de renunciar à esperança de Fermina Daza.

O encontro afugentou-lhe o sono. Em vez de levar Leona Cassiani no carro, acompanhou-a a pé pela cidade velha, onde os seus passos ressoavam como ferraduras de cavalos sobre o lajedo. Às vezes escapavam-se retalhos de vozes fugitivas pelas varandas, confidências de alcovas, soluços de amor tornados magníficos pela acústica fantasmagórica e a fragrância quente dos jasmins nas ruelas adormecidas. Mais uma vez, Florentino Ariza teve de chamar a si todas as suas forças para não revelar a Leona Cassiani o seu amor reprimido por Fermina Daza. Caminhavam juntos, com os passos contados, amando-se sem pressa como noivos antigos, ela a pensar nas graças de Cabíria e ele na sua própria desgraça. Um homem cantava numa varanda da Praça da Alfândega e o seu canto foi-se repetindo por todo o recinto em ecos encadeados: *Quando eu atravessava as ondas imensas do mar*. Na Rua dos Santos de Pedra, exatamente quando se devia despedir dela diante da sua casa, Florentino Ariza pediu a Leona Cassiani que o convidasse para tomar um brande. Era a segunda vez que lho pedia em circunstâncias idênticas. Da primeira vez, dez anos antes, ela dissera-lhe: «Se sobes a esta hora terás de ficar para sempre.» Ele não subiu. Mas agora teria subido de qualquer maneira, mesmo que depois tivesse de faltar à sua palavra. Não obstante, Leona Cassiani convidou-o a subir sem compromissos.

Foi assim que se encontrou quando menos o pensava no santuário de um amor extinto antes de nascer. Os pais dela tinham morrido, o seu único irmão havia feito fortuna em Curaçau e ela vivia sozinha na sua antiga casa de família. Anos antes, quando ainda não tinha renunciado à esperança de a fazer sua amante, Florentino Ariza costumava visitá-la aos domingos com o consentimento dos pais e, por vezes, à noite, até muito tarde, e fizera tantas sugestões ao arranjo da casa que acabou por reconhecê-la como sua. Contudo, naquela noite depois do cinema, teve a sensação de que a sala de visitas tinha sido purificada das suas recordações. Os móveis haviam mudado de lugar, existiam outras gravuras penduradas nas paredes e ele pensou que tantas mudanças tão ostensivas tinham sido feitas de propósito para perpetuar a certeza de que ele não havia existido nunca. O gato não o reconheceu. Assustado pela peçonha do esquecimento, disse: «Já não se lembra de mim.» Mas ela respondeu-lhe, de costas, enquanto servia os brandes, que se isso o preocupava, que dormisse descansado porque os gatos nunca se lembram de ninguém.

Encostados no sofá, muito juntos, falaram deles, do que foram antes de se conhecerem certa tarde de sabe-se lá quando, no transporte das mulas. As suas vidas decorriam em gabinetes contíguos e nunca até então tinham falado de outra coisa que não fosse o trabalho de todos os dias. Enquanto conversavam, Florentino Ariza pôs-lhe a mão na coxa, começou a acariciá-la com o seu suave tato de sedutor empedernido e ela deixou-o, mas não lhe devolveu nem um estremecimento de cortesia. Só quando ele tentou ir mais longe segurou-lhe na mão exploradora e deu-lhe um beijo na palma.

– Porta-te bem – disse-lhe. – Há já muito tempo que percebi que não és o homem que eu procuro.

Quando era muito jovem, um homem forte e aprumado, cujo rosto nunca viu, derrubara-a de surpresa, no cais, despira-a à pancada e fizera com ela um amor rápido e frenético. Atirada sobre as pedras, cheia de golpes por todo o corpo, ela quisera que aquele homem ficasse ali para sempre, para morrer de amor nos seus braços. Não lhe vira a cara, não lhe ouvira a voz, mas estava certa de o reconhecer entre mil pela sua forma, pelo seu tamanho e pela sua maneira de fazer amor. Desde então dizia a quem a quisesse ouvir: «Se alguma vez souberes de um tipo grande e forte que violou uma pobre negra da rua no Cais dos Afogados, num certo dia quinze de outubro, por volta da onze e meia da noite, diz-lhe onde me pode encontrar.» Dizia-o por simples hábito, e dissera-o a tantos que já perdera as esperanças. Florentino Ariza tinha-lhe ouvido muitas vezes essa história da mesma maneira que ouviria os adeuses de um barco na noite. Quando deram as duas da manhã, tinham bebido três brandes cada um e ele sabia, realmente, que não era o homem que ela esperava, e ficou contente por sabê-lo.

– Bravo, leoa – disse-lhe ao sair –, matámos o tigre.

Não foi só isso que se acabou naquela noite. O falso segredo do pavilhão dos tísicos roubara-lhe o sono, porque lhe infundiu a suspeita inconcebível de que Fermina Daza era mortal e, portanto, podia morrer antes do marido. Mas quando a viu tropeçar à saída do cinema, deu por sua própria conta mais um passo rumo ao abismo, com a revelação súbita de que era ele e não ela quem podia morrer primeiro. Foi um presságio, e dos mais temíveis, porque se baseava na realidade. Para trás tinham ficado os anos de espera imóvel, das esperanças venturosas, mas no horizonte não se avistava mais nada do que o insondável pélago das doenças imaginárias, as micções gota a gota nas madrugadas de insónia, a morte diária ao entardecer. Pensou que cada um dos momentos do dia, que antes tinham sido mais do que seus aliados, seus cúmplices juramentados, começavam a conspirar contra ele. Poucos anos antes tinha acorrido a um encontro feliz com o coração oprimido pelo pânico do azar, tinha dado com a porta sem ferrolho e os gonzos acabados de olear para ele entrar sem fazer barulho, mas arrependeu-se no último momento, receando causar a uma mulher alheia e prestável o prejuízo irreparável de morrer na cama dela. De forma que era razoável pensar que a mulher mais amada sobre a terra, aquela por quem esperara de um século para o outro sem um suspiro de desencanto, teria apenas tempo de o levar pelo braço através de uma rua de túmulos lunares e canteiros de papoilas desordenadas pelo vento, para o ajudar a chegar são e salvo ao outro passeio da morte.

A verdade é que para os critérios da sua época, Florentino Ariza havia passado ao lado da velhice. Tinha cinquenta e seis anos, muito bem cumpridos, e pensava que haviam sido muito bem vividos, porque foram anos de amor. Mas nenhum homem dessa época teria enfrentado o ridículo de parecer jovem na sua idade, mesmo que o fosse ou que acreditasse nisso, nem todos se teriam atrevido a confessar sem vergonha que ainda choravam às escondidas por um desaire do século anterior. Era uma época má para se ser jovem: havia uma maneira de vestir para cada idade, mas a da velhice começava pouco depois da adolescência e durava até ao túmulo. Era, mais do que uma idade, uma dignidade social. Os jovens vestiam-se como os seus avós, tornavam-se mais respeitáveis com os óculos prematuros e a bengala era muito bem vista a partir dos trinta anos. Para as mulheres só havia duas idades: a idade de se casarem, que não ia além dos vinte e dois anos, e a idade de serem solteiras eternas: as que ficavam para tias. As outras, as casadas, as mães, as viúvas, as avós eram uma espécie diferente que não fazia contas à sua idade em relação aos anos vividos, mas sim em relação ao tempo que lhes faltava para morrerem.

Florentino Ariza, pelo contrário, enfrentou as ameaças da velhice com uma temeridade obstinada, mesmo sabendo que tinha a estranha sina de parecer velho desde muito novo. No princípio foi uma necessidade. Tránsito Ariza desmanchava e voltava a coser para ele as roupas que o pai decidia deitar fora, de modo que ia à escola primária com uns casacos que lhe chegavam ao chão quando se sentava e uns chapéus ministeriais que se lhe afundavam até às orelhas, apesar de terem a forma diminuída com recheio de algodão. Como também usava óculos de míope desde os cinco anos e tinha o mesmo cabelo índio da mãe, que era eriçado e forte como crina de cavalo, o seu aspeto deixava muito a desejar. Por sorte, depois de tantas desordens de governo por causa de inúmeras guerras civis sobrepostas, os critérios escolares eram menos seletivos do que antes e havia uma confusão de origens e condições sociais nas escolas públicas. Crianças ainda por criar chegavam às aulas fedendo a pólvora de barricada, com insígnias e uniformes de oficiais rebeldes ganhos a chumbo em combates incertos e com as armas do regulamento bem visíveis no cinto. Defrontavam-se a tiro por qualquer discussão no recreio, ameaçavam os professores se lhes davam más notas nos exames e, um deles, estudante da terceira classe no Colégio La Salle e coronel de milícias na reforma, matou com uma bala o irmão Juan Eremita, prefeito da comunidade, porque disse na aula de catecismo que Deus era membro militante do Partido Conservador.

Por outro lado, os filhos das grandes famílias em desgraça, andavam vestidos de príncipes antigos, e alguns muito pobres andavam descalços. Entre tantas invulgaridades, vindas de toda a parte, Florentino Ariza estava, de todos os modos, entre os mais invulgares, mas não tanto que chamasse exageradamente a atenção. O mais duro que ouviu foi o que alguém lhe gritou na rua: «O que é feio e pobre sonha com ouro a pensar em cobre.» De qualquer maneira, aquela vestimenta imposta pela necessidade era já, nessa altura, e foi-o pelo resto da sua vida, a mais adequada à sua índole enigmática e ao seu carácter sombrio. Quando lhe deram o primeiro cargo importante na CFC mandou fazer roupas à medida no mesmo estilo das do pai, de quem ele se lembrava como de um velhinho que tinha morrido com a venerável idade de Cristo: trinta e três anos. Assim, Florentino Ariza pareceu sempre ser muito mais velho do que de facto era. Tanto assim que a linguaruda Brígida Zuleta, uma amante fugaz que lhe dizia as verdades sem papas na língua, disse-lhe desde o primeiro dia que gostava mais dele quando se despia, porque nu tinha menos vinte anos. Contudo nunca soube como havia de o remediar, primeiro porque o seu gosto pessoal não dava para que se vestisse de outra maneira e, segundo, porque ninguém sabia como vestir-se de uma forma mais juvenil aos vinte anos, a não ser que voltasse a tirar do roupeiro os calções curtos e o gorro de grumete. Por outro lado, ele também não conseguia fugir à noção de velhice do seu tempo, de modo que era perfeitamente natural, ao ver Fermina Daza tropeçar à saída do cinema, que tivesse sido sacudido por um relâmpago de pânico de que a puta da morte lhe fosse ganhar irremediavelmente a sua encarniçada guerra de amor.

Até então, a sua grande batalha, travada de peito aberto e perdida sem glória, tinha sido a da calvície. Assim que viu os primeiros cabelos enredados no pente, percebeu que estava condenado a um inferno cujo suplício é inimaginável para quem não o padece. Resistiu durante muitos anos. Não houve mistela nem elixir que não experimentasse, nem crendice em que não acreditasse, nem sacrifício que não suportasse para defender da devastação voraz cada polegada da sua cabeça. Aprendeu de cor as instruções do *Almanaque Bristol* para a agricultura, porque ouviu alguém dizer que o crescimento do cabelo tinha uma relação direta com os ciclos de colheita. Deixou de ir ao seu barbeiro de sempre, que era solenemente careca, e trocou-o por um forasteiro recém-chegado, que só cortava o cabelo quando a lua entrava em quarto crescente. O novo barbeiro começara a demonstrar que, na verdade, tinha a mão fértil, quando se descobriu que era um violador de noviças procurado por várias polícias das Antilhas, e levaram-no a arrastar correntes.

Por esses tempos, Florentino Ariza tinha recortado quantos anúncios para calvos encontrou nos jornais da bacia das Caraíbas, onde publicavam dois retratos, um ao lado do outro, do mesmo homem, primeiro liso como um melão, e depois mais peludo do que um leão: antes e depois de usar o remédio infalível. Ao cabo de seis anos tinha experimentado cento e setenta e dois produtos, além de outros processos complementares que apareciam nos rótulos dos frascos, e a única coisa que conseguiu com um deles foi um eczema do crânio, urticante e fétido, a que os curandeiros da Martinica chamavam «tinha boreal» porque irradiava uma luminosidade fosforescente na escuridão. Recorreu por fim a quantas ervas de índios eram apregoadas no mercado público e a quantas mezinhas mágicas e poções orientais se vendiam no Portal dos Escrivães, mas quando começou a aperceber-se da burla já ostentava uma tonsura de santo. No ano zero, enquanto a guerra civil dos Mil Dias ensanguentava o país, passou pela cidade um italiano que fabricava perucas de cabelo natural por medida. Custavam uma fortuna e o fabricante não se responsabilizava por nada depois de três meses de uso, mas poucos foram os carecas desejosos de encontrar uma solução que não cederam à tentação. Florentino Ariza foi um dos primeiros. Experimentou uma peruca tão parecida com o seu cabelo original que até ele receava que se lhe eriçasse com as mudanças de humor, mas não conseguiu aceitar a ideia de levar na cabeça os cabelos de um morto. O seu único consolo foi que a avidez da calvície não lhe deu tempo de conhecer a cor das suas cãs. Um dia, um dos bêbedos felizes do cais fluvial abraçou-o com mais efusão do que de costume ao vê-lo sair do escritório, tirou-lhe o chapéu diante da troça dos estivadores, e deu-lhe um beijo sonoro na cabeça.

– Careca linda! – gritou.

Nessa noite, aos quarenta e oito anos, mandou cortar a escassa penugem que lhe ficava sobre a testa e a nuca, e assumiu totalmente o seu destino de calvo absoluto. A tal ponto que todas as manhãs antes do banho enchia de espuma não só o queixo, mas também as partes do crânio onde começassem a renascer pelos, e deixava tudo como nádegas de bebé com uma navalha de barbeiro. Até então não tirava o chapéu nem dentro do escritório, pois a calvície dava-lhe uma sensação de nudez que lhe parecia indecente. Mas quando a assumiu de facto, atribuiu-lhe virtudes varonis das quais tinha ouvido falar e que ele menosprezava por serem simples fantasias de carecas. Mais tarde deu-se ao novo hábito de cruzar o crânio com os cabelos compridos da marrafa direita, e nunca mais o deixou. Mas mesmo assim continuou a usar o chapéu, sempre no mesmo estilo fúnebre, mesmo depois de se ter imposto a moda do chapéu de *tartarita* que era o nome local do *canotier*[1].

Quanto aos dentes, porém, não os perdera por uma calamidade natural mas sim pelo trabalho de charlatão de um dentista ambulante que para lhe tratar de uma infeção vulgar decidiu aplicar remédios inadequados. O pavor das brocas mecânicas impedira Florentino Ariza de ir ao dentista, apesar das suas frequentes dores de dentes, até que não foi capaz de as suportar mais. A mãe assustou-se ao ouvir durante toda a noite os gemidos inconsoláveis no quarto ao lado porque lhe pareceram ser os mesmos de outros tempos, já quase esfumados nas névoas da sua memória, mas quando lhe mandou abrir a boca para ver onde estavam as suas mágoas, descobriu que estava com um enorme abcesso.

O tio Leão XII mandou-o ao doutor Francis Adonay, um gigante negro de polainas e calças de montar que andava nos navios fluviais com um equipamento dentário completo dentro de uns alforges de capataz, e que mais parecia ser um agente de viagens de terror nas povoações do rio. Com uma só olhadela à sua boca, determinou que era preciso arrancar-lhe até os dentes e as raízes que tinha sãos, para o pôr de uma vez por todas a salvo de novos percalços. Ao contrário da calvície, aquele tratamento de cavalo

[1] Em francês no original: chapéu de palha. *(N. do E.)*

não lhe deu qualquer preocupação, exceto o temor natural do massacre sem anestesia. Também não lhe desagradou a ideia da dentadura postiça, primeiro porque uma das nostalgias da sua infância era a recordação de um mago de feira que tirava as duas mandíbulas e as deixava a falar sozinhas em cima da mesa, e, segundo, porque lhe acabava de vez com as dores de dentes que o tinham atormentado desde criança, quase tanto e com tanta crueldade como as dores de amor. Não lhe pareceu um golpe astuto da velhice, como havia de lhe parecer a calvície, porque estava convencido de que apesar do hálito acre da borracha vulcanizada, a sua aparência seria mais limpa com um sorriso ortopédico. De modo que se submeteu sem resistir às tenazes em brasa do doutor Adonay e suportou a convalescença com um estoicismo de burro de carga.

O tio Leão XII tratou dos pormenores da operação como se tivesse sido na sua própria carne. Tinha um interesse singular por dentaduras postiças, contraído numa das suas primeiras navegações pelo rio de La Magdalena, e por culpa da sua devoção maniática pelo *bel canto.* Numa noite de lua cheia, por alturas do porto de Gamarra, apostou com um agrimensor alemão que era capaz de acordar as criaturas da selva a cantar uma romança napolitana do passadiço do comandante. Por pouco não ganhou. Nas trevas do rio ouviam-se os adejos das garças nos pântanos, o rabear dos jacarés, o pânico dos sáveis a quererem saltar para terra firme, mas, na nota culminante, quando se receou que o cantor rasgasse as artérias com a força do canto, a dentadura postiça saltou-lhe da boca num fôlego final e afundou-se na água.

O navio teve de ficar três dias no porto de Tenerife enquanto lhe faziam outra dentadura de urgência. Ficou perfeita. Mas na navegação de regresso, ao tentar explicar ao comandante como tinha perdido a dentadura anterior, o tio Leão XII inspirou a plenos pulmões o ar ardente da selva, deu a nota mais alta que foi capaz, manteve-a até ao último alento, tentando espantar os jacarés deitados ao sol que apreciavam sem pestanejar a passagem do navio, e também a dentadura nova se afundou na corrente. Desde então teve cópias de dentes em todos os locais, em vários lugares da casa, na gaveta da secretária, e uma em cada um dos três navios da empresa. Além disso, quando comia fora de casa costumava levar outra de reserva no bolso, dentro de uma caixinha de pastilhas para a tosse, porque uma tinha-se-lhe partido ao tentar comer um torresmo num almoço campestre. Receando que o sobrinho fosse vítima de sobressaltos semelhantes, o tio Leão XII ordenou ao doutor Adonay que lhe fizesse logo duas dentaduras: uma de materiais baratos, para uso diário no escritório e outra para os domingos e feriados, com uma chispa de ouro no dente do sorriso, para lhe imprimir um toque adicional de veracidade. Por fim, num Domingo de Ramos alvoroçado por sinos festivos, Florentino Ariza saiu à rua com uma identidade nova, cujo sorriso sem falhas lhe deixou a impressão de que alguém diferente dele tinha ocupado o seu lugar no mundo.

Isto foi por alturas da morte da sua mãe, quando Florentino Ariza ficou sozinho em casa. Era um canto adequado ao seu modo de amar, porque a rua era discreta apesar de que as tantas janelas do seu nome fizessem pensar em demasiados olhos por trás das cortinas. Mas tudo isso tinha sido feito para que Fermina Daza fosse feliz, e só ela o seria, de modo que Florentino Ariza preferiu perder muitas oportunidades durante os seus anos mais frutuosos do que macular a sua casa com outros amores. Por sorte, cada degrau que subia na CFC implicava novos privilégios, principalmente privilégios secretos, e um dos que lhe foi mais útil foi a possibilidade de usar os gabinetes durante a noite ou aos domingos e feriados com o assentimento dos guardas. Uma vez, sendo primeiro vice-presidente, estava a fazer amor de urgência com uma das raparigas do serviço dominical, ele sentado numa cadeira do escritório e ela encavalitada em cima dele, quando, de repente, se abriu a porta. O tio Leão XII enfiou a cabeça como se se tivesse enganado no gabinete e ficou a olhar por cima dos óculos para o sobrinho aterrorizado. «Caralho!», disse o tio sem o menor espanto. «A mesma mania que tinha o teu pai!» E antes de fechar outra vez a porta, com o olhar perdido no vazio, disse:

– E você, menina, continue, não se iniba. Juro-lhe por minha honra que não lhe vi a cara.

Não se voltou a falar disso, mas na semana seguinte foi impossível trabalhar no escritório de Florentino Ariza. Na segunda-feira os eletricistas entraram num tropel para instalar uma ventoinha de pás no teto. Os serralheiros apareceram sem avisar e puseram tudo em estado de sítio ao colocarem um ferrolho na porta para que pudesse fechar-se por dentro. Os carpinteiros tiraram medidas sem dizerem para quê, os tapeteiros levaram amostras de cretones para ver se condiziam com a cor das paredes e, na semana seguinte, tiveram de meter pela janela, porque não cabia pelas portas, um enorme sofá de casal com estampados de flores dionisíacas. Trabalhavam às horas menos próprias, com uma impertinência que não parecia casual, e a todo aquele que protestasse davam a mesma resposta: «Ordens da direção geral.» Florentino Ariza não soube nunca se aquela intromissão foi uma amabilidade do tio, zelando pelos seus amores descarrilados, ou se era uma maneira muito sua de lhe fazer ver a sua conduta abusiva. A verdade, porém, não lhe passou pela cabeça: o tio Leão XII estimulava-o, porque também a ele lhe haviam chegado rumores de que o sobrinho tinha hábitos diferentes dos da maioria dos homens e isso preocupava-o por representar um obstáculo para o tornar no seu sucessor.

Ao contrário do irmão, Leão XII Loayza tinha tido um casamento estável que durou sessenta anos e sempre se prezou de nunca ter trabalhado aos domingos. Tivera quatro filhos e uma filha, e a todos ele quis preparar para virem a ser os herdeiros do seu império, porém a vida confrontou-o com um desses casos que eram de uso corrente nos romances do seu tempo, mas que ninguém achava possível que sucedesse na vida real: os quatro filhos haviam morrido, um após outro, à medida que chegavam a posições de comando, e a filha carecia por completo de vocação fluvial, preferindo morrer a contemplar os barcos do Hudson de uma janela a cinquenta metros de altura. E tanto assim foi que não faltou quem desse como certo o boato de que Florentino Ariza, com o seu ar sinistro e o seu guarda-chuva de vampiro, tudo fizera para que acontecessem tantas coincidências juntas.

Quando o tio se reformou, contra a sua vontade, por ordem dos médicos, Florentino Ariza começou a sacrificar de bom grado alguns amores dominicais. Ia fazer-lhe companhia no seu refúgio campestre, a bordo de um dos primeiros automóveis que se viram na cidade, cuja manivela de arranque tinha uma tal força de retrocesso que deslocara o braço ao primeiro condutor. Falavam durante muitas horas, o velho na rede com o seu nome bordado a fio de seda, longe de tudo e de costas para o mar, numa antiga fazenda de escravos, de cujos terraços floridos de astromélias se viam de tarde as cristas nevadas da serra. Fora sempre difícil para Florentino Ariza falar com o tio de qualquer outro assunto que não fosse a navegação fluvial e continuou a sê-lo naquelas tardes demoradas, nas quais a morte foi sempre um convidado invisível. Uma das preocupações recorrentes do tio Leão XII era que a navegação fluvial não passasse para as mãos de empresários do interior vinculadas a consórcios europeus. «Este negócio foi sempre de gente com genica», dizia. «Se os peraltas o apanham, voltam a dá-lo de bandeja aos alemães.» A sua preocupação tinha que ver com uma convicção política que gostava de repetir mesmo quando não vinha a propósito:

– Vou fazer cem anos e já vi mudar tudo, até a posição dos astros no Universo, mas ainda não vi mudar nada neste país – dizia. – Aqui fazem-se novas constituições, novas leis, novas guerras de três em três meses, mas continuamos como nos tempos coloniais.

Aos seus irmãos maçães que atribuíam todos os males ao fracasso do federalismo, respondia sempre: «A guerra dos Mil Dias foi perdida vinte e três anos antes na guerra de setenta e seis.» Florentino Ariza, cuja indiferença política tocava os limites do absoluto, ouvia estes arrazoados cada vez mais frequentes como quem ouvia o rumor do mar. Por outro lado, era um contestador severo quanto à política da empresa. Contra a opinião do tio, pensava que o atraso da navegação fluvial, que parecia estar sempre à beira do desastre, só podia remediar-se pela renúncia espontânea ao monopólio dos navios a vapor, concedido pelo Congresso Nacional à Companhia Fluvial das Caraíbas por noventa e nove anos e um dia. O tio protestava: «Essas ideias são da minha tocaia Leona que tas mete na cabeça com as suas historietas de anarquista.» Mas isto só era uma meia verdade. Florentino Ariza fundamentava as suas razões na experiência do comodoro alemão Juan B. Elbers, que tinha estragado o seu nobre engenho com a desmesura da sua ambição pessoal. O tio pensava que, pelo contrário, o fracasso de Juan B. Elbers não se devera aos seus privilégios mas sim aos compromissos irreais que assumiu ao mesmo tempo e que tinham sido quase como pôr aos ombros a responsabilidade da geografia nacional: atribuiu-se o cargo de manter a navegabilidade do rio, as instalações portuárias, as vias terrestres de acesso, os meios de transporte. Aliás, dizia, a oposição virulenta do presidente Simão Bolívar não foi brincadeira nenhuma.

A maioria dos sócios tomava aquelas discussões como desavenças conjugais, nas quais as duas partes tinham razão. A porfia do velho parecia-lhes natural, não porque a velhice o tivessse tornado menos sonhador do que sempre fora, como costumava dizer-se com demasiada facilidade, mas porque a renúncia ao monopólio devia parecer-lhe idêntica a deitar no lixo os troféus de uma batalha onde ele e os seus irmãos tinham lutado sozinhos, em tempos heroicos, contra adversários poderosos de todo o mundo. Por isso ninguém o contrariou quando amarrou os seus direitos de tal modo que ninguém lhes podia tocar antes da sua extinção legal. Mas, subitamente, quando Florentino Ariza já tinha deposto as armas nas tardes de meditação da fazenda, o tio Leão XII deu o seu consentimento para a renúncia do privilégio centenário, apenas com a condição honrável de que não se fizesse antes da sua morte.

Foi o seu último ato. Não voltou a falar de negócios, nem sequer permitiu que o consultassem, nem perdeu um só cabelo da sua esplêndida cabeleira imperial, nem uma pitada da sua lucidez, mas fez os possíveis para que não o visse ninguém que pudesse compadecer-se dele. Iam-se-lhe os dias a olhar para as neves perpétuas, do terraço, balouçando-se muito devagar numa cadeira de baloiço vienense, ao lado de uma mesinha onde as criadas lhe mantinham sempre uma cafeteira de café quente e um copo de água de bicarbonato com duas dentaduras postiças, que já não punha a não ser quando recebia visitas. Via muito poucos amigos e só falava de um passado tão remoto que era anterior à navegação fluvial. Contudo, adotou um tema novo: o desejo de que Florentino Ariza se casasse. Exprimiu-lho várias vezes e sempre da mesma maneira.

– Se eu tivesse menos cinquenta anos – dizia-lhe – casava-me com a minha tocaia Leona. Não consigo imaginar esposa melhor.

Florentino Ariza tremia só de pensar que o seu labor de tantos anos se frustrasse à última hora devido a esta condição imprevista. Teria preferido demitir-se, deitar tudo borda fora, morrer do que falhar a Fermina Daza. Por sorte, o tio Leão XII não insistiu. Quando completou os noventa e dois anos reconheceu o sobrinho como único herdeiro e reformou-se da empresa.

Seis meses depois, por acordo unânime dos sócios, Florentino Ariza foi nomeado presidente da Junta Diretiva e diretor-geral. No dia em que tomou posse do cargo, depois da taça de champanhe, o velho leão na reforma pediu desculpa por falar sem se levantar da cadeira de baloiço e improvisou um breve discurso que mais pareceu uma elegia. Disse que a sua vida tinha começado e acabava com dois acontecimentos providenciais. O primeiro foi que o Libertador o carregara ao colo, na povoação de Turbaco, quando ia na sua viagem desditosa para a morte. A outra, tinha sido encontrar, contra todos os obstáculos que lhe interpusera o destino, um sucessor digno da sua empresa. No fim, tentando desdramatizar o drama, concluiu:

– A única frustração que levo desta vida é a de ter cantado em tantos enterros menos no meu.

Para encerrar a cessão, e porque não?, cantou a ária do «Adeus à vida» d'*A Tosca.* Cantou *a capella*, como mais lhe agradava, e ainda com uma voz firme. Florentino Ariza comoveu-se, mas só se lho notou pela tremura da voz com que agradeceu. Tal como tinha feito e pensado tudo quanto tinha feito e pensado na vida, chegava ao cume sem nenhuma outra causa que não fosse a determinação obstinada de estar vivo e em bom estado de saúde no momento de assumir o seu destino à sombra de Fermina Daza.

Contudo, não foi apenas a recordação dela a acompanhá-lo naquela noite na festa que Leona Cassiani lhe ofereceu. Acompanhou-o a recordação de todas: tanto as que dormiam no cemitério, pensando nele através das rosas que plantara em cima delas, como as que ainda apoiavam a cabeça na mesma almofada em que dormia o marido com os cornos dourados à luz da lua. À falta de uma, desejou estar com todas ao mesmo tempo, como sempre quando estava assustado. Pois mesmo nas suas épocas mais difíceis e nos seus momentos piores, tinha mantido algum vínculo, por frágil que fosse, com as incontáveis amantes de tantos anos: nunca perdeu o rasto das suas vidas.

Assim, naquela noite lembrou-se de Rosalba, a mais antiga de todas, a que ficou com o troféu da sua virgindade, cuja recordação continuava a doer-lhe como no primeiro dia. Bastava-lhe fechar os olhos para vê-la com o fato de musselina e o chapéu de longas fitas de seda, baloiçando a gaiola do bebé no convés do navio. Por várias vezes nos numerosos anos da sua idade, tinha tido tudo preparado para a ir buscar, sem sequer saber onde, sem conhecer o seu apelido, sem saber se era ela a quem procurava, mas certo de a encontrar em qualquer parte entre florestas de orquídeas. De cada vez, por um contratempo real de última hora, ou por uma falha intempestiva da sua vontade, a viagem era adiada quando já estavam prestes a levantar ferro: sempre por um motivo que tinha algo a ver com Fermina Daza.

Lembrou-se da viúva da Nazaret, a única com quem profanou a casa materna da Rua das Janelas, ainda que não tivesse sido ele, mas Tránsito Ariza, quem a mandou entrar. A essa consagrou-lhe mais compreeensão do que a qualquer outra, por ser a única que irradiava ternura bastante para, talvez, substituir Fermina Daza, mesmo sendo tão pouco hábil na cama. Mas a sua vocação da gata errante, mais indómita do que a própria força da sua ternura, manteve-os aos dois condenados à infidelidade. No entanto, conseguiram ser amantes intermitentes durante quase trinta anos graças à sua divisa de mosqueteiros: «Infiéis, sim, desleais, nunca.» Foi aliás a única por quem Florentino Ariza se expôs: quando o avisaram que ia ter um enterro de indigente, fez-lhe o funeral à sua custa e assistiu sozinho ao enterro.

Lembrou-se de outras viúvas amadas. De Prudencia Pitre, a mais antiga das sobreviventes, conhecida de todos como a Viúva de Dois, porque o era duas vezes. E da outra Prudencia, a viúva de Arellano, a amorosa, que lhe arrancava os botões da roupa para o fazer demorar-se em casa dela enquanto lhos voltava a coser. E de Josefa, a viúva de Zúñiga, louca de amor por ele, que esteve a ponto de lhe cortar a pila durante o sono com a tesoura de podar, para que não fosse de mais ninguém se não dela.

Lembrou-se de Ángeles Alfaro, a efémera e a mais amada de todas, que veio por seis meses para ensinar instrumentos de arco na Escola de Música e que passava com ele as noites de luar no terraço da sua casa, como a mãe a deitou ao mundo, tocando as mais belas *suites* no violoncelo, cuja voz parecia de homem entre as suas coxas douradas. Desde a primeira noite de luar que ambos ficaram de coração desfeito num amor de principiantes ferozes. Mas Ángeles Alfaro partiu como chegou, com o seu sexo terno e o seu violoncelo de pecadora, num transatlântico embandeirado pelo esquecimento, e a única coisa que dela ficou nos terraços ao luar foram os seus gestos de adeus com um lenço branco que parecia uma pomba no horizonte, solitária e triste, como nos versos dos Jogos Florais. Com ela Florentino Ariza aprendeu aquilo que já muitas vezes tinha padecido sem o saber: que se pode estar apaixonado por várias pessoas ao mesmo tempo, e por todas com a mesma dor, sem atraiçoar nenhuma. Solitário entre a multidão do cais, dissera num acesso de raiva: «O coração tem mais quartos do que uma pensão de putas.» Estava banhado num mar de lágrimas pela dor da despedida. Contudo, ainda o barco não tinha desaparecido na linha do horizonte e já a recordação de Fermina Daza voltara a ocupar todo o seu espaço.

Lembrou-se de Andrea Varón, em frente de cuja casa tinha passado na semana anterior, mas a luz alaranjada da janela da casa de banho advertiu-o de que não podia entrar: alguém se tinha adiantado. Alguém: homem ou mulher, porque Andrea Varón não se detinha em minúcias dessa natureza nas desordens do amor. De todas as que constavam da lista era a única que vivia do seu corpo, mas administrava-o a seu bel-prazer sem capataz. Nos seus melhores anos tinha feito uma carreira lendária de cortesã clandestina, que valeu o nome de guerra de Nossa Senhora de Todos. Deu volta à cabeça a governadores e almirantes, viu chorar no seu ombro alguns dos homens mais célebres das armas e das letras, que não eram tão ilustres quanto pensavam, e até alguns que o eram. Foi verdade, por outro lado, que o presidente Rafael Reyes, apenas por uma meia hora apressada entre duas visitas acidentais à cidade, lhe atribuiu uma pensão vitalícia por serviços distintos no Ministério do Tesouro, onde jamais tinha sido empregada nem por um dia. Distribuiu as suas dávidas de prazer até onde o corpo lho permitiu, e ainda que a sua conduta imprópria fosse do domínio público, ninguém teria podido exibir uma prova cabal contra ela porque os seus cúmplices insignes protegeram-na tanto quanto à própria vida, conscientes de que não era ela mas eles quem mais tinha a perder com o escândalo. Florentino Ariza violara, por ela, o seu princípio sagrado de não pagar, e ela violara o seu de não o fazer de graça nem com o marido. Tinham concordado no preço simbólico de um peso de cada vez, mas nem ela o recebia nem ele lho dava, metiam-no no porquinho-mealheiro até haver que chegasse para comprar qualquer peça ultramarina no Portal dos Escrivães. Foi ela que concedeu uma sensualidade diferente aos clisteres que ele usava para as crises de prisão de ventre, e convenceu-o a partilhá-los, a aplicarem-nos os dois juntos durante as suas tardes de loucura, tentando inventar ainda mais amor dentro do amor.

Considerava uma sorte que no meio de tantos encontros de aventura a única que lhe fez provar uma gota de amargura foi a tortuosa Sara Noriega, que acabou os seus dias no manicómio da Divina Pastora, a recitar versos senis de uma obscenidade tão desaforada, que tiveram de a isolar para que não acabasse de enlouquecer as outras loucas. No entanto, quando recebeu a completa responsabilidade da CFC, já não tinha muito tempo nem tanto ânimo assim para tentar substituir Fermina Daza por quem quer que fosse: sabia-a insubstituível. Pouco a pouco tinha começado a cair na rotina de visitar as fixas, deitando-se com elas até onde lhe servissem, até onde fosse possível, até quando lhes durasse a vida. No domingo de Pentecostes, quando morreu Juvenal Urbino, já só restava uma, uma só, com catorze anos acabados de fazer e com tudo o que nenhuma outra tivera até então para o enlouquecer de amor.

Chamava-se América Vicuña. Tinha chegado dois anos antes da localidade marítima chamada Puerto Padre, recomendada pela família a Florentino Ariza, seu protetor, com quem tinham um parentesco sanguíneo reconhecido. Mandavam-na com uma bolsa de estudos do Governo para se formar como professora, com a sua trouxa e o seu bauzinho de folha que parecia de boneca e, a partir do momento em que desceu do barco com os seus botins brancos e a sua trança dourada, ele teve o pressentimento atroz de que iam dormir a sesta juntos em muitos domingos. Ainda era uma menina em todos os sentidos, com aparelho nos dentes e esfoladelas da escola primária nos joelhos, mas ele apercebeu-se imediatamente do tipo de mulher que seria muito em breve e cultivou-a para ele num lento ano de sábados de circo, de domingos de jardins com gelados, de fins de tarde infantis com os quais ganhou a sua confiança, o seu carinho, foi-a levando pela mão com uma suave astúcia de avô bondoso até ao seu matadouro clandestino. Para ela foi imediato: abriram-se-lhe as portas do céu. Eclodiu numa explosão floral que a deixou a flutuar num limbo de ventura e foi um estímulo eficaz para os seus estudos, pois manteve-se sempre no primeiro lugar da aula para não perder a saída do fim de semana. Para ele foi o recanto mais abrigado da enseada da velhice. Depois de tantos anos de amores calculados, o gosto desabrido da inocência tinha o encanto de uma perversão renovadora.

Coincidiram. Ela portava-se como aquilo que era, uma menina disposta a descobrir a vida sob a orientação de um homem venerável que não se surpreendia com nada, e ele portou-se conscienciosamente como o que mais temera ser na vida: um noivo senil. Nunca a identificou com Fermina Daza, apesar da parecença ser mais do que evidente, não só pela idade, pelo uniforme escolar, pela trança, pelo seu andar saltitante, mas até pelo seu carácter altivo e imprevisível. Mais ainda: a ideia da substituição, que tinha sido um tão bom aliciante para a sua mendicidade de amor, apagou-se por completo. Gostava dela pelo que ela era, e acabou por amá-la pelo que ela era com uma febre de delícias crepusculares. Foi a única com quem tomou precauções drásticas contra uma gravidez acidental. Depois de meia dúzia de encontros, não havia para nenhum dos dois outro sonho do que as tardes de domingo.

Considerando que era a única pessoa autorizada a tirá-la do internato, ia buscá-la no Hudson de seis cilindros da

CFC e, às vezes, tiravam-lhe a capota nas tardes sem sol para passear pela praia, ele com um chapéu tétrico e ela a rir à gargalhada, a segurar com as duas mãos o gorro de marinheiro do uniforme escolar para que o vento não lho levasse. Alguém lhe tinha dito para não andar com o seu protetor mais do que o indispensável, nem comer nada que ele tivesse provado, nem ficar muito perto do seu hálito, porque a velhice era contagiosa. Mas ela não se importava. Os dois mostravam-se indiferentes ao que pudesse pensar-se deles, porque o parentesco era bem conhecido e, além disso, as suas idades extremas punham-nos a salvo de qualquer suspeita.

Acabavam de fazer amor no domingo de Pentecostes, às quatro da tarde, quando começaram os sinos a dobrar. Florentino Ariza teve de sobrepor-se ao sobressalto do seu coração. Na sua juventude, o ritual do toque a finados estava incluído no preço dos funerais e só se negava aos que fossem mesmo miseráveis. Mas depois da última guerra, na ponte dos dois séculos, o regime conservador consolidou os costumes coloniais e as pompas fúnebres tornaram-se tão caras que só os mais ricos as podiam pagar. Quando morreu o arcebispo Dante de Luna, os sinos de toda a província dobraram sem tréguas durante nove dias e nove noites, e foi tal o tormento público que o seu sucessor eliminou dos funerais o requisito do toque a finados, deixando-o reservado para os mortos mais ilustres. Por isso, quando Florentino Ariza ouviu dobrar os sinos na catedral às quatro da tarde de um domingo de Pentecostes, sentiu-se visitado por um fantasma da sua mocidade perdida. Nunca imaginou que fosse o toque a finados que sempre tinha desejado durante tantos e tantos anos, desde o domingo em que viu Fermina Daza grávida de seis meses, à saída da missa solene.

– Caramba – disse na penumbra –, tem de ser um tubarão muito grande para que dobrem por ele na catedral.

América Vicuña, completamente nua, acabou de acordar.

– Deve ser pelo Pentecostes – disse.

Florentino Ariza não era um perito, nem nada que se parecesse, em coisas da Igreja, nem tinha voltado a ir à missa desde que tocara violino no coro com um alemão que, aliás, lhe ensinou a ciência do telégrafo, e de cujo destino nunca se teve notícia certa. Mas sabia, sem qualquer dúvida, que os sinos não tocavam por causa do Pentecostes. Havia, certamente, um luto na cidade e ele sabia-o. Uma comissão de refugiados das Caraíbas tinha estado em casa dele naquela manhã para o informar que Jeremiah de Saint-Amour aparecera morto nessa manhã no seu estúdio de fotógrafo. Ainda que Florentino Ariza não fosse seu amigo íntimo, era-o de muitos refugiados que sempre o convidavam para os seus atos públicos, e, sobretudo, para os seus enterros. Mas tinha a certeza de que os sinos não dobravam por Jeremiah de Saint-Amour, que era um incrédulo militante e um anarquista empedernido, e que, além do mais, tinha morrido pela sua própria mão.

– Não – disse –, para dobrarem assim só pode ser de governador para cima.

América Vicuña, com o pálido corpo atigrado pelas riscas de luz das persianas mal fechadas, não tinha idade para pensar na morte. Haviam feito amor depois do almoço e estavam deitados na ressaca da sesta, os dois nus sob a ventoinha de pás, cujo zumbido não bastava para ocultar a crepitação de granizo dos galináceos a andarem sobre o telhado de zinco aquecido. Florentino Ariza amava-a como tinha amado tantas outras mulheres casuais na sua longa vida, mas a esta amava-a com mais angústia do que a qualquer outra, porque tinha a certeza de estar morto de velho quando ela acabasse a escola superior.

O quarto mais parecia um camarote de navio, com as paredes de ripas de madeira, muitas vezes pintadas por cima da pintura anterior, como os barcos, mas o calor era mais intenso do que o dos camarotes dos navios do rio às quatro da tarde, mesmo com a ventoinha elétrica pendurada por cima da cama, pela reverberação do telhado metálico. Não era um quarto propriamente dito mas sim um camarote em terra firme mandado construir por Florentino Ariza atrás dos seus escritórios da CFC, sem mais propósitos nem pretextos do que ter um bom refúgio para os seus amores de velho. Nos dias úteis era difícil dormir lá com os gritos dos estivadores e a barulheira das gruas do porto fluvial, e os imensos bramidos dos navios no cais. No entanto, para a menina era um paraíso dominical.

No dia de Pentecostes planeavam ficar juntos até ela ter de regressar ao internato, cinco minutos antes do Angelus, mas os dobres fizeram lembrar a Florentino Ariza a sua promessa de assistir ao enterro de Jeremiah de Saint-Amour e vestiu-se mais depressa que de costume. Antes, como sempre, teceu à menina a trança solitária que ele próprio lhe desfazia antes de fazerem amor, e pô-la em cima da mesa para lhe atar o laço dos sapatos do uniforme, que ela fazia sempre mal. Ajudava-a sem malícia e ela ajudava-o a ajudá-la como se fosse um dever: ambos tinham perdido a consciência das suas idades desde os primeiros encontros e tratavam-se com a confiança de dois esposos que tivessem ocultado tantas coisas nesta vida que já não lhes sobrava quase nada para dizer.

Os escritórios estavam fechados e às escuras por ser feriado, e no cais deserto só havia um navio com as caldeiras apagadas. O calor opressivo anunciava chuvas, as primeiras do ano, mas a transparência do ar e o silêncio dominical do porto pareciam de um mês benigno. Dali o mundo era mais cru do que da penumbra do camarote e os dobres doíam mais mesmo sem se saber por quem eram. Florentino Ariza e a menina vieram para o pátio de salitre que tinha servido de porto negreiro aos espanhóis e onde ainda se encontravam restos dos instrumentos de pesagem e de outros ferros carcomidos do comércio de escravos. O automóvel esperava-os à sombra dos armazéns e não acordaram o motorista adormecido sobre o volante enquanto não ficaram instalados nos assentos. O automóvel deu a volta por trás dos armazéns cercados com arame de capoeira, atravessou o espaço do antigo mercado da baía das Ánimas, onde andavam uns adultos quase nus a jogar à bola, e saiu do porto fluvial por entre uma nuvem de poeira em brasa. Florentino Ariza tinha a certeza de que as honras fúnebres não podiam ser por Jeremiah de Saint-Amour, mas a insistência dos dobres fê-lo duvidar. Pôs a mão no ombro do motorista e perguntou-lhe, gritando-lhe ao ouvido, por quem estavam a dobrar os sinos.

– É por aquele médico, aquele dos bigodes – disse o motorista. – Como é o nome dele?

Florentino Ariza não precisou de pensar para saber de quem estava a falar. No entanto, quando o motorista lhe contou como tinha morrido, a ilusão momentânea desvaneceu-se, porque não lhe pareceu verosímil. Nada se parece tanto com uma pessoa como a forma da sua morte e nenhuma se podia parecer menos do que esta com o homem que ele imaginava. Mas era ele de facto, ainda que parecesse absurdo: o médico mais velho e mais conceituado da cidade, e um dos seus homens insignes por muitos outros méritos, tinha morrido com a espinha dorsal feita em pedaços, aos oitenta e um anos de idade, ao cair de um ramo de mangueira quando tentava apanhar um papagaio.

Tudo o que Florentino Ariza tinha feito desde que Fermina Daza se casara baseava-se na esperança desta notícia. Contudo, chegada a hora, não se sentiu tremer pela comoção do triunfo, que tantas vezes previra nas suas insónias, mas por um sobressalto de terror: a lucidez fantástica de que poderia ser ele o morto por quem tocavam os sinos. Sentada ao seu lado no automóvel que rodava aos saltos pelas ruas de pedra, América Vicuña assustou-se com a sua palidez e perguntou-lhe o que é que ele tinha. Florentino Ariza pegou-lhe na mão com a sua mão gelada.

– Ai, minha pequenina – suspirou –, faziam-me falta outros cinquenta anos para te contar.

Esqueceu-se do enterro de Jeremiah de Saint-Amour. Deixou a menina à porta do internato com a promessa de a ir buscar no sábado seguinte, e ordenou ao motorista que o levasse a casa do doutor Juvenal Urbino. Encontrou um tumulto de automóveis e carros de aluguer nas ruas contíguas e uma multidão de curiosos diante da casa. Os convidados do doutor Lácides Olivella, que tinham recebido a má notícia no apogeu da festa, chegaram num tropel. Não era fácil andar dentro de casa por causa da multidão, mas Florentino Ariza conseguiu abrir caminho até ao quarto principal, esticou-se por cima dos grupos que bloqueavam a porta e viu Juvenal Urbino na cama conjugal como tinha querido vê-lo desde que ouviu falar dele pela primeira vez, a chafurdar na indignidade da morte. O carpinteiro acabava de lhe tirar as medidas para o caixão. Ao seu lado, ainda com o mesmo vestido de avó recém-casada que tinha posto para a festa, Fermina Daza estava absorta e triste.

Florentino Ariza havia vivido antecipadamente aquele momento até ao mínimo pormenor desde os dias da sua juventude em que se consagrou por completo à causa desse amor temerário. Por ela tinha ganho nome e fortuna sem se deter demais com os métodos, por ela tinha zelado pela sua saúde e aparência pessoal com um rigor que não parecia muito viril aos outros homens do seu tempo e tinha esperado por aquele dia como ninguém teria podido esperar por nada nem por ninguém neste mundo: sem um momento de desalento. A prova de que a morte havia intercedido, por fim, em seu favor infundiu-lhe a coragem de que precisava para reiterar a Fermina Daza na sua primeira noite de viúva o juramento de fidelidade eterna e do seu amor para sempre.

A sua consciência não lhe negava que tinha sido um ato irrefletido, sem o menor sentido do como nem do quando e apressado pelo medo de que a ocasião não se voltasse a apresentar. Ele tinha-o querido, e até imaginado muitas vezes, de um modo menos brutal, mas a sorte não lhe dera escolha. Tinha saído da casa do luto com a dor de a deixar a ela no mesmo estado de comoção em que ele se encontrava, mas não poderia ter feito nada para o impedir, porque sentia que aquela noite temível estava escrita desde sempre no destino dos dois.

Não voltou a dormir uma noite inteira nas duas semanas que se seguiram. Perguntava-se desesperado onde estaria Fermina Daza sem ele, o que estaria a pensar, que iria fazer nos anos que lhe faltava viver com a carga de assombro que ele lhe deixara nas mãos. Sofreu uma crise de prisão de ventre que lhe pôs a barriga como um tambor e teve de recorrer a paliativos menos agradáveis do que os clisteres. As suas moléstias de velho, que ele suportava melhor do que os seus contemporâneos por conhecê-las desde jovem, acometeram-no todas ao mesmo tempo. Na quarta-feira foi até ao escritório depois de uma semana de faltas e Leona Cassiani assustou-se ao vê-lo em semelhante estado de palidez e abandono. Mas ele tranquilizou-a: era outra vez a insónia, como sempre, e voltou a morder a língua para que a verdade não lhe saísse por todas as goteiras que tinha no coração. A chuva não lhe deu uma trégua de sol para pensar. Passou outra semana irreal, sem poder concentrar-se em nada, a comer mal e a dormir pior, a tentar perceber sinais cifrados que lhe indicassem o caminho da salvação. Mas a partir de sexta-feira invadiu-o uma tranquilidade sem motivos que interpretou como um prenúncio de que nada de novo aconteceria, que tudo quanto havia feito na vida fora inútil e não tinha maneira de continuar: era o fim. Na segunda-feira, porém, ao chegar à sua casa, na Rua das Janelas, deu com uma carta que flutuava na água empoçada no saguão e reconheceu imediatamente no sobrescrito molhado a caligrafia imperiosa que tantas mudanças na vida não tinham feito mudar e até acreditou reconhecer o perfume noturno das gardénias murchas, porque o coração já lhe dissera tudo logo ao primeiro assombro: era a carta que esperara, sem um momento de sossego, durante mais de meio século.

Fermina Daza não podia imaginar que aquela carta sua, instigada por uma raiva cega, pudesse ser interpretada por Florentino Ariza como uma carta de amor. Tinha posto nela toda a fúria de que era capaz, as palavras mais cruéis, os opróbrios que mais ferissem, injustos, aliás, que, no entanto, lhe pareciam ínfimos comparados com a dimensão da ofensa. Foi o último gesto de um amargo exorcismo de duas semanas, com o qual tentava conseguir um pacto de conciliação com o seu novo estado. Queria voltar a ser ela própria, recuperar tudo quanto tivera de ceder em meio século de uma servidão que a fizera feliz, sem dúvida, mas que, uma fez falecido o marido, não lhe deixava a ela nem os vestígios da sua identidade. Era um fantasma numa casa alheia, que de um dia para o outro se tinha tornado enorme e solitária e na qual vogava à deriva, perguntando-se angustiada quem estava mais morto: o que tinha morrido ou a que tinha ficado?

Não podia evitar um recôndito sentimento de rancor para com o marido por tê-la deixado sozinha no meio de um mar tenebroso. Tudo o que era dele lhe provocava o pranto: o pijama debaixo da almofada, as pantufas que sempre lhe pareceram de doente, a recordação da sua imagem a despir-se no fundo do espelho enquanto ela se penteava para dormir, o cheiro da sua pele que havia de continuar na dela por muito tempo depois da morte. Detinha-se a meio de qualquer coisa que estivesse a fazer e dava uma palmadinha na testa, porque, de repente, lembrava-se de algo que se esquecera de lhe dizer. A cada passo vinham-lhe à mente as tantas perguntas quotidianas que só ele podia responder-lhe. Certa vez ele tinha dito uma coisa que ela não podia conceber: os amputados sentem dores, cãibras, cócegas, na perna que já não têm. Era como ela se sentia sem ele, sentindo-o estar onde já não se encontrava.

Ao acordar na sua primeira semana de viúva, tinha-se voltado na cama, ainda sem abrir os olhos, à procura de uma posição mais cómoda para continuar a dormir, e foi, nesse momento, que ele morreu para ela. Pois só então teve consciência de que ele tinha passado a noite, pela primeira vez, fora de casa. A outra impressão foi à mesa, não por se sentir sozinha, como com efeito estava, mas pela certeza esquisita de estar a comer com alguém que já não existia. Aguardou que a sua filha Ofélia viesse de Nova Orleães, com o marido e as três garotas, para se sentar outra vez a comer à mesa, não na de sempre mas numa mesa improvisada, mais pequena, que mandou pôr no corredor. Até então não tinha feito nenhuma refeição normal. Passava pela cozinha a qualquer hora, quando tinha fome, metia o garfo nas panelas e comia um pedacinho de tudo sem o pôr num prato, de pé em frente do fogão, a conversar com as empregadas que eram as únicas com quem se sentia bem e com quem melhor se entendia. No entanto, por muito que o tentasse, não conseguia iludir a presença do marido morto: para onde quer que fosse, por onde quer que passasse, fosse o que fosse que fizesse dava com algo seu que lho recordava. E se por um lado lhe parecia honesto e justo que lhe doesse o que doía também queria, por outro lado, fazer todos os possíveis para não se regozijar com a sua dor. Assim, impôs-se a decisão drástica de desterrar da casa tudo quanto lhe recordasse o marido falecido, pois era a única coisa que lhe ocorria para continuar a viver sem ele.

Foi uma cerimónia de extermínio. O filho aceitou levar a biblioteca para que ela fizesse do escritório o quarto de costura que nunca teve depois de casada. Pelo seu lado, a filha levaria alguns móveis e numerosos objetos que lhe pareciam muito apropriados para os leilões de antiguidades de Nova Orleães. Tudo isto foi um alívio para Fermina Daza, ainda que não tivesse achado a mínima graça a que as coisas compradas por ela na sua viagem de núpcias fossem já relíquias de antiquários. Contra o espanto calado das criadas, dos vizinhos, das amigas próximas que vinham acompanhá-la naquelas noites, mandou atiçar uma fogueira num terreno vazio por trás da casa e aí queimou tudo o que lhe recordava o marido: as roupas mais caras e elegantes que se viram na cidade desde o século anterior, os sapatos mais finos, os chapéus que se pareciam mais com ele do que os seus retratos, a cadeira de baloiço da sesta da qual se levantara pela última vez para morrer, incontáveis objetos tão ligados à sua vida que já faziam parte da sua identidade. Fê-lo sem uma sombra de dúvida por uma certeza absoluta de que o marido tê-lo-ia aprovado, e não só por higiene. Pois muitas vezes lhe tinha ele expressado o seu desejo de ser incinerado e não enclausurado na escuridão sem frestas de uma caixa de cedro. A sua religião impedia-lho, é claro: tinha-se atrevido a sondar o parecer do arcebispo, pelo sim pelo não, e este havia-lhe dado uma negativa rotunda. Era uma mera ilusão, porque a Igreja não permitia a existência de fornos crematórios nos nossos cemitérios, nem para uso de religiões diferentes da católica, e mais ninguém, além do próprio Juvenal Urbino, poderia ter pensado na conveniência de os construir. Fermina Daza não se esqueceu deste terror do marido e mesmo na confusão das primeiras horas lembrou-se de pedir ao carpinteiro que lhe deixasse o consolo de uma frincha de luz no caixão.

De todos os modos foi um holocausto inútil. Fermina Daza deu-se conta bem depressa de que a recordação do marido morto era tão obstinada ao fogo como parecia sê-lo à passagem dos dias. Pior ainda: depois da incineração das roupas, não só continuava a ter saudade do muito dele que tinha amado como também, e acima de tudo, do que mais a incomodava: os barulhos que fazia ao levantar-se. Essas recordações ajudaram-na a sair dos mangais do luto. Mas, acima de tudo, tomou a decisão firme de continuar a vida recordando o marido como se não tivesse morrido. Sabia que o despertar de cada manhã continuaria a ser difícil, mas sê-lo-ia cada vez menos.

Ao fim da terceira semana começou a avistar as primeiras luzes. Mas à medida que aumentavam e se tornavam mais claras, ia-se apercebendo de que havia um fantasma atravessado na sua vida, que não lhe deixava um momento de paz. Não era o lastimável fantasma que a espiava no Parque dos Evangelhos e que ela costumava evocar na velhice com uma certa ternura, mas sim o fantasma abominável do fato de verdugo e do chapéu encostado ao peito, cuja impertinência estúpida a tinha perturbado de tal maneira que já lhe era impossível não pensar nele. Sempre, desde que o repudiou aos dezoito anos, que lhe ficara a convicção de ter deixado nele uma semente de ódio que o tempo não faria mais do que aumentar. Tinha contado com esse ódio em todos os momentos, sentia-o no ar quando o fantasma estava perto, ficava perturbada só de o ver, assustava-a de tal maneira que nunca encontrou forma de se comportar naturalmente com ele. Na noite em que ele lhe reiterou o seu amor, ainda com as flores do esposo falecido a perfumarem a casa, ela não pôde entender que aquele desplante não fosse senão o primeiro passo de quem sabe lá que sinistro propósito de vingança.

A persistência da sua lembrança aumentava-lhe a raiva. Quando acordou a pensar nele, no dia seguinte ao enterro, conseguiu tirá-lo da memória com um simples gesto da vontade. Mas a raiva voltava sempre e percebeu que o desejo de esquecê-lo era o estímulo mais forte para se lembrar dele. Então atreveu-se a evocar, pela primeira vez, vencida pela nostalgia, os tempos ilusórios daquele amor irreal. Tentava recordar com precisão como era o parque de então, as amendoeiras ao vento, o banco de onde ele a amava, porque nada disso existia já como naquele tempo. Tinham mudado tudo, tinham tirado as árvores com o seu tapete de folhas amarelas e, no sítio da estátua do herói decapitado, haviam posto a de outro em uniforme de gala, sem nome, sem datas, sem motivos que a justificassem, sobre um pedestal aparatoso, dentro do qual tinham instalado os controlos elétricos do bairro. A sua casa, vendida há já muitos anos, caía aos bocados nas mãos do governo provincial. Não lhe era fácil imaginar Florentino Ariza como era então, e menos ainda conceber que aquele rapaz taciturno, com um ar tão desamparado à chuva, fosse aquela mesma ruína carunchosa que lhe tinha aparecido à frente sem nenhuma consideração pelo seu estado, sem o menor respeito pela sua dor e que lhe havia queimado a alma com uma injúria de chamas vivas que continuava a estorvar-lhe a respiração.

A prima Hildebranda Sánchez tinha vindo visitá-la pouco depois de ela ter estado na fazenda de Flores de María a refazer-se do mau bocado da senhorita Lynch. Tinha chegado velha, gorda, feliz, acompanhada pelo filho mais velho, que fora coronel do Exército, como o pai, mas que havia sido repudiado por ele por causa da sua atuação indigna na matança dos trabalhadores dos bananais em San Juan de la Ciénaga. As duas primas tinham-se visto muitas vezes e passavam o tempo a recordar a época em que se conheceram. Na sua última visita, Hildebranda estava mais nostálgica do que nunca, e muito afetada pelo peso da velhice. Para um maior deleite nas lembranças, trouxe a sua cópia do retrato de dama antiga que lhes tirara o fotógrafo belga na tarde em que o jovem Juvenal Urbino deu a estocada de misericórdia na voluntariosa Fermina Daza. A cópia desta tinha-se perdido e a de Hildebranda estava quase invisível, mas as duas reconheceram-se através das brumas do desencanto: jovens e belas como jamais voltariam a ser.

Para Hildebranda era impossível não falar de Florentino Ariza, porque sempre identificou a sua sorte com a dele. Recordava-o como no dia em que mandou o seu primeiro telegrama e nunca conseguiu tirar do coração a sua imagem de passarinho triste condenado ao esquecimento. Pelo seu lado, Fermina tinha-o visto muitas vezes, sem conversar com ele, claro, e não podia conceber que fosse o mesmo do seu primeiro amor. Sempre lhe tinham chegado notícias dele, como mais cedo ou mais tarde lhe chegavam as de todos aqueles que significassem qualquer coisa na cidade. Dizia-se que não se tinha casado por ser de hábitos diferentes, mas também não prestou atenção a isso, em parte porque nunca ligou a boatos e em parte porque se diziam coisas semelhantes de muitos homens acima de qualquer suspeita. Por outro lado, parecia-lhe estranho que Florentino Ariza persistisse nas suas roupas místicas, nas suas loções estranhas e que continuasse a ser tão enigmático depois de ter vencido na vida de uma maneira tão espetacular e, além do mais, tão honrada. Não lhe era possível acreditar que era o mesmo, e surpreendia-se sempre quando Hildebranda suspirava: «Pobre homem! Como deve ter sofrido!» Pois ela via-o sem dor há já muito tempo: era uma sombra apagada.

Contudo, na noite em que o encontrou no cinema, pouco depois do seu regresso de Flores de María, aconteceu algo de estranho no seu coração. Não ficou surpreendida por estar com uma mulher e, para além do mais, negra. Surpreendeu-a que estivesse tão bem conservado, que se comportasse com mais naturalidade, e não lhe ocorreu pensar que talvez fosse ela e não ele quem tinha mudado depois da irrupção perturbadora da senhorita Lynch na sua vida privada. A partir de então, e durante mais de vinte anos, continuou a vê-lo com olhos mais condescendentes. Na noite do velório do marido não só lhe pareceu compreensível que ali estivesse mas até o interpretou como o fim natural do rancor: um gesto de perdão e esquecimento. Por isso foi tão imprevista a reiteração dramática de um amor que para ela nunca havia existido, e numa idade em que nem ela nem Florentino Ariza tinham mais nada que esperar da vida.

A raiva mortal do primeiro impacto continuava intacta depois da cremação simbólica do marido e, quanto menos capaz ela se sentia de a dominar, mais crescia e se ramificava. Pior ainda: os espaços da memória onde conseguia apaziguar as recordações do falecido iam sendo ocupados, a pouco e pouco, mas inexoravelmente, pelo campo de papoilas onde estavam enterradas as recordações de Florentino Ariza. Assim, pensava nele sem gostar dele e, quanto mais pensava, com mais raiva ficava e com quanto mais raiva ficava mais pensava nele, até que se tornou numa coisa tão insuportável que lhe transtornou a razão. Então, sentou-se à secretária do marido falecido e escreveu a Florentino Ariza uma carta de três folhas irracionais, tão carregadas de injúrias e de provocações infames, que a deixaram com o alívio de ter cometido conscientemente o ato mais indigno da sua longa vida.

Também para Florentino Ariza aquelas três semanas tinham sido de agonia. Na noite em que reiterou o seu amor a Fermina Daza, havia vogado sem rumo pelas ruas maltratadas pelo dilúvio da tarde, perguntando-se aterrado que iria fazer com a pele do tigre que acabava de matar depois de ter resistido ao seu cerco durante mais de meio século. A cidade estava em estado de emergência pela violência das águas. Em algumas casas havia homens e mulheres meio nus a tentar salvar do dilúvio o que Deus quisesse e Florentino Ariza teve a sensação de que aquele desastre de todos tinha algo a ver com o seu. Mas o ar era manso e as estrelas das Caraíbas estavam quietas no seu lugar. Depois, durante um silêncio das outras vozes, Florentino Ariza reconheceu a do homem que Leona Cassiani e ele tinham ouvido cantar muitos anos antes, à mesma hora e na mesma esquina: *Da ponte me retirei banhado em lágrimas*. Uma canção que de algum modo, naquela noite e só para ele, tinha qualquer coisa a ver com a morte.

Nunca como então lhe fez tanta falta Tránsito Ariza, a sua palavra sábia, a sua cabeça de rainha de faz-de-conta, enfeitada com flores de papel. Não o podia evitar: sempre que se encontrava à beira do cataclismo, fazia-lhe falta o amparo de uma mulher. De modo que passou pela Escola Normal procurando a rota das atingíveis e viu que havia uma luz na longa fila de janelas do dormitório de América Vicuña. Teve de fazer um grande esforço para não incorrer na loucura de avô de a tirar de lá às duas da manhã, morna de sono entre as suas fraldas e ainda a cheirar a emanações de berço.

No outro extremo da cidade estava Leona Cassiani, só e livre, e, sem dúvida, disposta a oferecer-lhe às duas da manhã, às três, a qualquer hora e em qualquer circunstância, a compaixão que lhe fazia falta. Não seria a primeira vez que ele lhe batia à porta no ermo das suas insónias, mas compreendeu que ela era demasiado inteligente e que se amavam demais para que ele fosse chorar no seu regaço sem lhe revelar o motivo. Ao fim de muito pensar, sonâmbulo pela cidade deserta, ocorreu-lhe que com nenhuma podia estar melhor do que com Prudencia Pitre, a Viúva de Dois. Era dez anos mais nova do que ele. Tinham-se conhecido no século anterior e se desistiram de se encontrar foi porque ela se havia empenhado em não deixar que a vissem como estava, meio cega, e deveras à beira da decrepitude. Assim que se lembrou dela, Florentino Ariza voltou à Rua das Janelas, meteu num saco de compras duas garrafas de vinho do Porto e um frasco de picles e foi vê-la sem sequer saber se estava na sua casa de sempre, se estava sozinha ou se estava viva.

Prudencia Pitre não se tinha esquecido da senha das unhas raspando na porta, com que ele se identificava quando ainda se julgavam jovens ainda que já não o fossem, e abriu-lha sem perguntas. A rua estava às escuras, ele era quase invisível com o fato preto, o chapéu e o guarda-chuva de morcego pendurado no braço, e ela não tinha olhos para o ver a menos que fosse à luz do dia, mas reconheceu-o pelo reflexo do lampião na armação metálica dos óculos. Parecia um assassino com as mãos ainda ensanguentadas.

– Asilo para um pobre órfão – disse.

Foi a única coisa que lhe ocorreu dizer, só para dizer alguma coisa. Surpreendeu-o o quanto tinha envelhecido desde que a vira da última vez e teve consciência de que ela o via da mesma maneira. Mas consolou-se a pensar que, passado um momento, quando ambos se tivessem recomposto da surpresa inicial, notariam menos um no outro as mataduras da vida, e tornariam a ver-se tão jovens quanto o foram um para o outro quando se conheceram: quarenta anos antes.

– Parece que vais a um enterro – disse ela.

Assim era. Também ela tinha estado à janela desde as onze, como quase toda a cidade, a ver passar o cortejo mais concorrido e sumptuoso que se vira desde a morte do arcebispo De Luna. Tinham-na acordado da sesta os trovões da artilharia que faziam tremer a terra, a discórdia das bandas militares, a desordem dos cânticos fúnebres por cima do clamor dos sinos de todas as igrejas, que dobravam sem pausa desde o dia anterior. Tinha visto da varanda os militares a cavalo, em uniforme de parada, as comunidades religiosas, os colégios, as longas limusinas pretas da autoridade invisível, as carruagens de cavalos com morriões de plumas e xairéis de ouro, o caixão amarelo coberto com a bandeira na carreta de um canhão histórico e, em último lugar, a fila das velhas vitórias abertas que continuavam a manter-se vivas para transportar as coroas. Tinham acabado de passar pela janela de Prudencia Pitre quando desabou o dilúvio e o cortejo se dispersou precipitadamente.

– Que maneira mais absurda de morrer – disse ela.

– A morte não tem o sentido do ridículo – disse ele e acrescentou com pena: – sobretudo na nossa idade.

Estavam sentados no terraço, frente ao mar, a ver a lua com um halo que ocupava metade do céu, a ver as luzes coloridas dos barcos no horizonte, deleitando-se na brisa morna e perfumada depois da tempestade. Bebiam vinho do Porto e comiam picles com fatias de pão que Prudencia Pitre cortava na cozinha. Tinham vivido muitas noites como essa, depois de ela ter ficado viúva e sem filhos aos trinta e cinco anos. Florentino Ariza encontrou-a numa altura em que teria recebido qualquer homem que a quisesse acompanhar, mesmo que fosse alugado à hora, e conseguiram estabelecer uma relação mais séria e prolongada do que parecia possível.

Ainda que nunca o tivesse insinuado sequer, ela teria vendido a alma ao diabo para se casar com ele em segundas núpcias. Sabia que não era fácil submeter-se à sua mesquinhez, às suas necessidades de velho prematuro, à sua organização maníaca, à sua ansiedade de pedir tudo sem dar nada de nada, mas, em troca, não havia homem algum que se deixasse acompanhar melhor do que ele, porque não podia haver outro no mundo tão necessitado de amor quanto ele. Mas também não havia outro tão escorregadio, de modo que o amor não passou de onde com ele sempre chegava: até onde não interferisse na sua determinação de se conservar livre para Fermina Daza. No entanto, prolongou-se por muitos anos, mesmo depois de ele ter arranjado as coisas para que Prudencia Pitre se casasse de novo com um caixeiro-viajante que ficava três meses e andava em viagem outros três, e de quem teve uma filha e quatro filhos, um dos quais, segundo ela jurava, era de Florentino Ariza.

Conversaram sem se preocupar com as horas, porque ambos estavam habituados a partilhar as suas insónias de jovens e tinham muito menos que perder com as suas insónias de velhos. Ainda que quase nunca passasse do segundo copo, Florentino Ariza não tinha recuperado o fôlego depois do terceiro. Escorria suor e a Viúva de Dois disse-lhe que tirasse o casaco, o colete, as calças, que tirasse tudo o que quisesse, porque porra, no fim de contas eles conheciam-se melhor despidos do que vestidos. Ele disse que o faria se ela o fizesse, mas ela não quis. Há algum tempo tinha-se visto nua ao espelho do roupeiro e compreendera então que já não teria coragem para deixar que nem ele nem ninguém a visse nua.

Florentino Ariza, num estado de exaltação que não tinha conseguido acalmar com quatro copos de vinho do Porto, continuou a falar do passado, das boas recordações do passado que eram o seu único assunto já há muito tempo, mas ansioso por encontrar no passado um caminho secreto para desabafar. Pois era disso que ele precisava: deitar a alma pela boca. Quando viu os primeiros alvores no horizonte tentou uma abordagem enviesada. Perguntou, de uma maneira que parecia fortuita: «Que farias se alguém te propusesse casamento, assim como estás, viúva e na tua idade?» Ela riu-se, com um riso enrugado de velha e perguntou por sua vez:

– Dizes isso por causa da viúva de Urbino?

Florentino Ariza esquecia-se sempre, e quando menos devia, que as mulheres pensam mais no sentido oculto das perguntas do que nas perguntas em si, e Prudencia Pitre mais do que qualquer outra. Tomado de um pavor súbito pela sua pontaria arrepiante, barafustou pela porta falsa: «Pergunto-o por ti.» Ela voltou a rir: «Vai fazer troça da puta da tua mãe, que descanse em paz.» Então insistiu com ele para que dissesse o que queria dizer, porque sabia que nem ele nem nenhum outro homem a teria acordado às três da manhã, e ao fim de tantos anos sem a ver, só para beber vinho do Porto e comer pão com picles. Disse: «Isso só se faz quando se anda à procura de alguém com quem chorar.» Florentino Ariza bateu em retirada.

– Desta vez enganas-te – disse-lhe. – Esta noite tenho razões para cantar.

– Então cantemos – disse ela.

Começou a entoar com uma bela voz a canção em moda: *Ramona, sem ti já não posso viver*. Foi o final da noite pois ele não se atreveu a jogar jogos proibidos com uma mulher que lhe tinha dado demasiadas provas de conhecer o outro lado da lua. Saiu para uma cidade diferente, rarefeita pelas últimas dálias de junho e para uma rua da sua juventude por onde desfilavam as viúvas de trevas da missa das cinco. Nesse momento, porém, foi ele e não elas quem mudou de passeio para que não lhe vissem as lágrimas que já não conseguia conter, não desde a meia-noite, como julgava, porque estas eram outras: as que levava entaladas na garganta há cinquenta e um anos, nove meses e quatro dias.

Tinha perdido a noção do tempo, quando acordou, sem saber onde estava, em frente de uma janela deslumbrante. A voz de América Vicuña, a jogar à bola no jardim com as empregadas, trouxe-o à realidade: estava na cama da sua mãe, cujo quarto se conservava intacto, e onde costumava dormir para se sentir menos sozinho nas poucas ocasiões em que a solidão o inquietava. Em frente da cama estava o grande espelho da Estalagem de Sancho e bastava-lhe olhar para ele ao acordar para ver Fermina Daza refletida no fundo. Soube que era sábado porque era o dia em que o motorista ia ao internato buscar América Vicuña e a levava para casa dele. Apercebeu-se que tinha dormido sem saber, sonhando que não conseguia dormir, com um sonho perturbado pela expressão da raiva de Fermina Daza. Tomou banho a pensar qual deveria ser o passo seguinte, vestiu-se muito devagar com as suas melhores roupas, perfumou-se, tratou do bigode branco de pontas afiadas e, ao sair do quarto, viu do corredor do segundo andar a bela criatura em uniforme, que apanhava a bola no ar com aquela graça que em tantos sábados o tinha feito estremecer, mas que nessa manhã não lhe causou a menor perturbação. Acenou-lhe para que fosse com ele e, antes de entrarem no carro, disse-lhe desnecessariamente: «Hoje não vamos fazer coisinhas.» Levou-a à Geladaria Americana, cheia àquela hora com os pais que comiam gelados com os filhos sob as ventoinhas de grandes pás penduradas no teto baixo. América Vicuña pediu um gelado de vários andares, cada um de uma cor diferente numa taça gigantesca, que era o seu preferido e o mais vendido porque exalava uma fumarada mágica. Florentino Ariza tomou café, fitando a menina sem falar, enquanto ela comia o gelado com uma colher de cabo muito comprido para chegar ao fundo da taça. Sem deixar de olhar para ela, disse-lhe de repente:

– Vou-me casar.

Ela olhou-o nos olhos com um lampejo de incerteza, segurando a colher no ar, mas logo a seguir se refez e sorriu:

– É mentira – disse. – Os velhinhos não se casam.

Nessa tarde deixou-a no internato à hora do Angelus, sob uma chuva teimosa, depois de terem visto juntos os fantoches do parque, de terem almoçado nas barracas de peixe frito do cais, de terem visto as feras enjauladas de um circo que acabava de chegar, de comprarem nos portais toda a variedade de doces para levar para o internato e de terem dado várias voltas pela cidade no automóvel aberto para que ela se fosse habituando à ideia de que ele era o seu tutor e não mais o seu amante. No domingo mandou-lhe o automóvel para ver se ela queria ir passear com as amigas, mas não quis vê-la, porque desde a semana anterior que estava plenamente consciente da idade de ambos. Nessa noite tomou a decisão de escrever a Fermina Daza uma carta de desculpas, embora fosse só para não capitular, mas deixou-a para o dia seguinte. Na segunda-feira, ao fim de exatamente três semanas de paixão, entrou em casa encharcado pela chuva e encontrou a carta dela.

Eram oito da noite. As duas empregadas estavam deitadas e tinham deixado no corredor a única luz permanente que permitia a Florentino Ariza chegar ao quarto. Sabia que o seu jantar, esturricado e insípido, estava na mesa da sala de jantar, mas a pouca fome que levava depois de tantos dias a comer de qualquer maneira, evaporou-se-lhe com a comoção da carta. Custou-lhe acender a luz principal do quarto de tanto que lhe tremiam as mãos. Pôs a carta molhada em cima da cama, acendeu o candeeiro da mesa de cabeceira, e com uma calma fingida que era um recurso muito seu para se acalmar, tirou o casaco ensopado e pendurou-o nas costas da cadeira, tirou o colete e colocou-o muito bem dobrado sobre o casaco, tirou a fita de seda preta e o colarinho de celuloide que já tinha passado de moda em todo o mundo, desabotoou a camisa até à cintura, desapertou o cinto para respirar melhor e, por fim, tirou o chapéu e pô-lo a secar ao pé da janela. De repente sobressaltou-se porque não soube onde estava a carta e era tal o seu nervosismo que se surpreendeu ao encontrá-la, pois já não se lembrava de a ter posto em cima da cama. Antes de a abrir enxugou o sobrescrito com o lenço, fazendo por não esborratar a tinta com que estava escrito o seu nome, e, enquanto o fazia, descobriu que aquele segredo já não estava partilhado só por dois, mas sim por três, pelo menos, pois quem quer que fosse que a tivesse trazido, devia ter-lhe chamado a atenção que a viúva de Urbino escrevesse a alguém de fora do seu mundo apenas três semanas após o falecimento do marido, com tanta premência que não mandara a carta pelo correio e com tanto sigilo que ordenara que não a entregassem em mão mas que a metessem por baixo da porta como um bilhete anónimo. Não teve de rasgar o sobrescrito porque a cola tinha-se desfeito com a água, mas a carta estava seca: três folhas densas, sem cabeçalho, e assinadas com as iniciais do seu nome de casada.

Leu-a uma vez com toda a pressa sentado na cama, mais intrigado com o tom do que com o conteúdo, e antes de passar à segunda folha já sabia que era exatamente a carta de impropérios que contava receber. Pô-la aberta sob a luz do candeeiro, tirou os sapatos e as meias molhadas, apagou, ao lado da porta, a luz principal e, finalmente, pôs a bigodeira de camurça e deitou-se sem tirar as calças e a camisa, com a cabeça em cima de dois grandes almofadões que lhe serviam de espaldar para ler. Assim releu a carta, desta vez letra a letra, esquadrinhando cada letra para que nenhuma das suas intenções ocultas ficasse por desentranhar, e leu-a depois mais quatro vezes até ficar tão saturado que as palavras escritas começaram a perder o seu sentido. Depois guardou-a sem o sobrescrito na gaveta da mesinha de cabeceira, deitou-se de costas com as mãos entrelaçadas sob a nuca e permaneceu durante quatro horas com a vista fixa no espaço do espelho onde ela tinha estado, sem pestanejar, mal respirando, mais morto do que um morto. À meia-noite em ponto foi à cozinha, preparou e levou para o quarto um termo de café espesso como petróleo em rama, meteu a dentadura postiça no copo de água bórica que sempre encontrava preparado para isso na mesa de cabeceira, voltou a deitar-se na mesma posição de mármore jazente, com variações momentâneas de quando em quando para tomar um gole de café, até que a criada de quarto entrou às seis com outro termo cheio.

A essa hora, Florentino Ariza já sabia qual ia ser cada um dos seus passos seguintes. Na verdade, os insultos não lhe tinham doído nem se preocupou em esclarecer as inculpações injustas, que podiam muito bem ter sido piores, sabendo o carácter de Fermina Daza e a gravidade do motivo. A única coisa que o interessou foi que a carta, por si só, dava-lhe a oportunidade e reconhecia-lhe o direito de resposta. Mais do que isso: exigia. De modo que a vida se encontrava agora no ponto para onde ele a tinha querido levar. Tudo o mais dependia dele e tinha a convicção firme de que o seu inferno privativo de mais de meio século ainda lhe preparava muitas provas mortais que ele estava disposto a enfrentar com maior ardor e maior dor e maior amor do que todas as anteriores, porque seriam as últimas.

Cinco dias depois de ter recebido a carta de Fermina Daza, quando chegou aos seus escritórios, sentiu-se a flutuar no vazio abrupto e inabitual das máquinas de escrever, cujo ruído de chuva tinha acabado por se notar menos do que o seu silêncio. Era uma pausa. Quando o ruído começou outra vez, Florentino Ariza espreitou pela porta do gabinete de Leona Cassiani e observou-a sentada em frente da sua máquina pessoal, que obedecia às pontas dos seus dedos como um instrumento humano. Ela soube-se observada e olhou para a porta com o seu terrível sorriso luminoso, mas não parou de escrever até chegar ao fim do parágrafo.

– Diz-me uma coisa, leoa da minha alma – perguntou Florentino Ariza. – Como te sentirias se recebesses uma carta de amor escrita nesse traste?

O gesto dela, que já não se surpreendia com nada, foi de surpresa legítima.

– Ora vê lá tu! – exclamou. – Imagina que nunca me tinha passado isso pela cabeça.

Para isso não tinha outra resposta. Também a Florentino Ariza não lhe tinha passado isso pela cabeça até essa altura e decidiu arriscar a fundo. Levou para casa uma das máquinas do escritório por entre os motejos cordiais dos subalternos: «Burro velho não aprende línguas.» Leona Cassiani, entusiasta de qualquer novidade, ofereceu-se para lhe dar lições de datilografia ao domicílio. Mas ele estava contra as aprendizagens metódicas desde que Lotario Thugut lhe quis ensinar a tocar violino por música, com a ameaça de que iria precisar de pelo menos um ano para começar, cinco para ser aceitável numa orquestra profissional e toda a vida, a seis horas por dia, para tocar bem. No entanto, conseguiu que a mãe lhe comprasse um violino de cego e, com as cinco regras básicas que Lotario Thugut lhe deu, atreveu-se a tocá-lo em menos de um ano no coro da catedral, e a fazer serenatas a Fermina Daza, do cemitério dos pobres, consoante a direção dos ventos. Se isto tinha acontecido aos vinte anos com uma coisa tão difícil como o violino, não via por que motivo não poderia acontecer também aos setenta e seis com um instrumento de um dedo só como a máquina de escrever.

Assim foi. Precisou de três dias para aprender a posição das letras no teclado, outros seis para aprender a pensar ao mesmo tempo que escrevia e mais três para acabar a primeira carta sem erros, depois de rasgar meia resma de papel. Pôs-lhe um cabeçalho solene: *Senhora*, e assinou com a inicial do seu nome, como costumava fazer nos bilhetinhos perfumados da sua juventude. Mandou-a pelo correio, num sobrescrito com tarjas de luto como era de rigor numa carta para uma viúva recente e sem o nome do remetente no verso.

Era uma carta de seis folhas que não tinha nada que ver com nenhuma outra que alguma vez tivesse escrito. Não tinha nem o tom, nem o estilo, nem o fôlego retórico dos primeiros anos do amor, e a sua argumentação era tão racional e bem medida que o perfume de uma gardénia teria sido completamente deslocado. De certo modo foi a que mais acertadamente se pareceu com as cartas comerciais que nunca conseguiu fazer. Anos mais tarde, uma carta pessoal escrita com meios mecânicos teria sido quase ofensiva. Mas, nessa altura, a máquina de escrever era ainda um animal de escritório, sem ética própria, cuja domesticação para uso particular não estava prevista nos manuais de boas maneiras. Mais parecia um modernismo audaz, e assim o deve ter entendido Fermina Daza, pois na segunda carta que escreveu a Florentino Ariza, depois de receber mais de quarenta dele, começava por pedir desculpa pela incerteza da sua letra, por não dispor de meios de escrita mais adiantados do que a caneta de aparo.

Florentino Ariza não se referiu sequer à carta tremenda que ela lhe tinha mandado, e tentou desde o princípio um método diferente de sedução, sem referência nenhuma aos amores do passado, nem ao passado propriamente dito: apagar e começar de novo. Era antes uma extensa meditação sobre a vida, baseada nas suas ideias e experiências das relações entre homem e mulher, que em tempos pensara escrever como complemento do *Secretário dos Namorados*. Só que agora envolveu-a num estilo patriarcal, de memórias de velho, para que não se notasse muito que, na verdade, era um documento de amor. Antes escreveu muitos rascunhos à moda antiga, que demoravam mais a ser lidos de cabeça fria do que a ser atirados ao lume. Sabia que qualquer descuido convencional, a menor leviandade nostálgica, podia remexer no seu coração o sabor amargo do passado e ainda que tivesse previsto que ela lhe devolvesse cem cartas antes de se atrever a ler a primeira, preferia que isso não acontecesse nenhuma vez. Por isso planeou tudo até ao último pormenor como se fosse uma guerra final: tudo tinha de ser diferente para suscitar novas curiosidades, novas intrigas, novas esperanças, numa mulher que já havia vivido em plenitude uma vida completa. Tinha de ser uma ilusão desatinada, capaz de lhe dar a coragem que lhe faria falta para deitar no lixo os preconceitos de uma classe que não tinha sido sua de origem, mas que havia acabado por sê-lo mais do que qualquer outra. Tinha de ensiná-la a pensar no amor como um estado de graça que não era um meio para nada, mas sim um princípio e um fim em si mesmo.

Teve o bom senso de não esperar uma resposta imediata, pois bastava-lhe que a carta não lhe fosse devolvida. Não o foi, como não o foi nenhuma das seguintes, e à medida que passavam os dias acelerava-se a sua ansiedade, pois quantos mais dias passassem sem devoluções mais aumentava a esperança de uma resposta. A frequência das suas cartas começou condicionada pela habilidade dos seus dedos: primeiro uma por semana, depois duas, e, por fim, uma por dia. Alegrou-se com o progresso do correio desde os seus tempos de missivista, pois não teria corrido o risco de deixar que o vissem todos os dias na Estação dos Correios a pôr uma carta sempre para a mesma pessoa, nem a enviá-la por alguém que pudesse falar depois. Por outro lado, era muito fácil mandar um empregado comprar os selos para todo o mês e depois enfiar a carta num dos três marcos espalhados pela cidade velha. Depressa incluiu aquele ritual na sua rotina: aproveitava as insónias para escrever e, no dia seguinte, na ida para o escritório, pedia ao motorista que parasse um instante diante de um marco de esquina e ele próprio descia para ir deitar a carta. Nunca consentiu que o motorista o fizesse por ele, como o pretendeu numa certa manhã de chuva, e, por vezes, tomava a precaução de não levar só uma mas várias cartas ao mesmo tempo para que parecesse mais natural. O motorista não sabia, claro, que as cartas suplementares eram folhas em branco que Florentino Ariza endereçava a si próprio, pois nunca tinha mantido correspondência particular com ninguém, salvo o relatório como tutor que enviava todos os fins de mês aos pais de América Vicuña com as suas opiniões pessoais sobre o comportamento, o estado de espírito e a saúde da menina, e o bom andamento dos seus estudos.

Começou a numerar as cartas a partir do primeiro mês e a encabeçá-las com um resumo das anteriores como nos folhetins em fascículos dos jornais, por receio que Fermina Daza não percebesse que tinham uma certa continuidade. Quando se tornaram diárias, trocou também os sobrescritos de tarja de luto por sobrescritos brancos e grandes e isto acabou de lhes dar a impessoalidade cúmplice das cartas comerciais. Quando começou estava disposto a submeter a sua paciência a uma prova maior, pelo menos até não ter a evidência de que estava a perder o seu tempo com o único método diferente que pôde conceber. Esperou, com efeito, sem os quebrantos de todo o género que lhe provocavam as esperas da juventude, mas com a porfia de um ancião de cimento sem mais nada em que pensar, sem mais nada que fazer numa companhia fluvial que nessa altura navegava sozinha com ventos propícios e, além disso, convencido de que estaria vivo e com o perfeito domínio das suas faculdades de homem no dia de amanhã, de mais tarde ou de sempre em que Fermina Daza se convencesse, por fim, de que as suas ânsias de viúva solitária não tinham outro remédio senão descer para ele as suas pontes levadiças.

Entretanto, continuou com a sua vida normal. Prevendo uma resposta favorável, iniciou uma segunda renovação da casa para que fosse digna de quem teria podido considerar-se sua dona e senhora desde que foi comprada. Voltou a visitar Prudencia Pitre várias vezes, como lhe tinha prometido, para lhe demonstrar que a amava apesar dos estragos da idade, à luz do dia e de porta aberta, e não só nas suas noites de desamparo. Continuou a passar por casa de Andrea Varón até encontrar apagada a luz da casa de banho e tentou embrutecer-se com as loucuras da sua cama ainda que fosse para não perder a regularidade do amor, de acordo com outra superstição sua, nunca desmentida até então, de que o corpo continua enquanto a gente continuar.

O único obstáculo foi o estado da sua relação com América Vicuña. Tinha repetido ao motorista a ordem de a ir buscar aos sábados ao internato às dez da manhã, mas não sabia que fazer com ela durante o fim de semana. Pela primeira vez não se interessou por ela e ela ressentia-se com a mudança. Mandava as empregadas levarem-na ao cinema, à tarde, aos coretos do parque infantil, às tômbolas de beneficência ou arranjava-lhe outros programas dominicais com outras colegas do colégio para não ter de a levar ao paraíso escondido por detrás dos seus escritórios, onde ela queria voltar sempre, desde que a levou lá pela primeira vez. Não se dava conta, na bruma da sua nova ilusão, que as mulheres podem tornar-se adultas em três dias, e que eram três os anos que tinham passado desde que a recebera no veleiro a motor de Puerto Padre. Por muito que a quisesse suavizar, a mudança foi brutal para ela, mas não pôde conceber o motivo. No dia em que lhe disse, na geladaria, que se ia casar, revelando-lhe uma verdade, ela sentiu o impacto do pânico, mas logo a seguir pareceu-lhe uma possibilidade tão absurda que a esqueceu por completo. Muito depressa compreendeu, porém, que ele se comportava como se fosse coisa certa, com evasivas inexplicadas, como se não tivesse sessenta anos mais e sim menos do que ela.

Numa tarde de sábado, Florentino Ariza encontrou-a a tentar escrever à máquina no seu quarto, e fazia-o bastante bem, pois tinha aulas de datilografia no colégio. Tinha feito mais de meia página de escrita automática, mas em certos trechos era fácil distinguir uma frase reveladora do seu estado de ânimo. Florentino Ariza inclinou-se sobre o seu ombro para ler o que escrevia. Ela perturbou-se com o seu calor de homem, a sua respiração entrecortada, o perfume da sua roupa, que era o mesmo da sua almofada. Já não era a menina recém-chegada que ele despia peça por peça com conversinhas de bebé: primeiro os sapatinhos para o ursinho, depois a camisinha para o béu-béu, depois as cuequinhas às flores para o coelhinho e agora um beijinho na pombinha linda do seu papá. Não: agora era uma mulher nada e criada que gostava de ser ela a tomar a iniciativa. Continuou a escrever com um único dedo da mão direita e, com a esquerda, tateou à procura da perna dele, explorou, encontrou, sentiu-o reviver, crescer, suspirar de ansiedade, e a sua respiração de velho tornou-se pedregosa e difícil. Ela conhecia-o: a partir desse ponto ele ia perder o domínio, desarticulava-se-lhe a razão, ficava à mercê dela, e não haveria de dar com o caminho de volta enquanto não chegasse ao fim. Foi levando-o pela mão até à cama, como a um pobre cego da rua, e desfê-lo pedaço a pedaço com uma ternura maligna, salgou-o a seu gosto, deitou-lhe pimenta de cheiro, um dente de alho, cebola picada, o sumo de um limão, uma folha de louro, até tê-lo temperado na travessa diante do forno pronto à temperatura certa. Não havia ninguém em casa. As criadas tinham saído, os pedreiros e os carpinteiros da reconstrução não trabalhavam aos sábados: tinham o mundo inteiro para eles os dois. Mas ele saiu do êxtase à beira do abismo, afastou-lhe a mão, endireitou-se, disse com voz trémula:

– Cuidado, não temos camisinhas.

Ela ficou durante um bom bocado de costas, na cama, e quando voltou ao internato, com uma hora de avanço, estava para além da vontade de chorar e tinha apurado o olfato e afiado as unhas para encontrar vestígios da lebre escondida que lhe tinha transtornado a vida. Florentino Ariza, pelo seu lado, incorreu uma vez mais num erro de homem: pensou que ela se tinha convencido da inutilidade dos seus propósitos e havia resolvido esquecê-lo.

Sabia o que fazia. Ao fim de seis meses, sem o mínimo sinal, deu consigo a dar voltas na cama até amanhecer, perdido no deserto de uma insónia diferente. Pensava que Fermina Daza tinha aberto a primeira carta pela sua aparência ingénua, tinha chegado a ver a inicial conhecida de outras cartas de antigamente, e tinha-a deitado na fogueira do lixo sem se dar sequer ao trabalho de a rasgar. Ter-lhe-ia bastado ver os sobrescritos das seguintes para fazer o mesmo sem as abrir e assim até ao fim dos tempos, enquanto ele chegava ao término das suas meditações escritas. Não acreditava que existisse uma mulher capaz de resistir à curiosidade de meio ano de cartas quotidianas sem saber nem sequer de que cor era a tinta com que estavam escritas. Mas se existisse uma, só podia ser ela.

Florentino Ariza sentia que o tempo da velhice não era uma torrente horizontal mas sim uma cisterna sem fundo por onde desaguava a memória. Esgotava-se-lhe o engenho. Depois de rondar durante vários dias a Quinta de La Manga, compreendeu que aquele método juvenil não conseguiria arrombar as portas condenadas pelo luto. Uma manhã, ao procurar um número na lista telefónica, deparou por mero acaso com o dela. Telefonou. O sinal tocou muitas vezes e, por fim, reconheceu a voz, séria e afónica: «Está lá?» Desligou sem falar, mas a distância infinita daquela voz inacessível abalou-lhe o espírito.

Por essa altura, Leona Cassiani festejou o seu aniversário e convidou um reduzido grupo de amigos para irem a sua casa. Ele estava distraído e entornou o molho do frango. Ela limpou-lhe a lapela, molhando a ponta do guardanapo no copo de água e depois pôs-lho como babete para evitar um acidente maior: ficou como um bebé velho. Reparou que várias vezes durante a refeição tirou os óculos para os limpar com o lenço, porque lhe choravam os olhos. À hora do café adormeceu com a chávena na mão e ela tentou tirar-lha sem o acordar, mas ele reagiu, envergonhado: «Só estava a descansar a vista.» Leona Cassiani deitou-se surpreendida ao ver como já se lhe notava a velhice.

No primeiro aniversário da morte de Juvenal Urbino, a família enviou pagelas a convidar para uma missa comemorativa na catedral. Nessa altura, Florentino Ariza havia mandado a carta número cento e trinta e dois sem ter recebido nenhum sinal de volta e isto impeliu-o a tomar a audaz decisão de assistir à missa mesmo sem ter sido convidado. Foi um acontecimento social mais faustoso do que comovedor. Os bancos das primeiras filas, reservados com carácter vitalício e hereditário, tinham nas costas uma placa de cobre com o nome do dono. Florentino Ariza chegou com os primeiros convidados para se sentar num sítio por onde Fermina Daza não pudesse passar sem o ver. Pensou que os melhores seriam os da nave central, a seguir aos bancos reservados, mas era tanta a concorrência que nem aí encontrou um lugar livre e teve de se sentar na nave dos parentes pobres. Daí viu entrar Fermina Daza pelo braço do filho, vestida de veludo preto até aos pulsos, sem qualquer adereço, com uma fila contínua de botões da gola até à ponta dos pés, como uma sotaina de bispo, e um xaile de renda castelhana em vez do chapéu com rede das outras viúvas e de muitas outras senhoras ansiosas por o ser. O rosto descoberto tinha um brilho de alabastro, os olhos amendoados observavam com vida própria sob os enormes candelabros da nave central, e caminhava tão direita, tão altiva, tão senhora de si, que não parecia ser mais velha do que o filho. Florentino Ariza, de pé, apoiou a ponta dos dedos no encosto do banco até lhe passar a tontura, porque sentiu que ele e ela não estavam a sete passos de distância mas sim em duas épocas diferentes.

Fermina Daza suportou a cerimónia no banco familiar diante do altar-mor, de pé durante quase todo o tempo, com a mesma atitude com que assistia à ópera. No fim, porém, infringiu as normas da liturgia e não permaneceu no seu lugar para receber a renovação das condolências, de acordo com os costumes vigentes, mas adiantou-se para agradecer a presença de cada um dos convidados: um gesto renovador que ia muito a par da sua maneira de ser. Cumprimentando uns e outros chegou aos bancos dos parentes pobres e, por fim, olhou à sua volta para se certificar de que não lhe faltava cumprimentar ninguém conhecido. Florentino Ariza sentiu então que um vento sobrenatural o fazia sair da sua órbita: ela tinha-o visto. Fermina Daza, com efeito, afastou-se dos seus acompanhantes com o à vontade com que fazia tudo em sociedade, estendeu-lhe a mão e disse-lhe, com um sorriso muito doce:

– Obrigada por ter vindo.

Pois não só tinha recebido as cartas como as tinha lido com grande interesse e havia encontrado nelas sérios motivos de reflexão para continuar a viver. Estava à mesa, a tomar o pequeno-almoço com a filha, quando recebeu a primeira. Abriu-a pela curiosidade de estar escrita à máquina, e um rubor súbito lhe abrasou o rosto ao reconhecer a inicial da assinatura. Mas assimilou-o nesse mesmo instante e guardou a carta no bolso do avental. Disse: «São pêsames do governo.» A filha surpreendeu-se: «Já chegaram todos.» Ela não se deu por achada: «É mais outro.» A sua ideia era queimar a carta mais tarde, longe das perguntas da filha, mas não pôde resistir à tentação de lhe dar uma vista de olhos. Esperava uma réplica merecida à sua carta de injúrias, que tinha começado a pesar-lhe na consciência no mesmo momento em que a enviou, mas desde o cabeçalho senhorial e os propósitos do primeiro parágrafo que compreendeu que alguma coisa tinha mudado no mundo. Ficou tão intrigada que se fechou no quarto para a ler sossegada antes de a queimar e leu-a três vezes sem retomar o fôlego.

Eram meditações sobre a vida, o amor, a velhice, a morte: ideias que tinham passado muitas vezes a esvoaçar como pássaros noturnos pela sua cabeça, mas que se perdiam num monte de penas quando tentava apanhá-las. Aí estavam, nítidas, simples, tal como ela teria gostado de as dizer, e mais uma vez se lamentou por não ter o marido vivo para as comentar com ele, como costumava comentar, antes de adormecer, certos acontecimentos do dia. Assim se lhe revelava um Florentino Ariza desconhecido, com uma clarividência que não correspondia aos bilhetinhos febris da sua juventude nem ao seu comportamento sombrio de toda a vida. Mais pareciam as palavras do homem que à tia Escolástica pareceu inspirado pelo Espírito Santo e este pensamento voltou a assustá-la como da primeira vez. Em todo o caso, o que mais contribuiu para lhe acalmar os ânimos foi a certeza de que aquela carta de velho sábio não era uma tentativa de reiterar a impertinência da noite do luto, mas sim uma maneira muito nobre de apagar o passado.

As cartas seguintes acabaram por a tranquilizar. Queimou-as de todos os modos, depois de as ler com um interesse crescente, ainda que à medida que as queimava lhe fosse ficando um sentimento de culpa que não conseguia dissipar. Foi por isso que quando as começou a receber numeradas encontrou a justificação moral que desejava para não as destruir. A sua intenção inicial, em todo o caso, não era a de as conservar, mas aguardar a oportunidade de as devolver a Florentino Ariza para que não se perdesse uma coisa que lhe parecia de tanta utilidade humana. O pior foi que o tempo passou e as cartas continuaram a chegar, uma em cada três ou quatro dias durante todo o ano, e ela não soube como devolvê-las sem que parecesse uma afronta que já não queria cometer e sem ter que o explicar numa carta que o seu orgulho se negava a escrever.

Tinha-lhe bastado aquele primeiro ano para assumir a viuvez. A recordação purificada do marido deixou de ser um obstáculo aos seus atos quotidianos, aos seus pensamentos íntimos, às suas intenções mais simples e converteu-se numa presença vigilante que a guiava sem a estorvar. Por vezes encontrava-o, não como uma aparição, mas em carne e osso, onde na verdade lhe fazia falta. Animava-a a certeza de que ele estava ali, ainda vivo mas sem os seus caprichos de homem, sem as suas exigências patriarcais, sem a necessidade esgotante de que ela o amasse com o mesmo ritual de beijos importunos e palavras respeitosas com que ele a amava. Agora compreendia-o melhor do que quando estava vivo, compreendeu a ansiedade do seu amor, a urgência de encontrar nela a segurança que parecia ser o suporte da sua vida pública e que, na realidade, nunca teve. Um dia, no cúmulo do desespero, ela tinha-lhe gritado: «Não te dás conta de como sou infeliz.» Ele tirou os óculos, num gesto muito seu, sem se alterar, inundou-a com as águas diáfanas dos seus olhos pueris e, com uma só frase, deitou-lhe em cima todo o peso da sua sapiência insuportável: «Lembra-te sempre que o mais importante num casamento não é a felicidade mas a estabilidade.» Logo nas suas primeiras solidões de viúva entendeu que aquela frase não escondia a ameaça mesquinha que lhe tinha atribuído em tempos mas a pedra de toque que lhes tinha proporcionado tantas horas felizes.

Nas muitas viagens pelo mundo, Fermina Daza comprava tudo o que lhe chamava a atenção, tudo o que era novidade.

Comprava por impulso, que o marido tinha gosto em racionalizar, mas eram coisas bonitas e úteis enquanto se encontravam no seu meio de origem, as montras de Roma, Paris, Londres ou as de uma Nova Iorque trepidante do *charleston* onde começavam a crescer os arranha-céus, porém não suportava a prova das valsas de Strauss com espetadas de carne e batalhas de flores a quarenta graus à sombra. Assim que regressava com meia dúzia de baús verticais, enormes, de metal laqueado com fechaduras e cantos de cobre, como caixões de fantasia, dona e senhora das últimas maravilhas do mundo que, no entanto, não valiam o seu preço em ouro senão no momento breve em que alguém do seu mundo local as via pela por vez. Pois para isso tinham sido compradas, para que os outros as vissem pela primeira vez. Ela tomara consciência da importância da sua imagem pública muito antes de começar a envelhecer e era amiúde que a ouviam dizer em casa: «Temos de nos livrar de tantas bugigangas que não nos deixam sítio para nada.» O doutor Urbino ria-se das suas intenções estéreis, pois sabia que os espaços que ficassem livres só serviriam para os encher de novo. Mas ela insistia porque, na verdade, não havia sítio para mais nada, nem havia em nenhum sítio coisa alguma que na verdade fosse útil, como camisas penduradas nos puxadores das portas e casacos de inverno europeu amarfanhados nos armários da cozinha. Havia por isso as manhãs em que se levantava com o espírito destemido e investia contra os roupeiros, esvaziava os baús, desmantelava os desvãos e armava um estado de sítio com os montões de roupa demasiado vista, os chapéus que nunca usou por não ter tido oportunidade enquanto estiveram em moda, os sapatos copiados por artistas da Europa dos que usavam as imperatrizes ao serem coroadas e que aqui eram desprezados pelas meninas da alta por serem idênticos aos que as negras compravam no mercado para andar por casa. Durante toda a manhã, o pátio permanecia em estado de emergência e era difícil respirar em casa por causa dos odores acres das bolas de naftalina. Mas a calma restabelecia-se em poucas horas, pois no fim ele compadecia-se de tanta seda deitada pelo chão, tantos brocados a mais e desperdícios de passamanaria, tantas caudas de raposas azuis condenadas à fogueira.

– É pecado queimar isto – dizia – com tanta gente que não tem nem que comer.

Assim, a queima ficava adiada, adiou-a sempre, e as coisas não faziam mais do que mudar de lugar, os seus sítios de privilégio para as antigas cavalariças transformadas em depósitos de sobras, enquanto os espaços libertos, tal como ele dizia, começavam a encher-se de novo, a transbordar de coisas que viviam um momento e acabavam por morrer nos roupeiros: até à queima seguinte. Ela dizia: «Deviam inventar o que fazer com as coisas que não servem para nada mas que também não se podem deitar fora.» Assim era: aterrorizava-a a voracidade com que os objetos iam invadindo os espaços habitáveis, desalojando os humanos, empurrando-os para um canto, até que Fermina Daza os guardasse onde não se vissem. Pois não era tão organizada como se julgava, mas tinha um método próprio e desesperado para parecê-lo: escondia a desordem. No dia em que morreu Juvenal Urbino tiveram de desocupar metade do estúdio e amontoar as coisas nos quartos para ter um espaço onde velá-lo.

A passagem da morte pela casa trouxe a solução. Uma vez queimada a roupa do marido, Fermina Daza percebeu que não lhe tinha tremido a mão e com o mesmo impulso continuou a acender a fogueira de tempos a tempos, deitando-lhe de tudo, velho e novo, sem pensar na inveja dos ricos nem na retaliação dos pobres que morriam de fome. Finalmente, mandou cortar pela raiz o tronco da mangueira até não ficar nenhum vestígio da desgraça e ofereceu de presente o papagaio vivo ao novo Museu da Cidade. Só então respirou a gosto numa casa como sempre a sonhara: ampla, acessível e sua.

Ofélia, a filha, fez-lhe companhia durante três meses e regressou a Nova Orleães. O filho trazia os seus para almoçar em família aos domingos e sempre que podia durante a semana. As amigas mais próximas de Fermina Daza começaram a visitá-la uma vez superada a crise do luto, jogavam às cartas diante do quintal pelado, experimentavam novas receitas de cozinha, punham-na em dia sobre a vida secreta do mundo insaciável que continuava a existir sem ela. Uma das mais assíduas era Lucrecia del Real del Obispo, uma aristocrata à antiga com quem sempre manteve uma boa amizade e que se aproximou mais dela depois da morte de Juvenal Urbino. Entrevada pela artrite e arrependida do seu mau viver, Lucrecia del Real levava-lhe então não só a melhor companhia como a consultava sobre os projetos cívicos e mundanos que se preparavam na cidade, e isto fazia com que se sentisse útil por si mesma e não pela sombra protetora do marido. Contudo, nunca como então a identificaram tanto com ele, pois tiraram-lhe o nome de solteira pelo que sempre a tinham chamado e começou a ser a viúva de Urbino.

Parecia-lhe inconcebível, mas à medida que se aproximava o primeiro aniversário da morte do marido, Fermina Daza sentia-se entrando num recinto sombreado, fresco, silencioso: a floresta do irremediável. Ainda não tinha muita consciência, nem a teria durante vários anos, de quanto a ajudaram a recuperar a paz de espírito as meditações escritas de Florentino Ariza. Foram elas, aplicadas às suas experiências, o que lhe permitiu entender a sua própria vida e esperar com serenidade os desígnios da velhice. O encontro na missa de comemoração foi uma oportunidade providencial de dar a entender a Florentino Ariza que também ela, graças às suas cartas de encorajamento, estava disposta a apagar o passado.

Dois dias depois recebeu uma carta diferente: escrita à mão, em papel de linho e com o nome completo de remetente bem visível no verso do sobrescrito. Era a mesma letra florida das primeiras cartas, a mesma vontade lírica, mas aplicadas num parágrafo singelo de gratidão pela deferência do cumprimento na catedral. Fermina Daza ficou a pensar nela, com as nostalgias num alvoroço, durante vários dias depois de a ler e com a consciência tão leve que na quinta-feira seguinte perguntou a Lucrecia del Real del Obispo, sem que viesse a propósito, se por acaso conhecia Florentino Ariza, o dono dos navios do rio. Lucrecia respondeu-lhe que sim: «Parece que é um súcubo irremediável.» Repetiu a versão corrente de que nunca se lhe havia conhecido mulher, tendo sido tão bom partido, e que tinha um escritório secreto para onde levava os rapazinhos que perseguia durante a noite no cais. Fermina Daza ouvira essa lenda desde que se lembrava mas nunca acreditou nela nem lhe deu importância. Mas quando a ouviu repetida com tanta convicção por Lucrecia del Real del Obispo, de quem também em tempos se dissera que tinha gostos esquisitos, não pôde resistir ao impulso de pôr as coisas no seu lugar. Contou-lhe que conhecia Florentino Ariza desde criança. Recordou-lhe que a mãe tinha uma loja de miudezas na Rua das Janelas e que também comprava camisas e lençóis velhos para desfiar e vender como ligaduras de emergência durante as guerras civis. E concluiu com segurança: «É gente honrada, feita à força de pulso.» Foi tão veemente que Lucrecia retirou o que disse: «Ao fim e ao cabo, também dizem o mesmo de mim.» Fermina Daza não sentiu curiosidade em se interrogar porque fazia uma defesa tão apaixonada de um homem que só fora uma sombra na sua vida. Continuou a pensar nele, sobretudo quando chegava o correio sem uma nova carta sua. Tinham-se passado duas semanas de silêncio, quando uma das empregadas a acordou da sesta com um sussurro de alarme:

– Minha senhora – disse-lhe –, está aí o senhor Florentino.

Aí estava. A primeira reação de Fermina Daza foi de pânico. Chegou a pensar dizer não, que voltasse noutro dia a uma hora mais conveniente, que não estava em condições de receber visitas, que não tinham nada de que falar. Mas recompôs-se logo e mandou que o fizessem passar à sala e lhe levassem café enquanto ela se arranjava para o receber. Florentino Ariza tinha esperado à porta da rua, a arder sob o sol infernal das três, mas com as rédeas na mão. Estava preparado para não ser recebido, mesmo que fosse com uma desculpa amável, e essa certeza dava-lhe tranquilidade. Mas a decisão do recado fê-lo estremecer até às entranhas e, ao entrar na sombra fresca da sala, não teve tempo para pensar no milagre que estava a viver, porque as vísceras se lhe encheram então com uma explosão de espuma dolorosa. Sentou-se sem respirar, acometido pela recordação maldita da cagadela de pássaro na sua primeira carta de amor e permaneceu, sem se mexer, na penumbra, enquanto passava a primeira rajada do arrepio, resolvido a aceitar qualquer desgraça nesse momento, menos aquele percalço injusto.

Conhecia-se bem: apesar da sua prisão de ventre congénita, os intestinos tinham-no atraiçoado em público três ou quatro vezes nos seus muitos anos e, nessas três ou quatro vezes, teve de render-se. Só nessas ocasiões e noutras de igual urgência se dava conta da verdade de uma frase que gostava de repetir por brincadeira: «Não acredito em Deus mas tenho medo dele.» Não teve tempo para o pôr em dúvida: fez por rezar qualquer oração de que se lembrasse, mas não a achou. Em criança, outra criança tinha-lhe ensinado umas palavras mágicas para acertar num pássaro com uma pedra: «Tiroliro se não te acerto meto-te um tiro.» Experimentou-as quando foi ao monte pela primeira vez, com uma fisga nova, e o pássaro caiu fulminado. Confusamente pensou que uma coisa tinha algo a ver com a outra e repetiu a fórmula com fervor de oração, mas não surtiu o mesmo efeito. Uma reviravolta das tripas, como um eixo de espiral, levantou-o do assento, a espuma do seu ventre cada vez mais espessa e dolorosa emitiu um queixume e deixou-o coberto de um suor gelado. A criada que lhe levava o café assustou-se com o seu aspeto de morto. Ele suspirou: «É do calor.» Ela abriu a janela, julgando agradar-lhe, mas o sol da tarde deu-lhe em cheio na cara e tiveram de a voltar a fechar. Ele percebera que não aguentaria nem mais um minuto quando apareceu Fermina Daza quase invisível na sombra e se assustou ao vê-lo naquele estado.

– Pode tirar o casaco – disse.

Ter-lhe-ia doído mais do que a cólica mortal se ela tivesse chegado a ouvir o borbulhar das suas tripas. Mas conseguiu sobreviver apenas um momento para dizer que não, que só tinha passado para perguntar quando poderia fazer-lhe uma visita. Ela, de pé, desconcertada, disse-lhe: «Mas se já cá está!» E convidou-o a ir até ao pátio onde faria menos calor. Ele recusou com uma voz que a ela mais lhe pareceu um suspiro de pena.

– Peço-lhe que seja amanhã – disse.

Ela lembrou-se que amanhã era quinta-feira, dia da visita pontual de Lucrecia del Real del Obispo, mas deu-lhe uma solução irrefutável: «Depois de amanhã, às cinco.» Florentino Ariza agradeceu-lhe, fez uma despedida à pressa com o chapéu e saiu sem provar o café. Ela ficou perplexa no meio da sala, sem perceber o que acabava de acontecer, até se extinguir ao fundo da rua o petardear do automóvel. Florentino Ariza procurou então a posição menos dolorosa no assento de trás, fechou os olhos, afrouxou os músculos e entregou-se à vontade do seu corpo. Foi como voltar a nascer. O motorista, que depois de tantos anos ao seu serviço já não se surpreendia com nada, manteve-se impassível. Mas ao abrir-lhe a portinhola diante do portão de casa, disse-lhe:

– Tenha cuidado, Dom Floro, que isso parece a cólera.

Mas era o mesmo de sempre. Florentino Ariza agradeceu-o a Deus na sexta-feira às cinco em ponto, quando a criada o conduziu através da sombra da sala até ao pátio e aí encontrou Fermina Daza ao lado de uma mesinha posta para duas pessoas. Ofereceu-lhe chá, chocolate ou café. Florentino Ariza pediu café, muito quente e muito forte, e ela disse à criada: «Para mim, o costume.» O costume era uma infusão bem carregada de diversas qualidades de chás orientais, que lhe levantava o ânimo depois da sesta. Quando ela acabou com o bule e ele com a cafeteira, já ambos tinham ensaiado e interrompido vários temas, não tanto porque deveras lhes interessassem mas sim para iludir outros em que nem ele nem ela se atreviam a tocar. Estavam os dois intimidados, sem perceberem o que faziam, tão longe da sua juventude, na varanda axadrezada de uma casa de ninguém ainda a cheirar a flores de cemitério. Pela primeira vez estavam um na frente do outro a tão curta distância e com tempo suficiente para se verem em sossego, ao fim de meio século, e ambos se tinham visto tal como eram: dois anciãos com a morte a espreitá-los, sem nada em comum, além da recordação de um passado efémero que já não era deles mas de dois jovens desaparecidos que teriam podido ser seus netos. Ela pensou que ele se ia convencer finalmente da irrealidade do seu sonho e isso redimi-lo-ia da sua impertinência.

Para evitar silêncios incómodos ou temas indesejáveis, ela fez-lhe perguntas óbvias sobre os seus navios fluviais. Parecia mentira que ele, sendo o dono, só tivesse viajado uma vez, há muitos anos, quando não tinha nada a ver com a empresa. Ela não sabia o motivo e ele teria dado a alma para lho dizer. Ela também não conhecia o rio. O marido partilhava a aversão aos ares andinos e disfarçava-a com os argumentos mais variados: os perigos da altitude para o coração, o risco de uma pneumonia, a hipocrisia das pessoas, as injustiças do centralismo. Por isso conheciam meio mundo mas não conheciam o seu país. Atualmente havia um hidroavião Junkers que ia de aldeia em aldeia pela bacia do rio de La Magdalena, como um gafanhoto de alumínio, com dois tripulantes, seis passageiros e as sacas do correio. Florentino Ariza comentou: «É como um caixão a ir pelos ares.» Ela estivera na primeira viagem em balão e não tinha sofrido nenhum sobressalto, mas mal podia acreditar ser a mesma que passou por tal aventura. Disse: «É diferente», querendo dizer que era ela quem tinha mudado, não as maneiras de viajar.

Às vezes o barulho dos aviões surpreendia-a. Tinha-os visto passar muito baixo, a fazerem manobras acrobáticas, no centenário da morte do Libertador. Um deles, preto como uma galinha enorme, passou a roçar pelos telhados das casas de La Manga, deixou um bocado da asa numa árvore próxima e ficou pendurado nos cabos elétricos. Mas nem mesmo assim Fermina Daza assimilara a existência dos aviões. Nem sequer tivera a curiosidade de ir ultimamente à enseada de Manzanillo, onde amaravam os hidroaviões desde que as lanchas da Guarda Fiscal espantavam as canoas dos pescadores e os barcos de recreio, cada vez mais numerosos. Assim, velha como estava, tinham-na escolhido para receber Charles Lindbergh com um ramo de rosas, quando veio no seu voo de boa vontade, e não percebeu como um homem tão grande, tão loiro, tão bonito podia elevar-se num aparelho que parecia de lata amachucada e que dois mecânicos empurraram pela cauda para o ajudar a subir. A ideia de que uns aviões não muito maiores pudessem levar oito pessoas não lhe entrava na cabeça. Pelo contrário, tinha ouvido dizer que os navios fluviais eram uma delícia porque não balouçavam como os do mar, mas enfrentavam outros perigos mais sérios, como os bancos de areia e os assaltos dos bandidos.

Florentino Ariza explicou-lhe que tudo isso eram lendas de outros tempos: os navios atuais tinham um salão de baile, camarotes tão amplos e luxuosos como quartos de hotel, com casa de banho privativa e ventoinhas elétricas, e desde a última guerra civil que já não havia assaltos armados. Explicou-lhe também, com a satisfação de um triunfo pessoal, que estes progressos deviam-se, mais do que a qualquer outra coisa, à liberdade da navegação, pela qual ele tanto se batera, que tinha estimulado a concorrência: em vez de uma única empresa, como dantes, havia três muito ativas e prósperas. Contudo, o rápido progresso da aviação representava um perigo real para todos. Ela tentou consolá-lo: os navios existiriam sempre, porque não eram muitos os doidos dispostos a meterem-se num aparelho que parecia ser contra a natureza. Por fim, Florentino Ariza falou dos avanços do correio, tanto no transporte como na distribuição, numa tentativa de que ela falasse das suas cartas. Mas não o conseguiu.

Pouco depois, porém, a oportunidade chegou espontânea. Tinham-se afastado muito do tema, quando uma criada os interrompeu para entregar a Fermina Daza uma carta recebida nesse momento pelo correio urbano especial, de criação recente, que utilizava o mesmo sistema de distribuição dos telegramas. Ela não encontrou os óculos como sempre acontecia. Florentino Ariza manteve-se sereno.

– Não será necessário – disse. – Essa carta é minha.

Assim era. Tinha-a escrito na véspera, num terrível estado de depressão por não ter podido superar a vergonha da sua primeira visita frustrada. Aí pedia desculpa pela impertinência de a querer visitar sem seu consentimento prévio e desistia da intenção de voltar. Tinha-a deitado no marco sem pensar duas vezes e quando refletiu já era tarde de mais para recuperá-la. No entanto, não lhe pareceram necessárias tantas explicações, e pediu a Fermina Daza o favor de não ler a carta.

– Claro – disse ela. – Ao fim e ao cabo as cartas são de quem as escreve, não acha?

Ele deu um passo decidido:

– Assim é – disse. – Por isso é a primeira coisa que se devolve quando há um rompimento.

Ela passou a referência por alto, e devolveu-lhe a carta, dizendo: «É uma pena que não a possa ler. As outras foram-me muito úteis.» Ele respirou fundo, surpreendido por ela ter dito de um modo tão espontâneo muito mais do que ele esperava, e disse-lhe: «Não imagina como fico feliz por sabê-lo.» Mas ela mudou de assunto e ele não conseguiu reatá-lo no resto da tarde.

Despediu-se passava das seis, quando começaram a acender as luzes da casa. Sentia-se mais seguro mas sem demasiadas ilusões, porque não esquecia o carácter volúvel e as reações imprevistas de Fermina Daza aos vinte anos e não tinha razões para pensar que tivesse mudado. Por isso, atreveu-se a perguntar-lhe com uma humildade sincera se podia voltar noutro dia e a resposta voltou a surpreendê-lo:

– Volte quando quiser – disse ela. – Estou quase sempre sozinha.

Quatro dias depois, na terça-feira, voltou sem se anunciar e ela não esperou que servissem o chá para lhe falar de quanto tinham sido úteis as suas cartas. Ele disse que não eram cartas no sentido estrito, mas folhas soltas de um livro que teria gostado de escrever. Também ela o tinha interpretado dessa maneira. Tanto assim que pensava devolver-lhas, se ele não lho levasse a mal, para que lhes desse melhor destino. Continuou a falar do bem que lhe tinham feito no duro transe que estava a viver, e fazia-o com tanto entusiasmo, com tanta gratidão, talvez com tanto afeto que Florentino Ariza se atreveu a dar algo mais do que um passo decidido: um salto mortal.

– Antigamente tratavamo-nos por tu.

Era uma palavra proibida: «antigamente». Ela sentiu passar o anjo quimérico do passado e fez por evitá-lo. Mas ele foi mais a fundo: «Quero dizer, nas nossas cartas de antes.» Ela ficou aborrecida e teve de fazer um grande esforço para que não se lhe notasse. Ele notou e percebeu que tinha de avançar com mais tato, ainda que o percalço lhe mostrasse que ela continuava a ser tão arisca como quando era jovem, embora tivesse aprendido a sê-lo com doçura.

– Quero dizer – disse ele – que estas cartas são uma coisa muito diferente.

– Tudo mudou no mundo – disse ela.

– Eu não – disse ele. – E a senhora?

Ela ficou com a segunda chávena de chá a meio do caminho e fustigou-o com uns olhos que tinham sobrevivido à inclemência.

– Tanto dá – disse. – Acabo de fazer setenta e dois anos.

Florentino Ariza recebeu a pancada em cheio no coração. Tinha querido encontrar uma resposta com a rapidez e o instinto de uma seta, mas venceu-o o peso da idade: nunca se tinha sentido tão esgotado com uma conversa tão breve, doía-lhe o coração, e cada latejo repercutia com uma ressonância metálica nas suas artérias. Sentiu-se velho, triste, inútil, e com uma vontade tão urgente de chorar que não conseguiu dizer mais nada. Acabaram a segunda chávena num silêncio sulcado por presságios e quando ela voltou a falar foi para pedir a uma criada que lhe levasse a pasta das cartas. Ele esteve prestes a pedir-lhe que as guardasse para ela, pois tinha cópias de papel químico, mas pensou que esta precaução não lhe pareceria nobre. Não havia mais nada que dizer. Antes de se despedir, sugeriu voltar na terça-feira seguinte à mesma hora. Ela perguntou-se se deveria ser tão condescendente.

– Não vejo que sentido teria tantas visitas – disse.

– Eu não pensei que tivessem algum – disse ele.

De modo que voltou na terça-feira às cinco, e depois todas as terças-feiras seguintes, sem a convenção de anunciar-se porque as visitas semanais tinham entrado na rotina dos dois ao fim do segundo mês. Florentino Ariza levava bolachinhas inglesas para o chá, castanhas em calda, azeitonas gregas, pequenas delícias de salão que descobria nos transatlânticos. Numa terça-feira levou-lhe a cópia do retrato dela com Hildebranda, tirada pelo fotógrafo belga há mais de meio século, que ele tinha comprado por quinze cêntimos num saldo de postais no Portal dos Escrivães. Fermina Daza não conseguiu perceber como tinha chegado ali nem ele o pôde entender senão como um milagre do amor. Certa manhã, enquanto cortava rosas no seu jardim, Florentino Ariza não conseguiu resistir à tentação de lhe levar uma na sua próxima visita. Foi um problema difícil na linguagem das flores por se tratar de uma viúva recente. Uma rosa vermelha, símbolo de paixão em chamas, podia ser ofensiva para o seu luto, as flores amarelas, que noutra linguagem eram as flores da boa sorte, eram expressão de ciúmes na linguagem comum. Já lhe haviam falado das rosas negras da Turquia, que talvez fossem as mais indicadas, mas não tinha conseguido obtê-las para as aclimatar ao seu pátio. Depois de muito pensar arriscou uma rosa banca, de que gostava menos do que das outras por serem insípidas e taciturnas: não diziam nada. À última hora, para o caso de Fermina Daza ter a malícia de lhes atribuir algum significado, tirou-lhe os espinhos.

Foi bem recebida, como uma oferta sem intenções ocultas, e assim se enriqueceu o ritual das terças-feiras. E de tal maneira que, quando ele chegava com a rosa branca, já estava preparada uma jarra com água no centro da mesinha do chá. Uma terça-feira qualquer, ao pôr a rosa, ele disse de uma forma que parecesse natural:

– Nos nossos tempos não se usavam rosas mas sim camélias.

– É verdade – disse ela –, mas a intenção era outra e você sabe-o.

Assim foi sempre: ele tentava avançar e ela cortava-lhe o passo. Mas, nesta ocasião, apesar da resposta pontual, Florentino Ariza percebeu que tinha acertado no alvo, porque ela teve de virar a cara para que não lhe notasse o rubor. Um rubor ardente, juvenil, com vida própria, cuja impertinência lhe remexeu o desagrado consigo mesma. Florentino Ariza teve o cuidado de passar para outros assuntos menos ásperos, mas a sua gentileza foi tão evidente que ela sentiu-se descoberta e isso aumentou a sua raiva. Foi uma terça-feira má. Ela esteve prestes a pedir-lhe que não voltasse, mas a ideia de um arrufo de namorados pareceu-lhe tão ridícula na idade e situação deles, que lhe deu um ataque de riso. Na terça-feira seguinte, quando Florentino Ariza punha a rosa na jarra, ela fez um exame de consciência e comprovou, com alegria, que não guardava o menor vestígio de ressentimento da semana anterior.

As visitas depressa começaram a adquirir uma incómoda amplitude familiar, pois o doutor Urbino Daza e a mulher apareciam às vezes, como que por acaso, e ficavam a jogar às cartas. Florentino Ariza não sabia jogar, mas Fermina ensinou-o numa única visita e os dois enviaram ao casal Urbino Daza um desafio por escrito para a terça-feira seguinte. Estes encontros eram tão agradáveis para todos que se oficializaram com tanta rapidez como as visitas, e estabeleceram-se regras para o que cada um tinha de levar. O doutor Urbino Daza e a mulher, que era uma excelente pasteleira, contribuíam com bolos originais, sempre diferentes.

Florentino Ariza continuou a levar as curiosidades que encontrava nos barcos da Europa, e Fermina Daza arranjava sempre maneira de ter uma surpresa todas as semanas. Os torneios jogavam-se na terceira terça-feira de cada mês, e não se faziam apostas em dinheiro, mas o que perdesse tinha de trazer uma contribuição especial para a partida seguinte.

O doutor Urbino correspondia à sua imagem pública: era de escassos recursos, de modos bruscos e tinha uns sobressaltos repentinos, quer fosse de alegria ou de desgosto, e uns rubores inoportunos que faziam recear pelo seu vigor mental. Mas era, sem dúvida alguma, e notava-se-lhe de mais logo à primeira vista, o que Florentino Ariza mais temia que se dissesse dele: um bom homem. A mulher, pelo contrário, tinha uma vivacidade e uma centelha de plebeia, oportuna e certeira, que dava um toque mais humano à sua elegância. Não se podia desejar melhores parceiros para jogar às cartas e a insaciável necessidade de amor de Florentino Ariza ficou satisfeita pela ilusão de se sentir em família.

Certa noite, ao saírem juntos de casa, o doutor Urbino Daza pediu-lhe que almoçasse com ele: «Amanhã, ao meio-dia e meia em ponto, no Clube Social.» Era um manjar sofisticado com um vinho envenenado: o Clube Social reservava-se o direito de admissão por razões várias, e uma das mais importantes era a condição de filho de pai incógnito. O tio Leão XII tivera experiências irritantes nesse sentido e o próprio Florentino Ariza passara pela vergonha de o mandarem sair quando já se encontrava sentado à mesa, a convite de um dos sócios fundadores. Este, a quem Florentino Ariza fazia favores difíceis no comércio fluvial, não teve outro remédio senão levá-lo a almoçar a outro lado.

– Nós, que fazemos os regulamentos, somos os que temos mais obrigação de os cumprir – disse-lhe.

Não obstante, Florentino Ariza correu o risco com o doutor Urbino Daza, e foi recebido com um tratamento especial, ainda que não lhe tivessem pedido para assinar o livro dos convidados ilustres. O almoço foi rápido, os dois sozinhos, e decorreu em tom baixo. Os temores, que inquietavam Florentino Ariza desde a tarde anterior em relação àquele encontro, dissiparam-se com o cálice de vinho do Porto do aperitivo. O doutor Urbino Daza queria falar-lhe da mãe. Por tudo quanto lhe disse, Florentino Ariza apercebeu-se de que ela lhe tinha falado dele. E ainda uma coisa mais surpreendente: mentira a seu favor. Contou-lhe que eram amigos desde crianças, que brincavam juntos desde que ela chegara de San Juan de la Ciénaga, que fora ele quem a iniciara nas primeiras leituras, pelo que tinha para com ele uma velha gratidão. Havia-lhe dito também que, frequentemente, ao sair da escola, passava muitas horas com Tránsito Ariza a fazer prodígios de bordados na loja, pois era uma professora eminente, e que se não continuara a ver Florentino Ariza com a mesma frequência, não tinha sido por sua vontade mas sim devido à divergência das suas vidas.

Antes de chegar ao fundo das suas intenções, o doutor Urbino Daza fez algumas divagações sobre a velhice. Pensava que o mundo andaria mais depressa sem o estorvo dos anciãos. Disse: «A humanidade, como os exércitos em campanha, avança à velocidade do mais lento.» Previa um futuro mais humanitário, e por isso mesmo mais civilizado, em que os seres humanos fossem isolados em cidades marginais, de onde não se pudessem valer de si mesmos, para evitar-lhes a vergonha, o sofrimento, a solidão espantosa da velhice. Do ponto de vista médico, o limite podiam ser os sessenta anos. Mas, enquanto não se chegasse a esse nível de caridade, a única solução eram os asilos, onde os velhos se consolavam uns aos outros, identificavam-se nos seus gostos e nas suas aversões, nas suas alegrias e tristezas, a salvo das discórdias naturais com as gerações seguintes. Disse: «Os velhos, entre velhos, são menos velhos.» Pois bem: o doutor Urbino Daza queria agradecer a Florentino Ariza a boa companhia que fazia à sua mãe na solidão da viuvez, rogava-lhe que continuasse a fazê-lo para bem de ambos e comodidade de todos, e que tivesse paciência com os seus humores senis. Florentino Ariza sentiu-se aliviado com a solução da entrevista. «Esteja descansado», disse-lhe. «Sou quatro anos mais velho do que ela, e não só agora, mas desde antes, muito antes de você ter nascido.» Então, cedeu à tentação de desabafar com uma pincelada de ironia.

– Na sociedade do futuro – concluiu – você teria de ir agora ao cemitério, para nos levar, a ela e a mim, um ramo de antúrios para o almoço.

O doutor Urbino não tinha reparado até então na inconveniência da sua profecia e acabou por se meter num desfiladeiro de explicações que acabaram por baralhá-lo. Mas Florentino Ariza ajudou-o a sair. Estava radiante porque sabia que mais cedo ou mais tarde teria um encontro como aquele com o doutor Urbino Daza, para cumprir uma condição social inevitável: o pedido formal da mão da sua mãe. O almoço foi muito encorajador, não só pelo motivo em si, mas porque lhe demonstrou como seria fácil e bem recebido aquele pedido inexorável. Se tivesse contado com o consentimento de Fermina Daza, nenhuma ocasião teria sido mais propícia. Mais ainda: depois do que tinham falado durante aquele almoço histórico, o formalismo do pedido ficava a mais.

Florentino Ariza subia e descia as escadas com um cuidado especial, mesmo quando jovem, porque sempre tinha achado que a velhice começava com uma primeira queda sem importância e a morte seguia-se com a segunda. Parecia-lhe que a escada mais perigosa de todas era a do seu escritório, por ser empinada e de degraus estreitos, e mesmo muito antes de ter de fazer um esforço para não arrastar os pés subia-a olhando bem para os degraus e agarrado ao corrimão com as duas mãos. Sugeriram-lhe muitas vezes que a trocasse por outra de menor risco, mas a decisão ficava sempre para o mês seguinte, porque lhe parecia que isso seria uma concessão à velhice. À medida que os anos passavam, demorava mais a subir, não porque tivesse mais dificuldade, como ele se apressava a explicar, mas porque cada vez subia com mais cautela. No entanto, naquela tarde, ao regressar do almoço com o doutor Urbino Daza, depois do cálice de vinho do Porto do aperitivo e do meio copo de vinho tinto à refeição, e sobretudo depois da conversa triunfal, tentou chegar ao terceiro degrau com um passo de dança tão juvenil que torceu o tornozelo esquerdo, caiu de costas e não se matou por milagre. No momento em que caía teve a lucidez suficiente para pensar que não ia morrer por causa daquilo, porque não era possível, na lógica da vida, que dois homens que tinham amado tanto durante tantos anos a mesma mulher pudessem morrer da mesma maneira apenas com um ano de diferença. Teve razão. Puseram-lhe uma couraça de gesso do pé à barriga da perna e obrigaram-no a ficar imobilizado na cama, mas continuou mais vivo do que antes da queda. Quando o médico lhe ordenou os sessenta dias de invalidez, não conseguia acreditar em tão grande desdita.

– Não me faça isto, doutor – implorou-lhe. – Dois meses dos meus são como dez anos dos seus.

Várias vezes tentou levantar-se segurando na perna de estátua com as duas mãos, mas a realidade venceu-o sempre. E quando, finalmente, voltou a andar com o tornozelo ainda dorido e as costas em carne viva, teve motivos de sobra para acreditar que o destino tinha premiado a sua perseverança com uma queda providencial.

O pior dia foi a primeira segunda-feira. A dor havia cedido e o prognóstico do médico era muito animador, mas ele negava-se a aceitar o fatalismo de não ver Fermina Daza na tarde seguinte, pela primeira vez em quatro meses. Não obstante, depois de uma sesta de resignação, submeteu-se à realidade e escreveu-lhe um bilhete de desculpas. Escreveu-o à mão, em papel perfumado e com tinta luminosa para se ler no escuro, e dramatizou sem pudores a gravidade do percalço, tentando suscitar-lhe compaixão. Ela respondeu-lhe dois dias depois, muito comovida, muito amável, mas sem uma palavra a mais nem a menos, como nos grandes dias do amor. Ele agarrou a oportunidade com as duas mãos e voltou a escrever-lhe. Quando ela lhe respondeu pela segunda vez, ele decidiu ir muito mais longe do que nas conversas cifradas das terças-feiras, e mandou instalar um telefone ao pé da cama, sob o pretexto de controlar o andamento diário da empresa. Pediu à telefonista da central que o pusesse em comunicação com o número de três algarismos que sabia de cor desde a primeira vez que lhe tinha telefonado. A voz de timbre apagado, tensa pelo mistério da distância, a voz amada respondeu, reconheceu a outra voz, e despediu-se após três frases convencionais de cumprimentos. Florentino Ariza ficou desconsolado com a sua indiferença: estavam outra vez no princípio.

Dois dias depois, porém, recebeu uma carta de Fermina Daza onde lhe rogava que não voltasse a telefonar-lhe. As suas razões eram válidas. Havia tão poucos telefones na cidade que a comunicação fazia-se através de uma telefonista que conhecia todos os assinantes, a sua vida e os seus enredos, e não tinha importância que não estivessem em casa: encontrava-os onde quer que estivessem. Em troca de tanta eficiência, mantinha-se a par das conversas, descobria os segredos da vida privada, os dramas mais bem guardados e não raras vezes interferia num diálogo para apresentar o seu ponto de vista ou acalmar os ânimos. Por outro lado, ao longo daquele ano tinha sido fundado o *La Justicia*, um vespertino cuja única finalidade era fustigar as famílias de apelidos ilustres, revelando nomes próprios e sem considerações de nenhum género, como represália do proprietário porque os seus filhos não tinham sido admitidos no Clube Social. Apesar da transparência da sua vida, Fermina Daza estava mais do que nunca atenta a tudo que se dizia e fazia, mesmo com as amizades íntimas. De modo que continuou ligada a Florentino Ariza pelo fio anacrónico das cartas. A correspondência de ida e volta chegou a ser tão frequente e intensa que ele esqueceu-se da perna, do castigo da cama, esqueceu-se de tudo e consagrou-se completamente a escrever, numa mesinha portátil das que se usam nos hospitais para as refeições dos doentes.

Voltaram a tratar-se por tu, voltaram a trocar comentários sobre as suas vidas como nas cartas de antigamente, mas Florentino Ariza voltou a ir depressa demais: escreveu o nome dela com furos de alfinete nas pétalas de uma camélia e mandou-lha numa carta. Dois dias depois recebeu-a de volta sem nenhum comentário. Fermina Daza não podia evitá-lo: tudo aquilo lhe pareciam criancices. E mais ainda quando Florentino Ariza persistiu em evocar as tardes de versos melancólicos no Parque dos Evangelhos, os esconderijos das cartas no caminho da escola, as aulas de bordado sob as amendoeiras. Com a dor na alma, ela pô-lo no seu lugar com uma pergunta que parecia casual no meio de outros comentários triviais: «Porque te empenhas em falar do que não existe?» Mais tarde repreendeu-lhe a teimosia estéril de não se deixar envelhecer com naturalidade. Essa era, segundo ela, a causa do seu mergulho e dos descalabros constantes na evocação do passado. Não percebia como um homem capaz de fazer as reflexões que tanto apoio lhe tinham dado para sobreviver à viuvez, se baralhava daquela maneira infantil quando se tratava de as aplicar à sua própria vida. Os papéis inverteram-se. Então foi ela quem tentou dar-lhe novo ânimo para encarar o futuro, com uma frase que ele, na sua pressa atarantada, não conseguiu decifrar: «Deixa passar o tempo e veremos o que ele nos traz.» Pois nunca foi tão bom aluno como ela. A imobilidade forçada, a certeza cada dia mais lúcida da brevidade do tempo, a vontade louca de a ver, tudo lhe demonstrava que os seus receios de uma queda tinham sido mais acertados e trágicos do que havia previsto. Pela primeira vez começou a pensar, de um modo racional, na realidade da morte.

Leona Cassiani ajudava-o a tomar banho e a mudar de pijama de dois em dois dias, aplicava-lhe clisteres, punha-lhe a arrastadeira, aplicava-lhe compressas de arnica nas úlceras das costas, fazia-lhe massagens, por conselho do médico, para evitar que a imobilidade lhe trouxesse outros males piores. Aos sábados e domingos substituía-a América Vicuña que em dezembro daquele ano receberia o seu diploma de professora. Ele tinha prometido mandá-la para um curso superior no Alabama, por conta da companhia fluvial, em parte para amordaçar a consciência e, sobretudo, para não enfrentar as recriminações que ela não sabia como fazer, nem as explicações que ele lhe estava a dever. Nunca imaginou quanto ela sofria nas suas insónias no internato, nos seus fins de semana sem ele, na sua vida sem ele, porque nunca imaginou quanto o amava. Sabia por uma carta oficial do colégio que do primeiro lugar que sempre tinha ocupado passara para o último, e estava a ponto de ser reprovada nos exames finais. Mas ignorou o seu dever de encarregado de educação: não disse nada aos pais de América Vicuña, impedido por um sentimento de culpa que tentava escamotear, nem o comentou sequer com ela, pelo receio bem fundado de que pretendesse implicá-lo no seu fracasso. Por isso deixou as coisas como estavam. Sem se dar conta, começava a adiar os seus problemas na esperança de que a morte os resolvesse.

Não só as duas mulheres que tratavam dele, mas o próprio Florentino Ariza, se surpreendiam com o quanto se havia modificado. Apenas dez anos antes tinha assaltado uma das criadas por trás da escada principal da casa, vestida e de pé, e em menos tempo do que um galo filipino deixou-a em estado de graça. Teve que presenteá-la com uma casa mobilada para que ela jurasse que o autor da sua desonra era um vago noivo de domingo, que nem sequer a tinha beijado, e o pai e tios dela, que eram bons segadores de cana, obrigaram-nos a casar. Não parecia ser o mesmo homem, aquele que ali se encontrava a ser virado do direito e do avesso por duas mulheres que apenas há uns meses o faziam tremer de amor, que o ensaboavam por cima e por baixo, secavam-no com toalhas de algodão egípcio e davam-lhe massagens em todo o corpo, sem que ele soltasse um suspiro de perturbação. Cada um tinha uma explicação diferente para o seu fastio. Leona Cassiani pensava que eram os prelúdios da morte. América Vicuña atribuía-lhe uma origem oculta cujo rasto não conseguia descortinar. Só ele sabia a verdade e tinha nome próprio. De todos os modos era injusto: mais padeciam elas a servi-lo do que ele sendo tão bem servido.

Só três terças-feiras bastaram para que Fermina Daza se desse conta da falta que lhe faziam as visitas de Florentino Ariza. Passava muito bem o seu tempo com as amigas assíduas e ainda melhor à medida que o tempo a afastava dos hábitos do marido. Lucrecia del Real del Obispo tinha ido ao Panamá tratar de uma dor de ouvido que não passava com nada e voltou muito aliviada ao fim de um mês, mas a ouvir menos do que antes, com uma cornetinha que punha na orelha. Fermina Daza era a amiga que melhor tolerava as suas confusões de perguntas e respostas e isto era de tal modo estimulante para Lucrecia que quase não havia dia que não aparecesse por lá a qualquer hora. Mas Fermina Daza não pôde substituir com ninguém as tardes calmantes de Florentino Ariza.

A memória do passado não redimia o futuro, como ele teimava em crer. Pelo contrário: fortalecia a convicção que Fermina Daza teve sempre de que aquela agitação febril dos vinte anos tinha sido algo de muito nobre e de muito belo, mas não amor. Apesar da sua franqueza crua não tinha intenções de lho revelar, nem por carta nem pessoalmente, nem tinha coragem para lhe dizer como lhe soavam a falso os sentimentalismos das suas cartas depois de ter conhecido o prodígio de consolação das suas meditações escritas, como o desvalorizavam as suas mentiras líricas e quanto prejudicava a sua causa aquela insistência maníaca de resgatar o passado. Não: nenhuma linha das suas cartas de antigamente nem nenhum momento da sua própria juventude aborrecida lhe haviam feito sentir que as tardes de uma terça-feira pudesssem ser tão dilatadas como na realidade o eram sem ele, tão solitárias e indescritíveis sem ele.

Num dos seus arranques de simplificação, ela mandara para as cavalariças a radiola que o marido lhe oferecera num dos seus aniversários e que ambos tinham pensado doar ao museu por ter sido a primeira que chegou à cidade.

Nas sombras do seu luto resolvera não voltar a usá-la, pois uma viúva com os seus apelidos não podia ouvir música de nenhum género sem ofender a memória do falecido, mesmo que fosse na intimidade. Mas depois da terceira terça-feira de abandono, mandou que a levassem outra vez para a sala, não para fruir das canções sentimentais da emissora de Riobamba, como antes, mas para encher as suas horas mortas com as novelas lacrimosas de Santiago de Cuba. Foi uma decisão muito acertada pois quando nasceu a filha tinha começado a perder o hábito da leitura que o marido com tanta aplicação lhe inculcara desde a viagem de núpcias e, com o cansaço progressivo da vista, perdeu-o por completo, até ao ponto de passar meses sem saber onde estavam os óculos.

Dedicou-se de tal maneira aos folhetins radiofónicos de Santiago de Cuba, que todos os dias esperava com ansiedade a continuação dos capítulos. De vez em quando ouvia as notícias para saber o que se passava pelo mundo e, nas poucas ocasiões em que ficava sozinha em casa, escutava com o volume muito baixo, remotos e nítidos, os merengues de São Domingos e as *plenas*[1] de Porto Rico. Uma noite, numa estação desconhecida que irrompeu logo com tanta força e tanta clareza como se estivesse na casa ao lado, ouviu uma notícia atroz: um casal de velhos, que repetia a sua lua-de-mel no mesmo lugar de há quarenta anos, tinha sido assassinado à paulada, com um remo, pelo barqueiro que os levava a passear, para lhes roubar o dinheiro que tinham: catorze dólares. Ficou muito mais impressionada quando Lucrecia del Real del Obispo lhe contou a história completa publicada no jornal local. A polícia tinha descoberto que os anciãos mortos à paulada, ela de setenta e oito anos e ele de oitenta e quatro, eram dois amantes clandestinos que passavam as férias juntos há quarenta anos, mas os dois tinham os seus respetivos casamentos, estáveis e felizes, e com famílias numerosas. Fermina Daza,

[1] Música popular porto-riquenha. *(N. da T.)*

que nunca chorara com os folhetins radiofónicos, teve de reprimir o nó de lágrimas que se lhe atravessou na garganta. Na carta seguinte, Florentino Ariza mandou-lhe, sem qualquer comentário, o recorte do jornal com a notícia.

Não eram as últimas lágrimas que Fermina Daza reprimiria. Florentino Ariza não tinha cumprido os sessenta dias de reclusão quando o *La Justicia* revelou a toda a largura da primeira página e com fotografias dos protagonistas, os supostos amores ocultos do doutor Juvenal Urbino e Lucrecia del Real del Obispo. Especulava-se sobre os pormenores da relação, a sua frequência e modo, e sobre a complacência do esposo, entregue a desaforos de sodomia com os negros do seu engenho de açúcar. A notícia, publicada com letras enormes e tinta de sangue, ribombou como o trovão de um cataclismo na desunida aristocracia local. No entanto, não havia nem uma linha verdadeira: Juvenal Urbino e Lucrecia del Real del Obispo eram amigos íntimos desde os seus anos de solteiros e continuaram a sê-lo depois de casados, mas nunca foram amantes. Em todo o caso, não parecia que a publicação tivesse o propósito de manchar o nome do doutor Juvenal Urbino, cuja memória gozava do respeito unânime, mas sim o de prejudicar o marido de Lucrecia del Real, eleito presidente do Clube Social na semana anterior. O escândalo foi abafado em poucas horas, mas Lucrecia del Real não voltou a visitar Fermina Daza, e esta interpretou-o como um reconhecimento de culpa.

Contudo, depressa se viu que nem Fermina Daza estava a salvo dos riscos da sua classe. O *La Justicia* assanhou-se contra ela pelo seu único flanco débil: os negócios do pai. Quando este teve de se exilar à força, ela conheceu num só episódio os seus negócios escuros, tal como lho contou Gala Placidia. Mais tarde, quando o doutor Urbino lho confirmou, depois da entrevista com o governador, ficou convencida de que o pai tinha sido vítima de uma infâmia. O sucedido foi que dois agentes do governo tinham-se apresentado com um mandado de busca na casa do Parque dos Evangelhos, revistaram-na de cima a baixo sem encontrar o que procuravam e, por fim, mandaram abrir o roupeiro com portas de espelho do antigo quarto de Fermina Daza. Gala Placidia, sozinha em casa e sem maneira de prevenir ninguém, negou-se a abri-lo com o pretexto de que não tinha as chaves. Então, um dos agentes partiu o espelho das portas com a coronha do revólver e descobriu que entre o vidro e a madeira havia um espaço completamente cheio de notas falsas de cem dólares. Este foi o culminar de uma série de pistas que conduziam a Lorenzo Daza como o último elo de uma vasta operação internacional. Era uma fraude de mestre, pois as notas ostentavam as marcas de água do papel original: tinham apagado notas de um dólar por um processo químico que parecia um truque de magia e haviam impresso em seu lugar notas de cem. Lorenzo Daza alegou que o roupeiro fora comprado muito depois do casamento da filha e que devia ter chegado lá a casa com as notas escondidas, mas a polícia confirmou que se encontravam lá desde os tempos em que Fermina Daza andava no colégio. Ninguém exceto ele próprio poderia ter escondido a fortuna falsa atrás dos espelhos. Essa foi a única coisa que o doutor Juvenal Urbino contou à mulher, quando se comprometeu com o governador a mandar o sogro de regresso à sua terra natal para encobrir o escândalo. Mas o jornal contava muito mais.

Contava que durante uma das muitas guerras civis do século anterior, Lorenzo Daza tinha sido intermediário entre o governo do presidente liberal Aquileo Parra e um tal Joseph K. Korzeniowski, de origem polaca, que se demorou por aqui vários meses na tripulação do navio mercante *Saint Antoine*, de bandeira francesa, a tentar explicar um confuso negócio de armas. Korzeniowski, que mais tarde se tornaria célebre em todo o mundo sob o nome de Joseph Conrad, contactou, ninguém soube como, com Lorenzo Daza, que lhe comprou o carregamento de armas por conta do governo, com as credenciais e recibos em ordem e pago com ouro de lei. Segundo a versão do jornal, Lorenzo Daza deu as armas como desaparecidas num assalto improvável e voltou a vendê-las pelo dobro do seu preço real aos conservadores em guerra contra o governo.

Contava também o *La Justicia* que Lorenzo Daza comprou a um preço muito baixo um carregamento de botas excedentárias do Exército inglês, nos tempos em que o general Rafael Reyes fundou a Marinha de Guerra, e com essa única operação duplicou a sua fortuna em seis meses. Segundo o jornal, quando o carregamento chegou a este porto, Lorenzo Daza negou-se a recebê-lo porque só vinham as botas do pé direito, mas foi o único interessado quando a alfândega o rematou em leilão, de acordo com as leis vigentes, e o comprou por uma quantia simbólica de cem pesos. Por essa mesma época, um cúmplice seu comprou em condições idênticas o carregamento de botas esquerdas, que chegara pela alfândega de Riohacha. Uma vez emparelhadas, Lorenzo Daza valeu-se do seu parentesco por afinidade com os Urbino de la Calle, e vendeu as botas à nova Marinha de Guerra com um lucro da ordem dos dois mil por cento.

A informação do *La Justicia* acabava dizendo que Lorenzo Daza não abandonou San Juan de la Ciénaga no fim do século anterior em busca de melhores ares para o futuro da filha, como gostava de dizer, mas por ter sido surpreendido na próspera indústria de misturar tabaco de importação com papel picado, e de maneira tão hábil que nem os fumadores mais refinados davam pelo engano. Também revelava o seu vínculo a uma empresa internacional clandestina, cuja atividade mais florescente em finais do século anterior tinha sido a introdução ilegal de chineses a partir do Panamá. Em compensação, o suspeito negócio de mulas, que tanto tinha prejudicado a sua reputação, parecia ser o único honesto que alguma vez tivera.

Quando Florentino Ariza deixou a cama, com as costas em chaga e pela primeira vez com uma sólida bengala em vez do guarda-chuva, a sua primeira saída foi a casa de Fermina Daza. Achou-a irreconhecível, com os estragos da idade à flor da pele e com um ressentimento que lhe retirara a vontade de viver. O doutor Urbino Daza, nas duas visitas que fez a Florentino Ariza durante o seu exílio, falara-lhe da consternação que os dois artigos do *La Justicia* haviam causado à mãe. O primeiro provocou-lhe uma fúria tão insensata pela infidelidade do marido e pela traição da amiga, que renunciou ao hábito de visitar o mausoléu familiar um domingo por mês, porque a transtornava o facto de ele não poder ouvir de dentro do caixão os impropérios que lhe queria gritar: zangou-se com o falecido. A Lucrecia del Real, mandou dizer por quem lho quisesse dizer, que se conformasse com a consolação de ter tido pelo menos um homem entre tanta gente que lhe tinha passado pela cama. Do artigo sobre Lorenzo Daza não era possível saber o que a afetava mais, se o artigo em si, se a descoberta tardia da verdadeira identidade do pai. Mas uma das duas, ou ambas, tinham-na aniquilado. O cabelo cor de bronze, que tanto enobrecia o seu rosto, parecia então de barbas de milho amarelecidas, e os belos olhos de pantera não recuperaram o brilho de outros tempos nem com o esplendor da fúria. A decisão de não continuar viva notava-se-lhe em cada gesto. Havia muito que tinha renunciado ao hábito de fumar, fechada na casa de banho ou de qualquer outra maneira, mas reincidiu pela primeira vez em público e com uma voracidade desenfreada, ao princípio com cigarros que ela mesma enrolava, como sempre gostara de fazer, e depois com os mais ordinários que se encontravam à venda, porque já não tinha tempo nem paciência para os amortalhar. Outro homem que não Florentino Ariza ter-se-ia perguntado o que poderia trazer o futuro a um velho como ele, coxo e com as costas em brasa com esfoladuras de burro, e a uma mulher que já não ansiava por outra felicidade que não fosse a morte. Mas ele não. Ele resgatou uma luzinha de esperança entre os escombros do desastre, pois pareceu-lhe que a desgraça de Fermina Daza lhe dava magnitude, a raiva, a beleza e o rancor contra o mundo tinham-lhe devolvido o carácter agreste dos vinte anos.

Fermina Daza tinha mais um motivo de gratidão para com Florentino Ariza, porque com base nos artigos infames, ele havia enviado uma carta exemplar ao jornal *La Justicia*, sobre a responsabilidade ética da imprensa e o respeito pela honra alheia. Não foi publicada, mas o autor mandou uma cópia a *El Diario del Comercio*, o mais antigo e sério do litoral caribenho e este destacou-a na primeira página. Estava assinada com o pseudónimo «Júpiter» e era tão arrazoada, incisiva e bem escrita que foi atribuída a alguns dos escritores mais eminentes da província. Foi uma voz solitária no meio do oceano, mas ouviu-se muito fundo e muito longe. Fermina Daza soube quem era o autor sem que ninguém lho dissesse, porque reconheceu algumas ideias e até uma frase literal das reflexões morais de Florentino Ariza. De modo que o recebeu com um afeto revigorado na desordem do seu abandono. Foi por essa altura que América Vicuña, encontrando-se sozinha certa tarde de sábado num dos quartos da Rua das Janelas, sem ter procurado descobriu, por mero acaso, dentro de um armário sem chave, as cópias datilografadas das meditações de Florentino Ariza e as cartas manuscritas de Fermina Daza.

O doutor Urbino Daza alegrou-se com o reatar das visitas que tanto alentavam a mãe. Ao contrário de Ofelia, a irmã, que voltou no primeiro barco de fruta para Nova Orleães assim que soube que a mãe mantinha uma amizade estranha com um homem cuja qualificação moral não era das melhores. O seu alarme chegou ao rubro logo na primeira semana quando se apercebeu do grau de familiaridade e domínio com que Florentino Ariza entrava em casa, e dos cochichos e arrufos breves de namorados com que decorriam as visitas até já a noite ir adiantada. O que para o doutor Urbino Daza era uma saudável afinidade de dois velhos solitários, para ela era uma forma viciosa de concubinato secreto. Assim fora sempre Ofelia Urbino, mais parecida com Dona Blanca, sua avó paterna, do que se tivesse sido sua filha. Como ela era distinta. Como ela era altiva. E como ela vivia à mercê dos preconceitos. Não era capaz de conceber a inocência de uma amizade entre um homem e uma mulher nem aos cinco anos de idade nem, muito menos, aos oitenta. Numa discussão aguerrida que teve com o irmão disse que a única coisa que faltava para que Florentino Ariza acabasse de consolar a mãe era que se metesse com ela na sua cama de viúva. O doutor Urbino Daza não tinha coragem para lhe fazer frente, nunca tinha tido, mas a sua mulher intercedeu com uma justificação serena do amor em qualquer idade. Ofelia perdeu as estribeiras.

– O amor é ridículo na nossa idade – gritou-lhe –, mas na idade deles é uma obscenidade.

Empenhou-se com tais ímpetos a afugentar Florentino Ariza lá de casa que chegou aos ouvidos de Fermina Daza. Chamou-a ao quarto, como sempre que queria falar sem as criadas ouvirem, e pediu-lhe que repetisse as suas recriminações. Ofelia não lhas adoçou: estava certa de que Florentino Ariza, cuja fama de pervertido era sabida por toda a gente, perseguia uma relação equívoca, mais prejudicial para o bom nome da família do que as façanhices de Lorenzo Daza ou as aventuras ingénuas de Juvenal Urbino. Fermina Daza escutou-a sem dizer palavra, sem pestanejar sequer, mas quando acabou de a ouvir era outra: estava de regresso à vida.

– Só tenho pena é de não ter forças para te dar a sova que mereces, por seres tão atrevida e cheia de malícia – disse-lhe. – Mas agora mesmo vais sair desta casa e juro-te pelos restos da minha mãe, que não voltarás a pisá-la enquanto eu for viva.

Não houve nada que a dissuadisse. Entretanto Ofelia foi viver para casa do irmão e de lá lhe enviou todo o tipo de súplicas com emissários à altura. Mas foi inútil. Nem a mediação do filho nem a intervenção das amigas conseguiu demovê-la. À nora, com quem manteve sempre uma certa cumplicidade popular, fez-lhe por fim uma confidência na linguagem florida dos seus melhores anos: «Há cem anos, cagaram-me a vida com esse pobre homem porque éramos demasiado jovens e agora querem-no repetir porque somos demasiado velhos.» Acendeu um cigarro com a beata do outro e deitou para fora o resto do veneno que lhe roía as entranhas.

– Que vão todos à merda – disse. – Se nós, as viúvas, temos alguma vantagem é a de não ter ninguém que mande em nós.

Não houve nada a fazer. Quando, por fim, se convenceu de que estavam esgotadas todas as instâncias, Ofelia voltou a Nova Orleães. A única coisa que conseguiu da mãe foi que se despedisse dela, e Fermina Daza aceitou, depois de muitos rogos, mas sem lhe permitir que entrasse em casa: tinha-o jurado pelos ossos da mãe, que para ela, naqueles dias de trevas, eram os únicos que estavam limpos.

Numa das suas primeiras visitas, falando dos seus barcos, Florentino Ariza tinha feito a Fermina Daza um convite formal para que fizesse uma viagem de repouso pelo rio. Com mais um dia de comboio podia ir até à capital da República, que eles, como a maioria dos caribenhos da sua geração, continuavam a chamar pelo nome que tinha tido até ao século anterior: Santa Fé. Mas ela conservava os vícios do esposo e não queria conhecer uma cidade gelada e sombria onde as mulheres só saíam de casa para ir à missa das cinco, e não podiam entrar nas geladarias nem nas repartições públicas, segundo lhe tinham contado, e onde havia a toda a hora engarrafamentos de enterros pelas ruas e uma chuvinha miúda desde os tempos da Maria Cachucha: pior que em Paris. Por outro lado, sentia uma atração muito forte pelo rio, queria ver os jacarés ao sol nos areais, queria ser acordada a meio da noite pelo choro de mulher dos manatins, mas a ideia de uma viagem tão difícil, na sua idade e ainda por cima viúva e sozinha, parecia-lhe irreal.

Florentino Ariza voltou a repetir-lhe o convite mais tarde, quando decidiu continuar viva sem o marido, e então pareceu-lhe mais provável. Mas depois da zanga com a filha, amargurada pelas injúrias feitas ao pai, pelo rancor contra o marido morto, pela raiva dos salamaleques hipócritas de Lucrecia del Real, a quem teve durante tantos anos como a sua melhor amiga, até ela se sentia a mais na sua própria casa. Uma tarde, enquanto tomava uma infusão de folhas universais, olhou para o pântano do quintal onde nunca mais tornaria a brotar a árvore da sua desventura.

– O que eu queria era livrar-me desta casa, e andar, andar, andar e nunca mais voltar – disse.

– Mete-te num barco – disse Florentino Ariza.

Fermina Daza olhou para ele, pensativa.

– Pois olha que podia ser – disse.

A ideia não lhe tinha ocorrido um momento antes de o dizer, mas bastou-lhe admitir a possibilidade para dá-la como feita. O filho e a nora concordaram, encantados. Florentino Ariza apressou-se a precisar que Fermina Daza seria uma hóspede de honra nos seus navios, que teria para ela um camarote arranjado como se fosse a sua casa, um serviço perfeito e o comandante estaria pessoalmente devotado à sua segurança e ao seu bem-estar. Levou mapas da rota para a entusiasmar, postais de crepúsculos flamejantes, poemas ao paraíso primitivo de La Magdalena escritos por viajantes ilustres ou que tinham chegado a sê-lo pela excelência do poema. Ela dava-lhes uma vista de olhos quando lhe apetecia.

– Não precisas de levar-me ao engano como se fosse uma garota – dizia-lhe. – Se vou é porque me decidi a ir e não pelo interesse da paisagem.

Quando o filho sugeriu que a sua mulher a acompanhasse, cortou a proposta pela raiz: «Já sou muito crescida para precisar de ama.» Ela mesmo acertou os pormenores da viagem. Sentiu um alívio enorme só de pensar em viver os oito dias da subida e os cinco da descida sem mais nada além do indispensável: meia dúzia de vestidos de algodão, as suas coisas de higiene e toucador, um par de sapatos para embarcar e desembarcar, e as pantufas caseiras para a viagem, e mais nada: o sonho da sua vida.

Em janeiro de 1824, o comodoro Juan Bernardo Elbers, fundador da navegação fluvial, tinha embandeirado o primeiro navio a vapor que sulcou o rio de La Magdalena, um traste primitivo com uma força de quarenta cavalos que se chamava *Fidelidad.* Mais de um século depois, num 7 de julho, às seis da tarde, o doutor Urbino Daza e esposa acompanharam Fermina Daza a embarcar no navio que a levaria na sua primeira viagem pelo rio. Era o primeiro construído nos estaleiros locais, que Florentino Ariza tinha batizado em memória do seu antecessor glorioso: *Nueva Fidelidad*. Fermina Daza não acreditou nunca que aquele nome tão significativo para eles fosse uma coincidência histórica e não uma graça mais do romantismo crónico de Florentino Ariza.

Em todo o caso, ao contrário dos outros navios fluviais, antigos e modernos, o *Nueva Fidelidad* tinha ao lado do camarote do comandante um camarote suplementar, amplo e confortável: uma sala de visitas com móveis de bambu de cores alegres, um quarto de casal completamente decorado com motivos chineses, uma casa de banho com banheira e chuveiro, um grande miradouro coberto, muito grande, com fetos pendurados e um panorama completo pela frente e pelos lados do navio, além de um sistema de refrigeração silencioso que mantinha todo o recinto a salvo do ruído exterior e num clima de primavera perpétua. Estas instalações de luxo, conhecidas como «camarote presidencial» porque ali tinham viajado até então três presidentes da República, não tinha objetivos comerciais pois estava reservado para autoridades de categoria e para convidados muito especiais. Florentino Ariza tinha-o mandado construir com essa finalidade de imagem pública assim que foi nomeado presidente da CFC, mas com a certeza íntima de que mais tarde ou mais cedo iria ser o refúgio feliz da sua viagem de núpcias com Fermina Daza.

Chegado o dia, com efeito, ela tomou posse do «camarote presidencial» como dona e senhora. O comandante do navio fez as honras de bordo ao doutor Urbino Daza e esposa, e a Florentino Ariza, com champanhe e salmão fumado. Chamava-se Diego Samaritano, tinha um uniforme de linho branco, de uma correção absoluta, da ponta dos botins até ao boné com o escudo da CFC bordado a fio dourado, e tinha em comum com os outros comandantes do rio uma corpulência de ceiba, uma voz perentória e uns modos de cardeal florentino.

Às sete da noite deram o primeiro sinal de partida e Fermina Daza ouviu-o ressoar com uma dor aguda no ouvido esquerdo. Na noite anterior tivera sonhos sulcados por maus presságios que não se tinha atrevido a decifrar. De manhã, muito cedo, fez-se conduzir ao panteão do seminário vizinho, que então se chamava Cemitério de La Manga, e reconciliou-se com o marido morto, de pé, diante da sua cripta, num monólogo em que soltou as justas recriminações que tinha atravessadas na garganta. Depois contou-lhe os pormenores da viagem e despediu-se até muito breve. Não quis dizer a mais ninguém que se ia embora, como fizera quase sempre quando viajava para a Europa, para evitar as despedidas esgotantes. Apesar das suas muitas viagens sentia-se como se esta fosse a primeira, e à medida que o dia rodava aumentava a inquietação. Uma vez a bordo, sentiu-se abandonada e triste, e queria ficar sozinha para chorar.

Quando soou o último aviso, o doutor Urbino Daza e a mulher despediram-se dela sem dramatismos, e Florentino Ariza acompanhou-os à passadeira de desembarque. O doutor Urbino Daza convidou-o a passar à sua frente, a seguir à mulher, e só então se apercebeu de que também Florentino Ariza partia em viagem. O doutor Urbino Daza não conseguiu disfarçar o seu desconcerto.

– Mas não tínhamos falado disto – disse.

Florentino Ariza mostrou-lhe a chave do seu camarote com uma intenção demasiado evidente: um camarote vulgar na coberta comum. Mas ao doutor Urbino Daza não lhe pareceu prova suficiente da sua inocência. Deitou à mulher um olhar de náufrago à procura de apoio para o seu desconcerto, mas deu com uns olhos gelados. Ela disse-lhe muito baixo, com voz severa: «Tu também?» Sim: ele também, como a sua irmã Ofelia, pensava que o amor tinha uma idade em que começava a ser indecente. Mas soube reagir a tempo e despediu-se de Florentino Ariza com um aperto de mão mais resignado do que agradecido.

Florentino Ariza viu-os desembarcar da amurada do salão. Tal como o esperava e desejava, o doutor Urbino Daza e a sua mulher voltaram-se para olharem para ele antes de entrar no automóvel, e ele disse-lhes adeus com a mão. Ambos lhe corresponderam. Continuou na amurada até o automóvel desaparecer entre a poeira do recinto reservado à carga e depois foi para o seu camarote, vestir uma roupa mais adequada ao primeiro jantar a bordo, na sala de jantar privativa do comandante.

Foi uma noite esplêndida que o comandante Diego Samaritano condimentou com suculentos relatos dos seus quarenta anos no rio, mas Fermina Daza teve de fazer um grande esforço para parecer divertida. Apesar do último aviso ter sido dado às oito e de a essa hora terem mandado descer os visitantes e levantar a escada, o navio não zarpou até que o comandante acabasse de comer e subisse à torre de comando para dirigir a manobra. Fermina Daza e Florentino Ariza ficaram encostados à amurada do salão comum, misturados com os passageiros buliçosos que se entretinham a identificar as luzes da cidade, até que o navio saiu da baía, meteu-se por canais invisíveis e pântanos salpicados pelas luzes ondulantes dos pescadores, e resfolegou por fim a plenos pulmões no ar livre do rio Grande de La Magdalena. Então a banda irrompeu com uma peça popular em moda, houve um estampido prazenteiro dos passageiros e o baile abriu num tropel.

Fermina Daza preferiu refugiar-se no camarote. Não dissera uma palavra durante toda a noite e Florentino Ariza tinha-a deixado perder-se nas suas apreensões. Só a interrompeu para se despedir em frente do camarote, mas ela não tinha sono, só um pouco de frio, e sugeriu que se sentassem uns minutos a ver o rio do miradouro privativo. Florentino Ariza rodou duas poltronas de vime até à amurada, apagou as luzes, colocou sobre os ombros dela uma manta de lã e sentou-se ao seu lado. Ela enrolou um cigarro da caixinha que ele lhe levara como presente, enrolou-o com uma habilidade surpreendente, fumou-o devagar, com a brasa dentro da boca, sem falar, e depois enrolou mais dois, um atrás do outro, e fumou-os sem pausas. Florentino Ariza bebeu, trago a trago, dois termos de café forte.

O resplendor da cidade tinha desaparecido no horizonte. Vistos do miradouro no escuro, o rio liso e sossegado, e as pastagens das duas margens sob a lua cheia, transformaram-se numa planura fosforescente. De vez em quando via-se uma choça de palha ao pé das grandes fogueiras que anunciavam que ali se vendia lenha para as caldeiras dos navios. Florentino Ariza conservava recordações vagas da viagem da sua juventude e ver o rio fazia-as reviver por revoadas deslumbrantes como se fossem de ontem. Contou algumas a Fermina Daza, julgando poder animá-la, mas ela fumava num outro mundo. Florentino Ariza renunciou às recordações e deixou-a sozinha com as suas, e, enquanto isso, enrolava cigarros e ia-lhos dando acesos até acabar a caixa. A música cessou depois da meia-noite, o bulício dos passageiros dispersou-se e desfez-se em sussurros adormecidos, e os dois corações ficaram sozinhos no miradouro em sombras, vivendo ao compasso dos arquejos do navio.

Ao fim de um longo momento, Florentino Ariza olhou para Fermina Daza, com o fulgor do rio, e viu-a espetral, com o perfil de estátua dulcificado por um ténue brilho azul e percebeu que chorava em silêncio. Porém, em vez de a consolar ou de esperar que esgotasse as suas lágrimas como ela queria, deixou-se invadir pelo pânico.

– Queres ficar sozinha? – perguntou.

– Se o quisesse, não te tinha dito para entrares – disse ela. Então ele estendeu os dedos gelados na escuridão, procurou tateante a outra mão e encontrou-a à espera da dele. Foram os dois bastante lúcidos para se aperceberem, num mesmo instante breve, de que nenhuma das duas era a mão que tinham imaginado antes de se tocar, e sim duas mãos de ossos velhos. Mas, no momento seguinte, já o eram. Ela começou a falar do esposo falecido, no tempo presente, como se estivesse vivo, e Florentino Ariza soube que nesse instante também tinha chegado para ela a hora de se perguntar com dignidade, com grandeza, com um desejo incontido de viver, que fazer com o amor que lhe havia ficado sem dono.

Fermina Daza deixou de fumar para não soltar a mão que ele mantinha na sua. Estava perdida na ansiedade de compreender. Não podia conceber um marido melhor do que ele tinha sido para si e, no entanto, encontrava mais percalços do que satisfações na evocação da sua vida, demasiadas incompreensões recíprocas, zangas inúteis, rancores mal resolvidos. Então suspirou: «É incrível como se pode ser tão feliz durante tantos anos, no meio de tantas bulhas, no meio de tantas tretas, caramba, sem saber de facto se isso é amor ou não.» Quando acabou de desabafar, alguém tinha apagado a lua. O navio avançava com os seus passos contados, pondo primeiro um pé e só depois o outro: um imenso animal à espreita. Fermina Daza tinha regressado da ansiedade.

– Agora, vai-te embora – disse.

Florentino Ariza apertou-lhe a mão, inclinou-se para ela e tentou beijá-la na face. Mas ela esquivou-se na sua voz rouca e suave.

– Ainda não – disse. – Cheiro a velha.

Ouviu-o sair na escuridão, ouviu os seus passos nas escadas, ouviu-o deixar de ser até ao dia seguinte. Fermina Daza acendeu outro cigarro e, enquanto o fumava, viu o doutor Juvenal Urbino com o seu fato de linho impecável, o seu rigor profissional, a sua simpatia deslumbrante, o seu amor oficial, que lhe fez um sinal de adeus com o seu chapéu branco doutro navio do passado. «Nós homens somos uns pobres escravos dos preconceitos», tinha-lhe dito certa vez. «Por outro lado, quando uma mulher decide ir para a cama com um homem, não há muralha que não trema nem fortaleza que não caia, nem nenhuma consideração moral que esteja disposta a ser o seu fundamento: não há Deus que lhe valha.» Fermina Daza continuou imóvel até de madrugada, a pensar em Florentino Ariza, não como na sentinela desolada do Parque dos Evangelhos cuja recordação já não lhe suscitava nem uma luzinha de nostalgia, mas como era então, decrépito e manco, mas real: o homem que esteve sempre ao alcance da sua mão e não soube reconhecer. Enquanto o navio a arrastava resfolegando para o fulgor das primeiras rosas, só rogava a Deus que Florentino Ariza soubesse por onde começar outra vez no dia seguinte.

Soube. Fermina Daza deu instruções ao camaroteiro para que a deixasse dormir à vontade e, quando acordou tinha na mesinha-de-cabeceira uma jarra com uma rosa branca, fresca, ainda transpirada do orvalho, e com ela uma carta de Florentino Ariza com tantas folhas quantas conseguiu escrever desde que se despediu dela. Era uma carta tranquila, que apenas tentava expressar o estado de ânimo que o embargava desde a noite anterior, tão lírica como as outras, tão retórica como todas, mas apoiada na realidade. Fermina Daza leu-a com uma certa vergonha de si mesma pelos galopes descarados do seu coração. Acabava com o pedido de que avisasse o camaroteiro quando estivesse pronta, pois o comandante esperava-os no posto de comando para lhes mostrar o funcionamento do navio.

Ficou pronta às onze, lavada e a cheirar a sabonete de flores com um vestido de viúva, muito simples, de *étamine* cinzenta e completamente recuperada da tormenta da noite. Pediu um pequeno-almoço sóbrio ao camaroteiro de branco impecável, que estava ao serviço pessoal do comandante, mas não mandou recado para a virem buscar. Subiu sozinha, deslumbrada pelo céu sem nuvens, e encontrou Florentino Ariza a conversar com o comandante no posto de comando. Pareceu-lhe diferente, não só porque ela agora o via com outros olhos, como porque na verdade havia mudado. Em vez das vestimentas fúnebres de toda a vida tinha calçado uns sapatos brancos muito cómodos, calças e camisa de linho com o colarinho aberto e manga curta, e o seu monograma bordado no bolso do peito. Levava também uma boina escocesa, também branca, e um dispositivo de lentes escuras sobreposto nos seus eternos óculos de míope. Era evidente que tudo estava a ser estreado e tinha sido acabado de comprar propositadamente para a viagem, exceto o cinto de pele castanha, muito usado, que Fermina

Daza notou ao primeiro golpe de vista como uma mosca na sopa. Ao vê-lo assim, vestido para ela de um modo tão ostensivo, não pôde impedir o rubor de fogo que lhe subiu ao rosto. Perturbou-se ao cumprimentá-lo e ele perturbou-se mais com a perturbação dela. A consciência de que se estavam a comportar como noivos perturbou-os ainda mais e a consciência de estarem ambos perturbados acabou por perturbá-los ao ponto do comandante Samaritano o notar com uma tremura de compaixão. Tirou-os daquela aflição explicando-lhes o funcionamento dos comandos e o mecanismo geral do navio durante duas horas. Navegavam muito devagar por um rio sem margens que se dispersava entre areais áridos até ao horizonte. Mas, ao contrário das águas turvas da foz, aquelas eram lentas e transparentes e tinham um resplendor de metal sob o sol inclemente. Fermina Daza teve a impressão de que era um delta povoado de ilhas de areia.

– É o pouco que ainda nos resta do rio – disse-lhe o comandante.

Florentino Ariza, com efeito, estava surpreendido com as mudanças e ainda o estaria mais no dia seguinte quando a navegação se tornou mais difícil e se deu conta de que o rio pai, o de La Magdalena, um dos maiores do mundo, era apenas uma ilusão da memória. O comandante Samaritano explicou-lhes como a desflorestação irracional havia acabado com o rio em cinquenta anos: as caldeiras dos navios tinham devorado a selva emaranhada de árvores colossais, que Florentino Ariza sentira como uma opressão na sua primeira viagem. Fermina Daza não veria os animais dos seus sonhos: os caçadores de peles dos cortumes de Nova Orleães tinham exterminado os jacarés que se faziam passar por mortos de fauces abertas durante horas e horas nos barrancos das margens para apanharem as borboletas, os papagaios com a sua algaraviada e os micos com os seus guinchos alucinados que tinham ido morrendo à medida que as grandes copas desapareciam, os manatins com grandes tetas de mães que amamentavam as crias e choravam com vozes de mulher desolada nos areais eram uma espécie extinta pelas balas blindadas dos caçadores desportivos.

O comandante Samaritano tinha um afeto quase maternal pelos manatins, porque lhe pareciam senhoras condenadas por algum extravio amoroso, e tinha como certa a lenda de que eram as únicas fêmeas sem macho do reino animal. Opôs-se sempre a que disparassem sobre eles de bordo, como era costume, apesar de haver leis que o proibiam. Um caçador da Carolina do Norte, com a sua documentação em dia, tinha desobedecido às suas ordens e havia desfeito a cabeça a uma mãe de manatim com um disparo certeiro da sua Springfield e a cria tinha ficado louca de dor chorando aos gritos sobre o corpo estendido. O comandante mandara ir buscar o órfão para tomar conta dele e deixou o caçador abandonado no areal junto ao cadáver da mãe assassinada. Esteve seis meses na prisão, por protestos diplomáticos, e a ponto de perder a sua licença de navegante, mas saiu disposto a repetir o feito quantas vezes fossem precisas. No entanto, aquele episódio tinha sido histórico: o manatim órfão, que cresceu e viveu muitos anos no parque dos animais exóticos de San Nicolás de las Barrancas, foi o último que se viu no rio.

– Cada vez que passo por esse areal – disse – rogo a Deus que esse gringo tome a embarcar no meu navio para o voltar a deixar abandonado.

Fermina Daza que não tinha qualquer simpatia por ele, comoveu-se de tal maneira com aquele gigante terno que a partir dessa manhã o pôs num lugar privilegiado dentro do seu coração. Fez bem: a viagem acabava de começar e teria razões de sobra para perceber que não se havia enganado.

Fermina Daza e Florentino Ariza permaneceram nos postos de comando até à hora do almoço, pouco depois de terem passado em frente da povoação de Calamar, que apenas há uns anos tinha uma festa perpétua e agora era um porto em ruínas de ruas desoladas. O único ser que se viu do navio foi uma mulher vestida de branco que fazia sinais com um lenço. Fermina Daza não percebeu porque não a recolhiam, já que parecia tão aflita, mas o comandante explicou-lhe que era a aparição de uma afogada que fazia sinais enganosos para desviar os navios para os remoinhos perigosos da outra margem. Passaram tão perto dela que Fermina Daza viu-a com todos os seus pormenores, nítida sob os raios do sol, e não duvidou de que não existisse na realidade, mas a cara pareceu-lhe conhecida.

Foi um dia longo e muito quente. Fermina Daza voltou para o camarote depois do almoço, para a sua sesta inevitável, mas não dormiu por causa da dor de ouvido, que se tornou mais intensa quando o navio trocou as saudações da praxe com outro da CFC que se cruzou com ele uns quilómetros acima de Barranca Vieja. Florentino Ariza cochilou um sono breve sentado no salão principal, onde a maioria dos passageiros sem camarote dormia como se fosse meia-noite, e sonhou com Rosalba muito perto do lugar onde a tinha visto embarcar. Viajava sozinha com o seu fato de rapariga de Mompox do século anterior, e era ela e não o bebé quem dormia na gaiola de vime pendurada na vigia. Foi um sonho ao mesmo tempo tão enigmático como divertido que conservou o seu sabor durante toda a tarde enquanto jogava dominó com o comandante e dois passageiros amigos.

O calor cessava com o pôr do sol e o navio renascia. Os passageiros emergiam da sua letargia, de banhos acabados de tomar e roupas lavadas, e ocupavam as poltronas de vime do salão à espera do jantar que era anunciado às cinco em ponto por um empregado de mesa que percorria a coberta de uma ponta à outra fazendo soar por entre aplausos de brincadeira um sino de sacristão. Enquanto comiam, irrompia a banda com a música de fandango, e o baile continuava animado até à meia-noite.

Fermina Daza não quis jantar por causa do mal-estar do ouvido e assistiu ao primeiro embarque de lenha para as caldeiras, num barranco pelado onde não havia mais nada além dos troncos amontoados e um homem muito velho que tomava conta da venda. Parecia não haver mais ninguém muitas léguas em redor. Para Fermina Daza foi uma escala lenta e aborrecida, impensável nos transatlânticos da Europa, e fazia tanto calor que até se sentia no miradouro refrigerado. Mas quando o navio zarpou de novo, soprava um vento fresco a cheirar às entranhas da selva e a música tomou-se mais alegre. Na povoação de Sitio Nuevo havia uma única luz numa única janela de uma única casa e no escritório do porto não fizeram o sinal combinado de que havia carga ou passageiros para o navio, de modo que este passou sem saudar.

Fermina Daza tinha passado toda a tarde a perguntar-se de que recursos se iria valer Florentino Ariza para a ver sem lhe bater à porta do camarote e, por volta das oito, não conseguiu aguentar por mais tempo a ânsia de estar com ele. Saiu para o corredor com a esperança de o encontrar de um modo que parecesse natural e não precisou de andar muito: Florentino Ariza estava sentado num banco no corredor, calado e triste como no Parque dos Evangelhos e a interrogar-se há mais de duas horas como é que se iria arranjar para a ver. Ambos fizeram o mesmo gesto de surpresa que ambos sabiam ser fingido e percorreram juntos o convés da primeira classe, atulhada de gente jovem, na sua maioria estudantes buliçosos que se esfalfavam com uma certa ansiedade na última paródia das férias. Na cantina, Florentino Ariza e Fermina Daza tomaram um refresco engarrafado sentados como estudantes diante do balcão, e ela viu-se então numa situação temida. Disse: «Que horror!» Florentino Ariza perguntou-lhe em que estava a pensar que lhe fazia tanta impressão.

– Nos pobres velhinhos – disse ela. – Aqueles que mataram à paulada no bote.

Foram os dois deitar-se quando acabou a música, depois de uma longa conversa sem percalços no miradouro escuro. Não havia lua, o céu estava nublado e, no horizonte, rebentavam relâmpagos sem trovões que os iluminavam por um momento. Florentino Ariza enrolou-lhe os cigarros, mas ela não fumou mais de quatro, atormentada com a dor que aliviava por uns momentos e voltava a agudizar-se quando o barco bramia ao cruzar-se com outro, ou ao passar por uma aldeia adormecida, ou quando navegava devagar para sondar o fundo do rio. Ele contou-lhe com quanta ansiedade a tinha visto sempre nos Jogos Florais, no voo de balão, no velocípede de acrobata, e com quanta ansiedade aguardava as festas públicas durante todo o ano só para a ver. Também ela o tinha visto muitas vezes e nunca lhe teria passado pela cabeça que estivesse ali só para a ver. No entanto, há apenas um ano, quando leu as suas cartas, perguntou-se nessa altura como era possível que ele nunca tivesse concorrido nos Jogos Florais: sem dúvida que teria ganho. Florentino Ariza mentiu-lhe: só escrevia para ela, versos para ela, e só ele os lia. Então foi ela quem procurou a mão dele na escuridão e não a encontrou à espera como ela tinha esperado a sua na noite anterior, mas tomou-o de surpresa.

Gelou-se o coração de Florentino Ariza.

– Que estranhas são as mulheres – disse.

Ela deu uma gargalhada com gosto, de pomba jovem, e voltou a pensar nos velhinhos do bote. Estava escrito: aquela imagem havia de persegui-la sempre. Mas, nessa noite, podia suportá-la porque se sentia tranquila e bem, como poucas vezes na sua vida: limpa de toda a culpa. Teria ficado assim até ao amanhecer, calada, com a mão dele enregelada sobre a sua mão, mas não suportava o tormento do ouvido. De modo que quando a música terminou e depois cessou a azáfama dos passageiros comuns a pendurarem as redes no salão, ela compreendeu que a sua dor era mais forte do que o desejo de estar com ele. Sabia que só o facto de lhe contar a aliviaria, mas não o fez para não o preocupar, porque, nessa altura, tinha a sensação de o conhecer como se tivesse vivido com ele toda a vida e achava-o capaz de dar ordens para o navio regressar ao porto se isso pudesse tirar-lhe a dor.

Florentino Ariza tinha previsto que nessa noite as coisas sucederiam assim e retirou-se. Já à porta do camarote tentou despedir-se com um beijo, mas ela ofereceu-lhe a face esquerda. Ele insistiu, já com a respiração entrecortada, e ela ofereceu-lhe a outra face com a garridice que ele não lhe conhecera em colegial. Então insistiu pela segunda vez e ela recebeu-o nos lábios, recebeu-o com um tremor profundo que tentou sufocar com um riso esquecido desde a sua noite de núpcias.

– Meu Deus – disse –, fico mesmo doida nos navios!

Florentino Ariza estremeceu: com efeito, como ela mesma o dissera, tinha o odor acre da idade. No entanto, enquanto caminhava para o seu camarote, abrindo caminho por entre o labirinto de redes adormecidas, consolava-se com a ideia de que ele devia ter o mesmo cheiro, só que quatro anos mais velho, e que ela o devia ter sentido com a mesma emoção. Era o odor dos fermentos humanos, que ele havia sentido nas suas amantes mais antigas e que elas tinham sentido nele. A viúva de Nazaret, que não se sabia calar, disse-lhe de uma maneira mais rude: «Já cheiramos a frango.» Ambos o suportavam, reciprocamente, porque estavam quites: o seu cheiro contra o dela. Por outro lado, muitas vezes se tinha preocupado por causa de América Vicuña, cujo cheiro a fraldas despertava nele os instintos maternais, mas, contudo, inquietava-o a ideia de que ela não pudesse suportar o seu: o seu cheiro a velho libertino. Mas tudo isso pertencia ao passado. O importante era que pela primeira vez desde aquela tarde em que a tia Escolástica deixou o missal no balcão do telégrafo, Florentino Ariza não tinha voltado a sentir uma felicidade como a dessa noite: tão intensa que lhe causava medo.

Começava a adormecer quando o contador do navio o acordou às cinco no porto de Zambrano para lhe entregar um telegrama urgente. Estava assinado por Leona Cassiani, com data da véspera, e todo o seu horror cabia numa linha: «América Vicuña falecida ontem motivos inexplicáveis.» Às onze da manhã conheceu os pormenores através de uma conferência telegráfica com Leona Cassiani, durante a qual foi ele próprio o operador do equipamento de transmissão como já não fazia desde os seus tempos de telegrafista. América Vicuña, vítima de uma depressão mortal por ter sido reprovada nos exames finais, tinha tomado um frasco de láudano roubado na enfermaria do colégio. Florentino Ariza sabia no fundo da sua alma que aquela notícia estava incompleta. Mas não: América Vicuña não tinha deixado nenhum bilhete explicativo que permitisse atribuir a alguém as culpas da sua decisão. A família estava nesse momento a chegar de Puerto Padre, avisada por Leona Cassiani, e o enterro seria nessa tarde às cinco horas. Florentino Ariza respirou de alívio. A única coisa que podia fazer para continuar vivo era não se autorizar o suplício daquela recordação. Apagou-a da memória, ainda que de vez em quando, durante o resto da sua vida, o sentiria reviver de repente sem que viesse a propósito, como a pontada momentânea de uma cicatriz antiga.

Os dias seguintes foram quentes e intermináveis. O rio foi-se tornando mais turvo e cada vez mais estreito, e em vez do emaranhado de árvores colossais que tanto tinha impressionado Florentino Ariza na sua primeira viagem, havia planuras calcinadas, destroços de selvas inteiras devoradas pelas caldeiras dos navios, povoações em ruínas abandonadas por Deus e cujas ruas continuavam inundadas mesmo nas épocas mais cruéis da seca. Durante a noite não eram acordados pelos cantos de sereia dos manatins nos areais mas sim pelo cheiro nauseabundo dos mortos que passavam a flutuar em direção ao mar. Porque já não havia nem guerras nem pestes mas os corpos inchados continuavam a passar. O comandante, por uma vez, foi sóbrio: «Temos ordem para informar os passageiros que são afogados acidentais.» Em vez da algaraviada dos papagaios e do chinfrim dos macacos que noutros tempos aumentavam o calor opressivo do meio-dia, ficava apenas o silêncio ensurdecedor da terra arrasada.

Havia tão poucos sítios onde arranjar lenha, e estavam tão afastados uns dos outros, que o *Nueva Fidelidad* ficou sem combustível no quarto dia de viagem. Permaneceu atracado quase uma semana enquanto alguns membros da tripulação se embrenhavam por pântanos de cinzas em busca das últimas árvores dispersas. Não havia outras: os lenhadores tinham abandonado as suas veredas fugindo da ferocidade dos senhores da terra, fugindo da cólera indómita, fugindo das guerras demolidoras que os governos se empenhavam em ocultar com decretos de distração. Entretanto, os passageiros, aborrecidos, faziam campeonatos de natação, organizavam expedições de caça, regressavam com iguanas vivas que abriam ao meio e voltavam a coser com agulhas de enfardar depois de lhes tirar os cachos de ovos, translúcidos e tenros, que punham a secar em filas na amurada do navio. As prostitutas pobres das aldeias vizinhas seguiram o trilho das expedições, improvisaram tendas de campanha nos barrancos da margem, levaram música e comida e assentaram arraiais em frente do navio encalhado.

Muito antes de ser presidente da CFC, Florentino Ariza recebia relatórios alarmantes sobre o estado do rio, mas raramente lhes dava uma vista de olhos. Tranquilizava os seus sócios: «Não se preocupem; quando acabar a lenha já haverá navios a petróleo.» Nunca se deu ao trabalho de refletir sobre o assunto, turvado pela paixão por Fermina Daza, e quando se deu conta da verdade já não havia nada a fazer, porque não podia arranjar outro rio novo. Durante a noite, mesmo nas épocas de melhores águas, era preciso ancorar para dormir e então tornava-se insuportável até o simples facto de se estar vivo. A maioria dos passageiros, principalmente os europeus, abandonava o podredouro dos camarotes e passava a noite a andar pela coberta, enxotando todo o tipo de alimárias com a mesma toalha com que enxugavam o suor incessante, e de manhã estavam exaustos e inchados por causa das picadas. Um viajante inglês do princípio do século XIX, referindo-se à viagem combinada entre a canoa e a mula, que podia demorar até cinquenta dias, tinha escrito: «Esta é uma das peregrinações piores e mais incómodas que o ser humano pode efetuar.» Isto havia deixado de ser verdadeiro nos primeiros oitenta anos da navegação a vapor mas depois tinha voltado a sê-lo para sempre, quando os jacarés comeram a última borboleta e acabaram os manatins maternais, acabaram os papagaios, os macacos, as aldeias: tinha acabado tudo.

– Não há problema – ria-se o comandante –, dentro de alguns anos viremos pelo leito seco em automóveis de luxo.

Fermina Daza e Florentino Ariza estiveram protegidos nos primeiros três dias pela suave primavera do miradouro isolado, mas quando racionaram a lenha e começou a falhar o sistema de refrigeração, o «camarote presidencial» converteu-se numa cafeteira de pressão. Ela sobrevivia às noites com o vento fluvial que entrava pelas janelas abertas e espantava os mosquitos com uma toalha porque a bomba de inseticida era inútil com o navio encalhado. A dor do ouvido tinha-se tornado insuportável e uma manhã, ao acordar, cessou de repente e por completo, como o canto de uma cigarra rebentada. Mas só à noite se apercebeu que tinha perdido a audição do ouvido esquerdo, quando Florentino Ariza lhe falou desse lado e ela teve de virar a cabeça para ouvir o que ele dizia. Não disse nada a ninguém, resignada a que fosse mais um dos muito problemas irremediáveis da idade.

Contudo, a demora do navio tinha sido para eles um percalço providencial. Florentino Ariza lera certa vez: «O amor torna-se maior e mais nobre na adversidade.» A humidade do «camarote presidencial» submergiu-os num letargo irreal no qual era mais fácil amarem-se sem perguntas. Viviam horas inimagináveis de mãos dadas nas poltronas da amurada, beijavam-se devagar, gozavam a embriaguez das carícias sem o estorvo da exasperação. Na terceira noite de torpor ela esperou-o com uma garrafa de licor de anis, daquele que costumava beber às escondidas com o grupo da prima Hildebranda, e, mais tarde, já casada e com filhos, fechada com as amigas do seu mundo emprestado. Precisava de um pouco de aturdimento para não pensar na sua sorte com demasiada lucidez, mas Florentino Ariza julgou que era para tomar coragem para o passo final. Animado por essa ilusão atreveu-se a explorar com a ponta dos dedos o seu pescoço definhado, o peito couraçado com varetas metálicas, as ancas de ossos carcomidos, os músculos de gazela velha. Ela aceitou-o satisfeita, de olhos fechados, mas sem estremecimentos, fumando e bebendo em goles espaçados. No fim, quando as carícias deslizaram para o seu ventre, já tinha bastante anis no coração.

– Se temos de fazer disparates – disse –, façamo-los mas como gente crescida.

Levou-a para o quarto e começou a despir-se sem falsos pudores, de luz acesa. Florentino Ariza deitou-se de costas tentando recuperar o autodomínio, novamente sem saber o que fazer com a pele de tigre que tinha vestido. Ela disse-lhe: «Não olhes.» Ele perguntou porquê sem tirar os olhos do teto baixo.

– Porque não vais gostar – disse ela.

Então ele olhou para ela. Viu-a nua até à cintura, tal como ele a imaginara. Tinha os ombros enrugados, os seios caídos e as costelas forradas por uma pele pálida e fria como a de uma rã. Ela cobriu o peito com a blusa que acabava de despir e apagou a luz. Então ele endireitou-se e começou a despir-se na escuridão, atirando para cima dela cada peça que ia despindo e ela devolvia-lhas a rir à gargalhada.

Permaneceram deitados de costas um longo momento, ele cada vez mais aturdido à medida que a embriaguez o abandonava, e ela tranquila, quase abúlica, mas suplicando a Deus que não lhe desse para começar a rir sem razão como lhe acontecia sempre que se descuidava com o anis. Conversaram para enganar o tempo. Falaram de si, das suas vidas diferentes, do acaso inverosímil de se encontrarem nus no camarote às escuras de um navio encalhado, quando seria justo que pensassem que já não lhes restava mais nada do que esperar a morte. Ela nunca tinha ouvido dizer que ele tivesse uma mulher, nem uma sequer, numa cidade onde se sabia tudo mesmo antes de acontecer. Disse-lho de uma maneira casual, e ele replicou-lhe imediatamente sem vacilação na voz:

– É que me conservei virgem para ti.

Ela não teria acreditado de todos os modos, mesmo que fosse verdade, porque as suas cartas de amor estavam cheias de frases como essa que não tinham valor pelo seu sentido mas pela sua capacidade de deslumbrar. Mas agradou-lhe a coragem com que o disse. Florentino Ariza, pelo seu lado, perguntou-se então o que nunca se tinha atrevido a perguntar-se: que tipo de vida oculta tinha levado ela à margem do casamento. Nada o teria surpreendido, porque ele sabia que as mulheres são iguais aos homens nas suas aventuras secretas: os mesmos estratagemas, as mesmas inspirações súbitas, as mesmas traições sem remorsos. Mas fez bem em não lho perguntar. Numa época em que as suas relações com a Igreja estavam já bastante deterioradas, o confessor perguntou-lhe, sem que viesse a propósito, se alguma vez tinha sido infiel ao seu marido e ela levantou-se sem responder, sem terminar, sem se despedir, e nunca mais voltou a confessar-se com esse confessor nem com nenhum outro. Em troca, a prudência de Florentino Ariza teve uma recompensa inesperada: ela estendeu a mão na escuridão, acariciou-lhe o ventre, os flancos, o púbis quase imberbe. Disse: «Tens uma pele de bebé.» Depois deu o passo final: procurou-o onde não estava, voltou-o a procurar sem ilusões e encontrou-o inerme.

– Está morto – disse ele.

Aconteceu-lhe sempre da primeira vez, com todas, desde sempre, de modo que tinha aprendido a conviver com aquele fantasma: cada vez tinha que aprender de novo como se fosse a primeira. Pegou na mão dela e pô-la sobre o seu peito: Fermina Daza sentiu, quase à flor da pele, o velho coração incansável a latejar com a força, a pressa e a desordem de um adolescente. Ele disse: «Para isto é tão mau amar de mais como amar de menos.» Mas disse-o sem convicção: estava envergonhado, desejando uma razão para a culpar a ela do fracasso. Ela sabia-o e começou a provocar o corpo indefeso com carícias brincalhonas, como uma gata meiga que se rejubila na crueldade, até que ele não conseguiu resistir por mais tempo ao martírio e foi para o seu camarote. Ela ficou a pensar nele até ser manhã, convencida finalmente do seu amor, e à medida que o anis a abandonava em ondas lentas, ia-a invadindo a angústia de que ele se tivesse desgostado e não voltasse nunca mais.

Mas voltou no mesmo dia, à hora insólita das onze da manhã, fresco e restaurado, e despiu-se diante dela com uma certa ostentação. Ela gostou de o ver à luz do dia tal como o tinha imaginado às escuras: um homem sem idade, de pele escura, lúcida e tensa como um guarda-chuva aberto, sem mais pelos do que os muito escassos e lassos das axilas e do púbis. Estava de arma em riste e ela apercebeu-se de que não se mostrava por acaso, mas exibia-a como um troféu de guerra para se dar coragem. Nem sequer lhe deu tempo para tirar a camisa de noite que tinha vestido quando começou a brisa do amanhecer e a sua pressa de principiante provocou-lhe um estremecimento de compaixão. Mas não a incomodou porque em casos como aquele não era fácil distinguir entre a compaixão e o amor. No fim, porém, sentiu-se vazia.

Era a primeira vez que fazia amor em mais de vinte anos e tinha-o feito embargada pela curiosidade de sentir como podia ser na sua idade após um retiro tão prolongado. Mas ele não lhe dera tempo para saber se o seu corpo também o queria. Tinha sido rápido e triste e ela pensou: «Agora é que está tudo fodido.» Mas enganou-se: apesar do desencanto de ambos, apesar do arrependimento dele pela sua torpeza e dos remorsos dela pela loucura do anis, não se separaram por um momento nos dias seguintes. Se saíam do camarote era para irem comer. O comandante Samaritano, que descobria instintivamente qualquer mistério que quisessem guardar no seu navio, mandava-lhes a rosa branca todas as manhãs, pôs-lhes uma serenata de valsas do seu tempo, mandava-lhes preparar comidas de brincadeira com condimentos alentadores. Não voltaram a tentar fazer amor senão muito depois, quando lhes chegou a inspiração sem que a procurassem. Bastava-lhes a felicidade de estarem juntos.

Não teriam sequer pensado em sair do camarote se não tivesse sido o comandante a avisá-los por um bilhete que depois do almoço chegariam a La Dorada, o porto final, ao cabo de onze dias de viagem. Fermina Daza e Florentino Ariza viram do camarote o promontório de casas iluminadas por um sol pálido e julgaram perceber a razão do seu nome, mas pareceu-lhes menos evidente quando sentiram o calor que resfolegava como as caldeiras e viram o alcatrão a ferver nas ruas. Aliás, o navio não atracou ali mas na margem oposta onde ficava a estação terminal do caminho-de--ferro de Santa Fé.

Abandonaram o refúgio assim que os passageiros desembarcaram. Fermina Daza respirou o ar bom da impunidade no salão vazio e ambos contemplaram da amurada a multidão alvoroçada que identificava as bagagens nos vagões de um comboio que parecia de brinquedo. Podia-se pensar que vinham da Europa, sobretudo as mulheres, cujos casacos nórdicos e chapéus do século anterior eram um contrassenso na canícula poeirenta. Algumas tinham os cabelos enfeitados com lindíssimas flores que começavam a desfalecer com o calor. Acabavam de chegar da planície andina depois de uma viagem de comboio através de uma savana de sonho e ainda não tinham tido tempo para mudar de roupa para as Caraíbas.

No meio do bulício do mercado, um homem muito velho, de aspeto inconsolável, ia tirando pintainhos do bolso do seu casaco de pedinte. Tinha aparecido de repente, abrindo caminho por entre a multidão com um sobretudo em frangalhos que havia pertencido a alguém muito mais alto e corpulento. Tirou o chapéu, pô-lo virado no chão do cais para o caso de alguém querer atirar-lhe alguma moeda e começou a tirar dos bolsos mãos-cheias de pintainhos tenros e desbotados que pareciam proliferar entre os seus dedos. Num instante o cais parecia atapetado por pintainhos inquietos a piarem por todo o lado, entre os viajantes apressados que passavam por cima deles sem os sentir. Fascinada pelo espetáculo magnífico que parecia montado em sua honra, pois só ela o apreciava, Fermina Daza não se apercebeu do momento em que começaram a embarcar os passageiros da viagem de regresso. Acabou-se-lhe a festa: entre os que chegavam conseguiu ver muitas caras conhecidas, algumas de amigos que até ainda há pouco tempo a tinham acompanhado no seu luto, e apressou-se a refugiar-se no camarote. Florentino Ariza encontrou-a consternada: preferia morrer a ser descoberta pelos seus numa viagem de prazer, passado tão pouco tempo sobre a morte do marido. Florentino Ariza ficou tão afetado com o seu abatimento que lhe prometeu pensar em qualquer maneira para a proteger, diferente da prisão do camarote.

A ideia ocorreu-lhe subitamente quando jantavam na sala de jantar privativa. O comandante estava inquieto com um problema que há já algum tempo queria discutir com Florentino Ariza, mas ele esquivava-se sempre com o seu argumento habitual: «Essas tretas, a Leona Cassiani trata-as melhor do que eu.» No entanto, desta vez escutou-o. O caso era que os navios levavam carga na subida, mas desciam vazios, enquanto com os passageiros se passava o contrário. «Com vantagens para a carga porque paga mais e, além disso, não come», disse. Fermina Daza jantava de má vontade, aborrecida com a discussão nervosa dos dois homens sobre a conveniência de estabelecer tarifas diferenciais. Mas Florentino Ariza chegou até ao fim e só então largou uma pergunta que ao comandante pareceu prenúncio de uma ideia salvadora.

– E, falando por hipótese – disse –, seria possível fazer uma viagem direta sem carga nem passageiros, sem parar em nenhum porto, nem nada?

O comandante disse que só era possível por hipótese. A CFC tinha compromissos laborais que Florentino Ariza conhecia melhor do que ninguém, tinha contratos de carga, de passageiros, de correio e muitos mais, impossíveis de alterar na sua maioria. A única coisa que permitia saltar por cima de tudo era um caso de peste a bordo. Declarava-se quarentena no navio, içava-se a bandeira amarela e navegava-se em emergência. O comandante Samaritano tivera de o fazer várias vezes pelos muitos casos de cólera que se apresentavam no rio, ainda que depois as autoridades sanitárias obrigassem os médicos a declarar disenteria comum. Aliás, muitas vezes na história do rio se tinha içado a bandeira amarela da peste para fugir aos impostos, para não recolher um passageiro indesejável, para impedir inspeções inoportunas. Florentino Ariza encontrou a mão de Fermina Daza por baixo da mesa.

– Pois bem – disse. – Vamos fazer isso.

O comandante ficou surpreendido, mas logo, com o seu instinto de raposa velha, viu tudo claramente.

– Eu mando neste navio, mas o senhor manda em nós – disse. – De modo que se está a falar a sério, dê-me a ordem por escrito e começamos já.

Era a sério, evidentemente, e Florentino Ariza assinou a ordem. Ao fim e ao cabo toda a gente sabia que os tempos da cólera não tinham acabado, apesar dos informes alegres das autoridades sanitárias. Quanto ao navio, não havia problema. Transferiu-se a pouca carga embarcada, aos passageiros disseram que havia um percalço com as máquinas e mandaram-nos nessa madrugada num navio de outra empresa. Se estas coisas se faziam por tantas razões imorais e até indignas, Florentino Ariza não via porque não seria lícito fazê-las por amor. A única coisa que o comandante suplicava era uma escala em Puerto Nare, para recolher uma pessoa que o acompanharia na viagem: também ele tinha o seu coração escondido.

Foi assim que o *Nueva Fidelidad* zarpou ao amanhecer do dia seguinte, sem carga nem passageiros e com a bandeira amarela da cólera a flutuar de alegria no mastro maior. Ao fim da tarde recolheram em Puerto Nare uma mulher mais alta e robusta do que o comandante, de uma beleza descomunal, a quem só faltava ter barba para ser contratada por um circo. Chamava-se Zenaida Neves, mas o comandante chamava-lhe Minha Energúmena: uma velha amiga sua a quem costumava recolher num porto para a deixar noutro e que subiu a bordo perseguida pela ventania da felicidade. Naquele morredouro triste, onde Florentino Ariza reviveu as nostalgias de Rosalba quando viu o comboio de Envigado a subir com grande dificuldade por onde antes era o caminho das mulas, desabou uma chuva amazónica que havia de continuar com muito poucos intervalos até ao fim da viagem. Mas ninguém se importou com isso: a festa navegante tinha o seu teto próprio. Naquela noite, como contribuição pessoal para a paródia, Fermina Daza desceu às cozinhas por entre as ovações da tripulação e preparou para todos um prato inventado que Florentino Ariza batizou para ela: «Beringelas ao amor.»

Durante o dia jogavam às cartas, comiam até não poder mais, faziam umas sestas ligeiras que os deixava exaustos, mas mal o sol descia davam largas à orquestra e bebiam licor de anis com salmão passando dos limites da saciedade. Foi uma viagem rápida, com o navio leve e águas favoráveis, melhoradas pela torrente que se precipitava dos cumes onde choveu tanto naquela semana como durante todo o trajeto. Algumas aldeias disparavam tiros de canhão misericordiosos para afastar a cólera e eles agradeciam com um rugido triste. Os navios de qualquer companhia que se cruzavam com eles mandavam-lhes sinais de condolências. Na povoação de Magangué, onde nasceu Mercedes, carregaram lenha para o resto da viagem.

Fermina Daza assustou-se quando começou a sentir a sirene do navio dentro do ouvido são, mas, no segundo dia de anis, ouvia melhor dos dois. Descobriu que as rosas tinham mais perfume do que antes, que os pássaros ao amanhecer cantavam muito melhor do que antes, e que Deus tinha feito um manatim e o colocara no areal de Tamalameque só para a acordar. O comandante ouviu-o, deixou o navio à deriva e viram por fim a matrona enorme a amamentar a sua cria nos braços. Nem Florentino nem Fermina se deram conta de quanto se confundiam: ela ajudava-o com os clisteres, levantava-se antes dele para lhe escovar a dentadura postiça que ele deixava no copo enquanto dormia e resolveu o problema dos óculos perdidos, pois conseguia ler e passajar com os dele. Certa manhã, ao acordar, viu-o na sombra a pregar um botão na camisa e apressou-se a ser ela a fazê-lo antes que se repetisse a frase ritual de fazerem falta duas esposas. Em troca, a única coisa que ela precisou dele foi que lhe pusesse uma ventosa por causa de uma dor nas costas.

Florentino Ariza, pelo seu lado, pôs-se a remexer nas nostalgias com o violino da orquestra e em meio dia foi capaz de executar para ela a valsa d'*A Deusa Coroada*, e tocou-a durante horas até o obrigarem a parar. Uma noite, pela primeira vez na sua vida, Fermina Daza acordou sufocada por um pranto que não era de raiva mas de pena, pela recordação dos velhinhos do bote assassinados à paulada pelo barqueiro. Por outro lado, a chuva incessante não a comoveu e pensou demasiado tarde que Paris talvez não tivesse sido tão lúgubre como ela achava, nem Santa Fé tinha tantos enterros pelas ruas. O sonho de outras viagens futuras com Florentino Ariza ergueu-se no horizonte: viagens malucas, sem tantos baús, sem compromissos sociais: viagens de amor.

Na véspera da chegada fizeram uma grande festa com grinaldas de papel e lanternas coloridas. A chuva cessou ao entardecer. O comandante e Zenaida dançaram muito juntos os primeiros boleros que nesses anos começavam a estilhaçar corações. Florentino Ariza atreveu-se a sugerir a Fermina Daza que dançassem a sua valsa secreta, mas ela recusou. No entanto, durante toda a noite, marcou o compasso com a cabeça e os saltos dos sapatos e houve até um momento em que dançou sentada sem se dar conta, enquanto o comandante se confundia com a sua meiga energúmena na penumbra do bolero. Bebeu tanto licor de anis que tiveram de ajudá-la a subir as escadas e teve um ataque de riso com lágrimas que chegou a assustar toda a gente. Porém, quando conseguiu controlá-lo no remanso perfumado do camarote, fizeram um amor tranquilo e são, de avós maltratados, que iria fixar-se na sua memória como a melhor recordação daquela viagem lunática. Já não se sentiam como noivos recentes, ao contrário do que supunham o comandante e Zenaida e ainda menos como amantes tardios. Era como se tivessem saltado por cima do espinhoso calvário da vida conjugal e tivessem entrado diretamente e sem mais delongas no amor. Seguiam em silêncio como dois velhos esposos escaldados pela vida, para lá das armadilhas da paixão, para lá das trapaças brutais das ilusões e dos reflexos dos desenganos: para lá do amor. Pois tinham vivido juntos o suficiente para perceberem que o amor era amor em qualquer tempo e em qualquer lugar, mas tanto mais denso quanto mais próximo da morte.

Acordaram às seis. Ela com a dor de cabeça perfumada de anis e com o coração aturdido pela sensação de que o doutor Juvenal Urbino tinha voltado, mais gordo e mais jovem do que quando caíra da árvore, e estava sentado na cadeira de baloiço, à espera dela à porta de casa. No entanto, estava suficientemente lúcida para compreender que não era o efeito do anis mas sim a iminência do regresso.

– Vai ser como morrer – disse.

Florentino Ariza surpreendeu-se porque era o adivinhar de um pensamento que não o abandonava desde que começara a viagem de regresso. Nem ele nem ela podiam imaginar-se noutra casa que não fosse o camarote, comendo de maneira que não a do navio, integrados numa vida que lhes seria alheia para sempre. Era, com efeito, como morrer. Não conseguiu dormir mais. Ficou deitado na cama com as duas mãos cruzadas sob a nuca. A um dado momento, a pontada de América Vicuña fê-lo retorcer-se de dor e não conseguiu adiar a verdade por mais tempo: fechou-se na casa de banho e chorou à sua vontade, sem pressa, até à última lágrima. Só então teve a coragem de se confessar o quanto a tinha amado.

Quando se levantaram já vestidos para o desembarque, tinham deixado para trás os canais e os pântanos da antiga passagem espanhola e navegavam por entre os escombros de barcos e de charcos de óleo da baía. Erguia-se uma quinta-feira radiosa sobre as cúpulas douradas da cidade dos vice-reis, mas, do tombadilho, Fermina Daza não conseguiu suportar a pestilência das suas glórias, a arrogância dos seus baluartes profanados pelas iguanas: o horror da vida real. Nem ele nem ela, sem o confessarem, se sentiram capazes de se render de um modo tão fácil.

Encontraram o comandante na sala de jantar, num estado de desordem que não estava de acordo com a pulcritude dos seus hábitos: a barba por fazer, os olhos raiados pela insónia, a roupa transpirada da noite anterior, a fala alterada pelos arrotos a anis. Zenaida dormia. Começava a tomar o pequeno-almoço em silêncio, quando um barco a gasolina da Inspeção Sanitária mandou parar o barco.

O comandante, da ponte de comando, respondeu aos gritos às perguntas da patrulha armada. Queriam saber que tipo de peste traziam a bordo, quantos passageiros vinham, quantos estavam doentes, que possibilidades havia de novos contágios. O comandante respondeu que só traziam três passageiros, todos com cólera e que se mantinham em total reclusão. Nem os que deviam ter subido em La Dorada, nem os vinte e sete homens da tripulação tinham tido qualquer contacto com eles. Mas o comandante da patrulha não se deu por satisfeito e ordenou que saíssem da baía e que esperassem no pântano de Las Mercedes até às duas da tarde, enquanto se preparavam os trâmites para o navio ficar de quarentena. O comandante soltou um palavrão de carroceiro e com um gesto feito mandou o piloto dar meia volta e regressar aos pântanos.

Fermina Daza e Florentino Ariza tinham ouvido tudo da mesa, mas o comandante não parecia importar-se com isso. Continuou a comer em silêncio e via-se-lhe o mau humor até na maneira como violou as regras da etiqueta que sustentavam a reputação lendária dos comandantes do rio. Rebentou com a ponta da faca os quatro ovos estrelados e arrebanhou-os no seu prato com pedaços enormes de banana verde que metia inteiros na boca, mastigando-os com um deleite selvagem. Fermina Daza e Florentino Ariza observavam-no sem falar, à espera que fossem lidas as notas finais num banco da escola. Não tinham trocado uma palavra enquanto durou o diálogo com a patrulha sanitária nem faziam a menor ideia do que ia ser das suas vidas, mas ambos sabiam que o comandante estava a pensar por eles: via-se pelo latejar das fontes.

Enquanto ele despachava a ração de ovos, a bandeja das rodelas de banana, o jarro de café com leite, o navio saiu da baía com as caldeiras sossegadas, abriu caminho pelos canais através dos lençóis de *tarulla*, o lótus fluvial de flores roxas e folhas enormes em forma de coração, e voltou aos pântanos. A água apresentava-se em furta-cores devido aos imensos peixes que flutuavam de lado, mortos com a dinamite dos pescadores furtivos, e os pássaros da terra e da água voavam em círculos sobre eles com pios metálicos. O vento das Caraíbas infiltrou-se pelas janelas com o rebuliço dos pássaros, e Fermina Daza sentiu no sangue o latejar desordenado do seu livre-arbítrio. À direita, turvo e parcimonioso, o estuário do rio Grande de La Magdalena espraiava-se até ao outro lado do mundo.

Quando já não restava nada que se comesse nos pratos, o comandante limpou os lábios com a ponta da toalha e falou numa gíria impudente que acabou de uma vez por todas com o prestígio do bem falar dos comandantes do rio. Mas não falou por eles nem para ninguém, tentava antes chegar a um acordo com a própria fúria. A sua conclusão, ao cabo de uma longa fieira de impropérios violentos, foi que não via como sair do imbróglio em que se tinha metido com a bandeira da cólera.

Florentino Ariza escutou-o sem pestanejar. Depois olhou pela janela o círculo completo do quadrante da rosa náutica, o horizonte nítido, o céu de dezembro sem uma única nuvem, as águas para sempre navegáveis, e disse:

– Sigamos em frente, sempre em frente, outra vez até La Dorada.

Fermina Daza sentiu-se estremecer porque reconheceu a antiga voz iluminada pela graça do Espírito Santo e olhou para o comandante: ele era o destino. Mas o comandante não a viu, porque estava inundado pelo tremendo poder de inspiração de Florentino Ariza.

– Está a falar a sério? – perguntou-lhe.

– Desde que nasci – disse Florentino Ariza – nunca disse uma única coisa que não fosse a sério.

O comandante olhou para Fermina Daza e viu nos seus olhos as primeiras gotas de um orvalho de inverno. Depois olhou para Florentino Ariza, o seu domínio invencível, o seu amor audaz, e ficou assustado pela suspeita tardia de que é a vida, mais do que a morte, que não tem limites.

– E até quando pensa o senhor que podemos continuar neste ir e vir dum caralho? – perguntou-lhe.

Florentino Ariza tinha a resposta preparada há já cinquenta e três anos, sete meses e onze dias com todas as suas noites.

– Toda a vida – disse.

Obras de Gabriel García Márquez nas Publicações Dom Quixote

O AMOR NOS TEMPOS DE CÓLERA
CEM ANOS DE SOLIDÃO
O GENERAL NO SEU LABIRINTO
DOZE CONTOS PEREGRINOS
O OUTONO DO PATRIARCA
DO AMOR E OUTROS DEMÓNIOS
CRÓNICA DE UMA MORTE ANUNCIADA
NOTÍCIA DE UM SEQUESTRO
A AVENTURA DE MIGUEL LITTÍN CLANDESTINO NO CHILE
VIVER PARA CONTÁ-LA
MEMÓRIA DAS MINHAS PUTAS TRISTES
O AROMA DA GOIABA (com Plinio Apuleyo Mendoza)
NINGUÉM ESCREVE AO CORONEL
OLHOS DE CÃO AZUL
A REVOADA
A HORA MÁ: O VENENO DA MADRUGADA
OS FUNERAIS DA MAMÃ GRANDE
A INCRÍVEL E TRISTE HISTÓRIA DA CÂNDIDA ERÉNDIRA
E DA SUA AVÓ DESALMADA
RELATO DE UM NÁUFRAGO
CONTOS COMPLETOS (1947 – 1992)
EU NÃO VENHO FAZER UM DISCURSO
EM VIAGEM PELA EUROPA DE LESTE
O ESCÂNDALO DO SÉCULO – Textos na Imprensa
e em Revistas (1950-1984)